Das Geschenk des Drachenkönigs

Das Geschenk des Drachenkönigs

Märchen aus China

Josef Guter (Hrsg.)

KOMET

Die Scherenschnitte entstammen dem Archiv des Herausgebers.

www.komet-verlag.de
Gesamtherstellung: KOMET Verlag GmbH, Köln
ISBN: 978-3-89836-607-6

INHALT

Vorwort

Der Vielvölkerstaat China birgt einen gewaltigen Märchenschatz, da neben den eigentlichen Chinesen, den Han, noch 55 weitere nationale Minderheiten im »Reich der Mitte« seit alters ihre Heimat haben und ebenfalls eine Fülle von Märchen besitzen.

Jahrhundertelang wurden im chinesischen Teehaus Märchen erzählt, und auch in den abgelegensten Siedlungen war der Märchenerzähler stets willkommen. In den Märchen der Han spiegelt sich das Leben der Reisbauern wider, ihr Kampf gegen die Naturgewalten und ihr Glaube an hilfreiche überirdische Mächte. Vor allem spielt der Drache, das Symbol des Kaisers, ja selbst Chinas, vielfach eine entscheidende Rolle.

Deutlich kann man in den Märchen der Han eine bäuerliche, eine feudale, eine religiöse und eine gelehrte Schicht unterscheiden. In der bäuerlichen Schicht dominieren Erdgottheiten und Dämonen, in der feudalen wird die strenge hierarchische Gliederung der chinesischen Gesellschaft sichtbar, in der religiösen kommen die Glaubenswelten des Buddhismus und Daoismus zum Tragen und in der gelehrten Schicht lernt man den Gelehrten, den Beamten, die kulturelle Oberschicht des Kaiserreiches kennen.

Die Lebenswirklichkeiten der im Süden lebenden Völker sind in den Märchen der Miao, der Li, Dai, Hani und vor allem der Zhung eingefangen, die mit über 18 Millionen die größte nationale Minderheit des Staates bilden. Uralte Mythen vom Dach der Welt bergen die Märchen der Tibeter, einen Hauch des Orients bringen die Texte der muslimischen Uiguren und Tadschiken, während die Erzählungen der Mongolen in die unermessliche Weite der Steppenlandschaften Zentralasiens einführen.

In den Märchen der Ewenken lernt der Leser die sibirischen Urwälder am Amur kennen, der im Chinesischen den Namen

»Fluss des schwarzen Drachen« trägt. Der gesamte Märchenschatz des Riesenreiches ist noch längst nicht gehoben. Aus den Sprachen der Minderheiten muss zuerst jedes Märchen ins Chinesische übertragen werden, um dann in andere Sprachen übersetzt zu werden.

Der vorliegende Band soll mit einer Auswahl einen Blick in diese noch vielfach unerschlossene Märchenlandschaft eröffnen.

Josef Guter

Die guten Ratschläge

Es war einmal ein armer Bauer, der ging zum Markt, um sich dort als Arbeiter zu verdingen, denn er wollte etwas Geld verdienen. Kurz danach kam ein reicher Mann des Weges und sagte zu ihm: »Könntest du mir helfen, eine Schachtel nach Hause zu tragen, sie ist voll von Schalen und Tassen aus feinstem Porzellan. Ich kann dich aber dafür nicht bezahlen, dafür aber will ich dir einige gute Ratschläge geben.« Der Bauer stimmte zu und half dem reichen Mann, ohne Bezahlung die Schachtel nach Hause zu tragen, denn er dachte, gute Ratschläge sind manchmal mehr wert als Geld.

Der Bauer hatte tüchtig zu schleppen. Der reiche Mann ging neben ihm her. Als sie eine Weile gegangen waren, fragte der Bauer den Reichen: »Könntest du mir jetzt schon etwas von den guten Ratschlägen verraten?« Der reiche Mann antwortete: »Glaube keinem, der dir sagt, Hunger sei besser als ein gutes Mittagessen.« Der Bauer hatte zwar etwas anderes erwartet, aber er musste zugeben, dieser Rat war für jedermann verständlich. Nachdem sie wieder ein Stückchen gegangen waren, fragte der Bauer wieder: »Könntest du mir noch etwas von deinen guten Ratschlägen jetzt schon geben?«

»Glaube keinem, der dir sagt, dass es besser sei, zu gehen als zu reiten«, antwortete der Reiche. »Ich gebe zu«, sagte der Bauer und schluckte, »dieser Ratschlag ist richtig und beherzigenswert.« Als sie nun zum Hause des reichen Mannes gekommen waren, sagte der Bauer zu ihm: »Und jetzt gib mir für den Abschied einen Ratschlag fürs ganze Leben, einen wirklich guten Rat, der etwas wert ist.«

»Glaube keinem, der dir erzählt, dass es noch einen dümmeren Bauern gibt als dich«, sagte der Reiche. Als der Bauer dies hörte, ließ er sofort die Schachtel mit dem Porzellan auf den Boden fallen und meinte trocken: »Und nun werde ich dir einen

Ratschlag geben: Glaube keinem, der dir sagt, dass in dieser Schachtel die Schalen und Tassen aus Porzellan nicht zerbrochen wären.« Sprach's und verschwand.

Märchen der Han

Die Göttin der Barmherzigkeit

Am Fuß eines Berges lebte einmal in einer kleinen Hütte eine alte Frau mit ihrem Sohn. Der Sohn war ein guter Junge, aber er war sehr hässlich. Sein Name war Yen Chong. Eines Tages ging Yen Chong in der nahen Stadt am Hause eines reichen Mannes vorbei. Die Tochter des Hauses, die sehr schön war, wusch gerade im ersten Stock neben dem Fenster ihr langes Haar. Ohne sich näher umzusehen schüttete sie eine große Schale Wassers aus dem Fenster. »Klatsch« tat es, denn es hatte unten auf der Straße gerade Yen Chong getroffen. Yen Chong sah nach oben und bemerkte das Mädchen. Sie lächelte ihm aber zu und sagte: »Bitte sei mir nicht böse, ich wollte dich nicht treffen, ich war nur unvorsichtig.«

Yen Chong verliebte sich augenblicklich in das Mädchen. Noch am gleichen Abend berichtete er seiner Mutter, was er erlebt hatte, und sagte ihr, er wolle unbedingt das Mädchen heiraten. »Du bist verrückt«, sagte seine Mutter, »wir sind sehr arm und sie ist sehr reich, ferner ist sie sehr schön und du bist hässlich. Nie und nimmer wird sie dich heiraten.«

Als er dieses hörte, war Yen Chong sehr unglücklich. Er hörte zu essen auf und konnte auch nicht mehr schlafen. Er wurde krank, und seine Mutter konnte ihm nicht helfen und war sehr betrübt. Schließlich brach sie auf und ging zu dem reichen Mann. »Mein Sohn liegt krank zu Hause, weil er unbedingt deine Tochter heiraten will«, sagte sie, »aber er fürchtet, dass du sie ihm nicht geben wirst.« Der reiche Mann lachte. »Wie hat denn dein Sohn meine Tochter überhaupt treffen können?«

Die Mutter erzählte ihm alles, wie sie es von ihrem Sohne wusste und bat ihn nochmals, Nachsicht zu haben und in die Heirat einzuwilligen. »Nun ja«, sagte der reiche Mann, »Du kannst ihm erzählen, er könne meine Tochter zur Frau haben, aber zuvor muss er mir vier Dinge bringen: einen goldenen Vogel, eine Drachenhaut, eine kostbare Perle und das Haar eines Mannes, das länger sein muss als dieser Mann selbst groß ist.«

Die alte Frau hastete nach Hause und erzählte ihrem Sohn alles, was der reiche Mann gesagt hatte. Von diesem Augenblick an fühlte sich Yen Chong auch schon besser. Er packte etwas zum Essen ein, verließ das Haus und brach auf, die vier Dinge zu suchen, die der Vater des Mädchens von ihm verlangte. »Ich werde die Göttin der Barmherzigkeit finden und ich werde sie bitten, mir zu helfen«, sagte er.

Nach einiger Zeit traf er einen Bauern, der gerade Melonen erntete. Er erzählte ihm, dass er auf der Suche nach der Göttin der Barmherzigkeit sei. »Wenn du sie findest«, sagte der Bauer, »dann bitte sie doch auch, sie möchte meine Melonen etwas größer wachsen lassen. Sie sind in diesem Jahr wie in den vergangenen Jahren sehr klein geraten.« Yen Chong versprach es. Etwas später kam er zu einem Gasthaus, wo er übernachten wollte. Der Gasthof war leer. Er war der einzige Gast. So erzählte er dem Wirt seine Geschichte und meinte, er werde die Göttin der Barmherzigkeit sicherlich eines Tages finden. »Wenn du zu ihr kommst«, sagte der Wirt, »dann verwende dich bei ihr für mich, dann ich habe kaum Gäste, ich weiß nicht, warum sie nicht mehr zu mir kommen. Meist steht mein Wirtshaus leer.« Yen Chong versprach auch dies und sagte wieder zu, ihm helfen zu wollen. Am anderen Tag traf er einen sehr alten Mann, der am Wegesrand saß und ihm erzählte, dass er schon tausend Jahre alt sei. Er hatte einen langen weißen Bart, der länger war als seine Körpergröße.

Yen Chong erzählte ihm, wohin er gehe und was er vorhabe. Der alte Mann sagte ihm: »Wenn du zur Göttin der Barmherzigkeit kommst, dann berichte ihr, dass es mein einziger Wunsch sei, ein Unsterblicher zu werden. Du kannst ihr sagen, ich hätte schon tausend Jahre gelebt, bin immer noch am Leben, möchte aber unsterblich werden.« Auch dies versprach Yen Chong und verließ den alten Mann voller Zuversicht.

Die Göttin der Barmherzigkeit hatte vom Himmel alles mit angesehen. In der Nacht ließ sie durch ihre Helfer ein Haus mitten auf dem Wege bauen, auf dem Yen Chong am Morgen einher schritt. Und so sah Yen Chong plötzlich vor sich ein Haus, groß und schön wie ein Palast und darinnen saß eine ältere Frau mit einem sehr milden und lieblichen Gesicht und einem feinen Lächeln auf den Lippen. »Ich bin die Göttin der Barmherzigkeit«, sagte sie, »und weil du ein guter Junge bist, deshalb will ich dir helfen.«

Yen Chong erzählte ihr seine Geschichte und sagte ihr auch, dass er unbedingt vier Dinge brauche, um das schöne Mädchen heiraten zu können. Die Göttin der Barmherzigkeit fragte ihn: »Wolltest du nicht noch etwas außerdem?« Und da erzählte ihr Yen Chong von dem Bauern, dem Wirt und auch von dem alten Mann.

Die Göttin der Barmherzigkeit erwiderte: »Schlaf dich erst einmal aus – und morgen gehe zu dem alten Mann zurück und sage ihm, du möchtest seine Haare abschneiden, dann werde er ein Unsterblicher werden und du kannst das lange Haar mit dir nehmen. Gleich danach gehe zu der Wirtschaft. Unter dem Gasthof lebt nämlich in einer Höhle schon länger ein Drache. Die Leute wissen dies und deshalb betreten sie dieses Gasthaus nicht mehr. Töte den Drachen, zieh ihm die Haut ab, und damit hast du dem Wirt und dir selbst geholfen.

Auf deinem weiteren Wege wirst du dann eine große Melone finden. Trage sie zu dem Haus des Bauern, schneide sie auf und nimm aus ihr die kostbare Perle, die darin liegt. Dann gib dem Bauern die Melone, der sie sofort auf seinem Feld einpflanzen soll. Die Melone ist groß, genauso groß wie diese werden später alle seine Melonen auf seinem Felde sein.«

Yen Chong dankte der Göttin der Barmherzigkeit, schließlich aber erinnerte er sich an den goldenen Vogel. »Könntest du mir nicht noch helfen, einen goldenen Vogel zu bekommen?«, fragte er nochmals die Göttin. »Kehre an den Berg zurück, an dem du mit deiner Mutter lebst. Bevor du nach Hause gehst, steige auf den Gipfel des Berges. Dort wirst du einen steinernen Löwen finden. In dem Maul dieses Löwen lebt der goldene Vogel. Dann hast du alle vier Dinge beisammen. Nun aber schlaf erst einmal aus.«

Als Yen Chong am nächsten Morgen erwachte, war von dem Haus und von der freundlichen älteren Dame keine Spur mehr zu sehen und nichts mehr zu finden. Er tat jedoch, wie sie ihm gesagt hatte und kehrte mit den vier Dingen nach Hause zurück, die er brauchte, um das hübsche Mädchen zu seiner Frau machen zu können. Der reiche Mann war fassungslos vor Staunen, musste in die Heirat seiner Tochter mit dem hässlichen Jungen einwilligen und richtete schließlich ein prächtiges Hochzeitsfest aus. Seit dieser Zeit leben die beiden glücklich zusammen, und weil das Glück von Yen Chong so groß ist, bemerkt auch niemand mehr seine Hässlichkeit.

Märchen der Han

Der wunderbare Birnbaum

Es war einmal ein Bauer, der im Herbst viele Birnen auf seinen Wagen lud und zu Markte fuhr. Die Früchte waren goldgelb und süß und wohlschmeckend, und so konnte er hoffen, einen guten Preis für sie zu erzielen. Als er sie nun auf dem Markte zum Verkaufe anbot, kam ein Mönch des Weges mit einer zerschlissenen Kutte und einer geflickten Kappe. Da Mönche kein Geld haben, bat der heilige Mann den Bauern um eine seiner schönen Birnen. Der Bauer aber winkte ab und wollte ihm keine Birne geben. Der Mönch jedoch blieb stehen und hielt bittend seine Hand auf. Schließlich wurde der Bauer zornig und begann den Mönch zu verwünschen.

Aber der heilige Mann sagte nur: »Du hast Hunderte von Birnen auf deinem Wagen, ich frage doch nur um eine einzige. Das macht dir nichts aus und macht dich nicht arm. Warum wirst du gleich so zornig?« Die Umstehenden gaben schließlich dem Bauern ein Zeichen und baten ihn, er möge dem Mönch wenigstens eine seiner kleinen Birnen geben und ihn damit zufrieden stellen. Aber der Bauer war dickköpfig und wollte dies nicht tun.

Ein Kaufmann hatte aus seinem Laden nebenan die ganze Sache mit angesehen, ihn störte auch der Lärm, und so nahm er eine Münze, kaufte die Birne und gab sie dem Mönch. Der Mönch dankte ihm und meinte: »Unsereiner, der die Dinge dieser Welt hinter sich gelassen hat, kennt keinen Geiz. Nun habe ich auch viele schöne Birnen, und nun kann ich euch alle einladen, diese mit mir zu essen.« Die Umstehenden staunten, und schließlich sagte einer aus der Menge: »Wenn du selbst Birnen hast, warum isst du dann nicht deine eigenen und kommst hierher?« Der Mönch antwortete: »Ja, zuerst brauche ich natürlich Samen, um einen Birnbaum pflanzen zu können.«

Mit diesen Worten begann er die Birne vor den Augen aller Zuschauer mit großem Genuss und beachtlichem Schmatzen zu essen. Als er damit fertig war, nahm er einen Samen in die Hand und erbat sich die Spitzhacke von einem der Umstehenden, machte damit ein großes Loch in den Boden, legte den Samen hinein und deckte alles wieder schön mit Erde zu. Schließlich bat er die Leute in den Markthallen um einen Kessel Wasser, und einige Neugierige brachten ihm zugleich auch aus der nahen Teestube einen großen Kessel voll warmen Wassers.

Die Leute rückten zusammen und beobachteten gespannt, was nun geschehen solle. In wenigen Augenblicken sah man an der Stelle, an der der Mönch den Samen in den Boden versenkt hatte, einen Schössling aus der Erde brechen. Das kleine Pflänzchen wuchs und wuchs, wurde schließlich zu einem Baum mit starkem Stamm, dicken Ästen und vielen saftiggrünen Blättern. Der Baum begann zu blühen, die ersten Früchte erschienen, es wurden immer mehr, sie reiften, wurden gelb, goldgelb, und schließlich hingen große wohlschmeckende Birnen an den Zweigen.

Behänd kletterte der Mönch auf den Baum und händigte Birne nach Birne zu den Untenstehenden hinunter. In wenigen Minuten waren alle Birnen aufgegessen. Der Mönch rutschte wieder den Stamm hinunter, nahm die Axt und begann sofort, den Baum zu fällen. Mit wenigen gezielten Axthieben hatte der Mönch sein Werk getan, und der Baum fiel. Der Mönch fing den Stamm mit seiner Schulter auf, nahm ihn auf die rechte Schulter und wanderte merkwürdig leichtfüßig von Markthalle zu Markthalle und strebte dem Stadttor zu.

Der Bauer mit seinen Birnen hatte sich auch unter die Zuschauer gemischt. Er renkte sich fast den Hals aus vor lauter Neugierde und schaute sich fast die Augen aus dem Kopf und hatte alles genau mit verfolgt. Erst als der Mönch mit dem Baumstamm verschwunden war, drehte er sich wieder um und wandte sich seinem Wagen mit den Birnen zu. Was war das? Alle seine Birnen waren verschwunden, und er sah: auch die Achse seines Wagens fehlte. Der Wagen war in sich zusammengebrochen. »Sollte etwa ...« Dem Bauern stieg ein eigenartiger Verdacht in den Kopf. Mit einem Mal begann er zu rennen und schrie: »Meine Birnen, meine Birnen, meine Achse, meine Achse, meine Wagenachse!«

Wie er auch rannte und wie er auch schrie, der Mönch war längst durch das Stadttor verschwunden und war nirgends mehr zu sehen. Außerhalb des Stadttores fand der Bauer tatsächlich seine Wagenachse, und als er dann wieder zum Markte zurückkehrte, hatten sich die Neugierigen in einem großen Kreis um seinen Wagen versammelt und lachten sich die Bäuche voll über die Strafe, die der Mönch dem Bauern für seinen Geiz zugedacht hatte.

Märchen der Tibeter

Der überführte Bootsmann

Ein Kaufmann in einer Kleinstadt richtete einmal eine größere Geschäftsreise aus und wollte mit allerlei Waren auf dem Großen Kanal viele Meilen weit in den Norden des Landes reisen, um in den dortigen Dörfern und Städten gute Geschäfte zu machen. Er belud sein geräumiges Boot und wartete dann nur noch auf seinen Diener, der ihm einige persönliche Dinge zum Schiff bringen sollte. Es vergingen einige Stunden, aber der Diener kam nicht. In dieser Zeit überlegte sich der Bootsmann, dass er sich an diesem einsamen und abgelegenen Hafenplatz sehr leicht des Kaufmanns entledigen und sich selbst in den Besitz der Waren setzen könnte.

Er spähte aus, sah keinen Menschen weit und breit, stieß dann von hinten den Kaufmann von der Kante des Bootes aus ins Wasser und ließ ihn jämmerlich ertrinken. Schnell schleppte dann der Mörder all die Waren in sein nahe gelegenes Haus und begab sich dann zum Hause des Kaufmanns. Er klopfte ans Tor und fragte, warum der gnädige Herr nicht zum Boot komme. Die Frau des Kaufmanns schickte daraufhin Boten aus, die nach ihrem Manne suchen sollten, denn sie wusste es genau: Er war vor geraumer Zeit schon zu seinem Boot gegangen.

Niemand von den Dienern aber fand auch nur die geringste Spur von dem Kaufmann. Daraufhin befragte sie den Diener ihres Mannes, der aber nach seiner Ankunft an dem Ankerplatz keinen Menschen dort vorgefunden hatte. Die Familie des Kaufmanns brachte die Angelegenheit schließlich vor die städtischen Behörden, diese gaben die Sache weiter an das Amt des Kreises und an die dortigen Beamten. Alle Befragungen aber brachten kein Ergebnis, man tappte völlig im dunkeln. Als der Fall schließlich vor den zuständigen Richter kam, schickte dieser alle Leute aus seinem Amtszimmer alle, aber nicht die Frau des Kaufmanns.

Diese befragte er peinlich genau nach dem Ablauf der Ereignisse und wollte von ihr vor allem wissen, wann der Bootsmann gekommen war und was er genau gesagt hatte. Die Frau überlegte eine Weile scharf und sagte dann zu dem Richter: »Mein Mann war schon eine geraume Zeit aus dem Haus gegangen, als der Bootsmann bei uns eintraf. Er klopfte an die Tür und rief: ›Gnädige Frau, warum ist Ihr Mann denn nicht zum Boot gekommen? Ich warte schon so lange auf ihn!‹ Das hat er von draußen gerufen.« Der Richter schickte nun die Frau vor die Tür und ließ den Bootsmann rufen, dessen Aussage nun haargenau mit dem Bericht der Frau übereinstimmte.

»Da haben wir es«, sagte der Richter mit einem feinen Lächeln. »Der Kaufmann wurde umgebracht und du bist der Mörder. Du hast selbst eben ein Geständnis abgelegt.« »Welches Geständnis denn?,« fuhr lauthals der Bootsmann auf. »Als du an die Pforte des Kaufmanns klopftest, sprachst du nur seine Frau an, aber nicht ihn. Er hätte doch zu Hause sein müssen! Du konntest nicht sehen, wer hinter dem Tore war. Du warst dir aber ganz sicher, ja man kann sagen, du warst so sicher wie nur ein Mörder sein kann. Wie anders hättest du es denn wissen können?« Der überführte Bootsmann gestand nun alles, war seiner Tat überführt und wurde sogleich verhaftet.

Märchen der Han

Der Kochtopf des reichen Mannes

Vor langer Zeit lebte einmal ein armer Bauer, der lieh sich von seinem reichen Nachbarn einen großen Kochtopf. Nach wenigen Tagen ging er zu seinem Nachbarn und rief freudestrahlend: »Herzlichen Glückwunsch, dein großer Kochtopf, den ich von dir geborgt habe, hat einen Sohn bekommen.« »Was«, rief der Nachbar, »das kann ich dir nicht glauben.« Der arme Mann zog aus einem Korb, den er mitgebracht hatte, ein kleines Töpfchen hervor und zeigte es seinem Nachbarn.

Der Nachbar dachte, der Bauer glaubt wohl, ich sei dumm und blöde, aber ich werde ihn schon reinlegen. Und so antwortete er: »Das ist wirklich ein hübsches Kind. Man kann ganz genau sehen, die Ähnlichkeit mit der Mutter ist unverkennbar. Pass gut auf die Mutter auf, dann bekommt sie vielleicht noch mehr Kinder.« Mit diesen Worten nahm er den kleinen Topf dem Nachbarn weg und stellte ihn bei sich auf den Tisch und er meinte bei sich, auf diese Weise könne er vielleicht noch mehrere kleine Töpfe von dem armen Bauern bekommen.

Einige Tage später kam der Arme wieder zu seinem reichen Nachbarn und sagte traurig, als er in die Tür trat: »Ein echter Trauerfall: Die Mutter des kleinen Kochtopfes ist heute früh gestorben.« »Das ist Unsinn«, schrie der Nachbar, »das ist überhaupt nicht möglich!« »Warum nicht?«, fragte der arme Mann, »wenn sie einen Sohn zur Welt bringen kann, so kann sie doch auch sterben.«

Sein Nachbar erkannte wohl, dass er hereingelegt worden war. Aber er wollte auf jeden Fall seinen schönen großen Kochtopf wiederhaben und sagte dann verschmitzt: »Nun ja, wenn mein Topf gestorben ist, so kannst du mir ja den Leichnam zurückbringen.« »Tut mir sehr leid«, sagte der Arme, »ich habe die Tote bereits in meinem Garten begraben.« »Und wie kannst du so etwas machen ohne meine Einwilligung?«, fragte sein Nachbar. »Genau auf die gleiche Weise, wie du ohne meine Einwilligung vor einigen Tagen mir den Sohn weggenommen hast.« Der reiche Mann erkannte, dass der arme Bauer ihn nun wirklich angeführt hatte, und er musste stillschweigen und konnte kein Wörtchen den Leuten im Dorf davon erzählen. Denn hätte er dies getan, so hätten sie sich die Bäuche gehalten vor Lachen über ihn. Und so behielt der Arme den großen schönen Kochtopf des reichen Nachbarn und erfreute sich noch lange Zeit an ihm.

Märchen der Han

GENERAL LI

In einer unwegsamen chinesischen Gebirgsgegend pflegte zu seiner Zeit der berühmte General Li zu jagen. Die Bewohner dieser rauen Bergwelt kannten ihn gut, befreundeten sich mit ihm und ließen ihn bei sich übernachten, wenn er zu später Stunde nicht mehr in die Hauptstadt zurückkehren wollte.

Eines Tages jedoch verirrte er sich auf der Jagd und fand schließlich im Dunkeln ein mächtiges Haus, das von einem riesigen Park umgeben war. General Li war hier noch nie gewesen, schlug an die dumpfdröhnende Gartenglocke und wurde kurz darauf von einem zierlichen Dienstmädchen vor die Herrin des Hauses geführt. Die Dame, ganz in Schwarz gekleidet, empfing ihn huldvoll. »Sie können bleiben, wenn Sie um Mitternacht großer Lärm in diesem Haus nicht stört.« General Li meinte, er habe einen guten Schlaf und so leicht wache er nach dieser anstrengenden Jagd nicht auf.

Mit tiefer Verbeugung und vielen Worten des Dankes sagte der General der hochvornehmen Dame gute Nacht und zog sich alsbald in die ihm angewiesenen Gemächer zurück. Von Neugierde gekitzelt, blieb der General wach, und selbst seine bleierne Müdigkeit wurde vollends verscheucht, als gegen Mitternacht es an allen Türen pochte und im Saal sich lautes Stimmengewirr erhob. General Li richtete sich in seinem Bette auf und horchte angespannt.

Aus den Worten, die im Saal gesprochen wurden, konnte er jedoch keinen Sinn entnehmen, so gewitzt er auch war. Da klopfte es an seine Tür, und die Herrin des Hauses erschien mit ihrem ganzen Gesinde. »Helfen Sie mir, General Li, ich bin in großer Not. Sie müssen wissen. Sie befinden sich hier im Hause der Drachen.« General Li verschlug es die Sprache. Die Dame aber fuhr weiter: »Eben ist Botschaft vom Himmel angekommen mit der Weisung, meine beiden Söhne sollen sofort in mehreren

Landstrichen Chinas Regen machen. Eine große Trockenheit bedroht das Land.«

Die Dame war ganz aufgeregt und sagte weiter: »Meine beiden Söhne sind nicht nach Hause gekommen, diese Rangen, der Himmelsherr wird sie schwer dafür bestrafen, wenn die Ländereien verdorren.« General Li machte ein Gesicht wie ein Schuljunge vor einer Prüfung, als die Dame ihn bat, ihr aus dieser Zwickmühle zu helfen und heute nacht noch den Wettermacher zu spielen.

»Gnädige Frau, wie kann ich auch nur einen Tropfen Regen zustande bringen, ich, ein armer General!« Beschwichtigend meinte die Dame: »Sie brauchen nur dieses Zauberross zu besteigen und schon trägt es Sie durch die Lüfte. Nehmen Sie dieses Fläschchen mit Himmelswasser mit und spritzen Sie über jedem dürren Tal ein Tröpfchen nach unten!« Bangen Herzens bestieg der General das Zauberross. Der Hengst jedoch griff tüchtig aus und bald schon schwebten sie über den verdurstenden Flächen und Tälern.

Eifrig spritzte der General in jedes Flusstal ein Tröpfchen, wie ihm aufgetragen. Da sah er plötzlich die Hütten seiner Freunde in jener Berggegend, in der er meist zu jagen pflegte. »Endlich kann ich mich dankbar erweisen«, dachte Li und spritzte zwanzig Tropfen nach unten. »Wang wird Augen machen, wenn seine Melonen wachsen, so rund und dick wie der Vollmond an Himmel«, freute sich Li.

Befriedigt und mit geschwellter Brust ritt der General zum Hause der Drachen zurück. Weinend und wehklagend empfing ihn dort die Dame mit ihrem Gesinde. »General, Sie haben eine Sintflut über eine ganze Provinz gebracht, was haben Sie angerichtet? Nehmen Sie schleunigst Reißaus, ehe meine Söhne zurückkehren.« Der General nahm eiligst Abschied und hörte bald, dass Wang und alle seine Freunde elendig ertrunken seien. Seit dieser Zeit nahm General Li nur solche Leute in seine Dienste, die gelernt hatten genauestens auf seine Worte zu hören. »Es ist ein großer Unterschied zwischen einem und zwanzig Tropfen«, pflegte General Li zu sagen, der später zum engsten Freundeskreis des Kaiser gehörte.

Märchen der Han

Das letzte Wort

An einem Teiche wohnten einmal zwei Reiher und eine Schildkröte, die waren Freunde und gute Nachbarn. Gemeinsam sonnten sie sich auf der Sandbank, schwammen auf dem Teiche und spielten miteinander. Freundschaft aber ist leicht zu halten, wenn die Zeiten gut und die Pfannen voll sind. Echte Freunde bewähren sich erst in schlechten Tagen. Auf eine Reihe von Jahren mit reicher Ernte folgt plötzlich dann wieder ein Jahr des Mangels – und es kommt dann meist, wenn niemand es vermutet.

So zog eines Jahres eine große Dürre herauf und ließ die Flüsse und Bäche austrocknen. Von März bis August fiel kein einziger Regentropfen, der Boden dörrte aus und zeigte bald kleine und bald große, breite Risse. Der Teich, an dem die drei Freunde wohnten, verwandelte sich allmählich in einen sumpfigen Tümpel, denn das Wasser verdunstete in der übergroßen Hitze. Die zwei Reiher ließen bald die Flügel hängen und seufzten schwer und tief. Die Schildkröte zog den Kopf ein und lag unbeweglich im Sumpf.

Vorbei waren die Tage der frohen Spiele, und der Hunger zog ein ins Land. Längst war kein einziger Fisch oder Frosch mehr zu finden, so dass die Reiher oft tagelang wegflogen, um an fernen Teichen wenigstens einen kleinen Bissen zu erhaschen. Eines Tages blieben sie lange, kamen erst am späten Abend zurück und sprachen dann zu ihrer Freundin: »Schwester Schildkröte, die Dürre will nicht enden, hier können wir nicht mehr bleiben. In den Bergen am Himmelssee ist es noch kühl und schattig, dort gibt es Wasser in Fülle. Der See ist tief, dort gibt es noch viele Fische, wir müssen dorthin umziehen und dir Lebewohl sagen.«

Die Schildkröte erschrak bei diesen Worten und fing dann jämmerlich zu klagen an: »Was, ihr wollt mich verlassen? Eure beste Freundin wollt ihr hier einfach sitzen lassen? Was soll ich hier alleine anfangen? Ich muss hier ja verhungern! Ja, ihr beide könnt fliegen und mit euren hohen Beinen schnell rennen, aber ich – ich komme nur langsam voran! Wenn ihr losfliegt, so seid ihr beide morgen Abend schon am Himmelssee, unsereins braucht Jahre dazu. Nein, das könnt ihr mir nicht antun!« Und die Tränen kullerten ihr bei diesen Worten in dicken Tropfen aus den Augen.

Die Reiher, die ein gutes Herz hatten, mochten wohl ihre Köpfe abwenden, aber sie begannen selbst zu weinen und konnten es nun nicht übers Herz bringen, ihre Freundin zu verlassen. So verschoben sie erst einmal ihre Abreise in der Hoffnung, es könnte in den nächsten Tagen doch noch regnen. Das Wetter aber blieb, wie es war, glühend heiß und knochentrocken. Der Boden des Teiches dörrte aus, der Sumpf wurde zu rissiger, staubiger Erde.

Die Reiher steckten die Köpfe zusammen und erkannten, dass sie schleunigst wegfliegen müssten, solange sie noch bei Kräften waren. So beschlossen sie, am nächsten Morgen unverzüglich aufzubrechen. Diese Beratungen blieben der Schildkröte nicht verborgen. »Nein, ihr dürft ohne mich nicht abreisen, ihr müsst mich mitnehmen!« So weinte sie in einem fort. Mitnehmen? Das war leichter gesagt als getan. So verfielen sie alle drei in tiefes Nachdenken.

Lange Zeit fiel keinem etwas ein, dann aber rief plötzlich einer der Reiher: »Ich glaube, ich hab's! Schwester Schildkröte, vielleicht können wir dich mitnehmen!« Und er flüsterte dem anderen Reiher etwas ins Ohr, was die Schildkröte nicht verstehen konnte. Der andere Reiher nickte erfreut und schien zuzustimmen. »Was für eine Lösung habt ihr? Kann ich mitkommen? Sagt schnell, sagt schnell!« So rief da erregt und gespannt die Schildkröte.

»Ja«, sagten da die Reiher bedeutungsvoll, »wir glauben, wir haben die Lösung gefunden. Wir nehmen einen Stock, den halten wir beim Fluge mit unseren Schnäbeln an beiden Enden – und du beißt dich in der Mitte des Stockes fest. So starten wir, und du fliegst zwischen uns an dem Stock mit uns durch die Lüfte bis zum Himmelssee. Ist das nicht eine feine Sache?« Wenn die Schildkröte gekonnt hätte, sie wäre vor Freude in die Höhe gesprungen. »Ja, das geht! Ich komme mit durch die Lüfte! Wir reisen zum Himmelssee!«

Die Schildkröte war ganz närrisch vor Freude. Die Reiher aber schärften ihr ein: »Du darfst aber unterwegs niemals sprechen! Wenn du nur ein einziges Wort sagst, so wird es dein letztes sein!« Die Schildkröte schüttelte den Kopf und meinte, so dumm und leichtsinnig könne gar niemand sein auf der Welt. Die Reiher kannten aber die Geschwätzigkeit ihrer Freundin sehr gut und gaben noch zu bedenken: »Wer vom Himmel fällt, dem kann kein Reiher mehr helfen!««Die Schildkröte beteuerte, sie werde niemals den Mund öffnen und immer fest zubeißen.

Die Reiher suchten einen genügend langen Stock, und alle drei schliefen sie befriedigt ein. Es war die letzte Nacht in ihrer Heimat, von der sie nun Abschied nehmen wollten. Gleich nach Sonnenaufgang rüsteten sie sich zum Abflug. Die Schildkröte biss sich in der Mitte des Stockes fest, die Reiher fassten an den beiden Enden des Stockes mit ihren Schnäbeln kräftig zu und mit wenigen Flügelschlägen hatten sie sich schon in die Lüfte erhoben. Bald stiegen sie hoch hinan. Unter ihnen verschwand bald der staubige Tümpel, dafür wurden Felder und Wälder sichtbar, Dörfer und Städte, da und dort ein Tempel und bald die Kette der weißen, schneebedeckten Berge weit in der Ferne. Das war ihr Ziel.

In diesen Bergen lag der Himmelssee. Die Bauern unten auf der Erde schauten erstaunt hoch zu den Reihern, zeigten mit den Fingern nach oben und riefen einander zu: »Da schaut! Eine Schildkröte lässt sich von Reihern durch die Lüfte tragen! Ein so kluges Tier hat noch keiner gesehen!« Die Schildkröte hörte dies und war sehr geschmeichelt. Vor Freude über dieses Lob biss sie noch fester in den Stock und dachte bei sich: »Selbst die Menschen erkennen, wie klug ich bin! Haben sie nicht sogar gesagt, ich sei das klügste Tier überhaupt?«

Bei diesem Gedanken wurde ihr ganz wohl und sie fühlte, wie ihr Herz schneller schlug. Die Reiher hatten dies zwar auch gehört, aber sie machten sich nichts daraus und flogen weiter, immer weiter, den Bergen entgegen. Da kamen unten auf der Erde einige Knaben in Sicht, die auf einem Hügel Ziegen und Schafe hüteten. Als die Knaben das seltsame Gespann in den

Lüften daherziehen sahen, rief einer von ihnen erstaunt aus: »Seht mal, zwei Reiher halten einen Stock – und daran tragen sie eine Schildkröte durch die Luft. Es gibt doch nichts Klügeres als einen Reiher!« Ein anderer Knabe rief: »Welch ein schlauer Gedanke, eine Schildkröte auf diese Weise mitzunehmen!«

Die Schildkröte hörte dies und ärgerte sich maßlos. In ihrem Stolz und in ihrer Eitelkeit hatte sie sich nämlich bereits eingeredet, der Einfall mit dem Stock sei ihr selber gekommen. In aufkeimendem Jähzorn bäumte sie sich auf und rief den Hirtenknaben von oben zu: »Hört!« Dies war aber bereits ihr letztes Wort, denn sie hatte ja den Stock losgelassen und fiel wie ein großer schwerer Stein vom Himmel. An einem Felsvorsprung zerschellte sie. Seither haben Reiher nie mehr Schildkröten durch die Luft getragen, und seither sind die Schildkröten recht nachdenklich und schweigsam geworden.

Märchen der Tibeter

Ein Krug voller Ameisen

Es war einmal ein armer Mann, der lebte mit seiner Frau in einer kleinen Hütte. Die beiden waren sehr fleißig und so brauchten sie trotz ihrer Armut nicht zu hungern. Oft ging der Mann in die nahen Berge, um Holz zu suchen. Beeren zu pflücken und Heilkräuter aufzuspüren. Eines Abends ging er sehr früh schlafen, zog die Decke über sich und sagte zu seiner Frau: »Ich will morgen sehr früh aufstehen, denn ich will gleich nach Sonnenaufgang in die Berge gehen.« Und bedeutungsvoll fügte er hinzu: »Höre, Frau, am Fuß des Berges mit den vielen Kiefern steht ein hoher Baum – und unter diesem Baum ist eine Kanne voller Silber versteckt. Diese Kanne will ich morgen ausgraben, wenn noch niemand um die Wege ist.«

Als er dieses sagte, hatte es eben zu regnen aufgehört, es war ganz still geworden überall, so dass man nur aus der Ferne einen Frosch quaken hörte. »Und wie findest du die Stelle, an der du graben musst?«, fragte erstaunt und neugierig die Frau. »Dies ist ganz leicht«, sagte der Mann, »man braucht nur den großen Stein dort wegzurollen und an dieser Stelle dann nachzugraben.«

Da der Abend ruhig und alles ringsum ganz still war, hatte der Nachbar in seiner Hütte alles mit angehört. Schnell holte er einen Spaten, schlich sich leise aus seiner Hütte und hastete im Mondenschein den Bergen zu. Nach mehreren Stunden fand er tatsächlich die hohe Kiefer unter der ein großer Stein lag. Vorsichtig rollte er den Stein beiseite, grub an der Stelle nach und fand alsbald einen bauchigen schweren Krug in der Erde. Erwartungsvoll hob er ihn aus dem Loch, griff hinein und – schrie auf. In diesem Krug befanden sich keine Silberstücke, sondern viele, viele Ameisen, von denen einige ihn sogleich in die Hand gezwickt hatten.

In seinem Ärger und Zorn über die vergebliche Mühe nahm er den Krug auf die Schulter, lief nach Hause und kletterte dort voller Ingrimm auf das Dach seines Nachbarn. Als er oben auf dem First saß, löste er einige Ziegel vom Dach und spähte hinunter in die Schlafkammer. Ganz deutlich konnte er den Nachbarn unter seinem Moskitonetz liegen sehen. In seinem Zorn rief er hinunter zu dem Schlafenden: »Die Sache mit dem Krug und dem Silber ist erstunken und erlogen! Hier, du kannst Ameisen essen!«

Mit diesen Worten nahm er den Krug und leerte den Inhalt durch die Dachluke hinunter zu seinem Nachbarn. Was war das? Er hörte es klimpern und klimpern, wie wenn unzählige Geldstücke auf den Boden fielen. Der Nachbar wachte bei diesem Schreien und Klimpern auf, rieb sich die Augen, sah die Bescherung und rief: »Frau, komm schnell, ein Wunder, ein wahres Wunder, es regnet Silberstücke!«

Der Mann auf dem Dach wäre vor Staunen fast vom First gefallen, so musste er sich nun wundern. Schnell drehte er den Krug um und fasste nochmals hinein. Der Krug war leer, nur ein einziges, ganz kleines Silberstück fand er noch auf dem Boden des schweren, bauchigen Kruges. Sollte er gar den ganzen Silberschatz seinem Nachbarn selbst in die Hütte geschüttet haben? Sollte dieses kleine Silberstück sein ganzer Lohn für die Arbeit dieser Nacht gewesen sein? Da der Morgen zu dämmern begann, deckte er schnell die paar Ziegel wieder über die Luke und stieg hurtig vom Dach, damit niemand bemerkte, welche Arbeit er in dieser Nacht für seinen Nachbarn verrichtet hatte.

Märchen der Han

Fledermaus, Rabe und Elster

In alten Zeiten lebte die Fledermaus wie alle anderen Vögel im Wald. Jeden Morgen, gleich nach Sonnenaufgang, flog sie aus ihrem Nest, sang nach Herzenslust und suchte sich ihr Futter. Diese schöne Zeit aber ging eines Tages zu Ende und das kam durch ihre eigene Schuld. Eines Tages nämlich stritten sich der Rabe und die Elster um eine Ähre auf dem Feld. Der Rabe wollte sie zuerst gesehen und die Elster wollte sie zuerst gefunden haben. Jeder wollte sie nämlich für sich haben und allein fressen. Keiner von beiden gab nach, und der Streit artete schließlich in eine fürchterliche Schlägerei aus.

Dabei flogen sie von Baum zu Baum und kamen vom Wald ganz hinaus auf eine große Wiese. Die Fledermaus saß während dieses Streites ganz nahe dabei auf einem Baum und hatte alles gehört und alles gesehen. Als die beiden, Rabe und Elster, verschwunden waren und ihr Streit nur noch von ferne vernehmbar war, hüpfte sie von Ast zu Ast immer weiter in der Krone des Baumes nach unten und flog schließlich ganz schnell auf den Boden, packte die Ähre und trug sie davon. An einem geheimen Orte hielt sie Mahlzeit, fraß sich satt und flog dann fröhlich zwitschernd im Wald umher und tat, als ob nichts geschehen sei.

»Wenn Rabe und Elster sich streiten«, dachte die Fledermaus bei sich selbst, »dann ist es für mich am besten.« Sie flog zum Nest des Raben, in dem der arg zugerichtete Vogel nun Zuflucht gesucht hatte. Die Elster hatte ihn grün und blau geschlagen. Die Fledermaus setzte sich zu ihm und sagte in leisem, beruhigendem Tone: »Bruder Rabe, du bist mir der Liebste von allen hier im Walde. Ich kann es nicht haben, wenn andere dich beschimpfen. Darum komme ich und will dir getreulich berichten, was die Elster eben gesagt hat. Sie sagte, du seiest ein elender schwarzer und hässlicher Dummkopf, der anderen Vögeln Getreideähren stiehlt.«

Der Rabe hörte dies, ergrimmte vor Wut und schimpfte los: »Dieser Tagedieb und Taugenichts! Warte nur, wenn ich die Elster eines Tages erwische, dann wird es ihr aber schlecht ergehen!« Die Fledermaus tat ganz scheinheilig, empörte sich ebenfalls über die Elster, schimpfte tüchtig mit und flog dann wieder weg. Sie flog schnurstracks zum Nest der Elster, setzte sich auf den Rand und flüsterte ihr ins Ohr: »Schwester Elster, Schwester Elster, du bist mir die Liebste von allen hier im Walde. Ich kann es nicht haben, wenn andere dich beschimpfen. Darum komme ich und will dir getreulich berichten, was der Rabe eben gesagt hat. Er hat gesagt, du seiest ein Tagedieb und ein Taugenichts und es werde dir schlecht ergehen, wenn er dich eines Tages erwische.«

Die Elster geriet außer sich vor Wut und schwor dem Raben Rache. Seither sind Rabe und Elster Feinde. Beide aber hielten sie die Fledermaus für ihre größte Freundin, die sie oft zu sich einluden. Diese Feindschaft blieb den anderen Vögeln im Walde nicht verborgen. Der König der Vögel, der Phönix, erfuhr auch davon. Er setzte es sich in den Kopf, die beiden wieder zu versöhnen und berief eine große Versammlung ein.

Und so kamen sie alle zusammen, die Lerche, der Kuckuck, der Häherling, der Rabe, die Elster und viele, viele andere, auch die Fledermaus kam. Als alle Vögel versammelt waren, befahl der Phönix, Rabe und Elster möchten ihre Streitsache vorbringen, es gehe aber nicht um Bestrafung, im Gegenteil, es gehe hier um Versöhnung. Der Rabe trat als erster vor und berichtete die Sache mit der Getreideähre. Diese Sache hätte er ja noch einmal auf sich beruhen lassen, sagte der Rabe, wenn ihn die Elster nicht obendrein dann noch als einen elenden schwarzen und hässlichen Dummkopf bezeichnet hätte. Damit sei endgültig das Maß voll.

Die Elster hüpfte bei dieser Aussage schon ungeduldig von einem Bein auf das andere und unterbrach: »Und er hat mich einen Tagedieb und Taugenichts genannt!« »Habe ich zu dir selbst so etwas gesagt? Wann, bitte? Wo, bitte? Und vor wem, bitte?«, schrie der Rabe zurück. »Ich habe dies nur im Zorn gerufen, als man mir deine Schimpfworte hinterbrachte.« »Wir brauchen in diesem Streitfall Zeugen«, sagte der Phönix und er bat den Raben und die Elster, je einen Zeugen zu benennen. »Die Fledermaus ist mein Zeuge!«, riefen da beide wie aus einem Munde.

Da musste die Fledermaus vortreten und der Phönix befahl ihr, genau zu berichten, was sie wisse, was sie gehört habe und wer etwas zu ihr gesagt habe. Die Fledermaus erschrak, begann zu stammeln und konnte kein einziges Wort hervorbringen. Sie wurde rot im Gesicht, wagte weder den Raben noch die Elster anzusehen, ließ den Kopf hängen und flog schnell davon, als die beiden Hitzköpfe, Rabe und Elster, sie zu einer Aussage drängten. Nun aber kam der ganze Betrug heraus, als die beiden erzählten, wie die Fledermaus bei jedem Nest vorbeigekommen war und ihre Lügen verbreitet hatte. Und sie schilderten der ganzen Versammlung, wie die Fledermaus bei jedem von ihnen späterhin oftmals zu Gast gewesen war und ihre bösen Verleumdungen wiederholt hatte.

Da bereuten der Rabe und die Elster ihren Streit, versöhnten sich wieder und hielten von da an gute Nachbarschaft. Die Fledermaus aber flog aus dem Walde fort, zog zu den Menschen in die Dörfer und lebt seither unter den Dachtraufen. Da sie sich schämt, flattert sie immer nur in der Nacht umher und fängt in der Dunkelheit ihre Beute. Da von den anderen Vögeln niemand mehr mit ihr etwas zu tun haben wollte, wird sie seither auch nicht mehr als Vogel angesehen. Man sagt, es sei eine Maus, die flattert.

Märchen der Han

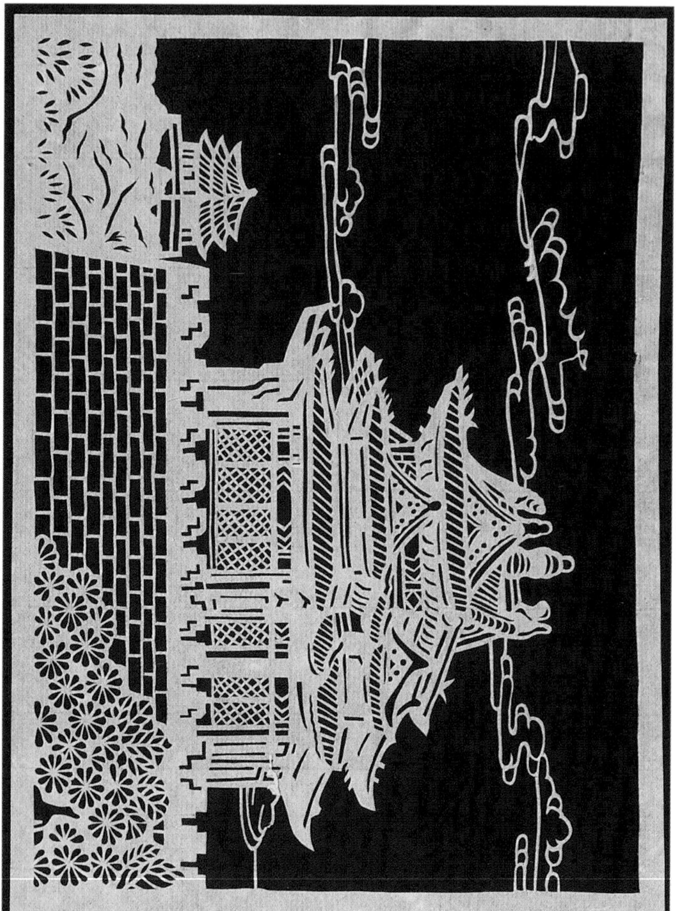

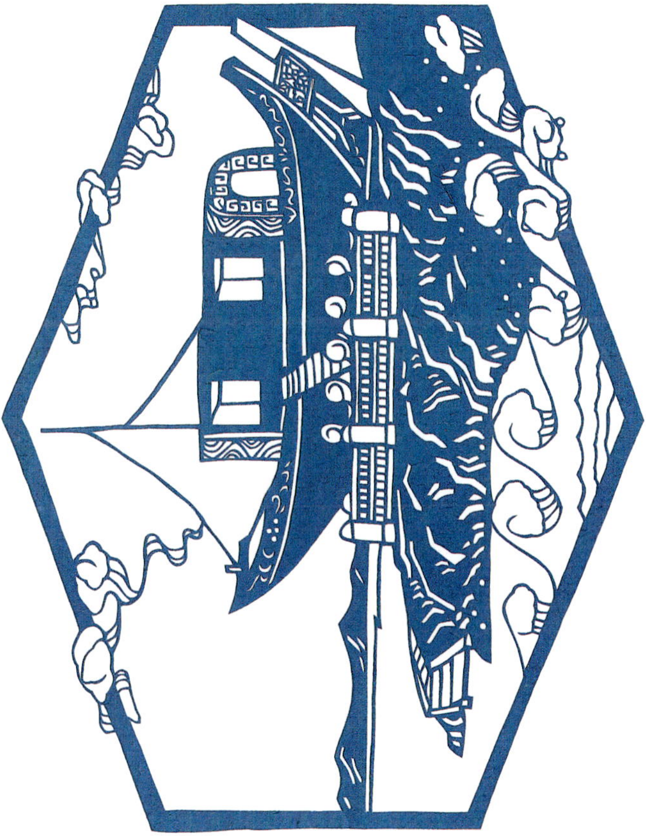

Das Geschenk des Drachenkönigs

Der Drachenkönig des Östlichen Meeres hatte eine Tochter, von der man nicht wusste, ob ihre Schönheit ihre Klugheit übertraf oder ob ihre Klugheit noch größer war als ihre Schönheit. Da sie bereits achtzehn Jahre alt war, hatte ihr Vater beschlossen, einen Mann für sie zu suchen. Das war leichter gedacht als getan. Kein Vorschlag fand ihre Zustimmung, der König konnte benennen, wen er wollte, alle Prinzen aus nah und fern waren nicht nach ihrem Sinn.

»Mein liebes Kind«, fragte schließlich der König, »was für einen Mann willst du denn nun eigentlich, wie muss er aussehen und welche Eigenschaften soll er haben, was muss er besitzen und welchen Rang soll er haben?« »Mein Vater«, meinte da die schöne und kluge Tochter, »ich halte nicht Ausschau nach einem Mann mit Geld und Gut, mit Reichtümern oder einem Thron, ich will einen Mann haben, der ehrlich ist und tapfer.« Das war etwas völlig Neues. Das hatte es im Königreich des Östlichen Meeres noch nie gegeben.

Der Drachenkönig aber ließ einen Befehl an alle seine Hofleute, Minister und Offiziere hinausgehen, in dem er alle verpflichtete, einen solchen Mann für seine Tochter zu suchen. Der Erste Minister, die Schildkröte, empfahl einen Mann seines Vertrauens, aber diesen lehnte die Königstochter sofort ab. Der Hofmarschall, die Krabbe, schlug einen anderen aus ihrem Bekanntenkreis vor, aber auch auf diesen Vorschlag ging die Prinzessin nicht ein.

Eines Tages aber kam der Admiral Aal zurück von einer Besuchsreise durch alle Flussbereiche und berichtete dem König, er habe einen Mann mit den gewünschten Eigenschaften gefunden. An diesem Mann nun zeigte die Prinzessin das größte Interesse.

Der Name dieses Mannes war Ah Er, und er lebte an einer Flussschleife am Fuße eines Berges. Weit und breit war dieser Mann wegen seiner Ehrlichkeit und Tapferkeit geschätzt und beliebt. Die Eltern von Ah Er waren schon gestorben, er war unverheiratet und lebte mit seinem älteren Bruder in einer kleinen Hütte. Beide waren sie arm, wie damals ihre Eltern arm gewesen waren, aber sie fanden ihr Auskommen als Jäger in den Gebirgswäldern.

Als der Admiral diesen Mann beschrieb, huschte ein neugieriges und wohlwollendes Lächeln über die Züge der Prinzessin. Der König aber runzelte die Stirn und meinte zur Prinzessin gewandt: »Mein Kind – erstens ist die Frage, ob er auch wirklich ehrlich und tapfer ist, und zweitens gehört er nicht zu unserem See- und Wasserreich, und daher ist eine Heirat etwas ganz und gar außergewöhnlich Neues, das alles in unserem bisherigen Leben verändern wird!«

Auf diese Worte ihres Vaters hin legte sich die Prinzessin voller Groll ins Bett und war nicht mehr zu bewegen aufzustehen. Der König wusste nicht, was er tun sollte und konnte sich gar nicht beruhigen. Schließlich wartete der Oberste Rat, der Hummer, mit einem Plan auf, der dem König über alle Maßen gefiel. Genau in dieser Nacht träumte Ah Er von einem alten weißhaarigen Mann, der zu ihm kam und ihm sagte: »Ah Er, komm aus dem Haus und gehe zum Ufer des Flusses, dort wartet ein Mädchen auf Dich! Geh hin und frage es, ob es deine Frau werden möchte!«

Ganz aufgeregt kam Ah Er aus dem Schlafe hoch und erzählte den Traum sogleich seinem älteren Bruder. Ah Da hörte erstaunt zu, Eifersucht beschlich ihn und er sagte zu Ah Er: »Wie kannst du nur einem solchen Traumbild nachlaufen wollen? Das ist alles deine eigene Einbildung, die mit dir durchgeht und dir solche Träume beschert. Leg dich ruhig wieder hin und schlafe weiter!« Ah Er legte sich wieder hin und schlief ein. Ah Da aber stand sogleich heimlich auf, stahl sich aus dem Haus und eilte zum Fluss.

Als Ah Er schließlich erwachte, war von Ah Da weit und breit nichts zu sehen. Er konnte sich nicht erklären, wo sein Bruder stecken könnte. »Vielleicht ist der Traum aber doch wahr«, dachte er bei sich, zog seine Kleider an und eilte zum Fluss. Dort kam er nur ein klein wenig später als Ah Da am Ufer an. Der Mond zeigte sich voll und silbern glänzend am Himmel, eine leichte Brise strich über den Fluss hin, und es war, als streute der Mond unzählige Silberstücke auf dem Fluss aus, so zauberhaft spiegelte sich das Mondlicht in den Wellen und brach sich tausendfältig in dem leicht gekräuselten Wasser. Glühwürmchen flogen hierhin und dorthin und jedes trug ein kleines Laternchen mit sich.

Und genau so, wie der alte Mann im Traume zu Ah Er gesagt hatte, saß ein Mädchen auf einem Stein am Flussufer und ließ sein langes schwarzes Haar ins Wasser hängen. Das Mädchen war berückend schön. Beide, Ah Da und Ah Er, waren von der Schönheit dieses Mädchens so verzaubert, dass sie lange Zeit sich nicht zu rühren wagten. Dann aber nahmen sie sich ein Herz, traten hin zu ihm und fragten es, beide zugleich, aber jeder für sich, ob es nicht die Frau von einem der beiden Brüder werden möchte.

Das Mädchen wandte den Kopf, sah beide jungen Männer vom Scheitel bis zur Sohle genau an und sagte dann: »Welchen von Euch beiden soll ich wählen? Da müsst Ihr mir schon selbst sagen, welcher von Euch beiden der ehrlichste und tapferste Mann wirklich ist.« »Das bin ich!«, riefen beide Brüder wie aus einem Munde. »Nun gut«, sagte das Mädchen, »ich werde einen von euch beiden zum Manne nehmen. Da ihr beide ehrlich und tapfer seid, will ich den auswählen, der mir eine leuchtende Perle bringen kann, die auch bei Nacht scheint und ihren Glanz verbreitet.«

»Aber, schönes Fräulein, wo ist bloß eine solche Perle zu finden?«, fragten da die beiden Brüder. »Eine solche Perle findet sich in den Schatzkammern des Drachenkönigs im Östlichen Meere. Wer das Reich des Drachenkönigs erreicht, dem gibt er auch ein schönes Stück aus seiner Schatzkammer als Geschenk. Und da kann ein Besucher auch diese Perle als Geschenk erbitten. Ich werde jedem von euch ein Beil geben, mit dem ihr im Meer leicht das Wasser teilen und einen Weg zum Drachenkönig im östlichen Meer euch bahnen könnt.«

Mit diesen Worten händigte sie jedem der beiden Brüder ein kleines Beil aus. Die beiden Brüder verabschiedeten sich schnell und jeder rannte davon, dem östlichen Meere zu. Wo aber war dies zu finden? Gehört hatten sie schon davon, aber keiner hatte es je gesehen. Wie weit mochte es entfernt sein? Keiner der beiden wusste es. Ah Da lieh sich ein Pferd und ritt auf ihm im Galopp die große breite Hauptstraße entlang. Ah Er aber nahm nur eine kleine Strohmatte von zu Hause mit, warf sie sich über die Schulter als Schutz vor Regen, Schnee und Hagel – und schlug einen schmalen Pfad entlang des Flusses ein. So wanderten sie lange, jeder auf seinem Wege. Beim Morgengrauen brachen sie auf, in der Abenddämmerung machten sie Rast.

Eines Tages kam Ah Da zu einem Dorf, das durch eine Überschwemmung ziemlich mitgenommen war. Viele Felder standen unter Wasser und in viele Häuser konnte man mit Booten durch die Tür und in viele Scheunen durch das Tor hineinpaddeln. Die älteren Leute und die Kinder hatten in den Bergen Zuflucht gesucht, während die jungen Männer in kleinen Booten ihre Habe in Sicherheit zu bringen versuchten. Das Dorf lag in einem tiefen Tal. Ein Wildbach aus den Bergen hatte nach einem Wolkenbruch diese Überschwemmung verursacht.

In wenigen Tagen war der Bach zu einem reißenden Strom angeschwollen und der entstandene Wasserfall brachte dem Dorf das große Unglück. Nach drei Tagen war das Wasser immer noch nicht zurückgegangen. Die Leute wussten, dass die Erde verderben und die Häuser zusammenfallen mussten, wenn das Wasser nicht bald sinken würde. »Einer von uns muss zum Drachenkönig gehen und seinen goldenen Schöpfer ausleihen«, sagten die alten Leute, »damit allein können wir das Wasser aus dem ganzen Tal schöpfen und unsere Häuser und Felder retten!«

Wer aber wagte es, diese schwierige Aufgabe anzupacken? Keiner wollte sich melden. Als sie alle hin und her berieten, kam Ah Da auf seinem Pferd in das Tal geritten. Er hatte inzwischen sein letztes Stück Brot aufgegessen und hielt Ausschau, wo er seine Vorräte wieder auffüllen könnte. Wie er die Bauern über ihre Lage klagen und beraten hörte, kam ihm ein kluger Gedanke in den Kopf. »Wisst Ihr was?«, sagte Ah Da, »Ihr verschafft mir etwas Brot, und ich hole Euch den goldenen Schöpfer vom Drachenkönig im Östlichen Meer, denn ich bin eben unterwegs dahin!«

Diese Nachricht und dieses Angebot versetzte die Bauern in einen wahren Freudentaumel. Sie schleppten alle Brote zusammen, die sie hatten, gaben sie Ah Da mit auf den Weg und brachten ihn in einem Boot auch sicher und trocken über den Fluss. Zwei Tage später langte auch Ah Er in dem gleichen Dorfe an. Schon lange hatte er kein Brot und keine anderen Vorräte mehr. So lebte er von Beeren, die er pflückte und von wilden Tieren, die er auf seiner Reise da und dort sah und erlegte.

Wie Ah Er nun die jungen Männer die letzte Habe aus ihren Häusern bergen sah, griff er sofort zu, half nach Kräften mit und arbeitete mit ihnen Stunde um Stunde. Und er hörte ebenfalls von ihnen, dass man den goldenen Schöpfer brauche, um das Wasser aus dem Tal schöpfen zu können. »Zu dem Drachenkönig im Östlichen Meere bin ich gerade unterwegs«, sagte Ah Er, »da kann ich ja für Euch den goldenen Schöpfer entleihen.«

Die Bauern waren nun etwas ratlos. Zwei Tage vorher war doch schon ein Mann da gewesen, der diese Aufgabe für sie übernommen hatte. Und nun war noch ein zweiter Helfer gekommen, der auch auf dem Weg zum Östlichen Meer war. Dem ersten Mann hatten sie sogar alle ihre Brote gegeben, der zweite aber hatte gar den ganzen Tag mit ihnen gearbeitet, er sah ehrlich und Vertrauen erweckend aus, und so erzählten die Bauern gar nichts über den ersten, der zu ihnen gekommen war, sie wollten ganz sichergehen und sagte zu dem, der vor ihnen stand: »Junger Mann, wir legen die ganze Sache in deine Hände, wir hoffen, dass du uns nicht vergessen wirst, wenn du beim Drachenkönig bist.« »Da könnt ihr ganz unbesorgt sein«, meinte Ah Er, »wenn ich hinkomme, dann borge ich auch den goldenen Schöpfer für euch!«

Die Bauern wollten ihn nun über den Fluss rudern, aber Ah Er lehnte höflich ab, nickte zum Abschied ihnen allen nochmals zu, tauchte ins Wasser ein und schwamm davon. Als er an der Flussmündung die Küste des Östlichen Meeres erreichte, saß Ah Da bereits dort und wartete auf ihn. Unendlich weit dehnte sich das Meer, schrecklich heulte der Wind über die Wogen, die unaufhörlich gegen die Küste brandeten. An den großen Felsenklippen an der Küste spritzte die Gischt hoch, ein Tosen erfüllte den Strand, ein Brausen und Zischen, dass man sein eigenes Wort kaum verstand.

Ah Da hatte große Furcht beschlichen und er wagte sich nicht in die Fluten. Kleinlaut fragte er Ah Er, ob er nicht vorangehen und als erster den Einstieg in die Wellen wagen wollte. Ohne das geringste Zögern tauchte Ah Er in das Wasser ein. In einer Hand hielt er das kleine Beil, das er von dem Mädchen bekommen hatte. Zu seinem Erstaunen und zu seiner Freude sah Ah Er, wie das Wasser sich teilte, zu beiden Seiten zurückwich und ihm einen breiten Weg hinunter in die Tiefe freigab. Mit geschlossenen, vor Furcht zusammengekniffenen Augen folgte ihm Ah Da auf den Boden des Meeres.

Bald kamen sie beim Palast des Drachenkönigs an und standen nun etwas ratlos vor dem großen Tor. Die Wächter aber kamen und fragten sie nach ihrem Begehr. Als sie sagten, sie kämen zu einem Besuch des Drachenkönigs selbst, wurden sie bereitwillig empfangen und zum König geführt. Der Herrscher des Meerreiches schien sehr erfreut, sie beide zu sehen, und nahm sie mit in seine Schatzkammer. »Hier könnt ihr euch umsehen«, sagte der Drachenkönig, »sucht euch ein schönes Stück zum Andenken an diesen Besuch aus! Es gilt allerdings hier unten eine uralte Regel: jeder kann nur ein Stück aussuchen und mitnehmen!«

Da war nun wirklich die Wahl schwer. In einem weiten Raum mit gewaltigen Gewölben hingen kostbare Geschmeide an den Wänden. Gold- und Silbergefäße standen auf den Tischen, Edelsteine glänzten, Perlen schimmerten, die Farbenpracht war unbeschreiblich. Ah Da fiel sofort eine große Reihe von Perlen auf, deren blendendes Licht den ganzen Raum erfüllte. Sofort nahm er die größte Perle an sich und versteckte sie sogleich in seinem Säckchen, das er auf dem Rücken trug. Er sah Goldbarren liegen und wollte auch diese haben. Er sah goldene Zepter und hätte auch diese gerne mitgenommen.

Das Licht der Perle aber drang aus seinem Säckchen auf dem Rücken. Die Wächter sahen dies und sagten, dass er bereits ein Stück in seinem Gepäck hätte, ein zweites nach altem Brauch nicht mitgenommen werden könne. Als nun Ah Er in die Schatzkammer kam, bemerkte er sehr wohl die schimmernden

Perlen allüberall, aber er nahm keine von ihnen, denn er wollte sein Versprechen halten und den goldenen Schöpfer für die Bauern ausleihen. Die Wächter nickten und händigten ihm den goldenen Schöpfer aus. Der Drachenkönig lud die beiden Brüder ein, noch einige Tage bei ihm zu verbringen, beide aber lehnten dankend ab. Da ließ es sich der König nicht nehmen, beide bis an die Grenzen seines Königreiches persönlich zu begleiten.

Als sie die Küste erreichten, bestieg Ah Da sofort sein Pferd, knallte mit der Peitsche und galoppierte davon. Bald kam er auch wieder zu dem überfluteten Dorf in dem tiefen Tal. Das Wasser war immer noch nicht zurückgegangen, viel von der Ernte war schon verdorben und viele Häuser waren schon zusammengestürzt. Die Bauern erwarteten ihn bereits am Dorfrand. Als er näher ritt, umringten sie ihn und riefen aufgeregt: »Wo ist der goldene Schöpfer?« »Der Drachenkönig hat es abgelehnt, mir den Schöpfer zu geben«, log Ah Da, »ich konnte machen, was ich wollte, er gab den goldenen Schöpfer nicht heraus.« Mit diesen Worten gab er seinem Pferd die Fersen und galoppierte davon.

Am nächsten Tag traf Ah Er in dem Dorfe ein. Schon in den Bergen rief er den Leuten zu: »Kommt schnell herunter ins Tal ich habe den goldenen Schöpfer für euch ausgeliehen!« Voll der Freude stiegen alle von den Bergen herunter. Mit Ah Ers Hilfe ging es nun ans Wasserschöpfen. Mit dem goldenen Schöpfer war es möglich, das Wasser auf wunderbare und geheimnisvolle Weise verschwinden zu lassen. Mit dem ersten Aushub verschwand bereits das Wasser in den Häusern. Als sie den Schöpfer ein zweites Mal füllten, kamen die überfluteten Felder wieder hervor und mit der dritten Schöpfkelle voller Wasser verschwand die gesamte Überschwemmung aus dem Tal.

An der tiefsten Stelle aber kam eine große Auster zum Vorschein, die hier im Wasser gelegen hatte. Die Bauern öffneten sie und hervor kam eine große dunkle Perle. Die Bauern sagten daraufhin zu Ah Er: »Wir möchten so gerne unsere Dankbarkeit beweisen, aber wegen der Überschwemmung haben wir nichts mehr, was wir dir schenken könnten. So nimm wenigstens diese Perle zum Andenken an uns mit auf deinen Weg!« Dies konnte Ah Er nicht ablehnen, dankte den Bauern und verabschiedete sich von ihnen.

Nun hatte er zwar keine blendende Perle aus dem Reiche des Drachenkönigs in seinem Gepäck, aber er hatte das gute Gefühl, anderen Menschen wirklich geholfen zu haben, und darüber war er sehr glücklich. Die dunkle Perle wollte er gerne als Andenken behalten. Ah Da kam mehrere Tage früher als sein jüngerer Bruder zu Hause an. Er fand das schöne Mädchen sogleich wieder auf dem Stein über dem Wasser am Flussufer und holte lachend die schimmernde Perle vor ihr aus seinem Gepäck.

Mit einer Verbeugung übergab er ihr die Perle und drängte sie dann ungeduldig, ihm das Jawort für die Hochzeit nun zu geben. Das Mädchen aber gab zu bedenken: »Lass uns bis heute Abend warten, dann erst werden wir sehen, ob es die richtige Perle ist!« Mit diesen Worten reichte das schöne Mädchen die Perle wieder Ah Da zurück, der sich enttäuscht und unsicher erst einmal in seine Hütte zurückzog. Sehr früh am Abend ging er hinunter zum Fluss und setzte sich an einer Stelle am Wasser nieder, an der ihn das Mädchen nicht sehen konnte.

Vorsichtig nahm er die Perle aus seinem Säckchen und wartete darauf, dass sie in der beginnenden Dämmerung ihren Schein verbreiten sollte. Die Perle aber schien ihren Schein vollkommen verloren zu haben. Nicht der kleinste Schimmer ging von ihr mehr aus. Ah Da rieb die Perle in seinen Händen, er putzte sie mit den Ärmeln seines Gewandes, er hielt sie vor sich, er hielt sie dem heraufkommenden Mond entgegen, nichts half, die Perle blieb stumpf und dunkel und gab keinen Schein von sich.

In seiner Verzweiflung und in seinem Zorn warf Ah Da die Perle schließlich auf die Erde und trat in seiner Wut auf sie. Da zerbrach sie. Eine eitrige Flüssigkeit entströmte ihr, übel riechend und stinkend. Da wusste Ah Da, dass er verloren hatte. Am dritten Tag langte auch Ah Er am Flussufer an, suchte das Mädchen auf dem Stein am Wasser auf, verbeugte sich vor ihr und sagte: »Entschuldigt vielmals, schönes Fräulein, ich konnte die leuchtende Perle nicht erhalten, die Ihr erbeten habt!« »Und was hast du in deinem kleinen Säckchen auf dem Rücken?«, fragte das Mädchen.

»Das ist nur ein kleines Geschenk. Es ist eine ganz gewöhnliche Perle!« Ah Er nahm die Perle aus dem Säckchen und hielt sie prüfend in seinen Händen. Die Perle war dunkel und gab nicht den geringsten Schein von sich. »Selbst die Felsen hier am Fluss sind heller und leuchtender als diese Perle da«, sagte Ah Da, der aus Neugierde nun auch herangekommen war.

»Lasst uns bis heute Abend warten, dann erst werden wir sehen, welch eine Perle es ist«, sagte das schöne Mädchen. Ah Er nahm die Perle wieder an sich und versprach, nach Einbruch der Dunkelheit wiederzukommen. Ah Da war neugierig und missgünstig zugleich. Hinter Büschen verborgen, konnte er es kaum erwarten, bis die Dunkelheit angebrochen war und Ah Er wieder erschien. Der jüngere Bruder holte die Perle aus seinem Säckchen und wäre vor Erstaunen fast auf den Rücken gefallen. Die Perle begann zu leuchten wie der aufgehende Mond. Es war ein so starkes Leuchten, dass der Fluss ganz erhellt schien und die Landschaft ringsum in Silberlicht getaucht war.

Das schöne Mädchen nahm die glänzende Perle und hob sie in die Höhe. Blendendes Licht verbreitete sich ringsum. Ah Er hatte selbst im Palast des Drachenkönigs kein so wunderbares Licht gesehen. Ah Da dagegen schloss die Augen vor dem durchdringenden Glanz dieser Perle, und als er sie öffnete, sah er vor sich einen goldenen Palast, der sich in dem Silberlicht zu erheben schien. Auf der Spitze des Daches aber, so schien ihm, leuchtete die schimmernde Perle.

Das schöne Mädchen und Ah Er, so sah er genau, schritten die Stufen zu diesem Palast hinan. Beide waren sie in glänzende Gewänder gekleidet, und beide hielten sich an den Händen. Beide waren sie auf dem Wege zu ihrer Hochzeit. Ah Da, rot vor Eifersucht, eilte ihnen nach, aber die Wachen des Palastes hielten ihn fest und sagten ihm, zu diesem Fest sei er nicht geladen.

Märchen der Han

Ein Lügenmärchen

Es waren einmal drei Brüder, deren Eltern schon gestorben waren. Als Erbe hatten Vater und Mutter den drei Brüdern ein Pferd, ein Rind, zwei Enten und genügend Geschirr hinterlassen. Die Eltern hatten es mit viel Geschick und noch mehr Glück auch noch zuwege gebracht, alle drei Söhne zu verheiraten. Man kann Kinder zwar nach bestem Wissen erziehen, aber ihren Charakter und ihre Art kann man nicht ändern.

So kam es, dass der Älteste und der Zweitälteste von Natur Faulpelze waren, die sich am liebsten mit List und Lüge durchs Leben schlugen. Zu ihnen passten, wie eigens ausgesucht, ihre Frauen, die auch nicht gerne arbeiteten und sich lieber an Tische setzten, auf denen dampfende Schüsseln standen mit Essen, das nicht sie, sondern andere gekocht hatten. Der Jüngste dagegen war ein stiller und anständiger Mann, der eine kluge Frau sein eigen nannte. Die beiden Älteren drängten nach dem Tode der Eltern den Jüngsten, endlich den ererbten Besitz zu teilen und jedem das zuzuteilen, was ihm nach Sitte und Brauch zustehe.

Dabei hatten der Älteste und der Zweitälteste mit ihren Frauen nur im Sinn, den Jüngsten abzuspeisen mit etwas mehr als nichts und sich selbst in den Besitz des Pferdes und des Rindes zu setzen und den größten Teil des Landes an sich zu reißen. Wie gierige Wölfe stürzten sie sich auf das Erbe. Der Jüngste erhielt ein kleines Stück Land in einer abgelegenen Schlucht und eine Strohhütte, weit entfernt vom Elternhaus. Dann gestanden sie ihm noch einen Topf und zwei Essschalen zu. Der jüngste Bruder wollte keinen Streit und war damit einverstanden.

Schwierig war es aber, das Vieh zu teilen. Der Älteste und der Zweitälteste waren sich einig, ihnen sollten das Pferd und das Rind gehören. »Das Pferd muss ich bekommen«, sagte der Älteste, »denn ich bin als erster geboren und habe schon mehr Salz gegessen als der Jüngste Mehl.« »Das Rind muss ich bekommen«, sagte der Zweitälteste, »denn ich bin schon über so viele Brücken gegangen, die zusammengenommen länger sind als die Wege, die der Jüngste bisher überhaupt zurückgelegt hat.«

So blieben dem Jüngsten nur die beiden Enten. Die Frau des jüngsten Bruders war wütend, weil die beiden Älteren ihren Mann so schlecht behandelt hatten, aber der Jüngste wollte keinen Streit, hielt seine Frau zurück, nahm die Enten und zog mit ihr in die Strohhütte. Die Zeiten fließen schnell dahin wie die Wasser der Flüsse. Bald war ein halbes Jahr vergangen. Die Frauen der beiden älteren Brüder aber sahen mit Erstaunen und Missgunst, dass die Frau des Jüngsten alle zwei Monate einen schönen Korb voller Enteneier zum Markte trug.

Bald hatten sie erfahren, dass die beiden Enten so viele Eier legten, dass sie in der Küche nie mangelten und auf dem Markt auch noch ein schönes Sümmchen Geld einbrachten. »Wie kommen wir bloß zu diesen Enten?« So fragten sich die beiden älteren Brüder und überlegten lange mit ihren Frauen. Eines Abends tauchten sie beide bei ihrem jüngsten Bruder in der Strohhütte auf: »Wir haben das Erbe zwar redlich geteilt, aber wir haben uns seither nicht mehr gesehen. Heute wollen wir zusammenkommen und wieder von alten Zeiten plaudern! Komm mit uns, wir haben Fleisch gekocht und Wein geholt, heute wollen wir ein wenig feiern und gemütlich beisammen sein!«

Da wurde dem Jüngsten weich ums Herz und er ließ sich bereden. Allein seine Frau hatte Vorbehalte und sagte zu ihm: »Geh nicht mit, Mann, deine Brüder haben dich mit ein paar Enten abgespeist und wer weiß schon, was sie jetzt wieder Böses im Schilde führen.« Die beiden älteren Brüder aber zogen ihn lachend aus der Hütte, als sie merkten, dass seine Frau dagegen war und sagten: »Warum sollen wir nicht einmal lustig sein zu dritt, da kann deine Frau doch nichts dagegen haben.«

Bald saßen die drei bei dem Ältesten auf der Ofenbank und ließen sich den süßen Wein schmecken. Nach einigen Bechern sagte lachend der Älteste: »Brüder, lasst uns etwas Lustiges erzählen, damit man auch lachen kann. Wir könnten auch ein Spiel machen. Am besten ist es, wir machen eine Lügenwette.« »Wir erzählen also um die Wette lauter Lügen?«, fragte der Zweitälteste. »Ja«, sagte der Älteste, »jeder lügt, dass sich die Balken biegen, aber keiner darf sagen ›Das ist gelogen!‹ Wer das sagt, der hat verloren und verliert sein Pfand.«

Die beiden Älteren hatten dies alles miteinander abgesprochen – und deshalb fragte der Zweitälteste zum Scheine: »Und welches Pfand setzen wir ein?« »Nun ja«, antwortete der Älteste, »jeder setzt ein, was er hat. Ich setze das Pferd, du kannst das Rind setzen, und der Jüngste kann ja seine beiden Enten einsetzen!« Der Jüngste hatte nichts dagegen und stimmte zu. Der Älteste sagte nochmals warnend: »Wer aber sagt, das ist gelogen, der verliert sein Pfand!« »Du fängst an!«, rief der Zweitälteste und schaute dabei erwartungsvoll seinen älteren Bruder an.

Der Älteste begann mit einer haarsträubenden Lügengeschichte: »Hört her, vorgestern traf ich einen Mann, der verkaufte Brunnen. Auf dem Rücken trug er ein dickes Bambusrohr und rief die Straße entlang: ›Brunnen zu verkaufen, Brunnen zu verkaufen!‹ Da trat ein Mann zu ihm und sagte ihm, dass er schon lange einen Brunnen suche und gerne einen kaufen möchte. Der Mann nahm das Bambusrohr vom Rücken, zog ein Messer aus der Tasche und schnitt einen Ring von dem Bambusrohr ab. Als der Käufer den Ring auf die Erde legte, entstand ein tiefer Brunnen, aus dem er alsbald einen Kübel frischen, klaren Wassers heraufziehen konnte. Schnell bezahlte er zwei Münzschnüre dafür, nahm den Brunnen auf den Rücken und machte sich auf den Heimweg!«

»So etwas gibt es nicht«, rief der Jüngste, »das ist bestimmt gelogen!« Der Älteste lachte und der Zweitälteste schmunzelte. »Haben wir dir nicht gesagt, dass jeder sein Pfand verliert, wer da ausspricht ›Das ist gelogen?‹« Die beiden Schelme wussten genau um den einfachen und redlichen Sinn ihres Bruders und hatten ihm damit bereits eine Ente abgenommen. »Das ist nichts Besonderes mit dem Brunnen«, sagte da der Zweitälteste. »Vorgestern erlebte ich in einem Dorf eine Geschichte, die man kaum für wahr hält und doch hat sie sich so zugetragen. Hört her, ich komme zu einem Bauerngehöft und sehe, wie die Bauern auf der Tenne Getreide worfeln. Mit Gabeln und Schaufeln warfen sie das Getreide hoch, aber da kein Lüftchen wehte, konnten sie die Körner nicht von der Spreu trennen. Vier

Burschen traten daraufhin vor und gingen an die vier Ecken der Tenne, jeder in eine andere Ecke, dann bückten sie sich, hoben die ganze Tenne hoch und schüttelten sie wie einen Teppich. Dann spannten sie die Tenne wieder an wie ein Stück Wäsche, das man recht und glatt machen will. Da flogen die Körner hoch mit der Spreu, wie wenn ein kräftiger Wind über die Tenne gefahren wäre. Die Spreu wehte davon, die Körner aber fielen zu Boden und das Getreide war im Nu gereinigt.« »Eine Tenne schütteln«, rief daraufhin der Jüngste, »das ist unmöglich, das ist gelogen!«

Der Älteste und der Zweitälteste bogen sich vor Lachen und riefen: »Die zweite Ente gehört uns! Ja, nun, darum geht es doch. Wir haben dir ganz genau gesagt, dass jeder sein Pfand verliert, wenn er den Erzähler einen Lügner nennt. Und nun hast du eben wieder gesagt: ›Das ist gelogen‹. Damit sind deine beiden Enten nun unser, ha, ha!« Der Jüngste biss sich auf die Lippen, denn erst jetzt ging ihm auf, dass er hereingelegt worden war. Das abendliche Fest wurde vom Ältesten nun sehr schnell beendet, es war ohnehin schon kurz nach Mitternacht.

Beide Brüder sagten dem Jüngsten, dass sie gleich am nächsten Tag vorbeikommen wollten, um die Enten zu holen. Der Jüngste zog nun recht verbittert nach Hause, ließ den Kopf hängen, sagte keinen Ton zu seiner Frau und verweigerte das Essen, das sie ihm bereitet hatte. »Was haben die beiden nun schon wieder angestellt?«, fragte die Frau. Und da sie mit dieser Frage ihrem Manne keine Schuld zusprach, begann er zu reden und erzählte haargenau die ganze Geschichte mit dem Wein auf der Ofenbank und mit den Lügengeschichten und den eingesetzten Pfändern.

»Das sind ausgekochte Spitzbuben«, rief die Frau, »sie sinnen nur auf Schlechtigkeit, hecken Listen aus und betrügen arglose Leute. Aber das sage ich dir, unsere Enten bekommen die beiden nicht!« »Ja, aber«, meinte der Mann, »was ist da zu machen?« »Das lass nur meine Sorge sein. Du musst mir aber versprechen, alles zu tun, was ich sage!« Und die Frau beugte ihren Mund über das Ohr ihres ratlos dasitzenden Mannes und flüsterte ihm den Plan ins Ohr, so dass nicht einmal eine Maus hören konnte, was die beiden vorbereiteten.

Die beiden älteren Brüder standen am nächsten Tage recht früh auf und zogen bereits am frühen Vormittag zur Strohhütte des Jüngsten. »He«, riefen sie am Tor, »wir sind gekommen, um die Enten zu holen! He, macht auf!« Alles blieb still, aber aus dem Innern der Hütte hörten sie halblautes Weinen und Klagen. »Ach, du mein Einziger, mein Mann, wie kann es sein in so jungen Jahren!« Die beiden sahen sich betreten an und traten in die Hütte, deren Tür nur angelehnt war. Dort saß, in Tränen gebadet, die Frau des Jüngsten vor dem Ofenbett und weinte und klagte. Auf dem Ofenbett selbst lag stocksteif mit ausgestreckten Beinen der Jüngste, dessen Gesicht mit einem Stück roten Tuches bedeckt war.

»Was soll das denn?«, stammelte erschreckt der Älteste. »Gestern war er doch noch kerngesund und hat mit uns Wein getrunken. Er wird dir ja erzählt haben, liebe Schwägerin, dass wir eine Wette gemacht haben und dass er die beiden Enten dabei verloren hat.« »Was«, rief die Frau des Jüngsten, »die Enten wollt Ihr noch holen? Dieser Enten wegen ist mein Mann ja heute früh ums Leben gekommen. Und das alles wegen euch zwei Lügenteufeln!« Die Tränen der Frau rollten in großen Tropfen herab und sie begann nun laut zu klagen und zu weinen.

Die Nachbarn vernahmen die Totenklage, kamen schnell gelaufen und traten erschreckt in die Hütte. Die beiden älteren Brüder konnten vor Schreck zuerst keinen Gedanken fassen, doch dann besann sich der Älteste und sagte: »Ja warum sollen wir denn an seinem Tode schuld sein, er hat alles freiwillig mitgemacht gestern Abend und ist gesund und munter weggegangen. Wie ist es denn überhaupt dazu gekommen? Erzähl uns alles erst einmal der Reihe nach!«

Die Nachbarn waren ebenfalls überrascht und riefen durcheinander: »Wie kann er bloß über Nacht so schnell sterben?« »Er war doch nie richtig krank!« »War es ein Unfall?« Die Ehefrau wischte ihre Tränen ab und sagte: »Ja, liebe Nachbarn, diese seine beiden Brüder hier kamen gestern Abend zu uns und luden meinen Mann zum Wein ein. Dabei schlossen sie eine Wette ab. Es galt, so kräftig zu lügen, bis einer sich vergaß und rief: ›Das ist gelogen!‹. Wer das sagte, hatte sein Pfand verloren. Der Älteste setzte sein Pferd, der Zweitälteste sein Rind und mein lieber Mann setzte unsere beiden Enten. Stimmt das, oder etwa nicht?«

Sie wandte sich mit dieser Frage an die beiden Brüder und fasste sie fest ins Auge dabei. Die Brüder bemühten sich schnell, ihr beizupflichten, und meinten übereinstimmend: »Ja, so war es, genauso ist es gewesen!« Und zu den Nachbarn gewandt, sagte die Frau mit treuherziger Stimme: »Ihr wisst ja, mein Mann konnte nie lügen, seine Brüder aber können dies so gut, dass sie gestern Abend so logen, bis mein Mann zwei Mal ausrief: ›Das ist gelogen!‹. Und so hat er unsere Enten verspielt. Die beiden Brüder hatten angekündigt, heute zu uns zu kommen und die Enten zu holen. Weil wir die beiden sehr gut kennen, wussten wir, dass sie sehr früh kommen würden. Mein Mann stand also heute mit der Sonne auf und wollte die Enten von der Stange holen ...«

Bei diesen Worten lachten die Nachbarn schallend, auch die beiden Brüder grinsten und der Zweitälteste rief: »Ja, seit wann sitzen denn die Enten auf der Stange? Das ist ja gelogen!« »Wie könnt ihr sagen, das sei gelogen, lasst mich erst einmal zu Ende erzählen! Wie also mein Mann die Enten greifen will, flattert der Enterich auf und fliegt meinem Mann über den Kopf. Als er ihn packen will, tritt der Enterich ihn mit dem Fuß vor den Kopf, dass er von der Leiter fällt und tot ist.«

»He«, rief der Älteste, »Ihr hattet doch gar keinen Enterich, alle beiden Enten legten doch Eier! Und eine Ente hat doch keine Hufe! Wie kann dein Mann da von der Leiter fallen? Die ganze Geschichte ist erlogen!« »Habt ihr das gehört, liebe Nachbarn, jeder von den beiden Brüdern hat einmal gesagt: ›Das ist gelogen!‹. Jawohl, ich habe gelogen. Und nun, Mann, steh auf und hole bei deinen beiden Brüdern das Pferd und das Rind ab. Du hast die Wette gewonnen!«

Die Nachbarn bogen sich vor Lachen, als der Jüngste nun aufsprang und seine Beine rieb, die beim langen Stillehalten ihm etwas eingeschlafen waren. »Und warum willst du bei uns Pferd und Rind holen?«, fragte der Älteste, »die Wette galt doch nur gestern. Heute ist heute!« »Nein, nein«, rief da die Frau des Jüngsten, »Ihr wolltet doch heute die Enten holen. Und übrigens, mein Mann kam nach Mitternacht nach Hause – und nach

Mitternacht habt ihr die Wette auch erst beendet – also war es ohnehin schon heute!« Da staunten die Nachbarn über die Klugheit der Frau und pflichteten ihr ohne Umschweife bei.

Die beiden älteren Brüder sahen, dass ihr Spiel verloren war und suchten nun zu retten, was zu retten ist. »Halt«, sagte da der Älteste, »wenn ich das Pferd und mein Bruder das Rind hergeben muss, dann bekommen wir aber dennoch die Enten, denn der Jüngste hat die Wette in meinem Hause ja eindeutig verloren.« »Nein, nein«, rief da die Frau, »die Enten bleiben bei uns, denn alle hier haben es gesehen und gehört. Als der Zweitälteste rief ›Das ist gelogen!‹, nickte der Älteste zustimmend. Und als der Älteste die Lüge bemerkte und dies kundtat, nickte sein Bruder. Ihr habt also doppelt verloren. Ihr Lügenbrüder, und deshalb bleiben uns auch die Enten. Und dabei seid ihr dann noch gut weggekommen!«

Die Nachbarn kugelten sich vor Lachen, klopften dem Jüngsten auf die Schulter und begleiteten ihn zum Hause des Ältesten, wo er unter dem Jubel von Jung und Alt das Pferd abholte. Dann zog die ganze Meute johlend und lachend zum Hause des zweitältesten Bruders, der unter Murren das Rind herausgeben musste. Nun hatte der jüngste Bruder mit Hilfe seiner klugen Frau die ganze Wette gewonnen. Die beiden älteren Brüder hatten nun das Nachsehen und den Spott und ließen sich längere Zeit nicht mehr im Dorfe blicken. Den Nachbarn aber schickte die Frau des Jüngsten zum Neujahrsfeste immer ein schönes Körbchen mit frischen Enteneiern.

Märchen der Han

Der weisse Fasan

In einem Miao-Dorf lebten einst ein Mann und seine Frau mit Namen Kaochio und Weiniao. Das Paar war über vierzig Jahre alt, da wurde ihre Ehe endlich mit einem Kind gesegnet, einem Mädchen. Als es ankam, waren sie überglücklich und nannten es Pangkao. Es war ein gesundes Kind, klug und gewandt; als es größer wurde, übertraf es alle anderen Mädchen des Dorfes in der Handarbeit. Pangkao hatte feine, geschwungene Brauen, strahlende Augen und Wangen wie Pfirsichblüten im Frühling. Wenn sie sich mit ihrem Sonntagsstaat schmückte, sagten die Leute, sie sei schöner als ein Pfau. Sie war außerdem mit einer betörenden Stimme beschenkt, und beim Klang ihres Gesanges schwiegen selbst die Singvögel auf den Bäumen.

Viele junge Männer im Dorf bewarben sich um Pangkaos Hand, aber sie wies alle zurück. Wen nun liebte das junge Mädchen? Die Wahrheit war, dass es bereits sein Herz an einen tapferen jungen Jäger namens Mousha verschenkt hatte. Mousha war ein großer, starker und ansehnlicher Mann, der einst ohne Hilfe einen Tiger getötet hatte. Damals, als das geschah, war er mit seinem Vater auf die Jagd in den Wald gegangen. Ein Tiger war mit fürchterlichem Gebrüll plötzlich aus dem Dickicht aufgetaucht und war dann auf den alten Mann zugesprungen.

Mousha hatte sein Messer gezogen und auf den Tiger eingestochen. Der Tiger hatte dann von dem alten Mann, der am Boden lag, abgelassen und sich auf Mousha geworfen. Mousha war aber herumgeschnellt und hatte dem Tiger einen gewaltigen Hieb auf den Kopf versetzt. Der Tiger taumelte, griff jedoch erneut an. Der Schlag hatte ihm aber doch etwas die Sinne geraubt, und endlich, als Mousha ihn noch mehrmals in Kopf und Leib gestochen hatte, ging es mit ihm zu Ende. Der Tiger hatte aber dennoch Moushas Vater so schwer verletzt, dass dieser starb und Mousha mit dem Jagdhund allein in den Bergen zurückließ. Die Not und die Erfahrungen in den Bergen machten den jungen Mann bald zu einem vortrefflichen Jäger.

Eines Tages wanderte Mousha durch ein Dorf. Zu seiner Verwunderung sah er dort nur Kühe und Schafe, aber nicht eine einzige Ente, auch kein Küken. Neugierig befragte er die Dorfbewohner. Sie erzählten ihm, dass zwei große Raubvögel in der Nähe hausten, deren Krallen keine Ente und kein Küken entkommen könnten. Diese Zaubervögel, so berichteten die Leute, seien so groß und Furcht erregend, dass niemand in der Lage sei, mit ihnen fertig zu werden. Mousha konnte das kaum glauben und sagte: »Gibt es wirklich keinen Weg, diese Raubvögel loszuwerden? Lasst es mich einmal versuchen!«

Pfeil und Bogen in der Hand, folgte er den Dorfbewohnern zum Horst der Vogelungeheuer. Sogleich flogen beide auf, die Schwingen wie riesige Matten ausgebreitet. Die Vögel sahen beängstigend aus und flogen sehr schnell; Moushas tödlichen Pfeilen aber konnten sie nicht entkommen. Er zielte, sein erster Pfeil traf, und einer der beiden Vögel stürzte tot zu Boden; mit dem zweiten Pfeil holte Mousha dann auch den anderen Raubvogel herunter. Die Dorfbewohner waren überglücklich und dankten dem tapferen und geschickten Jäger aus ganzem Herzen. Nun hatte sich dies Ereignis in dem Dorf zugetragen, in dem Pangkao lebte. Als diese den hübschen jungen Jäger nun sah, fasste sie eine tiefe innige Zuneigung zu ihm.

Der heimatlose Mousha aber, der es gewohnt war, von einem Ort zum anderen zu wandern, verließ das Dorf bereits am nächsten Tag. Wie sollte er auch wissen, dass es da ein wunderschönes Mädchen gab, das sich nach ihm sehnte. Mousha zog weiter, noch bevor ihm Pangkao etwas von ihrer Liebe sagen konnte; die Gedanken des Mädchens aber weilten bei ihm in den Bergen. Wie alle verliebten jungen Mädchen, so veränderte sich auch Pangkao und wurde von Tag zu Tag schöner. Viele Freier kamen an ihre Tür, aber sie wies alle ab.

Es gibt ein Sprichwort: »Geister und Dämonen gelüstet es nach allem, was gut ist«. Auch die schöne junge Pangkao entging schließlich der Aufmerksamkeit der Geister nicht. In jener Gegend gab es einen weißen Fasanengeist, der begierige Augen auf Pangkao warf. Da er wusste, dass er niemals ihre Liebe gewinnen könnte, beschloss er, sie zu rauben. Eines Tages, als Pangkao gerade nähte, fiel sie ihn Ohnmacht und wurde von einer gewaltigen Windbö davongetragen. Ihren Eltern brach fast das Herz über ihren Verlust, und sie weinten bitterlich um sie. Auch die Dorfbewohner waren sehr betrübt und suchten überall nach ihr. Das Mädchen blieb verschwunden, ohne eine Spur zu hinterlassen.

Mousha war inzwischen durch viele Wälder schon gezogen, hatte viele Berge erstiegen und war durch viele Schluchten geklettert. Viele wilde Tiere waren ihm begegnet, von denen er eine ganze Anzahl erlegte. Eines Tages kam er zu einem sehr dichten Forst und traf dort eine Gruppe von Holzfällern. Es tat ihm wohl, in dieser Waldeinsamkeit Menschen zu treffen, mit denen er sich unterhalten konnte. Die Männer fragten Mousha nach seinem Namen und nach seinem Heimatdorf. Mousha sah, dass es ehrliche Leute waren und sagte: »Ich ziehe durch die Berge und Wälder und lebe von der Jagd wilder Tiere. Ich bin ein Wanderer ohne Heimat.«

Die Holzfäller fassten Vertrauen zu dem jungen Mann und forderten ihn auf, bei ihnen über Nacht zu bleiben. Nachdem die Dunkelheit hereingebrochen war und sie alle am großen Feuer saßen, sagte Mousha zu ihnen: »Freunde, erzählt mir etwas über diesen großen Wald!« Und so erzählten ihm die Holzfäller von ihrem Leben in dem großen Forst und von den wilden Tieren, die darin hausten. Bald aber seufzten sie und sagten: »Der Platz hier wäre schon gut, aber lange können wir hier nicht mehr leben.« Mousha war erstaunt und fragte sie nach dem Grund ihrer Besorgnis.

Da antworteten sie: »Ein Fluch ist über diesen Wald gekommen. Ein schrecklicher weißer Fasanengeist geht darin um. Jede Nacht um die dritte Wache setzt er sich auf den höchsten Ast von jenem großen Baum dort drüben und stößt ein Kreischen aus, das einem das Blut gerinnen lässt. Bei der nächsten Wache sieht man ihn auf dem zweithöchsten Ast, dann kreischt er ein zweites Mal. Beim Anbruch der Morgendämmerung kreischt er dann noch ein drittes Mal, und zwar vom dritthöchsten Aste aus. Viel beunruhigender dabei ist aber, dass wir dann immer das Schluchzen einer jungen Frau hören können. Diese seltsamen

Ereignisse sind zu viel für uns, und wir haben beschlossen, diesen schaurigen Platz zu verlassen.«

Mousha begriff sofort, dass ein Ungeheuer in diesem Walde leben musste, und er beschloss, dem Fasanengeist aufzulauern. »Habt keine Angst«, sagte er zu den Holzfällern, »heute Nacht werde ich aufpassen und genau beobachten, was da vor sich geht.« Kurz nach Mitternacht, als es stockfinster war, versteckten sich Mousha und die anderen Männer hinter einem großen Baum. Sie warteten längere Zeit. Um die dritte Wache aber sahen sie, zuerst etwas unscharf, dann aber sehr deutlich, einen grässlichen weißen Vogel auf dem höchsten Ast jenes Baumes sitzen, auf den die Holzfäller gezeigt hatten. Der Vogel stieß einen schrillen, markerschütternden Schrei aus.

Zur gleichen Zeit hörten sie durch den Nachtwind, einmal lauter, dann wieder leiser, das Schluchzen einer jungen Frau. Nach langem Warten in der Stille der Nacht hörten Mousha und die Männer das Kreischen ein zweites Mal — und als die Dämmerung anbrach, sahen alle das Ungeheuer ganz deutlich auf dem dritthöchsten Ast sitzen. Das Kreischen war noch nicht im Wald verhallt, als Moushas schneller Pfeil schon in die Brust des scheußlichen Vogels traf. Das Ungeheuer fiel wie ein Felsbrocken in die Schlucht unter dem großen Baum, und augenblicklich hörte das Schluchzen auf.

Als das Sonnenlicht durch die Wipfel brach, stieg Mousha in die Schlucht hinunter und fand den Körper des riesigen weißen Fasans. Er war froh, das Ungeheuer beseitigt zu haben, zog eine Feder aus dem Schwanz seiner Beute und steckte sie als Erinnerung an seinen Turban. Er konnte sich aber nicht erklären, warum da eine junge Frau geschluchzt hatte. Am späten Morgen nahm er Abschied von den Holzfällern und machte sich wieder auf die Wanderschaft. Wie aber war es Pangkao ergangen? Als sie endlich wieder nach Hause zurückgekehrt war, erzählte sie die Geschichte ihres Abenteuers.

Nachdem sie von der Windbö fortgetragen worden war, fand sie sich in einer finsteren Höhle eingesperrt wieder, von einem scheußlichen weißen Fasanengeist, der sie zwingen wollte, ihn zu heiraten. Wie konnte die liebliche Pangkao so etwas dulden! Wie ihr der weiße Fasan auch drohte, sie sagte nur »Nein«. Den ganzen Tag schrie und jammerte sie, um freigelassen zu werden. Da warf der Geist, in der Furcht, sie könnte entkommen, einen Zauberspruch über sie, so dass sie jede Nacht in einen tiefen Schlaf fiel. In der Morgendämmerung, wenn Pangkao erwachte und wieder zu schluchzen anfing, kreischte der Fasan und warf seinen Zauber über sie, so dass sie wieder in ohnmächtigen Schlaf sank.

Nachdem das Ungeheuer getötet worden war, erwachte Pangkao und rannte aus der Höhle. Der Bann war gebrochen. Sie wusste nicht, wo sie war. Als sie das Ende des Waldes erreichte, traf sie die Holzfäller, die bei ihrem Anblick sehr überrascht waren. Sie befragten sie und erfuhren, dass das Schluchzen, das sie jede Nacht gehört hatten, von diesem bedauernswerten Mädchen aus der Höhle kam. Sie erkannten auch, dass sie es war, die der junge Jäger befreit hatte. Da erzählten sie ihr, was in der vergangenen Nacht geschehen war. Allen tat es leid, dass der junge Mann schon am frühen Morgen Abschied genommen hatte. Alles was sie wussten, war, dass er eine weiße Feder im Turban trug.

Pangkao war erfüllt von Glück, als sie dann gar hörte, dass ihr Befreier derselbe Mousha war, den sie liebte. Aber wohin sollte sie gehen, um ihn zu suchen? In Begleitung der freundlichen Holzfäller kehrte sie dann in ihr Dorf zurück. Ihre alten Eltern waren überglücklich, ihre geliebte Tochter wiederzusehen. Sie umarmten sie zärtlich und sagten unter Tränen: »Tochter, erzähle uns, was dir zugestoßen ist. Wohin hat dich der Wind entführt? Wir konnten vor Sorge kaum schlafen.« Pangkao erzählte ihren Eltern die ganze Geschichte, wie sie gefangen gesetzt, vom Fasanengeist verzaubert, und dann von Mousha gerettet wurde.

Dann erzählte Pangkao, was ihr Herz bewegte. »Ich liebe nur ihn, und nun hat er mein Leben gerettet. Ich weiß nicht, wo er ist, aber ich werde auf ihn warten!« Pangkaos alter Vater war froh, denn er hatte Mousha gesehen und seine Tapferkeit bewundert. Aber wo wanderte er jetzt umher? Wann würde er wieder in ihr Dorf kommen? Diese Fragen beunruhigten Pangkao und ihre Eltern. Ein halbes Jahr verging ohne irgendeine Nachricht von Mousha. Das Mädchen schmachtete dahin, indem es auf seinen

Helden wartete. Eines Tages hatte der alte Vater einen guten Einfall und sagte zu seiner Frau: »Es gibt einen Weg, diesen jungen Mann zu finden.« Seine Frau zweifelte: »Wo willst du hingehen und ihn suchen?«, fragte sie. »Wir werden all die Dorfbewohner einladen, rundherum aus der ganzen Gegend, und zwar zu einem Sing- und Tanzfest. Sicher wird Mousha davon hören und auch kommen.«

Der Vater, der ein geschickter und findiger Mann war, schnitt einige Bambusstäbe zurecht, band sie zusammen und spielte eine liebliche Melodie darauf. Dann zeigte er den jungen Leuten im Dorf, wie man diese Bambusflöten anfertigen und darauf spielen kann. Je mehr sie von diesen Instrumenten machten, desto besser wurden sie. Die Melodien, die sie darauf spielten, wurden gleichfalls immer lieblicher. Am Mondneujahr eröffneten sie das Bambusflötenfest, bei dem sie alle sangen, tanzten und Musik machten.

Nicht nur alle Dorfbewohner kamen, sondern auch die Leute der ganzen Umgebung nahmen daran teil — und alle lachten fröhlich und tanzten zu den Melodien der Bambusflöten. Das Fest dauerte nun schon neun Tage und neun Nächte. Am zehnten Tag erspähte Pangkao in der Menge einen jungen Mann, der eine weiße Feder in seinem Turban trug. Es war Mousha. Das Glück des Mädchens kannte keine Grenzen, und sie eilte zu ihrem Vater, der Mousha zu einem Festmahl einlud. Mousha wusste gar nicht, was dies zu bedeuten habe und wollte sich näher erkundigen, als der alte Mann zu ihm sagte: »Mein tapferer junger Mann, einstmals bist du schon hierher gekommen und hast uns geholfen. Von zwei schrecklichen Raubvögeln hast du uns damals befreit. Nun möchte ich dich etwas fragen: Woher hast du die Feder, die du in deinem Turban trägst?«

Mousha war von dieser Frage überrascht und war erstaunt, warum der alte Mann danach fragte. Dann aber erzählte er ihnen alles, was im Walde geschehen war. Sinnend fügte er hinzu: »Bis auf den heutigen Tag weiß ich allerdings nicht, warum wir das Weinen einer jungen Frau hörten, und warum das Weinen aufhörte, als ich den weißen Fasan abschoss.« Da trat Pangkao aus der inneren Kammer hervor und sah Mousha unter Tränen an. Ihr Vater erzählte nun dem jungen Mann die ganze Geschichte und erklärte ihm, warum sie dieses Bambusflötenfest veranstalteten.

Mousha fasste tiefe Zuneigung zu der lieblichen Pangkao, die eine so schwere Probe hatte bestehen müssen. Er konnte gar nicht anders als sie innig lieben. Und so wurden die beiden glücklich verheiratet. Seit dieser Zeit spielen die Miao-Bambusflöten, und seit dieser Zeit tragen auch die Miao-Mädchen und die Miao-Burschen weiße Fasanenfedern in ihrem Kopfschmuck und im Turban.

Märchen der Dschuan

Der Wasserbüffel und der Tiger

Eines Tages ging ein Bauer mit seinem Wasserbüffel und mit seinem Pflug auf das Reisfeld. Auf dem Felde war der Boden so schlammig, dass der Büffel mit dem Pflug nur schwerfällig einher stapfen konnte. Bis zum Bauch sank er mit jedem Schritt in den tiefen Schlamm ein. So kam der Bauer in seiner Arbeit nur sehr langsam voran. Der Bauer war darüber sehr ärgerlich und erzürnt. Er hieb mit einem Stock auf den Büffel ein und schimpfte: »Du fauler und dummer Büffel, du! Du kommst ja überhaupt nicht voran. Das ist ja mehr gekrochen als gegangen! Schau dir mal den Tiger an! Der hat Kraft und kann laufen. Von dem solltest du etwas lernen!«

Der Bauer beschimpfte und schlug den Büffel so lange, bis dieser sich unwillig umdrehte und sagte: »Was soll schon mit einem Tiger los sein! Da bin ich immer noch stärker als er!« Der Bauer hielt dies für Aufschneiderei und schimpfte und prügelte den Büffel immer noch mehr. Da sagte der Büffel in festem und bestimmtem Tone: »Du bist hochnäsig und siehst auf mich herab. Du wirst bald sehen, was ein Büffel vermag. Führe mich morgen zu einem Tiger, und ich werde mit ihm kämpfen.«

Der Bauer lachte spöttisch, aber er führte den Büffel am nächsten Morgen zu einer Tigerhöhle. Der Tiger witterte alsbald den Wasserbüffel vor seiner Höhle, sprang hervor und wollte sich auf ihn stürzen. Der Wasserbüffel stand breitbeinig da, schüttelte seine beiden sichelartigen Hörner und sagte ruhig und gelassen: »Tiger, ruhig Blut! Wir werden unsere Kräfte messen! Heute will ich dir nur sagen, dass deine Zähne viel zu stumpf sind für meine dicke Haut. Wir wollen gleiche Bedingungen für den Kampf festlegen: Schleife du drei Tage lang deine Zähne, während ich in dieser Zeit meine Hörner schleifen werde. Dann treffen wir wieder zusammen.« »Nun, gut!«, knurrte der Tiger und zog sich brüllend in die Höhle zurück.

Drei Tage und drei Nächte lang schliff er mit Ingrimm und Ausdauer seine Zähne, bis sie messerscharf waren. Der Wasserbüffel aber hatte etwas ganz anderes im Sinn. Er schliff seine Hörner nur einen einzigen Tag. An den anderen zwei Tagen schlich er sich zu einer Strohhütte, wickelte sich Stroh in breiten Schichten um den ganzen Leib und wälzte sich dann in einer Schlammgrube. Als er ganz mit Schlamm bedeckt war, konnte man bei ihm nichts mehr von dem Stroh darunter bemerken. Am Tag des Kampfes erschienen, wie abgemacht, der Wasserbüffel und der Tiger gleichzeitig auf dem festgelegten Platz.

Dem Tiger fiel auf, wie schmutzig der Büffel war und fragte ihn: »Warum hast du dich denn so mit Schlamm und Dreck beschmiert?« Der Wasserbüffel entgegnete: »Im Hochsommer leiden die Büffel ganz besonders unter der Hitze, das weiß ja auch jeder. Ich nehme daher täglich im Schlamm ein kühles Bad. Das ist sehr erfrischend.« Aufmerksam betrachtete der Tiger den Büffel vom Kopf bis Fuß; es schien ihm, als sei er heute dicker als sonst. Da er nichts Verdächtiges entdecken konnte, rief er in der Vorfreude auf ein reichliches Mahl triumphierend aus: »Du kommst mir gerade recht, dein Fleisch ist fett und zart geworden, geradezu ein Leckerbissen!«

»Langsam, Tiger!«, sagte der Wasserbüffel, »wenn du auch Schweine und Schafe fressen magst, mir wirst du kein Härchen krümmen!« Von oben herab und voller Spott sagte da der Tiger: »Vor drei Tagen hätte ich dich schon fressen können. Heute sind meine Zähne noch geschliffen obendrein. Wie sollte ich dich da nicht erlegen können?« »Gut«, erwiderte der Büffel, »wenn deine Zähne so scharf sind, so lege ich mich als erster auf den Boden und lasse dich drei Mal zubeißen. Dann aber muss es mir erlaubt sein, dich drei Mal mit den Hörnern zu stoßen.« Der Tiger war sofort einverstanden.

Mit einem gewaltigen Satz sprang er auf den Büffel zu und biss drei Mal zu. Als er seinen gefleckten Kopf wieder erhob, glaubte er, der Wasserbüffel sei bereits tot. Dabei hatte er seinen Gegner überhaupt nicht verletzt, er hatte nur die künstliche Haut aus Stroh und Schlamm zerfetzt. Der Büffel aber erhob sich gemächlich, denn nun war er an der Reihe. Der Tiger war zuhöchst verwundert, aber er musste sich nun auf den Boden legen. Der Wasserbüffel hob den Kopf, dann traf er den Tiger mit drei gewaltigen Stößen. Der erste Stoß schlitzte dem Tiger den Bauch auf; der zweite brach ihm das Rückgrat; der dritte Stoß durchbohrte das Raubtier, und die Eingeweide quollen hervor. Der Tiger röchelte noch und verendete dann in einer großen Blutlache.

Der Bauer hatte alles genau von einem sicheren Ort aus mitangesehen. Er konnte die Klugheit und Tapferkeit seines Büffels nur bewundern. Von diesem Tag an schimpfte er ihn nicht mehr, schlug ihn nicht mehr und behandelte ihn weit besser als früher. Und so schätzen die Menschen den Wasserbüffel wegen seiner Klugheit bis auf den heutigen Tag. Und es schilt ihn niemand, weil er beim Pflügen langsamer ist als ein Pferd und nicht so schnell laufen kann wie ein Tiger.

Märchen der Dschuang

Die Reise zur Sonne

Im Lande der Dschuang herrschten seit unvordenklichen Zeiten Nacht und Finsternis. Die Dschuang hatten zwar gehört, dass es am Himmel eine Sonne gebe, aber sie hatten sie noch nie gesehen; sie wussten wohl, dass dieses himmlische Wunder im Osten aufgehe, aber sie hatten es noch nie erblickt. Das finstere Land der Dschuang wurde von vielen wilden Tieren heimgesucht. Wölfe, Panther und Tiger schlichen umher und versetzten die Leute in Schrecken. Wer aber wollte im Dunkeln diese Raubtiere töten? Dazu war es viel zu finster.

Da beschlossen die Dschuang, einen Boten zur Sonne zu schicken und sie zu bitten, sie möge dem Volk helfen und ihr Licht auch ins Land der Dschuang senden. Auf diese Kunde hin versammelte sich das ganze Volk, alle rannten zusammen. Ein Mann von sechzig Jahren drängte sich durch die Leute nach vorn und rief: »Lasst mich gehen! Ich werde allmählich alt und kann nicht mehr gut auf dem Felde arbeiten. Die Reise aber kann ich machen, denn ich kann gut marschieren!«

»Wie willst du denn zur Sonne kommen?«, rief ein Mann im mittleren Alter, drängte sich durch die Menge und begann, lebhaft auf den Alten einzureden. »Sieh mich an! Ich lege an die 160 Li am Tag zurück. Mir macht ein Marsch gar nichts aus. Zur Sonne gehe ich!« Nun drängelten sich mehrere junge Männer und Frauen nach vorn und baten um das Wort. Sie strotzen nur so vor Gesundheit und Jugendkraft. Alle behaupteten von sich, sie seien die richtigen Leute für diese Reise. Sie beschworen, in der kürzesten Zeit am Ziel und wieder zurück zu sein.

Da sprang in der Menge ein Junge von zehn Jahren in die Höhe und rief: »Wer kann von euch schon zur Sonne gehen? Ihr habt wohl alle vergessen, dass dieses Himmelswunder unendlich weit von uns entfernt ist. Vierzig oder fünfzig Jahre reichen dazu nicht aus, dazu braucht man sicherlich an die neunzig Jahre. Ich bin so jung — und so komme ich wohl für die Reise in Frage!« Nun steckten alle die Köpfe zusammen und beratschlagten. »Was der da vorbringt, ist wohl richtig!« »Gesund ist er, und kräftig ist er auch!« »Lasst ihn gehen, das ist das Beste!« »Ein kluger Junge, er wird es schaffen!«

So riefen sie alle durcheinander. Eine Frau von zwanzig Jahren bat in dem allgemeinen Gemurmel mit erhobener Hand um Ruhe. Sie hieß Malo. »Seid alle mal still!«, rief sie. Daraufhin verstummten alle. »Der Junge hat Recht«, so erklärte Malo, »wenn er sagt, die Sonne sei sehr weit entfernt. Ich glaube, nicht einmal in neunzig Jahren wird man sie erreichen. Ein Neunzigjähriger ist aber nicht mehr gut bei Fuß, das seht ihr doch ein. Lasst mich gehen! Ich bin kräftig und ausdauernd. Kein Himmel hoher Berg hält mich ab, keine Schlange und kein Raubtier schreckt mich. Vor allem aber — ich erwarte ein Kind. Sollte ich das Ziel nicht erreichen, dann ist mein Kind ja da und erreicht es bestimmt.«

Alle klatschten laut Beifall, als sie das hörten. Die Entscheidung wurde gleich getroffen. Malo wurde ausgewählt und auf die Reise zur Sonne geschickt. Nach ihrer Ankunft sollte sie sogleich ein Feuer dort anzünden; dies sollte das verabredete Zeichen sein. Malo wanderte ostwärts. Nach ungefähr acht Monaten schenkte sie einem gesunden und kräftigen Jungen das Leben und nahm ihn mit auf den Weg. Bald konnte der Junge auch laufen und so wanderten sie beide unentwegt gen Osten. Nach siebzigjähriger Wanderschaft wurde Malo müde. Erschöpft wie sie war, konnte sie sich nicht mehr weiterschleppen.

In einem Bauernhaus blieb sie zurück und befahl ihrem Sohn, weiterzuwandern und die Sonne zu suchen. Mutter und Sohn hatten auf diesem langen Weg in siebzig Jahren viele tausend Berge erstiegen, waren über viele tausend Flüsse geschritten und waren Schlangen und wilden Tieren zu Tausenden begegnet. Not und Leid hatten sie viel erfahren auf diesem Weg. Alle Gefahren aber hatten sie mit Kraft und Klugheit bestanden; selbst dem Tod waren sie oft begegnet, aber sie kamen überall lebendig und mit heiler Haut davon.

Auf dieser unendlich langen Reise trafen sie viele, viele Menschen, die ihnen halfen. Malo und ihr Sohn erzählten den Leuten, dass sie auf dem Weg zur Sonne seien und dass sie aus dem Lande der Dschuang kämen. Die Leute staunten – und setzten Malo und ihren Sohn mit Booten über die Flüsse, führten sie sicher durchs Gebirge, gaben ihnen Kleider und Schuhe und luden sie zu einer warmen Mahlzeit ein. Die Menschen aber im Dschuang-Lande wandten sich jeden Morgen seit Malos Abreise erwartungsvoll nach Osten und hielten Ausschau, ob am Himmel ein Feuersignal erscheine.

Die Jahre kamen und gingen. Siebzig Jahre zogen dahin, ohne dass das verabredete Zeichen zu erspähen war. Keine Sonne war zu sehen, keine Wärme zu spüren, alles blieb beim alten. Wolf, Panther und Tiger trieben weiterhin ihr Unwesen in der Gegend. Die Leute glaubten, Malo sei auf ihrer Wanderschaft schon längst umgekommen. Es war der letzte Tag des neunundneunzigsten Jahres, als die Wächter plötzlich Alarm schlugen. Am östlichen Himmel sah man in blutroter Farbe ein gewaltiges Feuer auflodern.

Die Wächter konnten selbst kaum daran glauben. Und da ging glühend und in großer Herrlichkeit die Sonne auf. In die letzten Winkel und Enden des Dchuanglandes drangen die Strahlen der Sonne. Wölfe, Panther und Tiger konnte man flüchten sehen. Seit uralten Zeiten hatten sie die Menschen in Angst und Schrecken versetzt; jetzt endlich mussten sie daran glauben, sie wurden gejagt und ihr Fell abgezogen. Zum Zeichen der Verehrung für Malo und ihren Sohn beginnen seit jenem Tage die Bauern der Dschuang ihre Feldarbeit bei Sonnenaufgang und kehren heim beim Sonnenuntergang.

Märchen der Dschuang

Das bunte Hochzeitskleid

In einem Dorf, das von Bergen rings umgeben war, lebte in alten Zeiten einmal ein junges Mädchen. Im Spinnen, Weben und Stricken konnte es dem Mädchen niemand gleichtun, so geschickte Hände hatte es. Das Mädchen war schön wie eine Blume, aber einfach und schlicht, sparsam und fleißig. Überall wurde sie wegen ihrer Handfertigkeit nur Tjiao-gu genannt, das »Mädchen mit den fleißigen Händen«.

Ein armer Bursche mit Namen Man Tsang wohnte gleich gegenüber von den Eltern des Mädchens. Tjiao-gu war von klein auf seine Gespielin gewesen. Und wie sie beide größer wurden, hatten sie sich immer mehr lieb. Man Tsang bewunderte den Fleiß des Mädchens, Tjiao-gu freute sich über die Tüchtigkeit ihres Geliebten. Die Eltern der beiden willigten ein und vereinbarten die Hochzeit.

Man Tsangs Familie aber war arm, und so konnte der Bursche seiner Verlobten nur die einfachsten Geschenke verehren: einen Hirsehalm mit einer Doppelähre, einen prächtigen Kohlkopf, eine ganz knallrote Schnur Paprikaschoten. Tjiao-gu war glücklich. In ihren Augen waren das alles kostbare Geschenke, die sie sorgfältig verwahrte. Wachte sie am Morgen auf, so schaute sie gleich nach diesen Gaben, und am Abend galt ihnen ihr letzter Blick. In ihrem Herzen aber wuchs die Liebe zu Man Tsang.

Die Eltern der beiden Verlobten verabredeten im nächsten Frühjahr die Hochzeit auf den Herbst des gleichen Jahres. Die Eltern des Mädchens waren traurig, ihrer Tochter kein Kleid zur Aussteuer anschaffen zu können. Am liebsten hätten sie, wie man so sagt, die eisernen Kochtöpfe im Hause zerschlagen und an den Altwarenhändler verkauft, um nur einiges Geld zu lösen. Tjiao-gu aber sagte zu ihren Eltern: »Eine gute Tochter verlässt sich nicht nur auf Vater und Mutter. Habe ich nicht zwei Hände? Soll ich mir da den Kopf zerbrechen, was ich zur Hochzeit anziehen soll?«

Man-Tsang wollte allzu gerne seine Verlobte mit einem Stückchen Tuch überraschen. Dies aber ging über seinen kärglichen Verdienst. Mit vieler Mühe konnte er ein paar Pfund grober Baumwolle als Morgengabe zusammenbringen. In der Nachbarschaft Tjiao-gus wohnte eine Familie, die ebenfalls eine heiratsfähige Tochter im Hause hatte. Dieses Mädchen hieß Djin-hua und war von ihren Eltern schon als Kind mit einem Jungen in der Stadt verlobt worden. Der Junge war der Sohn wohlhabender Eltern. Die Hochzeit Djin-huas mit dem reichen Bräutigam aus der Stadt sollte auch im Herbst gefeiert werden.

Aus der Stadt trafen dann auch viele Monate im Voraus zwei rotbedeckte Truhen mit den Hochzeitsgeschenken der Schwiegereltern ein: Goldarmbänder, verziert mit Edelsteinblumen, Kopfschmuck, besetzt mit kostbaren Steinen, Seidengewänder mit zierlichen Borten und Röcke aus Atlasseide mit herrlichen, leuchtenden Blumenmustern. Alles, was sich eine junge Braut nur wünschen kann, kam da zum Vorschein. Djin-hua konnte es gar nicht erwarten. Beim Auspacken schon begann sie, ein Kleid nach dem anderen anzuprobieren.

Sie stellte sich vor den Hofbrunnen und spiegelte sich im Wasser des großen Beckens, dann stolzierte sie zum nahen Fluss und betrachtete sich voller Stolz und Wohlgefallen im Wasserspiegel. Dabei achtete sie sehr darauf, in all ihrem Glanz von Tjiao-gu gesehen zu werden. Tjiao-gu aber blickte nicht zu ihr hin. Mit flinken Händen spann sie die Baumwolle zu Garn, verwob das Garn zu Tuch und nähte daraus ein Kleid.

Die Hirseähren, der Kohlkopf, die Buchelbohnen und die Paprikaschoten lagen dabei immer neben ihr. Und dieser Anblick brachte sie auf einen glücklichen Einfall. Sie stickte Hirseähren darauf, glänzend wie Gold, Kohl, wie grüne Jade leuchtend, Bohnen, so herrlich blau wie der Enzian der Berge, und Paprika, so rot wie Korallen. Ein Muster reihte sich an das andere, immer dichter rückten sie aneinander, immer schöner wurde das Kleid. Tjiao-gu saß Tag für Tag an dieser Arbeit, vom frühen Morgen bis zum späten Abend. Oft aber saß sie die Nacht hindurch wach und stickte bis zum frühen Morgengrauen.

Hatte sie sich in die Hand gestochen – und Blutstropfen fielen auf das Tuch, dann stickte sie das Blutströpfchen zu einer roten Blume aus. Fiel ihr im Eifer der Arbeit ein Tröpfchen Schweiß von der Stirn, so stickte sie auf diese winzigen Stellen kleine Schmetterlinge. Drei volle Monate mühte sie sich ab. Dann war endlich der letzte Stich getan. Das Kleid war ein wahres Wunder, man konnte sich gar nicht satt sehen daran. Es war schöner als des Himmels Morgenröte und bunter als die Blumen der Bergwiesen.

Tjiao-gu hatte gerade ihre Arbeit beendet und betrachtete ihr Werk voller Freude, als die eitle Djin-hua vorbeikam und zur Tür hereinschaute. Da sah sie das prächtige und farbenfrohe Kleid. Vor Begierde trat sie von einem Bein auf das andere. Und sie begann zu betteln und zu feilschen. »Tjiao-gu, willst du nicht mit mir tauschen? Für dieses eine Kleid gebe ich dir zehn Kleider aus Atlasseide und sechs Röcke mit Schmetterlingsmuster!« »Tauschen? Nein!«, erwiderte Tjtao-gu, »Wenn auch mein Kleid aus grober Baumwolle und ohne Futter ist, so ist es doch schöner als alle anderen!«

Djin-hua kochte vor Enttäuschung und Wut. Schnell trat sie ein paar Schritte vor und riss das Kleid an sich. »Ich will es mir nur einen Tag borgen. Ich bringe es dir dann wieder zurück!« Tjiao-gu verneinte; sie kannte ihre Nachbarin nur zu gut. Da rannte Djin-hua mit dem Kleide weg, durchs ganze Haus, dann durch den Hof. Tjiao-gu jagte ihr nach. Da wollte dieses böse und freche Geschöpf das Kleid schnell über die Mauer werfen, aber es blieb oben auf der Mauer hängen. Tjiao-gu lief schnell nach einer Bambusstange und wollte ihr kostbares Gewand herunterlangen.

Wie auf ein verabredetes Zeichen stieß da aber eine Schar Elstern herab. Die Vögel fassten das Kleid an allen Enden gemeinsam an, schwangen sich hoch und trugen es in die Lüfte davon. Tjiao-gu war zuerst wie erstarrt, dann begann sie die Elstern zu locken, dann zu schimpfen – aber nichts half. Die Vögel flogen höher und höher und waren bald ganz in den Wolken verschwunden. Vor Verzweiflung stampfte sie auf den Boden und begann laut zu weinen. Voller Heuchelei bot Djin-hua ihr nun zum Ausgleich eines von ihren Seidenkleidern an. Tjiao-gu wies dieses ungleiche und scheinheilige Angebot zurück und rief: »Wer zieht sich schon eine von deinen Häuten über, mit denen du nur prahlen und protzen willst!«

Djin-hua wurde nun ganz gehässig und tat jetzt so, als sei sie selbst gar die Geschädigte und Beraubte. Tjiao-gu war voller Zorn über dieses bösartige Geschöpf, aber sie war auch wütend über die Elstern. Da kam ihr ein Gedanke: die Elstern mussten gefangen werden! Beim Weben ihres Kleides hatte sie noch mehrere Reste Garn übrig behalten, damit konnte sie ein Netz knüpfen. Vielleicht konnte sie auf diese Weise doch noch ihr kostbares Gewand wiederbekommen.

Sie begann gleich mit der Arbeit, ruhte und rastete kaum und knüpfte einen Knoten nach dem anderen. Zwei Tage vor der Hochzeit war das Netz fertig. Die Sonne war am nächsten Tag aufgegangen, da schwirrte es in der Luft und eine Elsternschar flog heran. Mit Lärm und Gezeter setzten sich die schwarzweißen Vögel auf das Hausdach. Leise und geschwind eilte Tjiao-gu in den Hof, spannte das Netz aus und streute Futter darunter. Die Vögel stießen flugs herab und stürzten sich mit Gekreisch auf die Samen und Brocken. Tjiao-gu hatte nur darauf gewartet. Ein schneller Ruck an der Leine – und das Netz war zu!

Alle diebischen Elstern saßen im Netz gefangen; sechzig, siebzig, nein, gar achtzig Vögel! Tjiao-gu zog die Schnüre des Netzes immer enger zusammen. Sie war richtig erbost über die freche Diebesbande. Wie sie nun die Hand nach den Elstern ausstreckte, um sie zu greifen, da schlugen alle mit den Flügeln, erhoben ein lautes Geschrei und trugen das Netz und auf dem Netz das verdutzte Mädchen mit sich in die Höhe. Tjiao-gu pfiff der Wind um die Ohren, so schnell flogen die Vögel, immer höher, nach Osten der Sonne entgegen.

Ganz klein sah sie ihr Dorf nur noch hinter sich, die Bäume, die Äcker, da und dort ein rotes Dach als kleinen Fleck oder eine Wiese als grünen Tupfen, und dann war alles unter ihr verschwunden. Tjiao-gu spürte bald die Luft der Berge. Und da, auf einem mächtigen Gebirgsstock, oben auf dem Gipfel, ließen die

Elstern sich nieder. Ein dichter Wald von nephritgrünen Dryandrabäumen bedeckte diese Bergwelt bis zur höchsten Spitze hinauf. In den Ästen der Bäume saß und tummelte sich ein buntes Vogelvolk. Da gurrten Tauben, dort kreischten Papageien, in der Luft trillerten Lerchen und zu ihren Füßen schlugen Pfauen ihr Rad. Goldfasanen huschten ins Gebüsch, Rebhühner scharrten im Laub und Goldamseln pickten mit ihren festen Schnäbeln unter den Kräutern.

Man konnte gar nicht alle zählen, so viele waren es. Die Elstern zerhackten und zerrissen das Netz kurz und klein und flatterten dann auf die Zweige und Baumspitzen. Mit einem Male waren alle Vögel still, dann brachen sie in ein lautes Jubilieren aus. Was war das? Eine Fee trat aus dem Walde hervor, in ein buntes, prachtvolles Gewand gehüllt. Auf den ersten Blick erkannte Tjiao-gu, dass die Fee ihr eigenes Kleid trug, das die Elstern entführt hatten. Voller Verwunderung und mit ungläubigem Staunen ging sie der Fee entgegen.

Mit gütiger Stimme sagte die wundersame Erscheinung zu dem Mädchen: »Tjiao-gu, du hast ein herrliches Kleid genäht, meine Gewänder aber sind noch kostbarer, willst du mit mir tauschen?« »Verzeiht mir, hohe Frau«, antwortete Tjiao-gu und verneigte sich, »ich möchte doch nicht tauschen. Dieses Kleid ist mein Hochzeitskleid. Ich habe es mit viel Mühe angefertigt, viele Tage und Nächte hat es mich gekostet.« »Dann, Tjiao-gu, sollst du das Kleid gleich wiederhaben!« Die Fee löste den Gürtel mit Händen so zartrot wie die Morgenröte, legte das Kleid ab und übergab es Tjiao-gu mit folgenden Worten: »Von Herzen Dank. Ich wünsche euch beiden, Braut und Bräutigam, immer währendes Glück und ein Familienleben in Eintracht und Zufriedenheit!« Mit diesen Worten wandte sie sich um und war auch schon verschwunden.

Tjiao-gu war sprachlos. Da sah sie, wie aus dem Wald ein strahlender Phönix geflogen kam. Hatte sich die Fee in diesen Phönix verwandelt? Tjiao-gu glaubte es. Die Vögel aber spreizten ihre Schwingen und begleiteten den Phönix. Tjiao-gu freute sich über alle Maßen, dass sie ihr Kleid jetzt wieder hatte. Frohen Herzens stieg sie nun den Berg hinab. Beim Abstieg sah sie weit unter sich auf dem Pfad einen Mann, der den Berg heraufkam.

Wie war ihr Erstaunen und die Freude beider groß, es war Man Tsang!

Früh am Morgen schon war dieser auf die Felder gegangen und hatte von dort aus einen Elsternschwarm bemerkt, der ein Netz in die Lüfte entführte. Voller Schreck sah er auch: auf dem Netz lag seine geliebte Tjiao-gu. Man Tsang hatte seine Hacke niedergeworfen und war dem Schwarm nachgerannt. Wer aber kann schon einen Vogelschwarm einholen? Die Elstern waren zu schnell, und in wenigen Minuten konnte er sie nur noch als kleine schwarze Punkte in der Ferne erkennen. Wie er verzweifelt so immerzu gegen Osten eilte, die Hänge und schließlich die Berge hoch keuchte, da plötzlich stand seine Braut vor ihm.

Sie konnten sich vor Freude und Staunen kaum fassen. Tjiao-gu aber berichtete nun von ihren Erlebnissen mit Djin-hua, mit den Elstern, mit der Fee, und wie sie ihr Kleid wiederbekam. Man Tsang erzählte ihr auf dem Heimweg, dass die neue Wohnung für sie beide sauber geputzt und hergerichtet, und dass die Fensterrahmen festlich verziert seien. Alles harre nur noch der Braut. Tjiao-gu legte am Hochzeitsmorgen zum allerersten mal das Kleid an, um das sie soviel Sorgen und Kummer hatte ausstehen müssen.

Die Dorfbewohner konnten sich nicht erinnern, jemals eine schönere Braut gesehen zu haben. Tjiao-gu war als Hausfrau noch fleißiger und sparsamer als vorher. Kaum war der Tag angebrochen und der erste Vogelruf erklungen, da zog sie schon ihr buntes neues Kleid an und machte sich auf den Weg ins Feld zur Arbeit. Wurde es ihr dann heiß, zog sie es aus, faltete es zusammen und legte es an den Rand des Ackers. Immer waren dann Elstern in der Luft, die über dem Kleide ihre Kreise zogen. Tjiao-gu brauchte keine Angst zu haben, die Elstern nahmen das Kleid nicht mehr hinweg; es schien fast, als wollten sie es vor Dieben schützen.

Man Tsang mähte eines Tages Hirse auf dem Feld, und Tjiao-gu half ihm dabei. Der Tag war heiß und die junge Frau legte ihr Kleid ab, diesmal unvorsichtigerweise an den Rand des Feldweges. Dieser Weg führte vom Dorf in die Stadt. Dorthin hatte Djin-hua vor kurzem geheiratet, und so kam sie nun mehrfach ins Dorf, um ihre Eltern zu besuchen. Wie es der Zufall fügte, kam Djin-hua auch gerade zu dieser Zeit diesen Weg entlang und sah am Rande das bunte Kleid von Tjiao-gu. Da lag nun das Kleid, das sie immer so begehrt hatte, unbewacht vor ihr! Sie bückte sich heimlich, hob es auf und schlüpfte schnell hinein.

Kaum aber hatte sie es angezogen, da brausten ungezählte Elstern, die lauernd auf den Bäumen gesessen hatten, mit Gekreisch aus der Luft herab. Mit ihren harten, spitzen Schnäbeln hackten sie auf Djin-hua ein und kratzten sie fürchterlich mit ihren scharfen Krallen. Sie hielt die Hände vors Gesicht, sie wollte auf und davon rennen, aber nichts half; sie wurde von den Vögeln entsetzlich zugerichtet. Ihre Hilferufe wurden von dem Geschrei und Krächzen der Elstern übertönt. Das gestohlene Kleid wurde ihr buchstäblich mit Schnäbeln und Krallen vom Leibe gerissen.

Die Schnabelhiebe hinterließen tiefe Wunden, und die Narben davon entstellten ihr Gesicht derart, so dass man meinen konnte, sie habe die Pocken gehabt. Alle Leute gingen ihr aus dem Weg, so hässlich war sie geworden. Djin-huas Schwiegereltern in der Stadt hatten auch gleich davon gehört und ließen ihr bestellen, sie brauche in die Stadt gar nicht mehr zurückzukommen. Auf dem Felde wehten inzwischen die kleinen Fetzen und Stückchen des buntbestickten Tuches im Winde wie kleine rote und grüne Schmetterlinge davon. Weit in der Ferne flatterten sie in die Wiesen und Ackerfurchen. Laub bedeckte sie bald. Regen tropfte auf sie herab und im Winter deckte der Schnee sie zu.

Wie der Frühling nun ins Land gezogen kam, sah man überall Kräuter wachsen, die man noch niemals vorher erblickt hatte: rote Stängel, sattgrüne Blätter und feuerrote Blüten, die aussahen wie kleine Phönixvögel. Tjiao-gu betrachtete diese Blütenpracht lange und versonnen. Sie sammelte die frischen Kräuter, pflanzte sie in ihren Garten und an die Wege beim Acker und dachte oft an die Zeit vor ihrer Hochzeit und an die Begebenheiten im Herbst zurück. Es war ihr, als hätten sich all die Gärten, Wege und Äcker mit ihrem eigenen Hochzeitskleid geschmückt. Das gab ihr großen Trost, der wie Balsam ihren Kummer über das verlorene Kleid hinwegnahm. Seit dieser Zeit nennt man diese Blume Balsamine oder auch »Blume der Phönixfee«.

Märchen der Han

Die sieben Schwestern

In einer gestirnten, mondlosen Nacht verwandelten sich sieben Wölfe in sieben junge Männer und stiegen den Berg hinab um nach Futter zu suchen. Am Abhang des Berges wohnten sieben Mädchen, die die meiste Zeit mit Spinnen zubrachten. Die sieben Wölfe sahen die sieben Mädchen durch eine kleine Spalte in der Holzwand und pochten an die Tür des Hauses. Als die Mädchen die fremden Gesichter sahen, wagten sie nicht, die Tür zu öffnen. Da riefen die Wölfe: »Wir haben den Weg verloren und sind sehr hungrig. Können wir heute Nacht nicht bei euch bleiben?«

Die Schwestern antworteten: »Das ist nicht gut möglich, unsere Eltern sind fort. Geht doch etwas weiter zu einem anderen Haus!« Die Wölfe ließen aber nicht locker: »Wir wollen gar nicht die ganze Nacht bleiben. Wir sind nur sehr müde. Könnten wir uns nicht wenigstens etwas ausruhen? Als die Mädchen das hörten, fühlten sie sich doch verpflichtet, die Tür zu öffnen und ihre Gäste hereinzubitten. Die älteste Schwester bot den Gästen nun Stühle an, entdeckte aber, dass alle Schwänze hatten. Der Schreck war ihr in die Glieder gefahren, und ohne ein Wort zu sagen, schlüpfte sie aus dem Haus.

Als die zweite Schwester den Gästen Wasser zu trinken gab, sah sie, dass deren Hände ganz mit Fell bedeckt waren. Sie erschrak ebenfalls gewaltig, und ohne die anderen zu warnen, suchte sie heimlich ebenfalls das Weite. Als die dritte Schwester Wasser in ein Becken füllte, damit sich die Gäste die Füße waschen konnten, bemerkte sie, dass deren Füße mit Pelz bedeckt waren. Sie war gleichfalls sehr erschreckt, und ohne etwas zu sagen, huschte sie leise aus dem Haus. Die vierte Schwester bot den Gästen Reiskuchen an. Da bemerkte sie in jedem Kuchen zehn kleine Löcher, die von den Pfoten herrührten. Das jagte ihr solchen Schreck ein, dass sie die Kuchen auf den Boden fallen ließ.

Die Wölfe hatten sich noch gar nicht hingesetzt und auch noch kein Wasser getrunken. Anstatt dies nun zu tun und die Füße zu waschen und die Reiskuchen zu essen, gingen sie auf die Mädchen zu und fragten mit drohendem Unterton: »Was ist eigentlich mit euch los?« Die vierte Schwester wollte schreien und weglaufen, aber sie war zu verängstigt, um eines von beiden zu tun. Sie sammelte nur die Reiskuchen auf und ging zurück zu ihrem Spinnrad. Dann setzten sich die sieben Wölfe nieder, tranken Wasser und begannen, die Füße zu waschen und die Reiskuchen zu essen.

Das Surren des Spinnrades hörte sich an wie das leise Seufzen einer Frau. Während sie still vor sich hin weinte, flüsterte die vierte Schwester den drei jüngeren Mädchen zu: »Es sind Wölfe, die sich als junge Männer verkleidet haben. Sie wollen uns fressen.« Die jüngeren Schwestern begannen zu schluchzen, weil sie viel zu ängstlich waren, um laut zu schreien und zu heulen. Die jüngste Schwester sagte zur sechsten: »Du bist älter als ich, du musst mich retten!« Und die sechste wandte sich zur fünften Schwester und sagte: »Du bist älter als ich. Deine Pflicht ist es, uns aus dieser Falle zu befreien!«

Die ›fünfte‹, die auch nicht wusste, was sie tun sollte, wandte sich zur vierten Schwester und sagte: »Du bist älter als ich, du musst dir etwas ausdenken, wie wir hier herauskommen!« Die ›vierte‹ wusste, dass sie vor diesen Bestien nicht davonlaufen konnten, sondern einen Weg finden mussten, sie zu überlisten. So sagte sie zu den drei jüngeren Mädchen: »Unsere drei älteren Schwestern haben nur an ihre eigene Sicherheit gedacht. Da sie fortgelaufen sind, ohne uns zu warnen, müssen wir auf einen Weg sinnen, uns selbst zu retten. Jede von uns muss versuchen, sich etwas auszudenken – oder wir werden alle von den Wölfen gefressen!«

Die Jüngeren stimmten dem zu, was die ›vierte‹ sagte. Sie fuhren mit Spinnen aber fort, während sie heimlich die Sache besprachen. Das Spinnrad hörte sich schon bald gar nicht mehr an wie das leise Seufzen einer Frau – und die Schwestern weinten auch nicht mehr, denn sie hatten sich einen klugen Plan ausgedacht. Die vierte Schwester stand auf und sprach zu den Gästen: »Wir sind müde, dürfen wir euch bitten, bald aufzubrechen?« Die sieben Wölfe antworteten: »Es ist noch etwas früh. Außerdem könnt ihr ja nicht schlafen gehen, bevor eure anderen Schwestern zurückgekommen sind. Kommt und wärmt euch am Feuer!«

Die ›vierte‹ ergriff diese Gelegenheit beim Schopf und sagte: »Da habt ihr ganz Recht. Wir sollten uns auch noch etwas aufwärmen, bevor wir zu Bett gehen. Ich werde gleich nach oben gehen und noch Feuerholz holen.« Die sieben Wölfe erblickten darin nichts Verdächtiges und ließen sie hinaufgehen. Eine kleine Weile später rief die ›vierte‹ ihren anderen drei Schwestern zu: »Ihr müsst heraufkommen und mir helfen. Ich kann nicht alles allein hinunterschleppen.«

Nachdem die Wölfe mit Essen und Trinken fertig waren und auch die Füße gewaschen hatten, setzten sie sich ans Feuer, um sich zu wärmen. So warteten sie eine lange Zeit darauf, dass die Mädchen zurückkehrten. Schließlich aber wurden sie ungeduldig und beschlossen, hinaufzugehen und sie zu suchen. Der älteste Wolf ging hinauf. Und das war das letzte, was die anderen Wölfe je von ihm sahen. Dann stapfte der zweite Wolf die Treppe hinauf und verschwand ohne einen Laut. Der dritte Wolf wollte nun der Sache nachgehen und kam nicht mehr zurück. Die vier zurückgebliebenen Wölfe waren völlig ratlos. Sie ahnten, dass etwas schief gegangen war und dass es nicht ratsam sei, einer nach dem anderen hinaufzugehen.

Der vierte Wolf übernahm nun die Führung. Jeder fasste den Schwanz des vor ihm Gehenden an, und so tapsten sie die Treppe hinauf. Gerade als der Leitwolf das Ende der Treppe erreicht hatte, sah er, dass die Mädchen knorrige, blutbeschmierte Eichenknüppel über ihren Köpfen hielten. Bevor er schreien konnte, sausten die Knüppel mit solcher Gewalt auf ihn nieder, dass sein Kopf gespalten wurde. Er taumelte zurück und riss die anderen drei mit sich die Treppen hinunter. Sie rollten ins Feuer, verbrannten sich und versengten ihren Pelz. Die drei übrig gebliebenen Wölfe heulten vor Schmerz und rannten hinaus, um sich abzukühlen.

Die Schwestern rasten die Treppe hinunter und verriegelten die Tür. Die drei Wölfe merkten jetzt, dass sie überlistet und ihre vier Brüder getötet worden waren. Je mehr sie darüber nachdachten, desto böser wurden sie. Sie verwandelten sich wieder in ihre ursprüngliche Form und versuchten, die Türe aufzubrechen, um ihre Brüder zu rächen. Sie warfen sich gegen die Tür, kratzten daran und heulten schmerzlich. Die Tür aber hielt ihrem Angriff stand und all ihre Mühe war umsonst. Das Spinnrad summte wieder, aber diesmal wie ein sanftes zufriedenes Schnurren einer Katze hinterm warmen Ofen.

Die Wölfe stürmten ums Haus zur Hintertür. Sie dachten, dass es möglich sei, durch die Hintertür einzubrechen und die Schwestern zu fressen. Die Hintertür war aber ebenfalls fest verschlossen. Sogar wenn sie sich in dünne, spitze Nadeln verwandelt hätten, wäre es unmöglich für sie gewesen, in die Stube hineinzukommen. So liefen sie im Hof herum und heulten. Als sie so herumliefen, sah der fünfte Wolf ein Fass, dessen Deckel leicht aufstand. Gleich unter dem Deckel lugte ein Ohr – mit einem Ring am Läppchen – aus dem Fass hervor. So biss er das Ohr ab und hetzte davon. Es war das Ohr der ältesten Schwester, die sich in solcher Eile in dem Fass versteckt hatte, dass sie, ohne es zu wissen, ein Ohr aus dem Fass herauslugen ließ.

Wie sie merkte, dass sie kein Ohr mehr hatte, weinte sie bitterlich. Der sechste Wolf rannte herum und erspähte einen nackten Fuß, der von einem Baum herabbaumelte. Er sprang hoch, biss einen Zeh ab und lief weg. Es war der Zeh der zweiten Schwester, die sich auf dem Baum versteckt hatte. Sie fürchtete sich so, dass es ihr unmöglich war, das Gleichgewicht zu halten – und einer ihrer Füße baumelte in der Luft. Glücklicherweise gelang es ihr, den Fuß noch hochzuziehen. So verlor sie nur einen Zeh und nicht den ganzen Fuß. Der siebte Wolf sah das Bein eines Mädchens im Gebüsch, als er auf dem Platz herumstrolchte. Er sprang zu und biss hinein, ehe er davonrannte.

Das war die dritte Schwester, die ihren Kopf im Busch versteckt hatte und wie ein Vogel Strauß vergessen hatte, ihren übrigen Körper nachzuziehen und zu verbergen. Der Biss in ihr oberes Bein war tief, das Blut rannte herunter und tröpfelte überall hin. Es dauerte länger als ein Jahr, bis sie wieder auf einer Bank sitzen konnte. So zahlten die drei älteren Schwestern, weil sie furchtsam und selbstsüchtig waren, einen hohen Preis für ihre Torheit. Die vier jüngeren Schwestern konnten sich aus ihrer verzweifelten Lage befreien, weil sie zusammenhielten und gemeinsam ans Werk gingen. Und, nicht zu vergessen, jede von ihnen konnte einen schönen Pelz ihrer Mitgift hinzufügen.

Märchen der Miao

Ulan Bator

Vor langer, langer Zeit lebte auf den weiten Hochflächen des Graslandes ein Prinz, dessen Ländereien sich weiter erstreckten, als das Auge sehen konnte. Er war so reich und mächtig, dass er seine eigene Armee, Hunderte von Leibeigenen und unzähliges Vieh und Schafe hatte. Alle Leute auf den Hochflächen des Graslandes waren auf Gedeih und Verderb von diesem grausamen Prinzen abhängig. Unter seinen vielen Leibeigenen war auch einer, der Ulan Bator hieß. Dieser Jüngling war stark und sehr geschickt im Bogenschießen. Nichts entging seinen Pfeilen, weder in der Luft noch auf der Erde, und er war überall dafür bekannt, dass er nie danebentraf. Nah und fern war der Name Ulan Bator berühmt.

Eines Tages, als er von der Jagd zurückkam, traf er einen weißhaarigen Mann, der zu ihm sprach: »Ulan Bator, du bist nun erwachsen und hast das Mannesalter erreicht. Da du der beste Bogenschütze bist in diesem Lande weit und breit, warum hast du immer noch nicht deines Vaters Tod gerächt? Sogar ein Adler, der sich hoch ins Blaue schwingt, lässt seinen Schatten auf der Erde. Bator, Bator! Wie kannst du bloß deinen Vater vergessen?« Ulan Bator sprang aus dem Sattel, kniete vor dem alten Mann nieder und fragte: »Wer hat meinen Vater getötet?«

Der alte Mann schüttelte sein Haupt und antwortete: »Am Fünfzehnten ist Vollmond. Bis dahin wird dir alles klar und offenbar sein.« Dann ging der alte Mann weiter und wanderte nach Westen. Als er in der Ferne verschwunden war, bestieg Bator sein Pferd und eilte nach Hause. Er betrat die Jurte, ergriff seine Mutter bei den Armen und fragte aufgeregt: »Wie starb mein Vater?« Seine Mutter war erschreckt über sein Ungestüm, aber sie fasste sich bald und antwortete »Ich habe es dir schon oft erzählt, dass dein Vater an einer Krankheit starb, als du erst ein Jahr alt warst. Warum fragst du erneut? Wer hat dir Unsinn erzählt?«

Ulan Bator wagte nicht zu erwähnen, was der alte Mann ihm gesagt hatte, aber seine Neugierde war jetzt geweckt. In dieser Nacht war Ulan Bator sehr unruhig. Plötzlich hörte er ein unterdrücktes Weinen. Er spitzte die Ohren, lauschte angestrengt in die Nacht hinaus, bemerkte aber dann, dass die Laute aus der Jurte selbst kamen. Es muss meine Mutter sein, die da weint, dachte er. Er erhob sich, schlich auf Zehenspitzen zu seiner Mutter, nahm ihre Hand in seine Hand und kniete neben ihr nieder. Dann fragte er: »Mutter, warum weinst du? Sag' es mir, ich bin dein Sohn. Die höchsten Bäume mögen mit ihren Spitzen den Himmel berühren, aber sie sind sehr klein, verglichen mit all der zarten Sorge, mit der du mich stets umgeben hast.«

Unter Weinen und Schluchzen erzählte ihm seine Mutter schließlich den Grund ihres Kummers. »Mein Kind, du bist nun ein Mann geworden, und kannst viele Dinge verstehen. Mich drückt etwas nieder, das du nun wissen musst. Der einzige Grund, weswegen ich die Wahrheit über den Tod deines Vaters vor dir verschwiegen habe, ist der, weil ich nicht möchte, dass auch über dich Unheil kommt. Dein Vater starb nicht an einer Krankheit. Er wurde lebendig begraben, weil er Gada folgte, der sich gegen den Prinzen verschworen hatte.

Damals warst du erst ein Jahr alt, ich floh, mit dir in den Armen. Acht Jahre lang zog ich als Bettlerin umher, aber die Erinnerungen an das Grasland und die Jurten verschwanden nie aus meinem Sinn, denn niemand kann seine Heimat vergessen. Nach einiger Zeit wechselte ich meinen Namen und kam zurück in das Grasland, um abermals Leibeigene des Prinzen zu werden. Viele Misshandlungen und Auspeitschungen habe ich erlitten, aber ich habe geduldig darauf gewartet, bist du groß warst.«

Die Stimme seiner Mutter wurde von Schluchzen unterbrochen. Wie Perlen von einer zerrissenen Perlenkette liefen die Tränen über Bators Wangen. Dann trocknete er seine Augen und stand langsam taumelnd auf. Mit zusammengebissenen Zähnen und bebend vor Zorn riss er den Bogen von der Wand. Dann presste er seine Hand auf sein Herz: »Mutter, ich werde den Prinzen töten und den Tod meines Vaters rächen.« Seine Mutter war entsetzt, hielt ihn zurück und sagte: »Gehe nicht, mein Kind! Du wirst niemals zu deinem Ziele kommen!« Aber Bator erwiderte: »Mutter, ich fürchte mich nicht vor ihm. Ich werde mit ihm bis zum bitteren Ende kämpfen.«

Die Mutter umarmte Bator fest und wandte ein: »Mein Sohn, höre auf deine Mutter, du darfst nicht gehen. Natürlich muss der Tod deines Vaters gerächt werden, aber du kannst es nicht allein. Unter unseren alten Leuten gibt es ein wohl bekanntes Sprichwort: ›Die besten Ringer können nicht gewinnen, wenn sie nicht in der Mehrzahl sind, das beste Pferd kann keine hundert Peitschenhiebe ertragen, allein kannst du nicht all die Soldaten des Prinzen überwinden‹.«

Die Warnungen seiner Mutter veranlassten Bator, seinen hastigen Entschluss noch einmal zu überdenken. Fortan hörte man Bator im Grasland nie mehr fröhlich singen. Sobald er das Haus verließ, ängstigte sich seine Mutter, blieb in der Jurte und betete zu Buddha. War er sicher wieder zurückgekehrt, verbeugte sie sich glücklich vor dem Standbild. Sie lebte jetzt die meiste Zeit in Furcht. Aber so sicher wie die Wildgänse südwärts fliegen, wenn die Zeit der Zugvögel kommt, so geschehen auch alle anderen Dinge zu ihrer bestimmten Zeit.

Eines Tages befahl der Prinz Bator, mit ihm auf die Jagd zu gehen. Bators Hass war deutlich in seinen Augen zu lesen, und das erzürnte den Prinzen. Er erhob seine Peitsche, um Bator zu schlagen. Bator aber entriss ihm schnell die Peitsche, gab ihm einen Hieb und schrie ihn an: »Hast du den alten Ulan, meinen Vater, vergessen? Jetzt werde ich ihn rächen!« Als er zum zweiten Mal die Peitsche gegen den Prinzen erhob, wurde er von den Wachen überwältigt, gefesselt und abgeführt. Nach einer grausamen Auspeitschung wurde er mit Stricken gebunden und ins Gefängnis geworfen. Dort wurde er allein gelassen.

Einige Tage später eilte einer der Begleiter des Prinzen in das Gefängnis, band Bator los und brachte ihn zu dem Zelt des Prinzen. Es war pechschwarze Nacht, aber das Zelt des Prinzen war hell erleuchtet. Als er Bator eintreten sah, lachte der Prinz in seiner grausamen Art über den hilflosen Gefangenen und zeigte seine scheußlichen Zähne. »Ich habe eine Aufgabe für dich«, rief er. »Ein goldener Ring der Prinzessin ist in den Brunnen gefallen. Steige hinunter und suche ihn! Wenn du Erfolg hast, werde ich dich freilassen!«

Bator brannte vor Wut, als er dies hörte und erwiderte voller Verachtung und Zorn: »Jeder weiß, dass der Brunnen bodenlos ist. Du redest Unsinn, wenn du jemandem sagst, er solle hinuntersteigen und einen Ring suchen. Warum sagst du nicht geradeheraus, dass du mich töten willst! Ich fürchte mich nicht. Ein Sturm geht immer vorüber. Deine Untertanen werden noch diesen Tag erleben, und wenn dieser Tag kommt, werde ich dir den Hals brechen. Bei lebendigem Leib werde ich dir die Haut abziehen, sie in Öl sieden und deine Knochen den Hunden vorwerfen.«

Bevor Bator weitersprechen konnte schrie der Prinz, zitternd vor Wut, seinen Wachen zu: »Los, werft ihn in den Brunnen!« Mehrere Wachen packten Bator, schleppten ihn weg und bevor er Zeit hatte, auch nur noch ein Wort zu sagen, wurde er in den Brunnen gestoßen. Seine Mutter, die nicht wusste was geschehen war, wartete den ganzen Tag vor ihrer Jurte auf ihn. Die Sonne ging unter und noch immer war er nicht von der Jagd zurückgekehrt. Der Mond ging hinter den Bergen auf, aber immer noch war Bator nicht gekommen. Die Sterne verloschen und die Morgendämmerung erhellte schon den Himmel, aber Bator kam nicht zurück.

Voller Angst um seine Sicherheit und sein Leben ging seine Mutter los, um zu hören, ob sie nicht etwas über ihn in Erfahrung bringen könnte. Eine gutherzige Dienerin erzählte ihr schließlich, dass Bator den Prinzen wütend gemacht, dass man ihn gebunden und ins Gefängnis geworfen hätte. Überall eilte sie hin und suchte Hilfe und bat sogar den Prinzen persönlich, ihren Sohn freizulassen. Tag und Nacht weinte sie, ihre Tränen flossen wie die Wasser eines Flusses, aber ihr Bator kam niemals zurück. Sie wusste nicht, dass man ihren Sohn in den Brunnen geworfen hatte.

Als Bator das Bewusstsein wiedererlangte, wusste er nicht, wie lange er schon in dem Brunnen lag. Er war plötzlich von dem Geräusch fließenden Wassers erwacht. Er blickte sich um und entdeckte, dass er keineswegs in einem Brunnen lag. Er lag unter einem Baum am Ufer eines Flusses. »Was, bin ich gar nicht tot?«, wunderte er sich und biss sich in den Daumen, um sich zu vergewissern. Es tat so weh, dass er nun endgültig wusste: »Ich bin am Leben!« Als er sich aufsetzte, sah er, dass alle Wunden, von den Schlägen verursacht, geheilt waren. Er wunderte sich immer noch über das, was geschehen war, als er einen Mann auf der Erde kriechen sah.

Der Mann legte zuerst das rechte und dann das linke Ohr auf den Boden. Er schien auf etwas unter der Erde zu lauschen. Das sah so seltsam aus, dass Bator zu dem Mann hinüberging und fragte: »Was machst du da?« »Ich bin ein Diener des Prinzen der Unterwelt. Ich hörte, dass Ulan Bator in Not geraten und zu diesem Königreich gekommen sei. Ich möchte ihm beistehen.« »Daraufhin fragte Bator: »Welche Zauberkraft hast du, um ihm zu helfen?«

Der Diener stand auf und antwortete: »Wenn ich mein Ohr an den Erdboden lege, kann ich hören, was auf der anderen Seite gesagt wird. Ich heiße Diener Großohr. Und wer bist du?« »Ich bin niemand anders als dein Freund Ulan Bator!« Darüber war der Diener Großohr sehr glücklich, und er lud Bator in sein Haus ein. Bator dankte ihm, sagte aber: »Ein Lamm verlässt seine Mutter nicht und ich, Bator, kann nicht fern von meinem Heimatland sein. Ich kann nicht ruhen, solange mein Feind noch lebt. Meine Mutter wartet auf mich, und ich muss nach Hause eilen!«

Der Diener Großohr merkte wohl, dass es gar keinen anderen Weg gab und versprach, Bator wieder an die Oberfläche der Erde zu schicken. Er forderte ihn auf, seine Augen zu schließen. Bator gehorchte und sogleich fühlte er sich emporschweben. Dabei hörte er den Wind um seine Ohren pfeifen. Einen Augenblick später vernahm er eine Stimme, die da flüsterte: »Bator, Bator, mein Freund, wenn du in Not bist, rufe mich drei Mal, und ich werde dir zu Hilfe kommen!« Bator öffnete seine Augen und merkte, dass er wieder auf der Erde war. Er war zwar wieder auf der Oberfläche, aber nicht im Grasland, nicht in seiner Heimat.

Vor ihm erhob sich ein riesiger Berg. Als er zu Boden sah, bemerkte er dort einen Pfeil. Er ging in die Richtung, in die der Pfeil zeigte. »Komme ich wohl je wieder nach Hause?«, so fragte er sich, denn viele große Berge türmten sich vor ihm auf und versperrten ihm den Weg. Während er so dahinging, sah er mit Staunen, dass einer der Berge sich bewegte. Voller Verwunderung hastete er vorwärts, um dieses Schauspiel aus der Nähe zu sehen. Zu seiner größten Überraschung sah er einen Mann, der den Berg vor sich her schob. Bator holte ihn ein und fragte: »Was machst du da?« Der Mann sah Bator an und ohne mit seiner Beschäftigung aufzuhören, antwortete er: »Ich bin ein Diener des Bergprinzen. Ich hörte, dass Ulan Bator in Not geraten und ins Königreich der Berge gekommen sei. Ich wollte ihm beistehen!« Bator fragte: »Welche Zauberkraft hast du, um ihm zu helfen?« Der Mann hörte auf, den Berg zu schieben und antwortete: »Ich bin so stark, dass ich Berge verschieben kann. Ich werde Diener Bergstark genannt. Und wer bist du?« Bator sagte: »Ich bin niemand anders als dein Freund Ulan Bator!«

Darüber war der Diener Bergstark sehr froh, und er lud Bator ein, mit ihm in sein Haus zu kommen. Bator wollte aber unbedingt ins Grasland zu seiner Mutter. So musste der Diener Bergstark ihn auf die andere Seite der Berge schicken. Er befahl Bator, die Augen zu schließen. Wie in einem gewaltigen Luftzug segelte er dahin, und die Winde heulten um ihn. Als das Heulen verstummte, sagte eine Stimme: »Bator, Bator, wenn du in Not bist, mein Freund, rufe mich drei Mal und ich werde kommen.« Bator öffnete die Augen. Die Berge lagen hinter ihm. Zu seinen Füßen war Ufergelände und vor ihm lag ein riesiger See.

»Solch ein riesiger See?«, sagte er zu sich selbst, »ich werde nie hinüberschwimmen können.« Im selben Augenblick bemerkte er, dass das Wasser des Sees vor ihm zurückwich und schließlich ganz verschwand. Der Grund des Sees lag nun völlig trocken vor ihm. Erfreut rannte Bator vorwärts. Während er rannte und rannte, stieg das Wasser hinter ihm wieder an. Bator war sehr verwundert und blickte sich in der Runde um. Da sah er einen Mann im Schilf sitzen, der eine rote Pfeife an seinem Munde hielt. Jedes Mal, wenn er einatmete, wurde das Wasser weggesaugt, und jedes Mal, wenn er ausatmete, stieg das Wasser des Sees wieder an.

Bator rief zu dem Mann hinüber und fragte: »Was machst du da?« Der Mann sah Bator an und während der fortfuhr, seine Pfeife zu bedienen, antwortete er: »Ich werde Diener des Sees genannt und stehe in den Diensten des Prinzen der Seen. Ich hörte, dass Ulan Bator in Not geraten und zum Königreich der Seen gekommen sei. Ich will ihm beistehen. Und wer bist du?« »Ich bin niemand anders als dein Freund Ulan Bator!« Der Diener der Seen war so glücklich, das zu hören, dass er Bator in sein Haus einlud.

Er sah aber, wie eilig es Bator hatte, zu seiner eigenen Jurte zurückzukehren. So fühlte sich der Diener der Seen verpflichtet, Bator auf seine Weise auf die andere Seite des Sees zu schicken. Er forderte Bator auf, die Augen zu schließen. Bator tat es und fühlte sich wie in einer Wiege geschaukelt, während die Geräusche der Wellen an sein Ohr schlugen. Nach einiger Zeit war alles still. Da hörte er das Flüstern eines Mannes: »Bator, Bator, wenn immer du in Not bist, rufe mich drei Mal, und ich werde kommen!« Als Bator die Augen öffnete, war der See verschwunden und vor ihm lagen die unendlichen Grasländer. Bator schritt glücklich weiter, er wusste jetzt, dass seine Heimat nicht mehr weit entfernt sein konnte.

Er wanderte und wanderte, bis die Sonne dicht über dem Horizont stand, aber immer noch hielt er nicht an. Plötzlich erschien vor ihm ein heller Lichtstrahl. Es war ein sehr seltsames Licht. Bator war ein Mann, der das flackernde Licht der Leuchtkäfer und das grüne Licht von Tigeraugen erkennen konnte, aber ein Licht wie dieses hatte er noch nie gesehen. Er stand da und überlegte, was es wohl sein könnte. Dann hörte Bator das Wiehern eines Pferdes, gefolgt von mehrmaligem Schnauben. Er lachte glücklich, denn ein Pferd ist für einen Hirten wie das Wasser für einen Fisch. Bator eilte sofort zu dem weißen Pferd hin, dessen Fell wie Silber leuchtete.

Er bestieg das Pferd und wollte losreiten, aber der Silberschimmel schüttelte den Kopf, wieherte abermals und weigerte sich zu laufen. Was war los? Bator untersuchte das Pferd sorgfältig und entdeckte, dass jedes Bein an einem Pfahl mit einem ledernen Riemen festgebunden war. Da er keinen Dolch bei sich hatte, kniete Bator nieder und biss mit seinen starken Zähnen in die Gurte. Bald war seine Zunge verletzt und sein Mund blutete, aber er gab nicht auf. Er hielt nicht einmal inne, um einmal den Rücken zu strecken.

Nachdem er den ersten Riemen durchgebissen hatte, begann er gleich beim nächsten. Endlich hatte er sie alle durchgetrennt.

Das silberne Pferd warf seinen Schwanz hoch, wieherte, lief um Bator herum und kniete dann vor ihm hin. Bator sagte: »O du wunderbares Silberpferd, erlaube mir, dich nach Hause zu reiten.« Das Pferd nickte drei Mal und blinzelte mit den Augen Zustimmung. Bator sprang auf seinen Rücken, schloss die Augen, und alles was er hören konnte, war das Heulen des Windes. Plötzlich hörte der Wind auf, und er hörte eine Stimme sagen: »Vergelte Böses mit Bösem und zahle Gutes mit Gutem. Wenn du in Not bist, rufe mich drei Mal!«

Bator öffnete seine Augen, das silberne Pferd war verschwunden, aber er fand sich selbst vor der Tür seiner eigenen Jurte stehen. Bators Glück war grenzenlos und verschlug ihm zuerst die Sprache. Er eilte in die Jurte und fand dort seine Mutter, die vor Kummer ganz abgehärmt war. Ihr Haar war völlig weiß geworden. Bator fiel vor ihr auf seine Knie und rief: »Mutter, ich bin zurück!« Sie konnte es lange gar nicht fassen. Jeder war erfreut über Bators Rückkehr. Die Leute dachten, der Prinz habe ihn aus Gnade freigelassen. Bator sagte nichts, er blieb zu Haus und schärfte jeden Tag sein Schwert.

Neuigkeiten haben Flügel. Die Nachricht von der Rückkehr Bators drang alsbald auch zu dem Prinzen. Er glaubte es nicht und schickte einen Mann aus, der die Geschichte nachprüfen sollte. Der Läufer kam zurück und berichtete, dass Bator zu Hause sei. Der zurückgekehrte junge Mann sei bei bester Gesundheit und schärfe jeden Tag sein Schwert. Der Prinz war verblüfft über diese Mitteilung. Hatte er nicht mit eigenen Augen gesehen, wie man Bator in den Brunnen warf? Nun, da Jedermann sagte, der Prinz habe Bator freigelassen, konnte er ihn nicht gleich öffentlich gefangen nehmen lassen.

Bator hatte gedacht, der Prinz würde nach seiner Rückkehr gleich wieder seine Leute schicken, um ihn ergreifen zu lassen. Aber als ein Tag verstrich und ein zweiter und nichts dergleichen geschah, wurde Bator ungeduldig. Da fiel ihm der Diener Großohr ein. In der Nacht, als seine Mutter bereits schlief, flüsterte er dann: »Diener Großohr, Bator ist in Bedrängnis und braucht deine Hilfe!« Da bebte plötzlich der Boden und der kleine Mann trat heraus. Dann legte er sein Ohr auf den Boden und lauschte. Mit einem Mal sprang er auf und flüsterte Bator zu: »Schlechte

Nachrichten, schlechte Nachrichten! Der Prinz hat seinen Soldaten befohlen, die Hufe ihrer Pferde mit Tüchern zu umwickeln, um die Tritte zu dämpfen. Sie werden kommen und dich heute nacht gefangen nehmen. Laufe weg. Eile!«

Bator dankte dem Diener Großohr, schwang hastig den Bogen über seine Schulter, nahm sein Schwert und stellte sich hinter der Tür auf. Wie er es erwartet hatte, ritten ein paar Minuten später lautlos Dutzende von Reitern vor. Bator versteckte sich im Schatten, wahrend die Reiter absaßen und die Jurte umzingelten. Plötzlich stieß er einen Schrei aus und sprang hervor. Sein Schwert schwingend, schlug er mehrere der Wärter in Stücke. Er sah aber bald, dass die Übermacht zu groß war. Besorgt um seine Sicherheit, ergriff er schnell eines ihrer Pferde und entkam. Die Soldaten des Prinzen nahmen die Verfolgung sofort auf. Als der Prinz bemerkte, dass Bator geflüchtet war, bestieg er sein schnellstes Pferd und beteiligte sich an der Jagd.

Während er dahinjagte, wendete sich Bator um, ergriff seinen Bogen und zielte aus dem Sattel auf seine Verfolger. Jeder Pfeil erreichte sein Ziel und warf einen nach dem andern der Soldaten vom Pferd. Bald hatte Bator alle seine Pfeile verschossen, aber immer noch folgten ihm einige Wächter. Er ritt wie der Wind, bis er den Weg durch einen mächtigen Felsen versperrt fand. In diesem Augenblick dachte Bator an den Diener Bergstark. Er flüsterte drei Mal: »Diener Bergstark, Bator ist in Not und bittet um deine Hilfe!« Mit Getöse wich der Berg zur Seite und Bator galoppierte weiter.

Ein lautes Gerumpel war alles was er hörte. Er wandte sich um und sah, dass viele Soldaten des Prinzen vom Pferd geworfen und durch Felsbrocken verletzt worden waren. Einigen davon aber war es gelungen, zu entkommen und die Verfolgung wieder aufzunehmen. Er ritt weiter, bis ein Fluss ihm den Weg versperrte. Da erinnerte er sich an den Diener der Seen. Er rief drei Mal: »O Diener der Seen, dein Freund Bator ist in Not!« Augenblicklich wich das Wasser aus dem Fluss, und Bator jagte hinüber. Sofort füllte sich das Flussbett wieder mit Wasser, und viele der Verfolger ertranken.

Das Pferd des Prinzen allein war schnell genug gewesen, rechtzeitig hindurchzustürzen. Bator zügelte sein Pferd und wandte sich gegen den Prinzen. Dieser sah das Schwert an Bators Seite blinken, bekam große Angst und versuchte, am Flussufer entlang zu entkommen. Der Prinz saß auf seinem berühmten roten Pferd. Bator verfolgte ihn lange Zeit, aber er fiel weiter und weiter zurück. Da dachte er an das silberne Pferd. Drei Mal rief er: »Silberpferd, Bator erbittet deine Hilfe!« Er hörte ein Wiehern und das Pferd erschien an seiner Seite. Schnell wechselte Bator von seinem Pferd auf den Rücken des Silberpferdes über.

Das Silberpferd galoppierte los, und der Wind pfiff um Bators Ohren. Im Nu hatte er den Prinzen überholt. Als er sah, dass Bator ihn eingeholt hatte verließen den Prinzen vor Angst seine Kräfte. Bator holte aus, ergriff den Prinzen, zog ihn zu sich heran, hielt ihn dann hoch in die Luft – und schmetterte ihn zu Boden. Der Prinz fing an zu betteln und um Gnade zu flehen. Bator sprang vom Pferd. Mit seinem Fuß auf dem Nacken des Prinzen schlug Bator ihn in Stücke. Dann steckte er sein Schwert in die Erde; und nachdem er sich drei Mal vor dem Himmel verbeugt hatte, sagte er: »Vater, dein Sohn hat deinen Tod gerächt. Meine Freunde, alle, die ihr vom Prinzen getötet worden seid, Bator hat euren Tod gerächt.« Die Sonne vergoldete die Wasser des Flusses. Bator schöpfte eine Hand voll Wasser und löschte seinen Durst. Dann sprang er auf sein Pferd und ritt davon, dem Grasland entgegen.

Märchen der Mongolen

Das Märchen vom Reis

Vor langer, langer Zeit gab es ein Königreich, in dem alle Menschen von Reishülsen lebten. Da sie nicht wussten, dass der Kern des Reises das Gute und Nahrhafte ist, sondern glaubten, es sei der »Knochen«, warfen sie ihn weg. So aßen sie die Schale, von der sie annahmen, sie sei das »Fleisch« des Reises. Im Königspalast gab es viele Sklaven, unter ihnen Miniya, eine Kammerzofe der Königin.

Die Königin war grausam und behandelte ihre Zofen abscheulich. Wenn sie nicht befahl, dass sie geschlagen wurden, schalt sie dauernd. Sehr oft gab sie ihnen auch nicht genügend zu essen. Eines Tages musste Miniya Wasser zu der Königin tragen. Der Königin ging es zu langsam, und sie schrie das junge Mädchen mit böser Stimme an: »Ich gebe dir gut zu essen, aber du dienst mir sehr schlecht. Von jetzt an gibt es für dich nichts mehr zu essen!« Miniya musste der Königin weiter dienen, bekam aber nichts mehr zu essen.

Im Laufe der Tage wurde sie dünner und dünner und ihr Gesicht wurde so gelb wie die sterbenden Blätter im Herbst. Bald konnte sie nicht mehr arbeiten, so schwach war sie geworden. Sie dachte bei sich selbst: »Sie werden mir nichts zu essen geben, aber ich kann doch nicht einfach vor Hunger sterben. Ich muss am Leben bleiben. Ich will einmal versuchen, die Reisknochen zu kauen.« Sie sammelte eine Hand voll fortgeworfene Reiskörner, kochte und aß sie. Als sie den ersten Mundvoll schmeckte, war sie sehr überrascht. Was ist das, sagte sie sich zu sich selbst. »Der Knochen ist besser als das Fleisch!«

Von nun an sammelte Miniya alle Reisknochen und speicherte sie. Jeden Tag kochte sie sich ein wenig davon. Viele Monde gingen auf und versanken wieder in der frühen Dämmerung, aber Miniya starb nicht vor Hunger. Im Gegenteil! Sie wurde jeden Tag schöner. Ihr Gesicht wurde so rosa und lieblich wie eine Rose im frischen Morgentau. Die anderen Sklaven konnten sich den Grund für diese Veränderung nicht erklären. Miniyas sanftes, zartes Lächeln war so süß, dass sie alle von ihr angezogen waren und sie umschwirrten wie Bienen den Honigkorb.

Einer nach dem anderen schlüpfte in ihr Zimmer und fragte: »Miniya, wie kommt es, dass du so schön geworden bist, da du doch nichts zu essen hast? Nicht einmal die Elfen können sich mit dir vergleichen. Willst du uns nicht dein Geheimnis verraten?« Da erzählte ihnen Miniya, dass sie Reiskörner gegessen habe. »Um Himmels willen, erzählt es keiner Seele, am wenigsten der Königin«, bat sie. So schlüpften jeden Abend die anderen Sklaven zu ihr ins Zimmer, aßen sich satt und schlichen sich wieder fort.

Als die Königin sah, wie schön Miniya geworden war, verging sie fast vor Neid. Sie glaubte, der König könnte Miniya an ihrer Stelle zur Königin nehmen. So befahl sie voller Hass Miniya zu sich. Die Königin aber war listig und hinterhältig und tat sehr freundlich. »Meine liebe kleine Miniya, du bist so hübsch, sag' mir doch, was du tust, um dich so anziehend zu machen. Erzähl es mir, meine liebe kleine Miniya, und ich will dir alles geben, was dein kleines Herz sich wünscht. Du bist so ein gutes Kind. Ich kann nicht länger leben, wenn du es mir nicht erzählst. Ich weiß, du hast ein Herz aus Gold und du lässt mich nicht so leiden.«

Die Königin glaubte, solche Schmeicheleien würden Miniya veranlassen, ihr Geheimnis mit ihr zu teilen. Sie hoffte, dann auch so schön wie die Sklavin zu werden. Das schamlose Benehmen der Königin aber erboste Miniya nur noch mehr. Ohne ein Wort zu sagen, stand Miniya nur da und blickte die Königin zornig an. Die Königin sah, dass ihr Versuch fehlgeschlagen war, in den Besitz des Geheimnisses zu kommen. Den ganzen Tag war sie außer sich vor Wut. In der Nacht wälzte sie sich ruhelos vor Ärger in ihrem Bett.

Einige Tage später, als sie das gute Verhältnis zwischen Miniya und den übrigen Sklaven bemerkte und wie sehr Miniya ihnen zugetan war, dachte sie sich einen bösen Plan aus. So rief die boshafte Königin am nächsten Morgen Miniya zu: »Wenn du mir dein Geheimnis nicht verrätst, du Elende, werde ich den König bitten, alle Sklaven im Palast töten zu lassen.« Miniya versteckte sich in ihrem Zimmer und weinte, bis ihre Augen rot und geschwollen waren. Als die anderen Sklaven sie weinen sahen, fragten sie: »Miniya, was bedrückt dich so sehr, dass du so bitterlich weinst? Sag' es uns. Wir werden dir helfen. Hat die Königin dich wieder geschlagen?«

Aber Miniya antwortete nicht, sie weinte nur, als ob ihr das Herz brechen wollte. Da weinten ihre Freunde mit ihr. Miniya konnte es aber nicht ertragen, ihre Freunde weinen zu sehen, und so erzählte sie ihnen die Wahrheit. »Die Königin sagt, wenn ich ihr nicht erzähle, was mich so schön gemacht hat, gehe sie zum König, um euch alle töten zu lassen. Darum bin ich so traurig.« Als die Sklaven das hörten, waren sie alle mit Abscheu und Unwillen über die Königin erfüllt und riefen aus: »Erzähl ihr unser Geheimnis nicht! Wenn sie uns töten lassen will, dann soll sie es tun.« »Aber ich kann euch nicht alle sterben sehen aus solch nichtigem Grund«, widersprach Miniya.

»Wir würden lieber sterben, als sie das Geheimnis wissen lassen«, sagten die Sklaven mit großer Bestimmtheit. Aber wie konnte Miniya es zulassen, dass man ihre Freunde zum Tode verurteilte? Sie überlegte hin und her und fand schließlich einen Weg, mit der Königin zu verhandeln und zur gleichen Zeit ihre Freunde zu schützen. Sie lief zur Königin und flüsterte: »Meine gute Königin, ich bin bereit, dir zu erzählen, was ich tue, um so schön zu sein. Hier ist aber nicht der richtige Ort, über eine so wichtige Sache zu sprechen. Lass uns einen besseren Platz wählen. Warte, am besten gehen wir in dein Zimmer. Dort können wir sprechen und niemand kann uns belauschen.«

Die Königin führte Miniya in ihr Zimmer und bemerkte mit großem Vergnügen: »Miniya, ich habe immer gesagt, dass du beides bist, schön und freundlich. Schnell, sag mir, was du als Gegenleistung für dein Geheimnis haben willst. Ich werde veranlassen, dass du es bekommst.« Ein Lächeln huschte über Miniyas schönes Gesicht. Als die Königin die Schönheit dieses Gesichtes nun so nah vor sich sah, konnte sie es kaum erwarten, ebenso schön zu sein wie dieses junge Mädchen. Sie drängte Miniya, sich zu beeilen und ihr das Geheimnis zu erzählen.

»Meine Königin«, ermahnte Miniya die Ungeduldige, »warte ab. Ich verspreche dir, ich werde es dir erzählen. Ich will keine Belohnung, aber ich habe ein Anliegen.« »Natürlich, natürlich! Sag' es nur, und ich werde dafür sorgen, dass deine Bitte erfüllt wird. Beeile dich und sag es mir, meine süße kleine Miniya!« »Und du brichst dein Versprechen nicht?« »Nein, nein, Miniya, sag es schnell!« »Nun hast du es versprochen und musst meine Bitte erfüllen. Du musst nun tun, um was ich dich bitte, bevor ich dir mein Geheimnis erzähle. Bitte den König, alle Sklaven freizulassen und sie nie wieder in den Palast zu holen.«

So ging die Königin zum König und überredete ihn. Alle Überredungskünste musste sie anwenden, aber es gelang ihr. Der König gab den Befehl, alle Sklaven freizulassen. Als Miniya sah, dass alle Sklaven sicher den Palast verlassen hatten, ging sie zur Königin. Sie lächelte und sagte: »Meine gute Königin, jetzt will ich dir mein Geheimnis sagen. Erinnerst du dich, als du mir verboten hattest, zu essen? Ich war einige Tage sehr hungrig und konnte das Leben kaum noch ertragen, aber ich harrte aus. Ich wollte unbedingt am Leben bleiben – und da wurde ich plötzlich schöner und schöner. Ich bekam wieder mein Gewicht und fühlte mich sehr gut. Meine Königin, wenn du beharrlich bist und tust, was ich getan habe, dann wirst du noch schöner werden als ich.«

Die boshafte Königin war so begierig, schön zu sein, dass sie jeden Tag willig die Hungerqualen erduldete. Nach etwa zehn Tagen starb die böse Königin den Hungertod. Der König, jetzt ohne Sklaven, die ihn versorgten, starb ebenfalls. Seither isst das Hani-Volk den duftenden weißen Reis.

Märchen der Hani

Der gefoppte Fuchs

Das listigste und hinterhältigste Geschöpf im Walde ist der Fuchs. Die Bewohner des Waldes mögen ihn nicht leiden, weil er sie stets zu täuschen versucht. Weit und breit gibt es keinen, den der Fuchs nicht schon zum Narren gehalten und mit dem er nicht schon seinen Schabernack getrieben hätte. Alle hätten sie es dem Fuchs einmal gerne heimgezahlt, aber der war schlau und stets auf der Hut, es wollte keinem gelingen.

Einem Affen des Waldes ließ dies keine Ruhe, er setzte sich eines Tages auf einen Baum und begann nachzudenken und nachzugrübeln, wie man dem Fuchs doch einmal beikommen könnte. Man sah es geradezu an den Falten seiner Stirne, wie er nachdachte und sich einen Plan zurechtlegte. Da hatte er endlich einen guten Gedanken, stieg voller Freude vom Baum herab und eilte zum Hasen, der ein Grasnest unten am Baume bewohnte. Als er dem Hasen seinen Plan erklärt hatte, blinzelte dieser aber recht ungläubig mit seinen Augen. »Du wirst ja sehen«, sagte der Affe, »du brauchst dich ja nur auf die Anhöhe da drüben zu setzen und alles genau zu betrachten.«

Der Affe machte sich auf den Weg zum Fuchsbau. »Bruder Fuchs«, so begann er, »weißt du eigentlich, welcher von allen Leckerbissen in der Welt am besten schmeckt?« Wie der Fuchs nun etwas vom Essen hörte, spitzte er seine Ohren. »Der beste Leckerbissen? Hm, eine wichtige und interessante Frage. Wenn du es weißt, so sag' es mir!«, gab er schließlich zur Antwort. »Ich weiß es auch erst seit heute Mittag«, warf der Affe ein, »aber ich werde es dir erzählen: der beste Bissen auf der Welt ist das Fleisch vom Hinterteil des Pferdes. Man kann es nur nicht leicht bekommen, es sei denn, du bindest deinen Schwanz mit einem dicken Knoten an den Pferdeschweif.«

»Wozu das denn?«, fragte der Fuchs aufgeregt und schon etwas argwöhnisch. »Das ist ein altes, aber sicheres Mittel«, entgegnete der Affe, »allerdings muss man sich ziemlich straff anbinden. Rennt nämlich das Pferd los, so kommst du ja auf andere Art und Weise gar nicht mit. Du weißt ja, Schnelligkeit ist Trumpf.« Der Affe trat dichter an den Fuchs heran, blinzelte mit einem Auge und flüsterte dem Fuchs ins Ohr: »Ich will dir auch verraten, dass ich eben bei dem Pferd vorbeikam; es schlief tief und fest.«

Der Fuchs hatte dem Affen mit größter Spannung zugehört, aber er verriet nichts von seiner inneren Bewegung. »Das muss reiflich überlegt werden«, sagte er mit gespielter Ruhe. »Solche Fragen, wie die nach dem besten Leckerbissen müssen besprochen werden. Sage bitte im Augenblick niemand etwas davon, wir müssen uns aber unbedingt wieder treffen, dann reden wir einmal in Ruhe darüber, heute habe ich wenig Zeit dazu.« Mit hochgestelltem Schweif verabschiedete sich der Fuchs. Auch der Affe zog ab.

Der Fuchs war ein Stück weit nur gegangen, und hatte sich dann vergewissert, ob der Affe schon aufgebrochen sei. Als er sah, dass der Affe verschwunden war, machte er einen großen Bogen und schlich sich heimlich zu dem Pferd, von dem der Affe erzählt hatte. Es stimmte, das Pferd lag im tiefsten Schlaf. Der Fuchs pirschte sich heran und band heimlich mit einem dicken Knoten seinen Schwanz an den Pferdeschweif. Er schnupperte genießerisch, dann biss er einmal tüchtig in das Hinterteil des Pferdes. Das Pferd zuckte zusammen, sprang hoch und ohne zu wissen, was geschehen war, stellte es sich erst auf die Hinterhufe, wieherte kurz, und galoppierte dann los.

Der Fuchs hatte sich in dem Hinterteil des Pferdes festgebissen, wurde aber weggeschleudert, als das Pferd aufsprang. Der Knoten aber hielt, er war straff mit seinem Schwanz an den Schweif des Pferdes gebunden. So wurde der Fuchs auf seinem Rücken durch den Staub geschleift – und das im Galopp. »Au! au!«, bellte er, »Hilfe, das ist fürchterlich!« Als sich der Knoten endlich löste, hatte er sein Teil weidlich abbekommen. Die Knochen taten ihm fürchterlich weh, das Fell war aufgerissen, der buschige rote Schwanz war zerzaust.

Der Affe hatte alles mit angesehen. Er hatte von einem nahen Baum aus das Schauspiel genau verfolgen können. Wie das Pferd mit dem Fuchs herangaloppierte, klatschte er vor Vergnügen in die Hände und sprang vor Freude in die Luft. Dabei verlor er seinen Halt zwischen den Ästen, purzelte hinunter und fiel auf seinen Hintern, der rot anschwoll. Der Hase auf seiner Anhöhe hatte auch alles mitverfolgt. Er schüttelte sich nur so vor Lachen. Der Hase lachte so heftig dabei, dass seine Lippe aufriss und sich spaltete. Seit diesem Tage haben die Affen ein rotes Hinterteil und die Hasen gespaltene Oberlippen. Seit dieser Zeit legen sich auch die Pferde nur für kurze Zeit auf den Boden, wenn sie müde sind. Die Füchse aber tragen seit jener unfreiwilligen Reise bis zum heutigen Tage in ihrem Pelz einige Flecken.

Märchen der Han

Der Blinde und der Richter

Im Steppenland lebte einmal ein blinder Sänger, der durch die Dörfer zog, zur Geige Lieder sang und den Leuten Geschichten erzählte. Schlecht und recht schlug er sich durchs Leben und konnte sich nur fürs Alter weglegen, was er sich vom Munde absparte. Er hatte nirgends ein Zuhause, und so konnte er auch seine paar Silberstückchen nirgends aufheben. Er fürchtete sich vor Räubern, denn die Zeiten waren unruhig damals, man konnte nie sicher sein. Ein freundlicher Sattler hatte ihm einmal einen Lederbeutel genäht, in dem er seine Silberstücke versteckte. Diesen Beutel trug er immer an seiner Brust. Das Unheil aber kam, trotz seiner Vorsicht.

An einem schönen Sommertag geschah es, als die Sonne hoch über der Steppe stand und ein leichter Wind über die Gräser strich. Ein aufmerksamer Zuhörerkreis hatte sich um den blinden Sänger geschart. Er erzählte eben eine lange und spannende Geschichte, als ein vornehm gekleideter Mann erschien. Über einer Wollweste trug er einen Oberrock aus Brokat. Auf dem Kopf trug er einen großen schwarzen Brokathut, und seine Füße steckten in schwarzglänzenden Lederstiefeln.

Der Fremde mischte sich unter die Zuhörer und beobachtete neugierig den blinden Sänger. Schließlich hockte er sich nieder und stierte alsbald nur noch mit verschlagenen Blicken auf die Brust des Blinden. Nachdem die Geschichte beendet war, standen die Leute auf und zerstreuten sich wieder, die einen hierhin, die anderen dahin. Der Sänger blieb noch eine Weile allein auf seinem Platz sitzen. Da stürzte sich plötzlich der Fremde auf ihn, griff nach seinem Lederbeutel und versuchte zu entkommen.

Der Sänger erschrak, griff nach dem Ärmel des Räubers und schrie aus vollem Halse: »Hilfe, Räuber, Hilfe!« Die Leute ringsum hörten den Lärm, erkannten die Stimme des Sängers und eilten zurück. Der Blinde hielt den Fremden immer noch am Ärmel fest, denn er hatte mit aller Kraft in den Stoff gegriffen. Die Leute kamen heran, stürzten sich auf den Fremden und riefen empört: »Solch ein Schurke! Will einem Blinden sein Geld rauben. Das ist ja allerhand!«

Der Straßenräuber suchte sich zu verteidigen und sagte zu den Leuten: »Was, ein blinder Geschichtenerzähler soll über Silberstücke verfügen? Der Beutel gehört mir. Ich bin bestohlen worden, und der Alte hier, das ist der Dieb!« Dabei wies er mit seinem langen Finger auf den Lederbeutel und tat recht beleidigt. Die Zuschauer waren über diese Unverschämtheit außer sich, ergriffen ihn und brachten ihn vor den Richter. Der Gerichtsbeamte setzte sogleich den Termin für die Verhandlung auf die nächste Stunde fest. Beim Verhör ließ er den Blinden beiseite sitzen und herrschte den Räuber an: »Hinknien! Und heraus mit der Wahrheit! Im Lande unseres Prinzen wagst du es also, den blinden alten Mann da zu berauben. Das ist ja empörend. Wo kommst du eigentlich her?«

Der Beamte zitterte schließlich am ganzen Leibe vor Erregung, je mehr er schimpfte, desto mehr schwollen seine Zornesadern. Der Angeklagte machte ein Gesicht, als ginge ihn alles nichts an. Unbewegt warf er ein: »Gnädiger Herr, ich bin der Sohn einer vornehmen Familie. Meine Vorfahren waren würdige Persönlichkeiten. Wie könnte ich einen Raub begehen? Arm bin ich auch nicht, was wollte ich denn mit den paar Silberstücken eines armen Blinden?«

Als der Richter diese Frechheit vernahm, wurde er noch weit wütender. »Du Elender«, rief er, »womit haben deine Vorfahren einen Dieb als Enkel verdient? Angesehene Vorfahren willst du haben und beraubst einen armen blinden Mann. Diese Geschichte kannst du anderen auftischen, aber nicht mir!« »Gnädiger Herr«, ließ sich der Räuber vernehmen, »mein Vater ist ein angesehener Mann im Lande, den jeder kennt von allen, die Rang und Namen haben. Die Adeligen, die Würdenträger, die Prinzen kennen ihn, ja sogar mit dem Kaiser ist er gut bekannt.«

Diese Worte machten den Richter unschlüssig, sie hatten ihre Wirkung getan. Diesen Augenblick nützte der Räuber geschickt aus und sagte schnell: »Wenn ich Euch meinen Vater beschreibe, so werdet auch Ihr Euch sogleich an ihn erinnern.« Da fragte der Richter: »Wer ist es dann, sag es schon!« Der Räuber zwinkerte mit den Augen und erwiderte: »Mein Vater hat ein paar Narben im Gesicht, ist Mitte Fünfzig und hinkt etwas!« Der Richter dachte nach und sagte nach einer Weile: »Dieser Fall ist schwierig, wir setzen die Verhandlung fort, morgen um diese Zeit, für heute ist die Sitzung beendet!«

Der Räuber und der Sänger wurden abgeführt, jeder der beiden wurde in eine andere Zelle gebracht. Heimlich schlich sich der Richter in der Nacht dann zur Zelle des Räubers, und dieser bestach ihn mit einer hohen Summe. Am andern Tag war der Richter wie verwandelt. Gleich eingangs beim Verhör schrie er den Blinden an: »He du, Alter, warum beneidest du die Reichen und bist mit deinem Leben unzufrieden? Weißt du, was das bedeutet, den Sohn einer angesehenen Familie zu beleidigen?«

Ja, der Blinde wusste nur zu gut Bescheid. Er kniete schweigend auf der Erde, fing mit seinen Händen an zu graben und presste dann lauschend sein Ohr an den Boden. Der Richter wunderte sich und fragte: »Was soll das denn heißen, Blinder, was treibst du denn da?« Der alte Mann antwortete ruhig und gefasst: »Gnädiger Herr, gestern waren die Glocken der Gerechtigkeit hier zu vernehmen. Heute höre ich ganz anderes Geläute, es klingt sehr metallen, möglicherweise wie von Silberstücken. Wartet einen Augenblick, ich grabe es Euch aus.«

Einen Augenblick war alles ganz still, auch der Richter wagte kaum zu atmen, dann aber sagte der Blinde: »In mein Dunkel dringt kein Lichtstrahl, sehen kann ich nichts, aber ich bin hellhörig geworden in all den Jahren. Unter der Erde kann ich nicht nur alle Geräusche hören, auch die Stimme des Herzens kann ich ...« Da fuhr dem Richter der Schreck in die Glieder. Und bevor der Blinde weitersprechen und noch andere Dinge erzählen konnte, befahl er den Gerichtsdienern, den blinden Alten sofort freizulassen.

Märchen der Mongolen

Der Steinmetz

Im Gebiet des Dschuang-Volkes lebte einmal ein Steinmetz, der wegen seiner Meisterschaft weithin bekannt war. Ein Reicher hatte auch von ihm gehört. Er ließ den Steinmetz zu sich kommen und gab ihm einen großen Auftrag. Der Steinmetz sah nun im Hause des Reichen, welch vornehmes und verschwenderisches Leben dieser führte. Sein Wohnhaus war ein Tempel des Reichtums, seine Gewänder waren aus reiner Seide. Die Speisen waren auserlesen. Eine gewaltige Dienerschar besorgte alles im Hause und in der Stadt. Der Steinmetz konnte sich gar nicht satt sehen an all dieser Pracht und er fing an, den Reichen aus tiefstem Herzen zu beneiden.

Nach Hause zurückgekehrt, vernachlässigte er seine Arbeit und dachte stets an den Reichen. Sein einziger Wunsch war nur noch, selbst auch ein Reicher zu werden. Eine Fee hörte davon und ließ seinen Wunsch in Erfüllung gehen. Der Steinmetz war nun ein Reicher geworden. Überglücklich wohnte er in einem prächtigen Hause mit vielen Dienern und ließ sich jeden Tag die Speisen auftragen, wonach sein Herz begehrte. Eines Tages bereiste ein hoher Beamter diese Gegend und kam auch am Hause des einstigen Steinmetzen vorbei.

Eine Schar von Amtsdienern kamen in Begleitung des hohen Beamten, sie kündigten ihn mit dem Gong und mit Trommelschlägen an und bahnten ihm eine Gasse durch die Volksmenge. Der hohe Beamte saß in einer Sänfte und wurde überall hingetragen. Die Leute, die den Zug sahen oder im Wege standen, machten sogleich Platz und verbeugten sich tief vor dem hohen Herrn. Der Steinmetz, der von seinem Hause aus den Zug verfolgte, sagte zu sich selbst: »Soviel Diener wie dieser Beamte habe ich auch. Mögen sich alle Leute vor ihm verbeugen, ich habe das nicht nötig!«

Der hohe Beamte bemerkte mit Unwillen, wie selbstherrlich und unehrerbietig der Steinmetz stehen blieb. Voller Zorn gab er den Amtsdienern den Befehl, den trotzigen Mann zu verhaften und ihm dreihundert Stockschläge zu verabreichen. Um überhaupt freigelassen zu werden, musste er auf der Stelle gleich dreihundert Silbermünzen bezahlen. Der Steinmetz rieb sich stöhnend sein Hinterteil und schaute voller Neid der entschwindenden Sänfte nach. »Könnte ich doch ein hoher Beamter sein«, sagte er zu sich selbst, »die Reichen mögen wohl viel Geld haben, aber die Beamten haben die Macht.«

Kaum hatte er diesen Wunsch zu Ende gedacht, als ihn auch schon die Fee in einen hohen Beamten verwandelte. Der Steinmetz war hocherfreut. In einer Sänfte getragen, von vielen Dienern begleitet, bereiste er die Lande. Durch sein hartes Auftreten aber war er alsbald bei der ganzen Bevölkerung verhasst, genauso wie jener hohe Beamte, den er sich in allem zum Vorbild genommen hatte. Mit seiner ganzen Begleitung kam er im Lande der Dschuang einmal an einem Hügel vorbei, wo einige junge schöne Mädchen Blumen pflückten.

Der Steinmetz und sein Gefolge wollten sich diese Gelegenheit nicht entgehen lassen und die Mädchen einfangen. Wie Tiger auf hilflose Schafe stürzten sie sich auf die Dschuang-Mädchen. Die Mädchen schrien um Hilfe und kreischten so laut, dass die Männer des nahen Dorfes herbeieilten. Von allen Seiten kamen sie heran und umzingelten den Hügel. Sie hatten Äxte, Hacken und Schwerter mitgebracht, weil sie glaubten, es gehe den Mädchen gar ans Leben.

Da sahen sie den Steinmetzen, packten ihn in seinen seidenen Gewändern, schleppten ihn ins Dorf und verprügelten ihn gehörig. Seine Stellung als hoher Beamter machte überhaupt keinen Eindruck auf sie dabei, er bekam eine so tüchtige Abreibung, dass er vor Schmerzen winselte. »So ein Dschuang-Bauer«, sagte er bei sich selbst, »ist doch unübertroffen. Selbst ein hoher Beamter kann gegen diese Leute nichts ausrichten. Am liebsten möchte ich als einfacher Bauer bei den Dschuangs leben.«

Da sah sich der Steinmetz verwundert um, die Fee hatte ihn augenblicklich in einen Dschuang-Bauer verwandelt. Der Steinmetz war von Herzen froh darüber und trug stolz sein Bauerngewand. Jeden Morgen stieg er nun mit den Dorfbewohnern in die Berge, pflügte, säte und arbeitete hart. Erbarmungslos brannte die Sonne, der Schweiß lief dem Steinmetzen in Strömen das Gesicht herab, aber er vermochte nichts gegen die Hitze zu tun. Die Vögel hatten längst zu singen aufgehört und saßen in schattigen Felshöhlen, und die Wasserbüffel lagen den ganzen Tag im Schlamm oder im Wasser.

Die Reishalme allein standen aufrecht in der Sonne, genauso wie die Dschuang-Bauern. Der Steinmetz blickte seufzend zur Sonne hoch und dachte bei sich: »Die Sonne ist doch im weiten Weltall die mächtigste von allen, nichts kommt ihr gleich am Himmel und auf Erden.« So kam er zu dem absonderlichen Wunsch, die Sonne selbst zu sein. Die Fee sah in sein Herz und verwandelte ihn in die Sonne. Da hing er nun als Feuerball am Himmel, sandte seine sengenden Strahlen aus und ließ die Leute auf der Erde vor Hitze schmachten.

Da zog eines Tages vom Westen her eine gewaltige dunkle Regenwolke heran und bedeckte die Sonne. Der Steinmetz war über die Maßen verärgert und sagte: »Eine Wolke kann also selbst die Sonne verdunkeln, das habe ich noch gar nicht gewusst. Eine dunkle Wolke müsste man sein!« Die Fee erfuhr von diesem Wunsch und verwandelte ihn. So segelte er nun als dunkle Regenwolke am Himmel dahin und die Leute auf Erden sagten: »Es wird bald regnen, fast sieht es aus, als käme Sturm auf.« Denn siehe, mit Urgewalt hatte sich plötzlich ein Sturm erhoben und die dunklen Wolken in Fetzen gerissen.

Der Steinmetz, der selbst eine dunkle Wolke war und alles von der Nachbarschaft aus im Wolkenmeer mitangesehen hatte, sagte nun bei sich selbst: »Stürme sind also weit mächtiger als Wolken. Wer will sich überhaupt vor einem Sturm verbergen?« So wünschte er sich nun, ein Sturm zu sein. Die Fee erkannte diesen Wunsch und verwandelte ihn in einen gewaltigen Sturm. Da brauste der Steinmetz als Wirbelwind durch die Lande, riss Bäume heraus, deckte die Häuser ab, wirbelte das Heu auf den Feldern herum und richtete großen Schaden an.

Wie er in die Berge fuhr, traf er schließlich auf einen hohen und mächtigen Felsen. Da war nichts zu machen, er konnte blasen, wie er wollte, der Felsen rührte sich nicht. Als ob er überhaupt kein Lüftchen spürte, stand er da, unbeweglich und trotzig.

»Das habe ich auch noch nicht gewusst«, sagte der Steinmetz bei sich, »gegen Felsen sind also selbst Stürme machtlos. Ein Felsen möchte ich sein!« Die Fee hörte auch diesen Wunsch und verwandelte ihn in einen Felsen. Da stand er nun, unbeweglich und schweigend und blickte hinein in die Lande, ein mächtiger Fels.

Einige Steinmetzen waren in jenen Tagen aber auf Suche nach geeignetem Material. Sie wollten sich einige besonders schöne Steine aus den Bergen holen. Wie sie den Felsgipfel nun sahen und das Gestein prüften waren sie hocherfreut. Sie packten ihre Hämmer und Picken aus und begannen, dem Fels zu Leibe zu rücken. Sie wollten ihn zerschlagen und in kleineren Blöcken nach Hause bringen. Da erschrak der Steinmetz wie noch nie und bat die Fee flehentlich um Hilfe.

»Nun, mein Freund, siehst du jetzt, wie gut und schön es ist, ein Steinmetz zu sein?« Der Steinmetz konnte seinen Gedanken noch gar nicht ganz fassen und zu Ende denken, als er auch schon wieder er selbst war, nämlich der Steinmetz von ehedem. Mit Freuden und mit großem Fleiß ging er jetzt an seine Arbeit. Bald war er als guter Meister wieder bekannt, der noch rascher als früher alle Arbeiten ausführte. Von nah und fern kamen die Leute zu ihm und gaben ihre Aufträge ab. Das Dschuang-Volk aber war stolz auf seinen berühmten Steinmetzen.

Märchen der Dschuang

Der Drachenkönig und der Bambusflötenspieler

Vor langer, langer Zeit lebte am Fuß des Fünffingerberges ein Mann, der mit großer Fertigkeit und Schönheit auf der Bambusflöte spielen konnte. Die Musik, die er machte, war noch melodiöser als der Gesang der Goldamsel, die Triller waren klarer als die der Drossel, und die Tonfolgen waren überschwänglicher als die der Lerche, die in die Lüfte steigt bei ihrem Jubelkonzert. Wenn das Flötenspiel ertönte, flogen die Vögel nicht mehr, sondern setzten sich auf Zweige und Zäune, um zu lauschen, und die Bauern ruhten aus von ihrer Feldarbeit.

Beim Klang seiner Musik lächelten die alten Männer und erinnerten sich wieder ihrer Jugendzeit, während die Kinder vor Freude tanzten und tollten. Wegen des Zaubers seiner Musik glaubten die Leute, er habe etwas Überirdisches an sich und nannten ihn den Himmlischen Flötenspieler. Eines Tages gab der Drachenkönig des Südlichen Sees ein Festessen, zu dem er eine große Anzahl Unsterbliche einlud. Der König war mit dem Drachengewand bekleidet und trug Jadegürtel, die Gäste waren ebenfalls in auserlesene und kostbare Gewänder gehüllt.

So saßen sie fröhlich zusammen und feierten. Es traf sich, dass gerade zu dieser Zeit der Himmlische Flötenspieler das Ufer des Sees erreichte, nachdem er zehn Tage und Nächte gewandert war. Er warf sein Fischnetz in den stillen See, setzte sich auf das Steinufer und begann, auf seiner Bambusflöte zu spielen. Gerade als der Drachenkönig seinen Becher hob, um den Unsterblichen zuzutrinken, hörte er die Töne dieser bezaubernden Musik. Die Gäste waren dadurch so verzückt, dass die Jadebecher ihren Fingern entglitten und zu Boden fielen. Die ganze Festlichkeit verblasste vor diesem wundersamen Spiel.

Der Himmlische Flötenspieler wusste nicht, dass Unsterbliche ihm lauschten. Die Unsterblichen waren ihrerseits überzeugt, dass der Flötenspieler einer der ihren sei, der vom Himmel herabgestiegen sein musste. Der Drachenkönig selbst war so entzückt von der schönen Musik, dass er den Flötenspieler einladen wollte, seinen Sohn zu unterrichten. Er spürte die Quelle der Musik bald auf und fand schließlich den Mann am Ufer. Der Himmlische Flötenspieler stimmte zu, seinen Sohn zu unterrichten; er zog sein Netz ein, steckte die Bambusflöte in seinen Gürtel und ging mit dem Drachenkönig zu dessen Palast.

Bald bekam er Heimweh. Die Zeit schien stillzustehen, ein Tag war für ihn wie ein Jahr. Am Ende von drei langen Jahren hatte der Sohn des Drachenkönigs endlich gelernt, die Flöte zu spielen, und der Himmlische Flötenspieler bat den König, ihn heimkehren zu lassen. Der Drachenkönig war sehr erfreut, dass sein Sohn das Flötenspiel erlernt hatte und entschied, den Lehrer mit einem ansehnlichen Geschenk zu belohnen. Er befahl seinem Sohn, seinen Lehrer in die Schatzkammer zu führen, damit er sich zwei wertvolle Stücke auswählen könne.

Der Himmlische Flötenspieler und sein Schüler betraten das große weitläufige Gebäude, in dem all die Schätze des Königs aufbewahrt wurden. Die Kostbarkeiten gingen in die Hunderte, ja in die Tausende. Auf einem Bord glitzerten in blendendem Gefunkel erlesene, schwere Edelsteine: rote, grüne, gelbe, blaue und violette. Auf einem anderen Bord blitzten gewichtige Goldbarren. Bambuskörbe in allen Größen hingen an den Wänden, und in einem Schrank lagen Schilf-Regenmäntel in verschiedenen Längen.

Der Himmlische Flötenspieler ging überall umher und machte schließlich vor den Bambuskörben halt. Er überlegte: wenn ich einen davon nehme, dann habe ich etwas, indem ich die gefangenen Fische und Garnelen tragen kann. So nahm er einen mittelgroßen Bambuskorb von der Wand und befestigte ihn an seinem Gürtel. Dann schritt er etwas weiter und hielt inne bei einem Schrank mit Regenumhängen. Er dachte, wenn ich einen von diesen nehme, dann kann ich auch bei Regen fischen gehen.

Mit diesem Gedanken nahm er einen mittelgroßen Schilf-Regenumhang aus dem Schrank und warf ihn über die Schulter.

Nachdem er seine Wahl getroffen hatte, führte ihn der Sohn des Drachenkönigs aus der Schatzkammer. »Warum wählst du solch alltägliche Dinge, und nicht kostbare Steine, Gold oder Silber?«, fragte der Junge. »Gold und Silber sind nicht die nützlichsten Dinge«, erwiderte der Himmlische Flötenspieler mit einem Lächeln, »nach einer gewissen Zeit würden einem auch diese Dinge einmal durch Tausch oder Verkauf aus den Händen gleiten und nicht mehr gehören. Aber jetzt, da ich diesen Korb und diesen Umhang habe, kann ich jeden Tag fischen gehen und werde nie verhungern.«

Als er zu Hause ankam, machte der Himmlische Flötenspieler eine Entdeckung. Zu seiner großen Überraschung waren der Korb und der Umhang keine gewöhnlichen Dinge, sondern wirkliche Schätze. Kam er hungrig und ohne Erfolg vom Fischfang zurück, so fand er stets köstliche Speisen in seinem Korb vor. So hatte er immer eine reichliche, köstlich duftende Mahlzeit auf dem Tisch. Ging er zum Fischen an den Südlichen See oder zum Garnelenfang an den Östlichen See, so breitete sich der Schilf-Regenmantel wie ein paar Schwingen aus und trug ihn hin.

Nach vielen Jahren flog der Himmlische Flötenspieler einmal auf die Spitze des Fünffingerberges. Auf dem Rücken trug er seinen Bambuskorb und um seine Schultern wehte der wundersame Schilf-Regenmantel. Auf dem Berge begann er auf seiner Flöte zu spielen und die bezaubernden Töne erklangen im Wolkenmeer. Seit jenen Zeiten brachte seine Musik stets Freude und Glück zu allen Menschen.

Märchen der Li

Die Katze als Lehrmeister

Vor langer Zeit hauste in einem Gebirge ein Tiger, der zwar sehr stark war, aber von Geburt an etwas plumpe Füße hatte. So kam er nur sehr schwerfällig voran und konnte nur wenig Beute machen. An einem schönen Sonnentag, an dem alle Tiere schon längst aufgestanden und auf die Jagd gegangen waren, kam der Tiger aus der Höhle gekrochen. Wie er so mit seinen plumpen Füßen daherstapfte, sah er ein Kätzchen sehr gewandt über die Berge klettern. Der Tiger erblasste vor Neid. »Mit solchen Kletterkünsten«, so sagte er bei sich, »könnte man jeden Tag fette Beute machen! Und wie schnell dieses Kätzchen ist! Da entkämen mir nicht mehr viele Tiere. Ich würde alle auffressen, die mir jetzt mühelos davonlaufen!«

Die Katze war inzwischen etwas näher herangekommen und betrachtete aus einiger Entfernung die schwerfälligen Bewegungen des Tigers. Dieser verbeugte sich tief und sagte: »Meister Katze, Ihr lauft behände und schnell die Berge hinauf und hinunter. Könnte ich nicht bei Euch in die Lehre gehen? Ich möchte diese Künste gerne erlernen.« Das Kätzchen hatte schon gehört, dass der Tiger ein böses Herz hatte und sagte kopfschüttelnd: »Mein lieber Tiger, wenn du alles von mir gelernt hast, das Klettern und das Jagen, was wirst du dann wohl tun? Ich weiß nicht, ob du ein dankbarer Schüler sein wirst!«

Das Kätzchen überlegte sich, dass es sein Leben kosten könne, wenn es alle seine Fähigkeiten und Kunstgriffe dem Tiger beibrächte. Der Tiger aber verlegte sich aufs Bitten und ließ nicht locker: »Meister Katze, ich werde Euch als meinen verehrten Lehrer dann stets beschützen. Wehe dem, der dann wagen sollte, Euch anzugreifen oder auch nur zu beleidigen. Mein ganzes Leben werde ich Euch dann verbunden sein und Euch meinen

Dank bezeigen. Ich bitte Euch inständig, lehrt mich die Kletterkünste und den Schnelllauf!«

Diese Schmeichelei zerstreute die Bedenken des Kätzchens doch weitgehend. Der Tiger erschien dem Kätzchen nun doch mehr ungeschickt als böse, und so sprach es zu ihm: »Wenn du mir schwören willst, später niemals Gutes mit Bösem zu entgelten und meine Künste nicht gegen mich selbst zu verwenden, dann kannst du in meine Lehre eintreten.« Der Tiger verbeugte sich tief, wedelte dabei mit dem Schwanz und sagte mit ergebungsvoller Stimme: »Nie werde ich Eure Wohltat vergessen. Lehret mich, die Berge zu erklettern und Beute zu machen. Sollte ich jemals, verehrter Lehrer, etwas Böses gegen Euch im Schilde führen, dann soll im gleichen Augenblick der Blitz mich treffen, oder ich soll in eine tiefe Schlucht stürzen und mein Leib in tausend Stücke zerrissen werden!«

Dieser Schwur beruhigte die Katze, und sie nahm den Tiger als Lehrling an. Die Lehre für den Tiger war zwar hart, aber vortrefflich. Der Lehrmeister scheute keine Mühe, seinem Lehrling alles beizubringen, was zu einer erfolgreichen Jagd in den Bergen gehört. Kaum war die Sonne hinter den Bergen aufgegangen, waren die beiden schon im Gelände, und sie übten noch in der Dunkelheit, wenn die Vögel längst schlafen gegangen waren. Der Lehrmeister hatte nach einiger Zeit seinem Schüler alle Geschicklichkeiten bis auf eine einzige gezeigt und wollte die Lehre bald für beendet erklären. Der Tiger war gut vorangekommen und war zu einem geschickten Jäger geworden.

Eines Tages aber warf der Tiger doch ein gieriges Auge auf das Kätzchen. »Es wäre doch ein feiner Braten«, sagte er zu sich selbst, und der Speichel lief ihm im Maul zusammen. Das Kätzchen hatte aber seinen Schüler allmählich auch sehr gut kennen gelernt und las ihm die bösen Gedanken von den Augen ab. Zum Tiger gewandt, sagte das Kätzchen daraufhin mit feierlicher Stimme: »Mein lieber Schüler, du warst sehr folgsam und gelehrig. Alles, was ich selber kann, habe ich dir beigebracht. Unsere Wege trennen sich jetzt wieder. Denke daran, was du einstens geschworen hast!«

Der Tiger war schon ganz von seinen bösen Gedanken ergriffen und fragte scheinheilig mit freundlicher unterwürfiger

Stimme: »Meister Katze, habt Ihr mir auch alle Griffe und Kunststücke beigebracht?« »Alles habe ich dir gezeigt«, sprach das Kätzchen, das in den Augen des Tigers die böse Gier sitzen sah. Der Tiger wollte nun eine List anwenden und sagte mit zusammengekniffenen Augen: »Meister Katze, seht mal, was klettert denn da über uns auf dem Baume?«

In dem Augenblick, in dem das Kätzchen den Kopf hob, setzte der Tiger zum Sprung an und stürzte sich mit ausgestreckten Krallen auf das Kätzchen. Da aber hatte der Tiger sich verrechnet. Gerade, als er glaubte, den Braten schon in den Pfoten zu halten, fuhr wie der Sausewind etwas den Baum hoch. Der Tiger sah nach oben. Auf dem höchsten Aste saß zornbebend das Kätzchen. »Du elender Verräter«, rief es von oben herunter, »du undankbarer Geselle! Soviel gelten dir Schwur und Versprechen! Zum Glück war ich noch schlauer als du und habe dir nicht gezeigt, wie man auf Bäume klettert. Wäre ich so dumm auch noch gewesen, hättest du mich gar zerrissen und aufgefressen, du Schurke. Pfui!«

Der Tiger war wütend und umkreiste knurrend den Baum. Er versuchte, auf den ersten Ast zu springen, aber er kam nicht so hoch hinauf. Er biss mit den Zähnen in die Rinde, aber alles war vergebens. Das Kätzchen sah die hilflosen Versuche des Wüterichs von oben herunter mit Gelassenheit an und strich sich ruhig den Schnurrbart. Dann sprang es von einem Baum zum anderen und versetzte den Tiger dadurch in noch größere Wut. Er war hilflos, seine bösen Absichten halfen ihm nichts; es fehlte ihm die Fähigkeit, auf Bäume zu klettern. Das Kätzchen verschwand schließlich ganz aus seinen Blicken im dichten Laub der Baumkronen und der Tiger musste sich knurrend in seine Höhle zurückziehen.

Märchen der Han

Der Löwe und das Kaninchen

Ein Löwe und ein Kaninchen wohnten einmal dicht beieinander. Der Löwe benahm sich gar nicht wie ein guter Nachbar, sondern protzte und prahlte vor dem Kaninchen mit seiner Stärke, machte es vor anderen verächtlich und drangsalierte es, wo er nur konnte. Da sann das Kaninchen auf Rache, denn dieses Leben wollte es nicht mehr länger mitmachen. »Herr Nachbar«, sagte das Kaninchen eines Tages vor dem Lager des Löwen, »stellt Euch vor, da traf ich heute früh einen Kerl, so groß wie Ihr es seid, der sich herumtreibt und überall erzählt, er sei der stärkste Löwe auf der Welt. Ich kenne Euch seit Jahren und weiß doch um Eure Kräfte Bescheid. Ihr solltet dem Prahlhans seine Wichtigtuerei austreiben!«

»Hast du denn nicht erzählt, dass ich auch noch da bin und es gar nicht nötig habe, mich mit Protzern anzulegen?« Das Kaninchen verbeugte sich tief und sagte: »Ich hatte kaum Euren Namen genannt, als schon eine Flut von Beleidigungen über Euch von dem Kerl ausgestoßen wurden. Er kenne Euch und würde Euch nicht einmal als letzten Knecht in seine Dienste nehmen wollen.« Der Löwe zitterte vor Zorn am ganzen Körper und schrie: »Wo ist der Prahlhans? Ich werd's ihm zeigen!«

Da führte das Kaninchen den Löwen in die Berge. Nach einem anstrengenden Marsch kamen sie schließlich zu einem tiefen Brunnen. Der Löwe war in Schweiß gebadet. Das Kaninchen winkte mit der Pfote und flüsterte: »Psst, da drinnen steckt der Kerl!« Der Löwe hatte sich mit einem Satz auf den Brunnenrand geschwungen und blickte mit zorniger Miene hinunter. Aus dem tiefen Brunnen schaute ihm zornig sein Nebenbuhler entgegen. Als der empörte Löwe nun hinunterbrüllte, schallte das Gebrüll des Aufschneiders wieder aus dem Brunnen zu ihm herauf.

Der Kerl schien sich gar nicht einschüchtern zu lassen. Der Löwe auf dem Brunnenrand hob nun zornentbrannt seine Tatze, dabei sträubten sich ihm vor Wut die Haare. Der Gegner unten im Brunnen tat genau dasselbe. Das war zu viel! Er will sich gar unterfangen, mich auszulachen und mich zu veräppeln, dachte der Löwe, machte einen Satz und sprang hinunter. Als das Kaninchen den großen Plumps im Wasser hörte, atmete es auf und hoppelte fröhlich nach Hause.

Märchen der Tibeter

Das Königstigergewand

Es war einmal ein armer Hirte, der nur eine Milchkuh und zwei Ziegen besaß. Mit seiner Frau schlug er sich zwar schlecht und recht durchs Leben, aber es langte hinten und vorn nicht. Die drei Kinder, die seine Frau ihm geboren hatte, waren in zartem Alter alle gestorben. Die Eltern hatten sich mit ihrem Unglück allmählich abgefunden und die Hoffnung auf weiteren Kindersegen ganz aufgegeben. Nach mehreren Jahren aber schenkte die Frau wider alles Erwarten, mitten im Winter, einem Knaben das Leben. Vater und Mutter freuten sich und waren überglücklich.

Indessen war guter Rat teuer: womit sollten sie den Kleinen überhaupt ernähren? Wenn wenigstens noch eine Kuh oder noch einige Ziegen mehr da gewesen wären! Die Eltern sagten sich, kommt Zeit, kommt Rat – und melkten erst einmal ihre Kuh vor dem Zelt. So sättigten sie das Neugeborene mit frischer Milch. Zum größten Erstaunen der beiden wuchs aber das Kind nicht in vielen Tagen und Jahren, sondern schon in wenigen Stunden heran. Der Tag war noch kaum vorbei, da war es schon voll erwachsen und überragte an Körpergröße alle anderen Menschen.

Die Eltern waren erschrocken und froh zugleich. Sie gaben ihrem Sohn den Namen Gunan. Am ersten Tag zeigte Gunan solch einen Appetit, dass er eine Ziege restlos aufaß, und am zweiten Tag verzehrte er ohne viel Aufhebens auch die zweite. Die Eltern sahen dies mit größter Bestürzung und sagten zueinander: »Morgen wird er unsere einzige Kuh noch verspeisen! Wie sollen wir dann bloß weiterleben?« Am dritten Tag sprach Gunan zu seiner Mutter: »Liebstes Mütterchen! Unsere Familie ist so arm und es ist nur noch eine Kuh da. Lass mich in die Welt hinausziehen, damit ich mir meinen Unterhalt selbst verdienen kann. Immer zu Hause sitzen, will ich auch nicht, das ist mir zu langweilig, ich werde auch schon ganz krank davon!«

Die Mutter sah ihren großen und bärenstarken Sohn eine Weile an, dann sprach sie, mit Tränen in den Augen: »Mein Sohn, was wirst du in diesem Lande schon unternehmen können? Am besten wird es sein, du gehst zu unserem Fürsten, dem Khan, vielleicht hat der eine Arbeit für dich.« Gunan überlegte und nahm dann den Vorschlag seiner Mutter an. Er verabschiedete sich rührend von seinen Eltern und machte sich dann mit leerem Magen auf den Weg zum Khan.

Kaum war er die halbe Strecke gegangen, da kam ein ausgehungerter Wolf des Wegs. Kaum hatte die Bestie den Wanderer gewittert, da fiel sie ihn auch schon an. Gunan stellte den Wolf, machte ihm mit einem einzigen Griff den Garaus und zog ihm das Fell ab. An Ort und Stelle zündete er ein Feuer an und briet das Fleisch. Nachdem er den Wolf bis auf die Knochen verzehrt hatte, setzte er seinen Weg fort. Gegen Abend erreichte er das Zelt des Fürsten.

Der Khan war ein misstrauischer und verschlagener Mensch und wollte die Kräfte Gunans erst einmal kennen lernen. Um den jungen Mann auf die Probe zu stellen, ließ er einen Ochsen braten und lud Gunan zum Essen ein. Da Gunan schon wieder gewaltigen Hunger hatte, verzehrte er nicht nur alles Fleisch, sondern nagte auch noch die Knochen blitzblank. Der Khan nahm ihn daraufhin in sein Zelt auf und ernannte ihn zu seinem Leibwächter. An vielen Tagen begleitete Gunan nun den Khan auf der Jagd. Sie ritten oft in fern gelegene Wälder und brachten jedes Mal reiche Beute mit nach Hause.

Eines Tages stießen sie zwischen den Bergen in eine tiefe Waldschlucht vor. Auf einmal stürzte ein Tiger auf sie los, dessen Augen tückisch und mörderisch funkelten. Bei diesem Anblick brach dem Khan der kalte Angstschweiß aus den Poren. Er ließ die Peitsche sausen und sprengte, ohne sich um Gunan zu kümmern, Hals über Kopf das Gebirge hinab. Auch das ganze Gefolge nahm schleunigst Reißaus. Allein Gunan war stehen geblieben. Kaltblütig wich er ein wenig zur Seite, als der Tiger ihn ansprang, packte im selben Augenblick auch schon das Untier an seinen Hinterläufen, wirbelte es im Kreis herum und schleuderte es gegen einen dicken Baum, dass es nur so krachte und die Blätter von den Zweigen wirbelten.

Bei diesem Aufprall platzte der Bauch des Tigers auf, und die Bestie verendete. Gunan warf sich die tote Wildkatze auf die Schultern und eilte mit Riesenschritten dem Zelte des Khans zu. Der Khan war bei der Flucht zwar heil und unversehrt geblieben, aber er zitterte am ganzen Leibe, so sehr war ihm der Schreck in die Glieder gefahren. Sein Gefolge, das auch bald eintraf, musste dem zitternden Khan gar aus dem Sattel helfen. Kaum hatte der Fürst wieder Boden unter seinen Füßen, da schrie er vor Entsetzen auf. Er sah nämlich Gunan mit dem Tiger auf den Schultern heraneilen und glaubte, das Raubtier sei noch am Leben.

Mit einem Satz sprang er in sein Zelt und verrammelte die Tür von innen. Den Leuten draußen schrie er zu: »Hierher, besetzt sofort den Eingang und lasst um Himmels willen die Bestie nicht zu mir herein!« Da hörte er, dass der Tiger schon tot sei. Nun kam er heraus und spielte sich gar noch als mutiger Kerl auf und schimpfte Gunan. Als seine Gefolgsleute den Tiger abgehäutet hatten, nahm er das Fell des Tigers mit in sein Zelt. In den nächsten Tagen ließ der Khan sich aus dem Tigerfell eine Bettunterlage machen.

Mehrmals betrachtete er am Tage das herrlich gemusterte Fell der Raubkatze und kam dabei auf den Wunsch, nun auch noch ein Königstigergewand zu besitzen. Er bestellte Gunan zu sich und befahl ihm vor dem versammelten Gefolge, binnen drei Tagen den Königstiger zu erlegen. Bringe er das Fell nicht in dieser Zeit herbei, so habe er die Todesstrafe zu gewärtigen. »Wo soll ich bloß den Königstiger suchen gehen?«, fragte sich Gunan und wusste nicht aus noch ein. »Man erzählt sich, dass er in einer Höhle im Nordgebirge hausen soll, weit, weit weg von hier. In jener Gegend soll es von Tigern nur so wimmeln. Ein gewöhnlicher Sterblicher kann dorthin ja gar nicht gelangen!«

In großer Besorgnis kehrte Gunan noch in derselben Nacht zu seinen Eltern zurück und trug ihnen vor, was der Khan von ihm gefordert hatte. Die beiden guten Leute wussten ihrem Sohn auch nicht zu raten. Am liebsten hätten sie ihn dabehalten und im Zelt versteckt, aber die Gefolgsleute des Khans würden ihn sogleich finden. Weinend saßen die beiden Alten da. Ließen sie ihn ziehen, so war es höchst ungewiss, ob er das Wagnis bestehen könnte, rieten sie ihm zum hier bleiben, so war es sicher, dass der arglistige Khan ihren Sohn umbrächte.

Auch Gunan selbst wusste keinen Ausweg aus der misslichen, verzwickten Lage. Da trat ganz unerwartet ein steinalter erfahrener Hirte zum Zelt herein. Dieser sprach zu Gunan:

»Junge, verliere den Mut nicht! Der Königstiger fürchtet auch so manches auf der Welt, aber nichts mehr als einen tapferen Menschen. Du wirst aller Bedrängnisse Herr werden, wenn du von Herzen an deine Heimat und an die Menschen denkst, die dir lieb und teuer sind. Mach dich gleich auf den Weg! Vor dem Zelt steht ein buntscheckiges Pony, das schenke ich dir! Und nun wohlauf und viel Glück!« Der alte Hirte küsste Gunan sanft auf die Stirn und huschte aus dem Zelt. Gunan eilte nach draußen und sah tatsächlich ein buntscheckiges Pony dort stehen.

Als das Tier Gunan erblickte, stellte es sich auf die Hinterhufe und wieherte. Gunan prüfte seinen Bogen und schärfte sein Schwert. Bei Tagesanbruch bestieg er das Pony und sagte seinen Eltern Lebewohl. Schwerbewaffnet sprengte er davon. Das Pferdchen galoppierte anfangs wie ein gewöhnliches Pony dahin, dann aber schoss es wie ein Pfeil über die Ebenen, dass Gunan kaum noch die Umrisse der Jurten zu beiden Seiten erkennen konnte. Plötzlich verlangsamte das Pony seinen Galopp, als sei Gefahr im Verzug.

Und da sah auch Gunan schon, wie vor ihm, unweit einer Jurte, ein Wolf sich auf ein kleines Mädchen stürzte. In Sekundenschnelle hatte Gunan seinen Bogen gespannt und geschossen. Sssseng! Der Pfeil zischte durch die Luft und traf genau den Kopf des Wolfes. Als Gunan herantrat, konnte er nur noch feststellen, dass er den Wolf auf der Stelle getötet hatte. Aus der Jurte kam eine alte Großmutter gelaufen. Sie schlug die Hände über dem Kopf zusammen als sie sah, aus welcher Gefahr Gunan ihr Enkelkind gerettet hatte. Dankbar lud sie den zielsicheren Schützen in ihre Jurte ein und bewirtete ihn mit Milchtee.

Die Alte überreichte Gunan einen Hammelknochen als Abschiedsgeschenk und sagte: »Nimm diesen Knochen mit, er wird dir von Diensten sein!« Gunan bedankte sich, bestieg sein Pferd und ritt in nördlicher Richtung weiter. Nach einem langen Ritt erreichte Gunan einen breiten Fluss, der ihm den Weg versperrte.

Gunan überlegte, wie er wohl ans andere Ufer gelangen könnte und betrachtete prüfend die Strömung und das Wellenspiel.

Auf einmal geriet das Wasser des Flusses in Wallung, und eine Riesenschildkröte tauchte aus der Tiefe auf. Die Schildkröte schwamm dicht ans Ufer heran und rief Gunan zu: »Junger Gesell, über diesen Fluss kommst du nicht hinüber, reite nur schnell wieder nach Hause!« »Wieso, alter Freund?«, rief Gunan zurück. Schwierigkeiten gibt es immer, die kann man überwinden!« »Wenn du so tapfer bist, junger Mann, dann hilf mir erst ein wenig!«, bat die Schildkröte. »Mein linkes Auge tut mir weh, es schmerzt mich schon lange. Ich möchte es durch ein neues ersetzen. Das kann ich erst, wenn mir einer das alte Auge ausreißt. Komm gleich und hilf mir dabei!«

Gunan stieg zum Ufer hinab und riss der Schildkröte mit seinen Fingern den Augapfel heraus. Da quirlte das Wasser auf und die Schildkröte verwandelte sich in einen Drachen. Flügelschlagend erhob er sich in die Luft und rief Gunan zu: »Du hast ein gutes Herz! Nimm zum Dank den Augapfel da mit dir auf die Reise, er wird dir noch gute Dienste leisten!« Nach diesen Worten schwebte der Drache davon und war bald nicht mehr zu sehen. Gunan betrachtete nun den Augapfel in seiner Hand etwas genauer. Er traute seinen Augen nicht: das Auge hatte sich inzwischen in eine hellschimmernde Perle von unschätzbarem Wert verwandelt.

Gunan merkte, dass mit seinen eigenen Augen eine Veränderung vor sich ging, wenn er die Perle längere Zeit betrachtete. Auf einmal sahen sie hell und klar; aufs deutlichste konnte er fern am Horizont die paar Zelthütten unterscheiden. Zuversichtlich stieg Gunan wieder auf sein Pferd. Das Pony schien den Willen seines Herrn zu verstehen und seine Gedanken lesen zu können: mit einem kleinen Anlauf sprang es wiehernd in den Fluss. Gunan blickte sich erstaunt nach beiden Seiten um. Kaum hatte das Wasser die kostbare Perle benetzt, da wich es auch schon nach beiden Seiten auseinander.

Die gewaltigen Wassermassen schichteten sich zu zwei durchsichtigen Wänden auf, zwischen denen ein trockener Pfad quer hindurchführte. Ohne Mühe erreichte Gunan mit seinem Pony das andere Ufer. Hinter den Hufen des Pferdes floss das Wasser gleich wieder zusammen, als wäre es überhaupt nie anders gewesen. Nach einem kurzen Galopp gelangte Gunan zu den Jurten, die er schon vom südlichen Ufer aus gesehen hatte. Vor einer Jurte saß ein hochbetagter Hirte und weinte herzzerreißend vor sich hin. Gunan sprang vom Pferde: »Großvater, warum weint Ihr so jämmerlich? Vielleicht kann ich Euch helfen. Sagt mir, was geht Euch so zu Herzen?«

Der alte Hirte wischte sich die Tränen aus dem Gesicht und erzählte schluchzend: »Meine Tochter, meine einzige Tochter, hat gestern der Königstiger geraubt. Ich weiß nicht, lebt sie noch, oder ist sie schon tot. Ich habe nur diese einzige Tochter! Aber du wirst mir nicht helfen können. Oh weh!« Und wieder begann der Alte loszuweinen. »Grämt Euch nicht, alter Vater!«, sagte Gunan und tröstete ihn: »Eure Tochter wird wieder zu Euch zurückkehren. Ich bin eben dabei, diesen Königstiger aufzuspüren. Finde ich ihn, dann rette ich Eure Tochter, so wahr ich hier stehe!«

Der alte Hirte sah unter Tränen auf und bat Gunan in seine Jurte. Um vieles erleichtert, setzte er ihm eine Schale Milchtee vor. Gunan blieb eine Welle bei dem Alten, trank den Tee, bedankte sich dann und ritt weiter. Vor Einbruch der Nacht erreichte er das Revier des Königstigers. Die Felshöhle am Berg, in der das schreckliche Tier hauste, war schon deutlich aus der Ferne zu erkennen. Ein Dutzend Tiger hielten vor dem Eingang Wache. Vorsichtig pirschte Gunan sich an die Höhle heran. Die Tigermeute hatte ihn jedoch schon gewittert und stürzte ihm entgegen.

Gunan warf den Hammelknochen zwischen die Meute, um den sich sogleich die Bestien balgten und stritten. Unbehindert drang er dann in die Höhle ein. Nach kurzem Suchen fand er dort das geraubte Mädchen. Die Hirtentochter erzählte ihm, dass der Königstiger bereits am frühen Morgen ausgezogen sei und wahrscheinlich nicht mehr lange auf sich warten lassen werde. Das Mädchen wollte Gunan irgendwo verstecken, der aber wollte davon nichts wissen. »Zuerst bringe ich dich in Sicherheit und führe dich heim zu deinem Vater!«, sagte der tapfere Jüngling.

Gunan hob das Mädchen vor der Höhle auf das buntscheckige Pony und ließ die Peitsche knallen. Wie der Sturmwind galoppierte das Pony den Berghang hinab. Als sie die Ebene erreicht hatten, sahen sie, wie durch ihren Galoppritt der gelbe Sand wie im Sturm aufgewirbelt wurde. Plötzlich bemerkten sie mit Schrecken, wie in dem fahlen Sandsturm ein Ungeheuer hinter ihnen herhetzte. Der Kopf war der eines Tigers, der Rumpf glich dem eines Menschen und war von oben bis unten mit goldenen Haaren bewachsen. Gunan wandte sich mit dem vollen Oberkörper auf dem Pferde um und schoss einen Pfeil ab, der dem Königstiger das linke Auge kostete.

Vor Wut und Schmerz brüllte das Ungeheuer auf. Es spreizte die Mörderkrallen und warf sich mit einem einzigen Satz auf Gunan, riss ihn vom Pferde und schlug ihn mit seiner mächtigen Pranke bis über die Hüften in die Erde hinein. Hier half kein Überlegen. In Sekundenschnelle hatte Gunan sich wieder herausgearbeitet und versetzte seinerseits dem Scheusal einen solchen Hieb, dass es bis zum Hals in den Boden fuhr und nur noch der Kopf herausschaute. Augenblicklich zückte Gunan sein kurzes Schwert und stieß es der Bestie in den Schädel. Damit war das Schicksal des Königstigers besiegelt. Gunan zog den toten Körper aus dem Boden heraus, fasste ihn bei den Hinterläufen und sprang auf das Pony.

Die Freude des alten Mannes war unbeschreiblich, als Gunan mit dem Mädchen wohlbehalten bei der Jurte anlangte. Der alte Hirte weinte nun wiederum, diesmal aber vor Freude. Gunan hatte das Mädchen lieb gewonnen, und der alte Hirte gab dem tapferen Jüngling gerne seine Tochter zur Frau. Die folgende Nacht verbrachte Gunan – nach langem Erzählen – unter dem Dache seines Schwiegervaters. Bei Sonnenaufgang bestieg er mit seiner Frau das Pony.

Eben wollten sie losreiten da hörten sie ein Toben und Tosen im Norden, das sich anhörte wie ein Orkan. Bald wurde ihnen klar: die Tigermeute, die sich gestern um den Hammelknochen gebalgt hatte, war hinter ihnen her. Geschwind brachte er seine Frau im Zelt in Sicherheit. Dann spannte er den Bogen und ließ einen Pfeil von der Sehne schnellen. Der Tiger an der Spitze des Rudels stürzte, tödlich getroffen zu Boden. Jetzt zog Gunan sein Kurzschwert und ging mit großen Schritten der Meute entgegen. Ein wilder Kampf begann.

Flink und verbissen fechtend erschlug Gunan gleich acht der Bestien. Die restlichen drei Tiger aber schien der Dampf des heißen Blutes bei dem Getümmel noch wilder zu machen, sie fielen Gunan um so wütender an. Gunan spürte, wie seine Kräfte nachließen. Lange, so erkannte er, würde er nicht mehr durchhalten können. Der alte Hirte, der in vielen Dingen erfahren war, brachte nun die Rettung. In Eile hatte er ein Dutzend junger Männer zusammengerufen, die er nun heranführte. Mit Stangenlassos, die sie zum Pferdefang meist brauchten, fingen sie die drei Raubkatzen ein und überwanden so alle Gefahr.

Gunan dankte den Männern herzlich für ihre Hilfe und überließ ihnen alle Tiger zur Beute, die er eben mit eigener Hand erlegt hatte. Die Segenswünsche aller Hirten begleiteten ihn, als er an diesem Morgen zum zweiten Mal das Pferd bestieg. Unbehelligt erreichte er nun mit seiner Frau die Jurte seiner Eltern. In den Augen des Khans spiegelten sich gleichermaßen Freude und Neid, als er sah, dass Gunan den Königstiger erlegt und auch noch ein holdes Weib heimgeführt hatte.

Gunans Frau musste ihm nun das Königstigergewand anfertigen. Jedes Haar vom Fell des Königstigers sollte sie auf kostbaren Stoff aufnähen. Die junge Frau war sehr geschickt und schneiderte das Gewand so tadellos zurecht, dass sie es alsbald durch Gunan dem Fürsten überreichen lassen konnte.

Der Anblick des Prachtkleides ließ das Herz des Khans höher schlagen. Jedermann sollte nun wissen: der Khan besitzt ein Königstigergewand von unbezahlbarem Werte! Er beschloss bei sich, in diesem Gewand sich einmal im ganzen Fürstentum gebührend zur Schau zu stellen und bald eine große Rundreise durch seine Gebiete zu beginnen. Zuerst sollte die kostbare Erwerbung aber zu Hause gefeiert werden. In den nächsten Tagen ließ er neben seinem Großzelt eine Tribüne aufschlagen. Alle hohen Beamten des Khans wurden dann zu einem Freudenmahl eingeladen, das er auf der Tribüne anrichten ließ.

In gebührendem Abstand von der Tribüne stand eine große Menschenmenge, die aus allen Himmelsrichtungen herbeigeströmt war. Jeder wollte einen Blick auf das Königstigergewand werfen. Nach kurzer Zeit trat der Khan feierlich, begleitet von den Festmusikanten, an den Rand der Tribüne. Er gab ein

Zeichen mit der Hand. Ein Diener höheren Ranges trug mit ernster und würdiger Miene ein gelbeingeschlagenes Paket auf die Tribüne. Der Diener schlug vor allen Augen die Umhüllung auf und entnahm ihr das goldstrahlende Königstigergewand. Dann hob er es nach drei Seiten in die Höhe, damit alle Zuschauer es sehen konnten.

Wie in einer feierlichen Zeremonie half er nun dem Khan, das Gewand anzulegen. Kaum hatte der Khan das Gewand auf dem Leibe, da ging mit ihm eine sonderbare Veränderung vor. Augenblicklich verwandelte er sich in einen reißenden Tiger. Mit entsetzlichem Gebrüll sprang er unter das Volk und schlug zahlreichen Menschen mit seinen Fängen tiefe Wunden. Alle Diener und hohen Beamten warfen sich entsetzt auf ihre Pferde und flohen in alle Richtungen. Gunan, der erst jetzt auf den Platz getreten war, wusste nichts von der Verwandlung. Er sah nur, dass ein Tiger von der Tribüne herab in die Menschenmenge sprang und blutdürstig unter den Umstehenden zu wüten begann.

Er stutzte zuerst, griff aber dann ganz unwillkürlich nach seinem Köcher. Da erst wurde ihm bewusst, dass er keine Waffen bei sich trug. Als er zum Festplatz aufbrach, hatte er Pfeil und Bogen und auch sein Kurzschwert zu Hause gelassen. Er konnte keinen weiteren Entschluss mehr fassen, denn der Tiger stürzte in diesem Augenblick auch schon auf ihn los. Ruhig fasste Gunan Fuß und ließ den Tiger herankommen. Sein Blick galt nur dem Schwanz des Tigers. Ehe sich die Bestie versah, hatte Gunan sie schon beim Schwanz gefasst und schleuderte sie im Kreise herum. Über zehn Mal ließ Gunan dabei den Körper des Untiers mit aller Macht auf den Boden aufschlagen. Der Tiger blutete aus allen sieben Leibesöffnungen, zuckte noch ein paarmal und blieb dann tot auf dem Platz liegen.

Die Leute zogen ihrem verwandelten Kahn das Fell nicht ab, sondern verscharrten ihn einfach. Gunan war sein eigener Herr und ritt von nun an täglich auf seinem buntscheckigen Pony zur Jagd aus. Mit seiner kostbaren Perle heilte er die Augen der Leute aus nah und fern. Das Geschenk des Drachens erwies sich als wahre Wunderperle. Wenn die Alten diese Perle auch nur ein einziges Mal anschauten, wurden ihre trüben Augen wieder klar.

Konnte einer kaum noch etwas sehen, so strich Gunan ihm mit der Perle nur leicht über die Augenhöhle, und schon war er geheilt.

Märchen aus der Mongolei

Die alte Frau und der Tiger

Eine alte Frau fand einmal eines Tages eine glänzende Kupfermünze, als sie die Stube ausfegte. Sie betrachtete die Münze liebevoll und warf sie dann in einen halbgefüllten irdenen Reistopf. Am nächsten Tage wollte sie sich ein Frühstück bereiten und schüttete soviel Reis aus dem Topf, dass nur noch eine Hand voll übrig blieb. Beim Mittagessen wollte sie sich nun von diesem Händchen voll Reis eine Mahlzeit bereiten. Voller Erstaunen sah sie, dass der Reistopf wieder halb voll war. Sollte sie sich versehen haben?

Beim Abendessen war der Topf wieder halb voll, obwohl sie am Mittag auch nur eine Hand voll Körner zurückgelassen hatte. So erkannte sie mit großer Freude und Verwunderung: Die Kupfermünze war eine Zaubermünze. Der Tiger der Berge hörte davon, und der Neid schlich sich ihm ins Herz. Er lief zu der alten Frau und sagte: »Gib mir die Kupfermünze, aber schnell!« Als die Frau sich weigerte, das wundersame Geldstück herauszugeben, drohte der Tiger: »Warte nur, die Münze werd' ich schon kriegen. In der Dunkelheit komme ich wieder und fresse dich mit Haut und Haar!«

Nach dieser Drohung zog er brüllend von dannen. Die alte Frau erschrak zu Tode und fing an zu weinen. Nach einer Stunde hörte sie aber plötzlich auf, trocknete ihre Tränen ab und suchte die Sichel hervor. Sie holte den Wetzstein und begann die Sichel zu schleifen. Tss —- tss —- tss —-, so strich der Stein über die Sichel, einmal über die eine Seite, dann wieder über die andere. Die kleinen Erbsen im Glase hörten dies und fragten: »Altes Mütterchen, warum wetzt du deine Sichel, sag?« »Meine Erbslein, meine Erbslein«, antwortete die alte Frau, »der Tiger will meine Zaubermünze haben. Ich gebe sie nicht heraus, sie ist ja mein. In der Dunkelheit will er aber heute kommen und mich fressen. Darum mache ich meine Sichel scharf.«

»Altes Mütterchen«, sagten die kleinen Erbsen, »wir wollen dir helfen!« »Meine Erbslein, was könnt ihr denn tun?« »Altes Mütterchen, wir wissen dir schon zu helfen, wir legen uns vor die Tür schlafen!« Die kleinen Erbsen sprangen nun in großer Zahl auf den Boden, hüpften etwas umher und legten sich dann vor die Tür. Die alte Frau schärfte weiter ihre Sichel. Tss —- tss —- tss —-, so strich der Stein über die Sichel, einmal über die eine Seite, dann wieder über die andere.

Ein Ei in einem Korbe hörte dies und fragte: »Altes Mütterchen, warum wetzt du deine Sichel, sag?« »Mein Eilein, mein Eilein«, antwortete die alte Frau, »der Tiger will meine Zaubermünze haben. Ich gebe sie nicht heraus, sie ist ja mein. In der Dunkelheit will er aber heute kommen und mich fressen. Darum mache ich meine Sichel scharf.« »Altes Mütterchen«, sagte das Ei, »ich will dir helfen!« »Mein Eilein, was kannst du denn tun?« »Altes Mütterchen, ich weiß dir schon zu helfen, ich verstecke mich im Herd.« Das Ei rollte aus dem Korb und versteckte sich im Herd.

Die alte Frau nahm wieder ihren Wetzstein. Tss —- tss —- tss —-, so strich der Stein über die Sichel, einmal über die eine Seite, dann wieder über die andere. Ein Krebs in einem Loch an der Wand hörte dies und fragte: »Altes Mütterchen, warum wetzt du deine Sichel, sag?« »Mein Krebslein, mein Krebslein«, antwortete die alte Frau, »der Tiger will meine Zaubermünze haben. Ich gebe sie nicht heraus, sie ist ja mein. In der Dunkelheit will er aber heute kommen und mich fressen. Darum mache ich meine Sichel scharf.«

»Altes Mütterchen«, sagte der Krebs, ich will dir helfen!« »Mein Krebslein, was kannst du denn tun?« »Altes Mütterchen, ich weiß dir schon zu helfen, ich verstecke mich im Wasserkrug.« Der Krebs kam aus seinem Loch hervor und kroch in den Wasserkrug. Die alte Frau griff wieder zu ihrem Wetzstein. Tss —- tss —- tss —-, so strich der Stein über die Sichel, einmal über die eine Seite, dann wieder über die andere. Ein großer Balken vor dem Hause hörte dies und fragte: »Altes Mütterchen, warum wetzt du deine Sichel, sag?«

»Mein großer Balken, mein treuer«, antwortete die alte Frau, »der Tiger will meine Zaubermünze haben. Ich gebe sie nicht heraus, sie ist ja mein. In der Dunkelheit will er aber heute kommen und mich fressen. Darum mache ich meine Sichel scharf.«

»Altes Mütterchen«, sagte der große Balken, »ich will dir helfen!« »Mein großer Balken, was kannst du denn tun?« »Altes Mütterchen, ich weiß dir schon zu helfen, ich lege mich auf den Rand des Bettes.« Der große Türbalken rollte herein, kletterte ins Bett und legte sich auf den Rand. Die alte Frau wandte sich wieder ihrer Sichel zu. Tss —- tss —- tss —-, so strich der Stein über die Sichel, einmal über die eine Seite, dann wieder über die andere. Ein grüner Frosch im Bach vor dem Haus hörte dies und fragte: »Altes Mütterchen, warum wetzt du deine Sichel, sag?«

»Mein Fröschlein, mein Fröschlein«, antwortete die alte Frau, »der Tiger will meine Zaubermünze haben. Ich gebe sie nicht heraus, sie ist ja mein. In der Dunkelheit will er aber heute kommen und mich fressen. Darum mache ich meine Sichel scharf.« »Altes Mütterchen«, sagte der Frosch, »ich will dir helfen!« »Mein Fröschlein, was kannst du denn tun?« »Altes Mütterchen, ich weiß dir schon zu helfen, ich setze mich auf das Kopfende im Bett.«

Der Frosch kam aus dem Bach heraus, hüpfte auf das Bett und setzte sich auf das Kopfende. Die alte Frau nahm wieder ihren Wetzstein zur Hand. — Tss —- tss —- ts —- so strich der die Sichel, einmal über die eine Seite, dann wieder über die andere. Das Spinnrad in der Ecke hörte dies und fragte: »Altes Mütterchen, warum wetzt du deine Sichel, sag?« »Mein Spinnrädchen, mein liebes«, antwortete die alte Frau, »der Tiger will meine Zaubermünze haben. Ich gebe sie nicht heraus, sie ist ja mein. In der Dunkelheit will er aber heute kommen und mich fressen. Darum mache ich meine Sichel scharf.«

»Altes Mütterchen«, sagte das Spinnrad, »ich will dir helfen!« »Mein Spinnrädchen, was kannst du denn tun?« »Altes Mütterchen, ich weiß dir schon zu helfen, ich setze mich in die Stubenecke.« Das Spinnrad setzte sich nun in die Stubenecke. Die alte Frau schliff weiter ihre Sichel. Tss —- tss —- tss —-, so strich der Stein über die Sichel, einmal über die eine Seite, dann wieder über die andere.

Der Hammer im Kasten hörte dies und fragte: »Altes Mütterchen, warum wetzt du deine Sichel, sag?« »Mein Hämmerchen, mein Hämmerchen«, antwortete die alte Frau, »der Tiger will meine Zaubermünze haben. Ich gebe sie nicht heraus, sie ist ja mein. In der Dunkelheit will er aber heute kommen und mich fressen. Darum mache ich meine Sichel scharf.« »Altes Mütterchen«, sagte der Hammer, »ich will dir helfen!« »Mein Hämmerchen, was kannst du denn tun?« »Altes Mütterchen, ich weiß dir schon zu helfen, ich hocke mich auf den Sims über der Tür!« Der Hammer polterte aus dem Kasten und hockte sich auf den Türsims. Bald dämmerte es.

Die alte Frau ging ins Bett und nahm die Sichel mit sich. Als die Dunkelheit anbrach, schlich sich der Tiger heran. Im ganzen Haus war es still und stockdunkel. Da trat er über die Schwelle. In diesem Augenblick fingen die kleinen runden Erbsen an, auf dem Boden hin- und herzurollen, so dass der Tiger auf sie trat, ausrutschte und auf den Boden hinschlug. Bald rappelte er sich wieder auf und tastete sich zur Küche durch; er wollte im Herd das Feuer anblasen. Vorsichtig steckte er seinen Kopf in die Herdöffnung und blies ein paar Mal hinein.

Da, mit einem Mal zerplatzte das Ei, das sich dort versteckt hatte und spritzte dem Tiger ins Gesicht. Da es sich mit Asche vermengte, wurde der Tiger ganz verschmiert und geblendet. Da tappte er nach dem Wasserkrug, um seine Augen benetzen zu können, aber zwick-zwack schnellte der Krebs aus dem Kruge und zwickte den Tiger so heftig in die Tatze, dass er aufschrie. Blutend und äußerst gereizt blickte das Untier jetzt um sich und wollte die alte Frau suchen. Wie er sich nun zum Bett hin vorgepirscht hatte, donnerte der große Balken auf ihn nieder, dass er zu Boden ging und gar nicht mehr wusste, wie ihm geschah, er war ganz benommen.

Vom Kopfende des Bettes her begann aber nun der Frosch aus Leibeskräften zu quaken: »Schlag, schlag, großer Balken, schlag ihn tot!« Aus der Ecke ließ sich zugleich das Spinnrad vernehmen: »Halt ihn! Halt ihn! Halt ihn fest!« Der Tiger war völlig verwirrt und suchte einen Ausweg. Darauf hatte die alte Frau in ihrem Bett gewartet. Mit blitzender Sichel sprang sie aus dem Bett und stürzte sich auf den Tiger. Wie dieser die blinkende Sichel sah, wollte er mit einigen Sätzen ins Freie entweichen.

Da kullerten die kleinen runden Erbsen wieder auf dem Boden umher und brachten es fertig, dass der Tiger beim Türsims niederstürzte. Das war das Zeichen für den Hammer. Mit Schwung sauste er herab. Ein betäubender Schlag traf den Tiger auf den Kopf. Er taumelte. Die alte Frau holte aus und mit einem wohlgezielten Streich mit der scharfen Sichel machte sie dem Leben des Bösewichts ein Ende.

Märchen der Han

GROSSMUTTER WOLF

Es war einmal vor langer Zeit, da lebte in einem kleinen Häuschen eine Mutter mit ihren drei Kindern. Der Vater war schon gestorben, und die gute Frau musste fest arbeiten, um ihre drei Kinder zu ernähren. In einem benachbarten Dorf lebte noch die Großmutter der drei Kinder; die Wege von Dorf zu Dorf aber waren weit und beschwerlich. Am Geburtstag der Großmutter aber brach die Mutter der drei Kleinen schon früh auf, um die Glückwünsche zu überbringen. Den Kindern aber schärfte sie ein: »Meine Lieblinge, ich gehe jetzt zur Großmutter und komme erst morgen wieder zurück. Hütet das Haus gut. Du, Scheng, siehst nach, wann die Sonne hinter den Bergen untergeht! Dou schließt dann die Tür, und Podji schiebt den Riegel vor! Lasst niemand ins Haus!«

Dann verließ die Mutter das Haus, winkte noch mal zurück und schlug dann den Weg über die Berge ins andere Dorf ein. Dies hatte die alte Wölfin von ihrem Versteck aus, das am Bergabhang lag, genau beobachtet. Sie verkleidete sich als alte Frau, schlich sich zu dem Haus der drei Kinder, und als es dämmrig wurde, klopfte sie an die Tür. Scheng hörte das Klopfen zuerst und rief: »Wer klopft da draußen?« »Scheng, Dou, Podji, meine Lieblinge«, rief die alte Wölfin, eure Großmutter ist gekommen, macht schnell auf!«

»Wie ist das möglich?«, sagte Scheng, »unsere Mama ist doch heute früh aufgebrochen, um dich zu besuchen!« »Wie schade, dann haben wir uns verfehlt. Wir sind wohl verschiedene Wege gegangen!« Scheng kam die Sache aber doch nicht ganz geheuer vor und fragte: »Oma, warum kommst du denn so spät? Es ist doch schon dunkel«. Die alte Wölfin war schlau und entgegnete: »Die Wege im Gebirge sind lang und gefährlich, die Tage sind kurz in dieser Jahreszeit, ich konnte bei aller Eile nicht früher hier sein.«

Die Stimme der Großmutter aber, so schien der kleinen Scheng, war heute viel rauer als sonst und so fragte sie: »Oma, warum ist deine Stimme heute so anders?« Die Wölfin hustete ein paarmal und sagte: »Ich bin sehr heiser und habe einen fürchterlichen Schnupfen. Bin ganz erkältet. Hu, hier draußen ist es kalt und stürmisch. Macht nur die Tür auf und lasst eure Großmutter hinein in die warme Stube!« Scheng schien an der ganzen Geschichte irgend etwas nicht ganz zu gefallen. Sie wollte misstrauisch noch einige Fragen stellen, aber die beiden kleineren Brüder waren schon zur Tür gelaufen und hatten den Riegel zur Seite geschoben: »Schnell, komm rein, Großmutter, da draußen ist es so finster und kalt!«

Die alte Wölfin huschte in die Stube und blies sogleich das Licht aus. Die kleine Scheng war erstaunt und sagte: »Aber Großmutter, warum bläst du denn das Licht aus? Es ist doch schon ganz dunkel.« »Ich habe entzündete Augen«, antwortete die listige Wölfin, »das Licht schmerzt so sehr«, Scheng rückte einen Schemel zurecht und bat die Großmutter, Platz zu nehmen. Die alte Wölfin setzte sich nieder, war aber etwas unvorsichtig und klemmte dabei den Schwanz ein zwischen dem Schemel und der Wand. Das tat weh und sie heulte laut auf vor Schmerz.

»Was ist, Großmutter?«, fragte Scheng verwundert. »Der Schemel ist so hart, eure Großmutter hat eine Beule am Gesäß, das hat eben so weh getan. Am besten ist es, ich setzte mich auf den Korb dort.« Als die listige Wölfin auf dem Korb Platz genommen hatte, hing ihr Schwanz innen im Korb hinunter. Vor Verlangen nach Menschenfleisch war sie innerlich ganz aufgeregt, und so schlug ihr Schwanz im Korbe hin und her. Die kleine Scheng wurde aufmerksam und fragte: »Großmutter, was ist da in dem Korb, was bewegt sich denn da drin?« »Eure Großmutter hat eine fette Henne mitgebracht, für euch als Sonntagsbraten!«

Die kleine Scheng machte sich gleich am Korb zu schaffen und wollte das Huhn greifen. Die alte Wölfin drängte sie sanft zurück und sagte: »Es ist zu dunkel, du kannst es jetzt nicht fangen, es entkommt dir sonst und fliegt uns davon.« Dou und Podji schmiegten sich nun eng an die Großmutter und baten:

»Oma, nimm uns auf deinen Schoß!« Die gierige Wölfin nahm den kleinen Dou auf, streichelte ihn und sagte: »Komm mein kleiner Süßer, mein Dicker, mein Fetter!« Dann betastete sie auch Podji und sagte: »Mein Podji, mein zartes Baby, mein leckeres!«

Sie nahm Podji an die Brust und flüsterte ihm ins Ohr: »Mein Podji-Kind, deine Großmutter hat sich so sehr auf dich gefreut, du darfst dich heut nacht am gleichen Kopfende ganz zu ihr kuscheln.« Dabei gähnte die Wölfin und sagte mit leiser schläfriger Stimme: »Lasst uns zu Bett geh'n, meine Lieblinge! Die Hühner schlafen auch schon alle.« Die Wölfin ging voran und nahm Podji zu sich an das eine Kopfende, während Scheng sich mit dem kleinen Dou an das andere Kopfende bettete. Scheng machte es sich ganz bequem und streckte die Füße aus, dabei berührte sie den Schwanz der Wölfin.

»Großmutter«, fragte Scheng, »was liegt da für eine Bürste im Bett? Oder bist du so haarig?« »Eure Großmutter hat ein weiches Bündel Hanf mitgebracht, weil sie zu Hause Hanfseile dreht.« Als Scheng nun ihre Arme ausstreckte, berührte sie die kralligen Pfoten der alte Wölfin. »Großmutter, was hast du denn für einen spitzen Fuß?« »Eure Großmutter näht Schuhe, daher hat sie immer eine Ahle bei sich.«

Scheng beunruhigte die Sache und zündete ein Licht an. Da sah sie, dass die Großmutter auch im Gesicht ganz mit Haaren überdeckt war und der Schreck fuhr ihr in die Glieder. Die Wölfin fuhr herum und blies sofort das Licht wieder aus. »Meine Augen«, sagte sie, »können es gar nicht ertragen!« Scheng war klar geworden: in ihrem Bett lag nicht die Großmutter, sondern ein Wolf. Sie wusste, dass es nur einen Ausweg gab: die Flucht – und zwar die Flucht mit List. Sie musste es schlauer anstellen noch als der Wolf selbst. Ein unbedachtes Wort konnte den Tod von allen Dreien bedeuten. Das Untier durfte also nichts merken.

Scheng nahm Podji bei der Hand und sagte ganz ruhig: »Großmutter, Podji muss sein kleines Geschäft verrichten!« »So geh aufs Töpfchen unten beim Bett!«, sagte die Wölfin. Scheng, der das Herz im Leibe bebte, sagte daraufhin: »Das geht nicht, da wohnt der Gott des Bettes!« »Dann geht zum Fenster!«, sagte die alte Wölfin. Scheng meinte daraufhin: »Aber Oma, da wohnt doch der Gott des Fensters!« »Also dann geht zur Tür«, rief die Wölfin.

»Dort wohnt der Türgott«, gab Scheng zur Antwort. »Dann geht in die Küche«, rief unwillig die Wölfin. »Dort wohnt der Küchengott«, erwiderte Scheng mit gespielter Ruhe. »Nun, dann geht eben nach draußen!«, rief ärgerlich die Wölfin. Scheng hatte sich einen guten Plan gemacht und rief: »Dou, lieber kleiner Dou, führe schnell einmal Podji hinaus!« Dou stand auf, kletterte aus dem Bett und führte den kleinen Podji ins Freie. Scheng unterdrückte ihre große Angst und sagte daraufhin mit lieblicher Stimme: »Großmutter, hast du jemals schon Gingko-Früchte gegessen?« »Nein, noch nie«, entgegnete die Wölfin, »wie schmecken die denn?«

»Gingko-Früchte sind reine Himmelsfrüchte, sie sind weich und zart und köstlich!« »Schmecken sie noch besser als Menschenfleisch?«, fragte da unvorsichtigerweise die Wölfin. »Ganz gewiss!«, antwortete Scheng und warf einen schnellen Blick zum anderen Kopfende. »Weißt du denn, wo man sie herbekommt?«, fragte die Wölfin, die jetzt neugierig geworden war. »Ja, sie wachsen auf Bäumen, gar nicht weit von hier!«, sagte Scheng. Der alten Wölfin lief der Speichel im Maul zusammen, sie seufzte und meinte dann: »Eure Großmutter ist eine alte Frau mit steifen Gliedern, da kann sie nicht mehr auf Bäume steigen.«

»Liebes Großmütterlein«, sagte Scheng darauf mit liebreizender Stimme, »ich werde dir einige Früchte pflücken!« »Dann geh nur schnell«, sagte die Wölfin, »und pflücke mir einige Gingko-Früchte!« Scheng stieg aus dem Bett, lief zur Tür hinaus und suchte ihre beiden Brüder. Als sie Dou und Podji gefunden hatte, erzählte sie ihnen von ihrer schrecklichen Entdeckung. Die beiden wollten anfangen, laut loszuheulen, aber Scheng legte den Finger auf den Mund und erklärte ihnen ihren Plan. Da kletterten sie zu dritt auf einen großen Baum. Die alte Wölfin streckte sich wohlig im Bette aus. Nach den Gingko-Früchten würde sie sich die drei leckeren Menschlein schmecken lassen. So dachte sie und wartete auf die Rückkehr der Kinder.

Sie wartete lange und geduldig, aber niemand erschien, nicht einmal die beiden Buben ließen sich sehen. Als alles ruhig blieb und nichts sich rührte, sprang sie schließlich ärgerlich aus dem

Bett, eilte vor die Tür und rief in die Dunkelheit hinein: »Scheng, wo steckst du, Dou, Podji, wo seid ihr?« Aus einiger Entfernung ließ sich Scheng vernehmen. »Großmutter, wir sitzen hier auf dem Baum und essen Gingko-Früchte, sie schmecken köstlich!« »Dann pflücke mir auch gleich welche und bring sie herunter, wir können sie im Bett dann essen!«, rief die Wölfin.

Scheng aber rief vom Baum herunter: »Gingko ist eine Feenfrucht. Sie muss schnell gegessen werden, weil sie sich verändert, wenn man sie vom Baume nimmt. Du musst schon heraufklettern, wenn du sie essen willst!« »Oma, Oma«, rief der kleine Dou, »Gingko-Früchte schmecken aber fein!« Die alte Wölfin rannte aufgeregt hin und her und dann um den Baum herum. »Großmutter!«, rief da Scheng ganz freudig und bedeutungsvoll, »ich habe einen Einfall. Wir ziehen dich zu uns hoch! Vor der Türschwelle liegt ein Weidenkorb und daneben ein Seil. Binde das Seil an den Weidenkorb, bring beides zusammen hierher und setze dich in den Korb. Damit wir dich hochziehen können, wirfst du uns das Seilende herauf. Dann schmausen wir zu viert!« »Das können wir machen«, sagte die Wölfin, »die Idee ist gut!« Schnell suchte sie den Korb und das Seil, band beides zusammen, schleppte sie unter den Baum und warf das Seilende hinauf. Scheng hatte sich zwischen den Ästen gut und sicher festgesetzt und stemmte nun die Beine gegen einen Ast. Mit aller Kraft zog sie den schweren Korb bis zur halben Höhe des Baumes.

Da ließ Scheng plötzlich los. Der Weidenkorb sauste hinunter, so dass die alte Wölfin durch den Aufprall aus dem Korb geschleudert wurde. »Oh weh«, rief Scheng, »meine Kräfte reichten nicht aus, du bist ziemlich schwer. Hast du dich denn arg verletzt?« Der kleine Dou rief hinunter: »Oma, setz dich noch einmal in den Korb. Diesmal helfe ich meiner Schwester tüchtig ziehen!« Die alte Wölfin stöhnte, hatte aber nur einen Gedanken: Gingko! Sie setzte sich wieder in den Korb, warf das Seilende hoch, und die beiden zogen ihn keuchend ruckweise hoch.

Diesmal zogen sie höher als das erste Mal; dann ließen sie das Seil los, der Korb sauste hinunter und schlug auf der Erde auf. Die Wölfin wurde aus dem Korb geschleudert, brach sich ein Bein und verletzte sich auch am Kopfe. Die Wölfin rappelte sich hoch und fing aus vollem Halse zu schimpfen an. Sie war sehr böse. »Großmütterlein, verzeih uns!«, rief Scheng. Dou sagte begütigend: »Großmutter, hab keine Sorge, Gingko-Früchte heilen alle Wunden.« Und Podji rief hinunter: »Diesmal fass ich aber mit an!« Scheng sagte mit großer Bestimmtheit: »Diesmal wirst du bestimmt nicht fallen!«

Hinkend trottete die Wölfin wieder zum Korb und warf sich fluchend hinein. »Jetzt aber ganz vorsichtig, ganz vorsichtig!«, rief sie, und im Korb knurrte sie leise vor sich hin: »Früher oder später beiße ich euch allen den Kopf ab, einem nach dem anderen!« Die drei Kinder zogen nun mit aller Kraft an dem Seil. Der Korb hob sich von der Erde ab und stieg höher. »Hau-ruck! Hau-ruck!«, riefen sie und keuchten vor Anstrengung. Weit höher als das erste Mal, höher auch als das zweite Mal, zogen sie den Korb und schwitzten vor Anstrengung. Nun schwebte der Korb dreißig Fuß über der Erde.

Scheng hustete kurz und gab damit das verabredete Zeichen. In diesem Augenblick ließen alle drei los, und der Weidenkorb sauste in die Tiefe. Bei dem Aufprall zerschellte der Schädel der alten Wölfin, und ihr Bauch platzte auf. »Großmutter!«, rief Scheng von oben. Von unten kam keine Antwort. »Großmutter!«, rief Dou, aber nichts rührte sich. »Großmutter!«, rief Podji, aber alles blieb still, und niemand antwortete. Die Wölfin war mausetot. Die Kinder warteten noch eine Weile, aber als längere Zeit kein Laut mehr zu vernehmen war, kletterten die Kinder vom Baum herab.

Fröhlich gingen sie ins Haus und verriegelten die Tür. Nun schliefen sie sicher und ungestört in ihrem großen Bett. Die Mutter kehrte am nächsten Tage zurück. Viele köstliche Leckerbissen hatte sie den Kindern von der Großmutter mitgebracht. Da berichteten die Kinder vom Besuch der falschen Oma und zeigten ihrer Mutter den toten Wolf unter dem Baume. Und sie erzählten die Geschichte dieser Nacht immer wieder und wieder und Podji rief vergnügt: »Hau-ruck! Hau-ruck!«

Märchen der Han

Dattelkern

In einem Dorf am Fuße eines Berges lebten einmal ein Mann und seine Frau. Sie wünschten sich sehnlichst ein Kind und pflegten zu sagen: »Wie wären wir glücklich, wenn wir ein Kind hätten, selbst wenn es so winzig wäre wie ein Dattelkern.« Nach einiger Zeit brachte die Frau einen Sohn zur Welt, der tatsächlich nicht größer war als ein Dattelkern. Das Elternpaar war sehr glücklich und nannte ihn auch »Dattelkern«. Ein Jahr, zwei Jahre und noch ein paar Jahre vergingen, aber das Kind wuchs auch nicht ein bisschen. Eines Tages sagte der Vater: »Dattelkern! Ich war ja so glücklich, als du zur Welt kamst, aber du bist immer noch so winzig. Wofür ist es eigentlich gut, ein Kind wie dich zu haben?«

Die Mutter sagte ebenfalls: »Mein Liebling, du bist nicht gewachsen, auch nicht ein bisschen. Ich bin auch in Sorge um dich.« Dattelkern antwortete: »Das ist kein Grund zur Sorge, lieber Vater. Beurteile mich nicht nach meiner Größe, liebe Mutter. Ich kann genauso viel tun wie jeder andere.« Dattelkern war sehr arbeitsam und arbeitete jeden Tag. Sein kleiner Körper war sehr stark und gesund; so lernte das Kerlchen vielerlei Arbeiten zu verrichten. Dattelkern konnte einen Esel führen und er konnte pflügen. Er sammelte mehr Feuerholz als jeder andere, weil er im Stande war, bis zu den Dächern hoch zu springen und in Höhen zu klettern, vor denen andere sich fürchteten. Die Nachbarn lobten ihn alle.

Oft schalten sie ihre eigenen Kinder und sagten zu ihnen: »So klein Dattelkern auch ist, er arbeitet gut und keiner von euch ist ihm gewachsen. Schämt ihr euch nicht?« Und so fühlten sich Dattelkerns Eltern bald glücklicher über ihren Sohn. Dattelkern arbeitete nicht nur schwer, er war auch klug. In einem Jahr befiel das Land eine große Trockenheit, und nicht ein einziges Reiskorn wurde im Dorf geerntet. Obwohl die Dorfbewohner keine Nahrung hatten und große Not litten, kamen die Steuereintreiber aus der Stadt wie immer, um die Steuern einzutreiben, die in Waren und Getreide zu zahlen waren.

Die Dorfbewohner waren aber nicht in der Lage, diese Steuern zu bezahlen. Da gab der Magistratsbeamte Anweisung, ihre Ochsen und Esel zu beschlagnahmen. Ohne Zugtiere kann aber kein Bauer sein Land im Frühjahr bestellen. Das fürchteten die Bauern und waren sehr besorgt. Dattelkern aber sagte: »Macht euch keine Sorgen. Ich habe einen Plan!« Einige Einwohner, die kein Vertrauen zu ihm hatten, murrten: »Kleine Leute sollten nicht so groß reden!« Dattelkern stritt nicht mit ihnen, er sagte nur froh gelaunt: »Schon gut, wartet es nur ab!«

An diesem Abend rannte Dattelkern zu den Stallungen des Magistrats. Mit einem Satz war er über den Zaun. Dann versteckte er sich und wartete, bis die Wachen einschliefen. Als sie eingeschlafen waren band er einen der Esel los, sprang in sein Ohr und schrie aus Leibeskräften. Der Lärm weckte die Wächter. Sie glaubten Eseldiebe seien am Werk, holten schnell ihre Schwerter und Speere und begannen überall zu suchen. Sie suchten in allen Ecken, aber sie konnten keinen Dieb finden. Gerade als sie ins Bett zurückgegangen waren, wiederholte sich das Rufen. Wieder sprangen sie auf, suchten herum und fanden wieder keinen Dieb.

So ging es immer wieder bis nach Mitternacht. Die Wachen waren schließlich ganz erschöpft. Der Anführer der Wachen sagte: »Irgend etwas Seltsames geht hier vor. Diebe aber scheinen nicht da zu sein. Wir wollen auf das Geschrei nicht mehr hören. Lasst uns schlafen!« Sie legten sich wieder hin, und da sie alle sehr müde waren, fielen sie bald in einen tiefen Schlaf. Da sprang Dattelkern aus dem Eselsohr, öffnete die Tür und führte alle Tiere zurück ins Dorf. Die Tiere waren zwar entführt, aber der Magistrat war nicht gewillt, sie bereitwillig aufzugeben.

So ging der Beamte bei Tagesanbruch mit den Wachen ins Dorf, um die Bauern gefangen zu nehmen. Als die Bauern versammelt waren, sprang Dattelkern vor und sagte: »Ich habe die Tiere zurückgebracht. Was wollt ihr nun tun?« Der Magistratsbeamte schrie: »Bindet den Elenden! Bindet ihn fest!« Die Wachen holten ein paar Ketten hervor und versuchten, Dattelkern festzubinden. Aber er war so klein, dass er sogar durch das Glied einer Kette schlüpfen konnte. Da stand er nun und lachte sie aus. Die Wachen liefen immer im Kreis herum und wussten nicht, was sie beginnen sollten.

Der Beamte aber war ein Mann mit Ideen. Er sagte: »Steckt den Kerl in eine Geldbörse und bringt ihn zum Hauptquartier!« Nachdem der Beamte sich dort selbst bequem in der Halle niedergesetzt hatte, schlug er mit der Faust auf den Tisch und schrie: »Und jetzt verprügelt ihn gehörig!« Dattelkern sprang hierhin und dorthin, und obgleich die Wachen versuchten, ihn zu schlagen, trafen sie ihn nicht: er war einfach zu winzig. Brennend vor Wut schrie der Beamte: »Holt mehr Wachen herbei und mehr Stöcke!« Als er diesen Befehl hörte, hielt Dattelkern inne und besann sich einen Augenblick. Mit einem Satz landete er dann im Bart des Beamten. Er packte tüchtig zu, griff fest in die Haare und schwang sich dann hin und her.

Der Beamte wand sich vor Schmerz und rief: »Schlagt ihn zusammen, schlagt ihn zusammen!« Die Wächter stürmten herein und teilten kräftige Streiche aus. Die Schläge aber verfehlten Dattelkern und landeten alle auf Brust, Hals und Kinn des Beamten. Alle rannten herbei, um dem Beamten zu helfen. Wie erschraken da die Wächter, als sie sahen, dass sie dem Beamten fast alle Zähne ausgeschlagen hatten! Dattelkern aber entkam bei dem allgemeinen Gedränge und trollte sich fröhlich von dannen.

Märchen der Han

Das hölzerne Pferd

Ein Schmied und ein Tischler gerieten einmal in einen heftigen Streit. »Verglichen mit mir, bist du doch ein arger Pfuscher und Stümper«, sagte der Tischler. »Der bessere Handwerker bin ich«, sagte der Schmied, »das steht doch längst fest.« Die beiden Streithammel gaben nicht nach, denn keiner wollte dem anderen eine Vorrangstellung zubilligen. Sie vereinbarten schließlich, ihren Fall vor den König zu bringen und sich seinem Urteil dann zu beugen.

Der König war sehr erstaunt, zwei Handwerker vor sich zu sehen und fragte von seinem Thron herab nach ihrem Begehr. Der Tischler ergriff sogleich das Wort und sagte: »Majestät, dieser Schmied hier will mir weismachen, er habe bei seinem Handwerk mir einiges voraus. Dabei weiß doch jeder, dass es einen besseren Tischler als mich auf der ganzen Welt nicht noch einmal gibt!« Der Schmied fiel ihm alsbald ins Wort und beklagte sich in ähnlichen Worten über den Tischler. Beide aber baten zuletzt den König, ihren Streitfall gnädig zu entscheiden und ein endgültiges Urteil über ihre Fähigkeiten und Vorzüge zu fällen.

Der König hatte schweigend zugehört und schwieg eine ganze Weile, dann sagte er: »Ich kenne euch nicht und habe noch nie ein fertiges Stück aus eurer Werkstatt gesehen. Wie sollte ich dann urteilen können? Ich gebe euch zehn Tage Zeit. Innerhalb dieser Frist kann jeder kommen und mir ein Werk von ihm zur Ansicht vorlegen. Am elften Tage fälle ich meine Entscheidung.« Nach zehn Tagen schleppte der Schmied einen riesigen Fisch aus Eisen an, der Tischler aber erschien mit einem Holzpferd vor dem König. »Was soll das denn?«, fragte der Herrscher, »wollt Ihr mich zum Narren halten?« »Ihr könnt Eure Entscheidung sofort fällen«, erwiderten beide. Der Schmied klopfte dabei selbstsicher an den Bauch des Fischungeheuers und der Tischler streichelte den Hals des Holzpferdes. »Was soll denn ein Fisch aus Eisen?«, fragte der König mit spöttischem und abschätzigem Lächeln.

»Majestät, das ist ein wackeres Meerestier«, sagte der Schmied mit stolzgeschwellter Brust, »Ihr könnt in den Bauch dieses Fischleins hunderttausend Sack Getreide schütten, aber dieses Gewicht macht ihm nicht viel aus. Das Fischlein schwimmt mit dieser Fracht im Bauch immer noch leicht und munter auf dem Meere«. Der König blickte ungläubig auf den Schmied und auf den Eisenfisch und ließ hunderttausend Sack Getreide herbeischaffen. Nach einiger Zeit wurde das schwer beladene Ungetüm zu Wasser gelassen.

Der König wunderte sich nicht wenig, als der Riesenfisch dann ganz im Wasser lag und mit unglaublicher Geschwindigkeit durch die Wellen jagte. Der König geizte nicht mit Lob und verlieh dem Schmied in gnädiger Laune den Titel eines königlichen Straßenvogts. Mit geringschätzigem Blick wandte sich der Herrscher nun dem Tischler zu: »Nun, willst du mit diesem Holzgaul den Wunderfisch des Schmiedes etwa übertrumpfen? Dieses Kinderspielzeug hättest du ruhig zu Hause lassen können.«

Der Tischler blieb ganz ruhig: »Majestät, mein Pferd ist ein Wunderpferd, das diesen plumpen Eisenfisch bei weitem übertrifft. Um es kurz zu sagen, dieses Pferd übertrifft die edelsten Rennpferde der Welt, denn es kann fliegen. Sechsundzwanzig Schrauben sind daran angebracht: dreht man an der ersten Schraube, so hebt sich das Pferd vom Boden in die Luft, dreht man an der zweiten, so beginnt es schneller zu fliegen, wie eine Schwalbe etwa – dreht man schließlich alle sechsundzwanzig auf, so jagt es durch das Wolkenmeer dahin wie ein Pfeil, schneller als die Segler der Lüfte und Adler. Mit diesem Pferd, Majestät, kann man die Welt sicher und mühelos bereisen.«

Mit großer Verwunderung hatte der junge Prinz in der Nähe des Thrones diese Worte mitangehört. Bei der Aussicht, einmal sich vom Boden erheben und fliegen zu können, packte ihn die Neugier, und er bat seinen Vater, mit dem Pferde einmal einen Versuch machen zu dürfen. »Das kann ich nicht zulassen«, antwortete der König. »Fliegt das Ding nicht, so bist du blamiert, weil du aufgestiegen bist; fliegt aber das Pferd, so könntest du allzu leicht abstürzen.« Der Tischler aber beruhigte den König: »Majestät, da kann gar nichts passieren. Aufstieg und Flug sind völlig ungefährlich. Ich würde dem Prinzen nur empfehlen, nicht gleich alle Schrauben aufzudrehen«.

Diese Worte ermutigten den Prinzen, immer mehr in seinen Vater zu dringen und ihm die Erlaubnis abzubetteln. Der König hatte seinem Liebling noch nie eine Bitte abgeschlagen und gab schließlich trotz aller Bedenken nach: »Nun gut, dann steige eben auf. Aber auf keinen Fall darfst du mehr als eine Schraube aufdrehen. Hörst du, das musst du mir versprechen!« Der Prinz versprach es seinem Vater hoch und heilig bei Allah, schwang sich auf das Holzpferd, drehte eine Schraube auf und hob sich sachte vom Boden. Die Umstehenden stießen Rufe des Staunens und Entzückens aus, der Prinz schwebte höher und höher, ließ Bäume und Dächer bald unter sich und war bald nur noch als winziger Punkt am Horizont zu sehen.

Wie der königliche Reiter nun unter sich Städte, Dörfer, Wälder, Flüsse und Berge dahingleiten sah, und er sich auch in seinem Sattel in so luftiger Höhe ganz wohl fühlte, da zwickte ihn die Neugier von neuem. Allzu gern wollte er noch schneller fliegen und einmal durch die Wolken jagen. Bald konnte er diesem Verlangen nicht mehr widerstehen; er drehte die Schrauben auf, eine nach der anderen, alle fünfundzwanzig. Da pfiffen die Winde um seine Ohren! Es ging jetzt so schnell, dass er unter sich in der Landschaft nichts mehr erkennen konnte, es war nur noch ein einziger buntscheckiger Teppich, und bald entschwand auch dieser seinen Blicken.

Pfeilgeschwind schoss er durch die Wolken und durch das azurne Blau des Himmels dahin. Voller Seligkeit saß er auf seinem Wunderpferd und flog Stunde um Stunde. Aber auch in den Lüften meldet sich bei Menschen der Magen nach einiger Zeit, und so zwickte auch den Prinzen nach einigen Stunden der Hunger. Er steuerte das Pferd schnell nach unten und erkannte, dass er mit großer Geschwindigkeit auf eine große, ihm unbekannte Stadt herunterstürzte. Er drehte schnell die Schrauben zu, eine nach der anderen und verlangsamte so nach und nach die Geschwindigkeit.

Ross und Reiter landeten schließlich sanft und wohlbehalten auf der Erde. Die Stadt und die Menschen um ihn her waren fremd. Er musste sehr weit entfernt von seinem Heimatlande sein. Und das alles nach ein paar Stunden Luftritt! Der Prinz versteckte sein hölzernes Pferd in einem dichten Gebüsch und kehrte erst einmal in einem Gasthaus ein. Nach diesem Erlebnis ließ er sich nun eine köstliche Mahlzeit schmecken. Dann fragte er um ein Nachtlager und ging hochbefriedigt zu Bett. Am nächsten Tag brach er früh auf um sich die Stadt anzusehen.

Gemächlich schlenderte er durch die Straßen und gelangte schließlich zu einem großen Platz, auf dem viele Menschen sich versammelt hatten. Alle reckten die Hälse und starrten zum Himmel empor. Der Prinz trat neugierig hinzu, mischte sich unter die Menge und spähte ebenfalls in die Höhe, was es da wohl zu sehen gäbe. Die Sonne schien, die Luft war rein und klar, am Himmel zogen einige Wolken dahin, aber er konnte nichts besonderes bemerken.

So stieß er mit dem Ellbogen seinen Nachbarn an und fragte, was es denn da eigentlich zu sehen gäbe. Der Mann sah den Prinzen erstaunt an, beguckte ihn sich von oben bis unten und sagte dann: »Ja, wo kommst du denn eigentlich her? Hast du noch nie von unserer Prinzessin gehört?« Der Prinz verneinte und bat den Mann, ihm Näheres zu erzählen. Der Mann schüttelte immer noch verwundert den Kopf und berichtete ihm dann lang und breit, wie eben ein Einheimischer einem Fremden über die wichtigsten Vorkommnisse in der eigenen Stadt zu berichten pflegt.

»Unsere Prinzessin«, sprach der Mann und blickte aber immer wieder bei seiner Erzählung zum Himmel empor, »das ist das anmutigste und lieblichste Geschöpf, das Allah je erschaffen hat. Der König liebt sie abgöttisch, aber er gönnt niemandem sonst den Anblick ihrer wundersamen und unaussprechlichen Schönheit. Der Palast hier in der Stadt schien ihm gar nicht sicher genug, und so hat er ihr in den Wolken ein Luftschloss bauen lassen. Dort hat sie es zwar sehr schön, wie man sich erzählt, aber sie wohnt eben da oben ganz allein. Jeden Tag, wenn es seine Geschäfte am Hofe erlauben, fährt er gleich hinauf zu seiner Tochter, um sie zu sehen und ihr Gesellschaft zu leisten.

Heute fuhr er schon früh hinauf und ist schon lange oben, er muss nun bald wieder herunterkommen. Das Volk steht hier und erwartet wie immer seine Rückkehr vom Himmel, es ist immer ein prächtiges Schauspiel.« Der Prinz war über diese Worte sehr verwundert und fragte ungläubig: »Wie kann ein König denn in den Wolken ein Schloss erbauen lassen?« »Junger Mann«, sagte sein Nachbar, »das ist ja auch kein gewöhnliches Schloss, das haben ja auch Geister erbaut! Nur dem König ist es möglich, dorthin zu gelangen. Unsereiner war noch nie da oben!«

Der Prinz war über die Maßen verwundert. Die Neugier packte ihn wieder, wie so oft schon, und er fasste einen Entschluss. Das Schloss ließ ihm keine Ruhe, er wollte es suchen gehen. Kaum war die Nacht hereingebrochen, da zog er sein Holzpferd aus dem Gebüsch, schwang sich in den Sattel, drehte eine Schraube nach der anderen allmählich auf und sauste in den Lüften mal hierhin, mal dorthin. Nach einigen Ritten in verschiedene Himmelsrichtungen erblickte er auch tatsächlich bald ein prächtiges, schlossähnliches Gebäude in den Wolkenbergen.

Er brachte sein Pferd vor dem Tore zum Stehen, sprang aus dem Sattel und trat durch das Tor in die große Schlosshalle. Die Königstochter hörte die Schritte des Prinzen und dachte zuerst, ihr Vater sei nochmals gekommen; als aber ein junger Mann, der ihr völlig fremd war, in ihr Gemach trat, glaubte sie, ein Engel des Himmels sei zu ihr gekommen. Nie hatte sie in diesem Schloss außer ihrem Vater einen gewöhnlich Sterblichen gesehen. Sie erhob sich demütig und eilte der vermeintlichen Engelsgestalt zum Empfang entgegen.

Der Prinz war wie vom Blitz getroffen, so tief hatte ihn der Anblick ihrer Schönheit berührt, er konnte sich gar nicht satt sehen an ihrer Gestalt und ihrem lieblichen Antlitz. Eine tiefe Sehnsucht ergriff ihn, er verliebte sich auf der Stelle in sie und wünschte sich insgeheim, dieses wunderbare Geschöpf als Gemahlin einmal mit in sein Land führen zu können. Die Prinzessin, die so sehr von allen Menschen abgeschnitten war, hatte in ihrem Herzen auch sogleich eine Zuneigung zu dem Jüngling gefasst, dessen edle Gestalt sie bewunderte.

Jetzt erst kam ihr so recht in den Sinn, wie sehr ihr Vater sie in solcher Abgeschiedenheit verborgen hielt. In ihrem Herzen waren zarte Regungen geweckt. In ihren Augen stand geschrieben, wie sehr sie sich nach Zärtlichkeit und Liebe sehnte. Der Prinz und die Prinzessin erkannten beide, wie sehr die Liebe über sie gekommen war, sie fielen einander in die Arme, küssten und herzten sich und hielten sich lange fest umschlungen.

Als es dämmerte und der erste helle Schein hinter den Wolken sichtbar wurde, bestieg der Prinz sein Pferd, ritt zu dem Gebüsch zurück und trat in das Gasthaus, wo er nach seiner Ankunft in der Stadt abgestiegen war. Der König, der ein misstrauischer Mann war, wusste wohl, dass heiße Liebe zwischen Mann und Frau das Körpergewicht des Weibes zu erhöhen vermag. Er hatte daher an jedem Tag die Prinzessin auf eine Waage gesetzt und gewogen. Bei seinem Besuch am Nachmittag sah er nun, dass die Prinzessin zwei Pfund zugenommen hatte. Er war außer sich vor Wut und Grimm, seine Augen blickten finster, und sein Bart sträubte sich vor Ärger.

Er kehrte sofort in seine Residenz zurück und rief den Kronrat zusammen. Die Hofleute und Würdenträger sahen sogleich, dass sich auf dem Gesicht des Königs ein gewaltiger Unmut gleich einem Unwetter spiegelte und fragten besorgt nach dem Grund des königlichen Ingrimms. Der König berichtete ihnen zornbebend die Geschichte und schrie: »Wer soll denn außer mir in dem Luftschloss gewesen sein! Das geht nicht mit rechten Dingen zu! Sagt mir sofort, wie wir den Übeltäter fassen können!«

Die Hofräte wiegten die Köpfe und meinten schließlich: »Vier tapfere Soldaten müssen zum Schloss entsandt und an den Ecken des Gebäudes als Wachen postiert werden. Erscheint der Ruchlose, so wird er sicher ergriffen werden!« Der König nahm diesen Vorschlag seiner Berater an. Er wählte vier bewährte Haudegen aus, nahm sie mit sich zum Luftschloss und zeigte ihnen ihre Plätze an den vier Ecken. Dann kehrte er, immer noch grollend, zur Erde zurück. Die vier Helden waren aber das lange Stehen im Reiche der Wolken nicht gewohnt und fielen bald in einen süßen und tiefen Schlaf.

Der Prinz gelangte abermals ungehindert in den Palast und in die Gemächer der Prinzessin. In der Morgendämmerung schlich er sich an den immer noch schnarchenden Wachen vorbei und konnte das Schloss unbemerkt wieder verlassen. Der König erschien schon am späten Vormittag und setzte die Prinzessin sogleich auf die Waage. 0 Schreck! Das schöne Mädchen hatte über Nacht nicht mehr und nicht weniger als acht Pfund zugenommen! Die Wachen erbleichten, denn die Augäpfel seiner Majestät begannen vor Zorn zu rollen und das Gesicht färbte sich dunkelrot.

Da der König aber glaubte, die Wachen hätten an allen vier Ecken des Schlosses schlaflos gewacht, wusste er sich nicht zu helfen. Bald sickerten diese schlimmen Nachrichten auch in der Stadt durch, und die wildesten Gerüchte über die geheimnisvollen Vorgänge im Luftschloss waren alsbald im Umlauf. Der König schämte sich sehr und ließ sich kaum mehr vor den Leuten blicken. In seiner Not fragte er einen hochverdienten alten Würdenträger um Rat.

Dieser schlug vor, Bett und Sessel der Prinzessin mit Farbe zu bestreichen. »Wer in unserem Lande am Morgen dann Farbe an seinem Gewande trägt, der ist der Übeltäter.« Diesen Vorschlag setzte der König sogleich in die Tat um. Die Hofmaler wurden zum Luftschloss gebracht und mussten Bett und Sessel der Prinzessin sorgsam mit Farbe bestreichen. Am Abend wurden die Wachen wiederum an den vier Ecken postiert; da aber die Leute vor lauter Aufregung ganz erschöpft waren, schliefen sie nach einigen Stunden wieder selig ein.

Der Prinz verlebte auch in dieser Nacht wundersame Liebesstunden bei seiner Erwählten und entkam vor Sonnenaufgang mühelos seinen Häschern. Wie er nun beim Heimflug so auf seinem Pferde saß, fielen ihm allerlei Farbflecken und Tupfen auf seinem Obergewand auf. Er begann Verdacht zu schöpfen, zog das Kleid aus und besah es sich von allen Seiten. Die herrliche Seide war an mehreren Stellen beschmiert, selbst die kostbaren Edelsteine in ihrer goldenen Fassung, meisterhaft auf das Gewand aufgenäht, waren durch dicke Farbkleckse ganz unkenntlich geworden.

Dies alles kam dem Prinzen sehr verdächtig vor und er ließ das Gewand einfach fallen. Wie ein Riesenvogel, der seine Schwingen ausbreitet, segelte es zur Erde nieder. Der alte Muezzin, der seit Jahrzehnten schon die Gläubigen der Stadt zum Gebet zusammenzurufen pflegte, stand zu dieser Stunde eben wieder auf dem Minarett der Moschee und erhob die Hände zum Morgengebet. Da sah er, wie ein riesiges Stück Tuch vom Himmel herabgeflattert kam, so dicht am Minarett vorbei, dass er danach greifen konnte. Er stellte sich auf die Zehenspitzen, streckte die Arme aus und konnte das Gewand gerade noch am Saume packen. Voller Erstaunen besah er sich das seidene Gewand, das mit Edelsteinen besetzt war. Der Muezzin, der ein strenggläubiger Mann war, glaubte an ein Geschenk Allahs, das der Allmächtige ihm für seine treuen Dienste vom Himmel herabgeworfen habe.

Der alte Gebetsausrufer dachte daran, wie er treu und brav ein Leben lang dem Allmächtigen in frommer Andacht ohne Murren gedient hatte. Warum sollte Allah ihm nicht einmal ein besonderes Zeichen seiner Gnade senden? Dankbar hob er das Gewand auf und lobte Gott aus tiefstem Herzen. Die Bevölkerung der Stadt versammelte sich nach Sonnenuntergang zur Abendandacht wie an jedem Tag in der Moschee. Der alte Muezzin hatte das vom Himmel gefallene Gnadengewand angelegt und warf sich mit verklärten Zügen zum Gebet nieder.

In der ganzen Stadt aber waren seit Stunden die Häscher des Königs unterwegs, die alle Untertanen genau in Augenschein nahmen. Und damit brach das Verhängnis über den Alten herein. Mit roher Gewalt rissen ihn die Späher aus seinem Gebet, zerrten ihn aus der Moschee und schleppten ihn vor den Thron. Der erboste König herrschte ihn an: »Woher kommen denn die Farbflecken auf deinem Gewand?« Der Muezzin, der etwas schwachsichtig war und geglaubt hatte, die Tupfen gehörten zum Farbmuster, antwortete verwirrt: »Die Tupfen? Ich weiß nicht! Das Gewand war so gefärbt, als ich es von Allah bekam!«

Der König hielt auf Grund dieser Aussage den unschuldigen Muezzin für einen ganz gerissenen Schwindler und rief: »Von Allah, von Allah will er es bekommen haben! Werft ihn in den Turm und fragt ihn dort noch einmal. Wir werden dir deine Schwindeleien bald austreiben!« Der Alte wurde in den Turm geworfen und in einem hochnotpeinlichen Verhör auf die Folter gespannt. Da er immer nur von Allah und seinem Geschenk etwas stammelte und etwa Klares aus ihm nicht herauszupressen war, verhängte der Kadi das Todesurteil ohne viel Umstände einfach mit dem Hinweis auf die unheilvollen Farbflecken.

Der beim Verhör übel zugerichtete Muezzin wurde sogleich zum Richtplatz geführt. Die Leute in der Stadt hatten inzwischen erfahren, dass man den Schuldigen erwischt habe. Alles strömte auf dem Richtplatz zusammen, um den wagemutigen Abenteurer zu sehen, der es fertig gebracht hatte, in den Himmel zu fliegen, in das Luftschloss einzudringen und die Prinzessin gar in der Nacht zu besuchen. Alle glaubten, gleich werde ein verwegen und stolz aussehender Jüngling herangeschleppt. Ein enttäuschtes, ungläubiges Gemurmel brandete durch die Volksmenge, als bald darauf die Büttel den wimmernden alten Muezzin zum Hochgericht schleiften.

Das konnte doch nicht möglich sein! Ein Irrtum, ein Justizverbrechen! Das war die einhellige Meinung des Volkes. In allen Ecken und Enden der Stadt taten sich Gruppen zusammen, und alt und jung disputierte heftig über diesen offensichtlichen Fehlgriff des Hofgerichts. Die Kunde davon drang durch alle Straßen und erreichte bald auch das Wirtshaus, in dem der Prinz sich von seinen nächtlichen Liebesbesuchen ausruhte. Da der Prinz ein ehrenwerter junger Mann war, riss ihn sein Gewissen sofort von seinem Lager. Er schwang sich auf sein Holzpferd und jagte zur Richtstätte.

Der Henker hatte dem alten Muezzin eben die Schlinge um den Hals gelegt. »Haltet ein!«, rief der Prinz, »haltet ein! Der Alte ist unschuldig. Ich bin zum Luftschloss geflogen und habe die Prinzessin besucht. Das Gewand mit Farbflecken ist meines! Ich habe es abgeworfen und der Alte hier hat es wohl gefunden. Lasst den Alten hier sofort frei. Wenn es sein muss, dann hängt mich auf!« Ein erstaunter Aufschrei ging durch die Volksmenge.

Der Henker hielt ein und schickte einen Eilboten zum König. Dieser meldete dem dumpf vor sich hinbrütenden Herrscher, ein unbekannter Jüngling habe sich unerklärlicherweise selbst besagten Verbrechens schuldig bekannt. Seine Majestät, so ließ der Henker durch den Boten ebenfalls fragen, möge nun entscheiden, welcher von beiden, der Junge oder der Alte, nunmehr hinzurichten sei. Kurz und bündig verfügte der König: »Hängt den Jungen auf!« Der Henker befreite hierauf den armen Muezzin von seinen Todesängsten, indem er die Schlinge von seinem Halse nahm und ihn kurzerhand laufen ließ. Den Bütteln aber befahl er, den Jüngling in Fesseln zu legen.

Der Prinz hatte die Lage sofort erkannt, war mit einem Satz auf sein Holzross gesprungen, hatte die Höhenschraube mit blitzschnellem Griff aufgedreht und entschwebte unter dem brausenden Beifall der Volksmenge. Wie zum schieren Vergnügen tat er über dem Richtplatz noch einige Luftsprünge und jagte dann den Wolken entgegen.

Als der König von dieser Wendung der Vorgänge erfuhr, geriet er vor Zorn fast außer sich. Hatte er nicht eine große Zahl von Wächtern, Häschern, Spähern und Schergen in seinen Diensten? Die Wut ließ ihn aufschreien und packte ihn mit solcher Gewalt, dass ihm die Sinne schwanden und er in eine tiefe Ohnmacht fiel. Der Prinz, hoch oben in den Lüften, war nach seiner Flucht vom Richtplatz gleich den Wolken entgegengejagt und zum Schloss der Prinzessin geflogen.

»Mein Liebling«, sprach er zu ihr, »dein Vater hat unser Geheimnis entdeckt! Wir haben nur eine Wahl: Trennung oder Flucht! Der Gedanke, von dir getrennt zu werden, ist mir aber unvorstellbar. Lass uns zusammen fliehen! Wir gehen heim in mein großes und schönes Land. Mein Vater wird dich gewiss huldreich und in Liebe aufnehmen. Wir aber sind dann für immer vereint!« Die Prinzessin sank ihrem Geliebten in die Arme und erwiderte nur: »Dein bin ich, dein bleibe ich. Wohin du gehst, dorthin will ich mit dir gehen!«

Eiligst verließen sie das Schloss. Der Prinz sprang auf das Holzross und hob die Prinzessin zu sich herauf. Der Prinz drehte nur einige Schrauben auf, damit die Prinzessin sich nicht erschrecke. Als sie schon mehrere Stunden geflogen waren, rief die Prinzessin auf einmal: »Ach, meine Edelsteine! Ich habe die zwei Edelsteine im Schloss vergessen, die mir meine Mutter einstmals schenkte, damit ich sie den Eltern meines künftigen Gemahls als Geschenk der Braut überreichen könne. Mein Geliebter, halt an, ich muss die Edelsteine holen!« Der Prinz jedoch gab zu bedenken: »Lass es sein, Liebste! Wir sind schon so weit geflogen. Und jetzt sollen wir wieder umkehren! Lass uns weiterfliegen!«

Die Prinzessin aber beruhigte sich nicht und fing zu jammern an: »Ach, wie werden mich die Leute auslachen, wenn ich mit leeren Händen vor deine Eltern trete. Ein schrecklicher Gedanke, ach, meine schönen Steine!« Das ständige Jammern stimmte schließlich den Prinzen nachgiebiger, er stellte eine Schraube nach der anderen ab und ließ das Pferd zur Erde schweben. »Nimm das Pferd und hole die Edelsteine«, sagte er, »aber komm sogleich wieder zurück, ich werde hier auf dich warten!« Die Prinzessin umarmte und küsste ihren Geliebten und schwang sich auf das Holzpferd.

Der Prinz erklärte ihr kurz die Wirkung der einzelnen Schrauben, und sie flog davon. In seinem Thronsaal hatten inzwischen der Hakim und die Würdenträger sich aufgeregt um den ohnmächtigen König bemüht. Mit kalten Umschlägen und allerlei Essenzen schafften sie es, ihn bald wieder zum Bewusstsein zurückzurufen. Kaum hatte er die Augen aufgeschlagen, da griff er auch schon zu den Zügeln seines eigenen Wolkenpferdes und jagte schleunigst zum Himmel empor. Was musste er sehen? Der Käfig war leer, der seltene Vogel ausgeflogen.

Einsam und verlassen stand das Luftschloss da. Mit verzweifelten Blicken suchte er die Wolken und die Himmelsweiten ab. Da, auf einmal, kommt ein Pferd hinter den Wolkenbergen hervorgeschossen! Auf dem Pferd sitzt die Prinzessin und schlägt den Weg zum Palast ein. Der König schlüpft schnell hinter einen Vorhang und lässt sie ahnungslos über die Schwelle treten. Wie sie in ihr Gemach eilen will, legen sich zwei starke Arme um sie. Der König hat den Ausreißer wieder gefangen. So schleppte er sie nun wieder zur Erde zurück, hielt ihr eine lange Strafpredigt und schloss sie in einem Zimmer des Palastes ein. Den Holzgaul, dessen Schrauben er nicht zu bedienen verstand, ließ er in die königliche Rumpelkammer werfen.

Nach all diesen Vorkommnissen kam dem König nach einiger Zeit aber doch der Gedanke, dass es wohl das beste sei, die Prinzessin baldmöglichst zu verheiraten. Besser gesagt, als getan! Welcher Königssohn aber würde je eine gefallene Prinzessin freien? Welcher Prinz in den Nachbarländern hatte wohl nicht von dem Fehltritt seiner Tochter gehört, da sich das Gerücht in alle Lande wie ein Lauffeuer verbreitete? Sollte es ein tugendsamer Ritter unter diesen Umständen noch wagen, um die Hand der Schönen anzuhalten? Der König überlegte hin und her. In seiner Bedrängnis fiel ihm ein, dass vor Jahr und Tag einmal ein König aus fernem Land für seinen Sohn und Thronfolger wegen einer ehelichen Verbindung hatte anfragen lassen.

Der Ruf von der ungewöhnlichen Schönheit der Prinzessin war damals bis in dieses ferne Land gedrungen. Der König hatte damals den außerordentlichen Gesandten jenes Landes wieder unverrichteter Dinge nach Hause geschickt, jetzt aber schien ihm dieser Freier aus der Ferne gerade der rechte zu sein. Je weiter von hier entfernt, desto besser, sagte er sich.

Mitten in der Nacht stand er auf und entwarf ein sehr kluges und schmeichelhaftes Handschreiben. Mehrmals änderte er den Text ab und ersetzte einige Worte durch noch eingängigere und schmeichelhaftere. Er bestellte einen Sonderbotschafter, nachdem er aufgestanden war, und las ihm höchstpersönlich das Schreiben vor:

> »Königlicher Bruder!
>
> Ich bringe durch diese Zeilen Euch zur Kenntnis, dass meine in allen Künsten weiblicher Tugend geübte Tochter nunmehr das heiratsfähige Alter erreicht hat, ich hinwiederum dero Vermählung mit Eurem trefflich erzogenen Sohn – vor allen anderen – durchaus geneigt gegenüberstehe. Familiäre Bande zwischen unseren Häusern können dadurch angeknüpft, freundschaftliche Beziehungen zwischen unseren Landen könnten hierdurch gefestigt und für ewig gesichert werden.
>
> Möge seine Hoheit, der Thronfolger, sich in Begleitung seiner treuesten Ritter auf die Reise begeben, um hier zu Lande seine zukünftige Gemahlin in Empfang zu nehmen. Ein feierlicher Empfang wird für ihn vorbereitet und das Wappen Eurer Familie wird neben die Hoheitszeichen unseres Geschlechts zu des Tages Feier auf die Fahnen geheftet werden. Wir schließen hiermit und versichern Euch unserer tiefsten Verehrung und Hochachtung.«

Viele Tagesreisen entfernt – wenn man zu Fuß von einem Orte zum anderen hätte wandern müssen – wartete der Prinz auf seine

Geliebte. Er ging hin und her, er legte sich hin, er begann zu singen, er wartete und wartete, aber sie kam nicht zurück. Er hatte sich zu seinem Unglück in einer Wüste niedergelassen. Soweit das Auge reichte, man sah nur Sand, nichts als Sand. Der Wind wirbelte die feinen Sandkörner in ganzen Wolken auf, und der Sand drang durch die Kleidung bis auf die Haut. Kein Gebüsch, kein Hälmchen Gras war zu sehen; mit jedem Schritt sank er tief im trockenen Sande ein.

Der Prinz bestieg den Kamm einer großen Düne und kämpfte sich schweißbedeckt bis zum höchsten Punkte hoch. Noch ehe er einen Blick auf die andere Seite der Düne werfen konnte, kam der Sandberg ins Rutschen. Wie eine dünne Eisdecke zur Zeit der Frühlingsschmelze unter den Füßen einbricht, sackte er abwärts und glitt mit den gewaltigen Sandmassen in einem Zug nach unten. Wie er nun, über und über mit Sand bedeckt, schließlich wieder zum Halten kam, lag er in einem großen Obstgarten. Die herrlichsten Früchte prangten auf den Bäumen, und aus dem dichten, duftiggrünen Laubwerk leuchteten ihm viele wunderbare Pfirsiche entgegen. Er langte empor und pflückte sich eine Hand voll. Durstig wie er war, biss er gierig hinein, und der süße Saft lief ihm übers Kinn herab. So stillte er seinen Durst und Hunger und legte sich im Schatten der Bäume zur Ruhe nieder.

Bald schlummerte er ein. Als er nach einigen Stunden wieder erwachte und sich den Schlaf aus den Augen rieb, fühlte er an seinen Wangen merkwürdig lange Haare. Erstaunt fuhr er sich übers Gesicht und stellte fest, dass ihm während des Schlafs ein langer Bart gewachsen war. Der Prinz hatte sich noch nie einen Bart wachsen lassen, und so konnte er auch keine Freude über die ziemlich langen Barthaare empfinden. Während er so grübelte und mit der Hand sich über seinen eigenartigen Bart strich, bekam er wieder Hunger.

»Wer weiß«, dachte er, »vielleicht sind doch die Pfirsiche nicht ganz geheuer.« Und so holte er sich diesmal einige schöne Birnen vom Baume. Das Fleisch dieser Früchte war saftig, kühl und zart. Die Schale war ganz dünn, er brauchte die Birnen gar nicht zu schälen. Die schmeckten ihm so gut, dass er weit mehr davon aß als von den köstlichen Pfirsichen. Dann streckte er sich wieder auf dem Rasen aus und schlief alsbald wieder ein. Beim

Erwachen blickte er erstaunt um sich, denn es war Abend geworden, der Garten lag bereits in tiefem Dämmerlicht.

Gemächlich stand er auf, reckte und streckte sich, und stieß mit dem Kopf gegen einen herabhängenden Ast. Da fühlte er eine drückende Last über seinen Schläfen. Er fuhr mit der Hand über seinen Kopf und wollte vor Schreck fast in die Knie sinken: Aus seinem Kopf waren dicke, mächtige Hörner gewachsen. Im gleichen Augenblick sah er, wie der Bart ihm schneeweiß inzwischen über die Brust gewachsen war. Wie abscheulich musste er jetzt aussehen! Einen bärtigen, gehörnten Teufel würde die Prinzessin nun vorfinden. Ihre Liebe würde ihm nie mehr gehören. Bitterlich weinend warf er sich ins Gras und schluchzte, bis ihm vor Müdigkeit schließlich die Augen zufielen.

Er warf sich im Gras unruhig hin und her und begann zu träumen. Ein ehrwürdiger Greis erschien ihm im Traume, strich sanft über sein Haar und fragte ihn mit gütiger Stimme: »Was fehlt dir, mein Sohn?« Der Prinz erzählte ihm von seiner schrecklichen Verwandlung, die nun alle seine Lebenshoffnungen für immer begraben habe. Der Alte beruhigte ihn und sagte: »Du bist in Satans Garten geraten und hast großes Glück gehabt. Wenn die Teufelsbrut nicht gerade schliefe, hätte sie dich schon längst mit Haut und Haaren aufgefressen. Die Früchte an den Bäumen sind Teufelsfrüchte. Aber du kannst dich wieder in deine menschliche Gestalt zurückverwandeln, du brauchst nur von den Pfirsichen und Birnen zu essen, die unter den Bäumen im Grase liegen. Aber ich rate dir, verlasse dann schleunigst diesen unseligen Ort!«

Der Schreck, der den Prinzen im Traume durchzuckte, war so groß, dass er erwachte. Er fuhr hoch und rieb sich die Augen. Der Nachtwind rauschte kühl durch die Blätter, und der Mond stand hoch am Wolkenhimmel. Von der Hitze der Wüste war nichts mehr zu spüren. Wie ihn der gute Greis im Traume geheißen hatte, aß er schnell von den im Grase dorrenden Pfirsichen und Birnen. Und siehe da, der Bart verschwand und die Hörner schrumpften ein. Nicht das kleinste Stümpfchen blieb davon zurück. Er war wieder er selbst.

Wer weiß, dachte sich der Prinz, wie ich es noch gebrauchen kann und riss geschwind ein paar Zweige ab, flocht ein Körbchen daraus und füllte es bis zum Rand mit frischen und gedörrten

Früchten. Dann rannte er, wie von der ganzen Teufelsbrut gehetzt, aus dem verwunschenen Garten. Er kannte keine Richtung und hatte keinen Anhaltspunkt, wo seine Heimat oder die Stadt der Prinzessin lag. Auf gut Glück stapfte er durch die Sanddünen, sieben Tage und Nächte lang. War er hungrig, so aß er von seinem Dörrobst, schmerzten ihm seine Füße, legte er sich nachts in den kühlen Sand. Kein Vogel war in der Luft zu sehen, kein menschliches Wesen zeigte sich.

Am Morgen des achten Tages gelangte er endlich an eine Karawanenstraße. Mit einem Seufzer der Erleichterung hockte er sich am Straßenrand nieder und wartete. Es dauerte auch nicht lange, da kam ein Eseltreiber des Wegs daher. Der Prinz brachte von ihm in Erfahrung, dass seine Heimat im Osten, die Stadt seiner Prinzessin aber im Westen lag. »Meine Prinzessin habe ich verloren, mein Holzpferd ist auch dahin, was soll ich dann noch zu Hause!«, sagte der Prinz zu sich selbst, und kurzentschlossen schlug er den Weg nach Westen ein.

Er war noch nicht lange gewandert, da sah er hinter sich in der Ferne eine Schar Reiter, die in vollem Waffenschmuck die Karawanenstraße entlanggeritten kamen. Bald näherte sich der Vortrupp, und der Prinz gewahrte inmitten der trefflich gerüsteten Reiter eine Staatskarosse, deren geschliffene Kristallfenster in der Sonne blinkten. Vier feurige Hengste waren in ein reichbesticktes und kostbares Geschirr eingespannt. Der Prinz trat zur Seite, um die bunte Schar vorbeizulassen, aber plötzlich hielt das Gefährt; ein Diener kam auf ihn zu und fragte, ob er etwas zu verkaufen habe.

Der Prinz schüttelte den Kopf und sagte: »Zu verkaufen? Nein, zu verkaufen habe ich nichts!« Der Diener wies auf das Körbchen und meinte: »Du könntest uns doch aber etwas von diesen Früchten abgeben! Unser hoher Herr hat großen Durst und hat eine ganze Tagesreise schon hinter sich. Nirgendwo gab es auch nur ein bisschen Obst!« Der Prinz entgegnete höflich: »Das ist mein ganzer Reiseproviant. In dieser Wüste müsste ich ohne mein Obst verdursten und verhungern. Da kann ich dem Herrn leider nicht zu Diensten sein.«

Aus der Karosse konnte man deutlich eine ungeduldige Stimme hören, und sogleich kam ein zweiter Diener mit einem

Goldstück herbeigelaufen, den offenbar der hohe Herr ausgesandt hatte, um den Obsteinkauf zu beschleunigen. »Hier, junger Mann, verkauft uns das Obst! Wir wiegen es mit Gold auf. Unser hoher Herr hat entsetzlichen Durst!« Der Prinz musterte die höfisch gekleideten Diener freundlich und fragte: »Wo reist ihr denn hin?« Der Bediente zeigte nach Westen und erwiderte: »In jene Residenzstadt. Unser hoher Herr befindet sich nämlich auf Brautfahrt. Die Prinzessin dieses Landes soll seine Frau werden, wir holen sie dort ab.«

Der Prinz zuckte ein klein wenig zusammen, aber er verriet sich nicht; seine bösen Ahnungen aber bestätigten sich, als er die beiden mit gespielter Gleichgültigkeit weiter ausfragte. Bald war es ihm zur traurigen Gewissheit geworden, der hohe Herr in der Karosse war auf der Brautreise zu seiner geliebten Prinzessin, die er vor nicht allzu langer Zeit noch in seinen Armen gehalten und geküsst hatte. Mit höflicher Verbeugung nahm er das Goldstück jetzt an und übergab den Dienern dafür vier schöne, große, frische Früchte: zwei goldgelbe Birnen und zwei Pfirsiche, die wie die Morgenröte selbst schimmerten.

Der Prinz konnte noch sehen, wie der Brautfahrer in der Karosse in eine Birne biss, dann setzte der ganze Zug sich wieder in Bewegung. Die schwere Karosse ächzte und rollte dann alsbald wieder leicht schaukelnd und schwankend dahin. Der nichts ahnende Bräutigam wurde alsbald müde und ließ sich durch die einschläfernden Bewegungen des Wagens in ein leichtes Mittagsschläfchen wiegen. Der Zug trabte schweigend unter den unbarmherzigen Strahlen der Sonne in der Wüste dahin, Pferde und Reiter stöhnten.

So vergingen die Stunden, das Gefühl für die Zeit wäre allen abhanden gekommen, wenn nicht der Stand der Sonne den Reitern verraten hätte, dass die kühleren Abendstunden noch lange auf sich warten ließen. Da erscholl plötzlich aus der Karosse entsetzliches Gebrüll. Die Ritter hielten die Pferde an, die Diener eilten herbei und wären fast vor Schreck in die Wüste geflüchtet: aus der Karosse äugte ein Scheusal mit gräulichen Hörnern und langem weißen Ziegenbart. Was war geschehen? Kein Mensch fand eine Erklärung. Sollten etwa die Früchte nicht geheuer gewesen sein?

Ratlos blickten die Begleiter auf die Teufelsgestalt in der Karosse; es war eindeutig: ihr hoher Herr war verzaubert worden. Gespannt blickten alle die Karawanenstraße entlang, auf der nach einiger Zeit munter und fröhlich der Prinz mit seinem Obstkörbchen gewandert kam. Die Gewappneten senkten ihre Lanzen und versperrten ihm den Weg. Alle redeten fast gleichzeitig auf ihn ein und wollten wissen, woher die sonderbaren Früchte eigentlich stammten.

»Die Früchte?« sagte der Prinz mit der unschuldigsten Miene der Welt, »von Birn- und Pfirsichbäumen natürlich!« Die Diener waren damit aber nicht zufrieden: »Weißt du denn, warum unserem hohen Herrn dann Bart und Hörner gewachsen sind?« Der Prinz betrachtete sich daraufhin genau und in aller Ruhe seinen Nebenbuhler, der so schlimm aussah wie ein alter Teufel. Keiner der Begleiter, am wenigsten der scheußlich verunstaltete Bräutigam selbst, konnten die Schadenfreude bemerken, die der Prinz jetzt heimlich in sich aufsteigen fühlte. »Komisch«, rief er, »so etwas habe ich noch nie gesehen. Ich esse doch jeden Tag dieses Obst und konnte noch nie etwas von einem Bart oder gar von Hörnern bemerken.«

Dabei spiegelte der Prinz sein Erstaunen so natürlich vor den Rittern und Begleitern, dass auch der Verwandelte an nichts Arges denken konnte. »Hat sich der hohe Herr etwa nach dem Genuss der Früchte zu einem Schläfchen hingelegt?«, rief der Prinz plötzlich, als ob er sich dunkel an etwas erinnerte. Die Ritter nickten und bestätigten allesamt, dass ihr Herr mehrere Stunden danach geschlafen habe. »Dann ist es auch kein Wunder!«, rief der Prinz und indem er alle um sich versammelte, erklärte er mit weit ausholenden Gesten: »Hier in diesem Lande darf keiner nach dem Essen schlafen. Das weiß jeder und hält sich daran. Schläft einer doch ein, so wachsen ihm Bart und Hörner!«

Die Ritter und Bediensteten blinzelten einander zu und man merkte, dass sie die Faulheit und Gefräßigkeit ihres Herrn schon lange missbilligten. Nun hatte er also seine Strafe! Was aber nun tun. Der Brautzug konnte auf keinen Fall fortgesetzt werden. Die versammelten Edelleute beratschlagten sich und empfahlen die sofortige Umkehr. Wie konnte ein gehörnter Bräutigam um die Hand einer Prinzessin anhalten? Mit Schimpf und Schande würde man ihn und den ganzen Brautzug überschütten und aus der Residenzstadt davonjagen.

Der Königssohn aber fuchtelte mit den Fäusten in der Luft herum und stampfte mit den Füßen auf die Erde: »Nein! Niemals! Die Prinzessin ist mir versprochen! Seit Jahren warte ich auf diesen Tag, denkt euch etwas anderes aus!« Den Begleitern blieb nichts anderes übrig, sie mussten nochmals mit sich zu Rate gehen. Ein altgedienter Kammerherr machte schließlich den besten Vorschlag und fand einen Ausweg aus der verzwickten Lage.

Die Stelle des Bräutigams sollte beim Einzug in die Stadt und bei den Hochzeitsfeierlichkeiten vorerst ein hübscher junger Mann einnehmen, der in die Gewänder des Königssohnes gesteckt werden sollte. War die Ehe dann geschlossen, und war man mit der Prinzessin erst einmal wieder zu Hause angelangt, nun, dann trat eben der rechtmäßige Gatte mit Hörnern und Bart auf den Plan. Die Prinzessin konnte ja dann versuchen, sich an den Hörnern ihres königlichen Gemahls zu stoßen. Bald würde sie merken, dass alles längst zu spät sei und sie sich eben an den ungewöhnlichen Gatten zu gewöhnen hätte.

Man hielt sofort in dem Gefolge nach einem geeigneten Jüngling Umschau, aber es fielen bald alle Blicke auf den jungen Mann mit dem Obstkörbchen. Man bat ihn inständig, für den Bräutigam einzuspringen und stellte ihm diesen Auftrag als eine sehr ehrenwerte Rolle dar. Der Prinz wehrte ab und tat so, als käme ihm dieser Auftrag höchst ungelegen: »Sind nicht etwa genügend junge Männer unter Euch? Mit dieser Sache müsst ihr alleine fertig werden! Den lustigen Hochzeiter soll ich spielen, das könnte euch so passen! Und wenn das ganze Spiel dann einer durchschaut, was dann?«

Die Edelleute bemühten sich, seine Befürchtungen zu zerstreuen und boten ihm eine Belohnung von fünf Goldstücken an. »Das ist zu wenig«, sagte der Prinz. Als sie ihm schließlich sieben Goldstücke versprachen, nahm er, immer noch mit gespieltem Zögern, in der königlichen Karosse Platz. Der unglückliche Bräutigam wurde auf ein Pferd bei den Trossknechten gesetzt, seine Hörner umwickelt und sein Bart unter einem großen Schal verborgen.

Er wurde beschworen, in der Residenzstadt auch in der einfachen Herberge bei den Trossknechten Platz zu nehmen und sich auf keinen Fall im Palast sehen zu lassen. Nachdem alles bis ins Kleinste abgesprochen und alle Vorbereitungen getroffen waren, setzte sich der Zug wieder in Bewegung. Der König erwartete mit großem Gefolge seinen Schwiegersohn schon vor dem Stadttor. Die ganze Stadt war auf den Beinen, und alle lobten die schöne Gestalt und das gefällige Wesen des Bräutigams. Die Hofleute und die vielen Verwandten des Königs waren entzückt über die vielen Geschenke, die der Königssohn mitgebracht hatte und unter alle verteilen ließ.

Der König selbst war jedoch in beträchtlicher Sorge. Auf keinen Fall durfte der Bräutigam etwas von der anrüchigen Geschichte seiner Tochter vom Luftschloss erfahren. Vor allem durften die als klatschsüchtig bekannten Tanten und die allzu gesprächigen Diener mit dem Bräutigam nicht in Berührung kommen. Der König hatte sich einen schlauen Plan ausgedacht: ein großartiges Hochzeitsfest wurde anberaumt.

Die tratschsüchtigen Leute wurden in den äußeren Räumen untergebracht und fanden dort eine Anzahl starker Getränke vor, denen sie vier Tage lang zusprechen konnten. Die jüngeren Edelleute wurden zum eigentlichen Fest in den Innenräumen zugezogen und sollten das Brautpaar umgeben und unterhalten.

Der König hoffte, dass im Trubel und Jubel der Festlichkeiten der Bräutigam und sein Gefolge dann weder Lust noch Zeit haben würden, sich in Gesprächen über die Tugend der Prinzessin zu verlieren. Die Prinzessin selbst hatte den Feierlichkeiten mit großem Bangen entgegengesehen. Ihr Herz gehörte nur einem, und von dem war sie nun durch die Hartherzigkeit ihres Vaters getrennt. Sie war zu keinem Gespräch zu bewegen. Als die Hochzeitsgesellschaft in den Palast einbog, weinte sie nur still in sich hinein und verbarg ihr Gesicht hinter dem Schleier.

Konnte man dieses zurückgezogene Wesen zu Anfang noch ihrer Schüchternheit zuschreiben, so machte sich der König doch schwere Sorgen, als sie ihrem Bräutigam noch nicht einmal am dritten Tage auch nur einen Blick geschenkt hatte. Am vierten Tage zog er daher eine Hofdame seines Vertrauens zu Rate, die unauffälliger weise die Stimmung beim Bräutigam und seinem

Gefolge auskundschaften sollte. Für den Abend des vierten Tages war ein großes Bankett vorbereitet worden, bei dem der Bräutigam zum ersten Mal in einem unbeobachteten Augenblick sich der Prinzessin nähern und ihr schnell zuflüstern konnte, wer er sei. Die Prinzessin hob rasch den Schleier und blickte ihm ins Antlitz. Sie stieß einen kleinen, aber fast lautlosen Schrei der Überraschung aus. Sollte das alles ein Traum sein? Ihr Geliebter hier als Bräutigam, von ihrem Vater geholt! War so etwas möglich?

Der Prinz wisperte ihr schnell ins Ohr: »Kein Wort! Lass dir nichts anmerken, kein Mensch darf erfahren, wer ich bin, keine Seele darf wissen, dass ich dich im Luftschloss besuchte.« Und in größter Heimlichkeit erzählte er ihr flüsternd, was er inzwischen erlebt hatte und wie er in den Palast gekommen war. Die Prinzessin, die ein kluges Geschöpf war, trocknete schnell ihre Tränen und verhielt sich ganz so, wie es die Hochzeitsgesellschaft von ihr als Braut erwartete. Sie ward lustig und gesprächig und tanzte mit ihrem Bräutigam zum Entzücken der Gäste. Nun durften sie gar öffentlich ihre Zuneigung zeigen, wenn auch in merkwürdiger Rolle und mit höchster Wachsamkeit.

Eng aneinandergeschmiegt, wirbelten sie tanzend durch den Saal und schmiedeten eifrig Pläne für die Flucht. »Verlange von deinem Vater das Holzross zurück, bevor wir von hier abreisen!«, flüsterte ihr der Prinz zu, »er muss es dir herausgeben. Tut er es nicht, dann weigere dich, in die Karosse zu steigen! Ohne Ross, sind wir verloren!« Die Hofdame hatte sich inzwischen unbemerkt den ganzen Abend in der Nähe des Paares aufgehalten und erschien mit triumphierender Miene vor dem König. »Majestät, das glücklichste Paar, das ich je gesehen. Die beiden scheinen urplötzlich in Liebe zueinander entbrannt zu sein, sie sind ein Herz und eine Seele. Unzertrennlich wirbelten sie engumschlungen durch den Saal. Die Gäste sind von der lieblichen Braut und dem Bräutigam hochbegeistert.«

Die Freude des Königs über diese Wendung der Dinge war unbeschreiblich. Die Heimreise des Königssohnes mit seiner Braut in seine Heimat war auf den nächsten Tag angesetzt. Vor dem Palast waren die Hofleute, die Kammerherren, die Ritter und Edelleute des Reiches versammelt, um dem Paar Lebewohl zu sagen und ihm Glückwünsche für die lange Reise mitzugeben. Längst waren die Pferde gesattelt, die Knechte standen bereit, und die Karosse war vorgefahren – aber die Braut ließ noch immer auf sich warten. Im Innern des Palastes war inzwischen, unbemerkt von den Würdenträgern und den meisten Bediensteten, ein schwerer Streit zwischen Vater und Tochter im Gange.

Weinend lag die Prinzessin ihrem Vater im Thronsaal zu Füßen und forderte das Holzross aus der Rumpelkammer. »Wenn du es mir nicht mitgibst, bleibe ich hier!«, schrie sie eigensinnig. Der verzweifelte König, der darin eine Kinderei sah, die sie vor den Augen aller lächerlich machen könnte, fluchte und drohte ihr. Unter Umständen kam über dieses Holzpferd auch noch die Geschichte mit dem Luftschloss ans Tageslicht! Um ihr Angst einzujagen, schickte er sogar nach dem Henker. »Ohne das Holzpferd geh ich nicht weg von hier!«, schrie sie angesichts des Richtbeils, »lieber lasse ich mir den Kopf abschlagen!«

Vor dem Palast traten inzwischen die Würdenträger und Edeldamen von einem Fleck auf den anderen und wurden allmählich ungeduldig. Sie entsandten eine Abordnung in den Palast, um nachzufragen, warum die Prinzessin denn solange auf sich warten lasse, alles sei längst zur Abreise gerüstet. Die Abordnung fand den König im Thronsaal vor, wie er aufgeregt und wild gestikulierend auf seine Tochter einredete. »Verflucht«, jammerte und schimpfte er, »ich weiß überhaupt nicht mehr, was in das Kind gefahren ist. Jetzt will sie unbedingt ihr Holzpferd mitnehmen.«

Die Edelleute lächelten nachsichtig: »Das Fräulein hängt eben an seinem Spielzeug, Majestät. Wenn sie das Pferdchen gerne mitnehmen möchte, so sollte man ihr diesen Wunsch eigentlich erfüllen!« Diese Worte besänftigten den König. In aller Eile ließ er das Holzpferd aus der Rumpelkammer holen und verabschiedete sich versöhnt von seiner Tochter. Die Prinzessin bestieg die Karosse, winkte noch einmal und der Zug setzte sich mit dem ganzen Gefolge in Bewegung. Der Prinz und die Prinzessin konnten auf der langen Reise kaum ein Wörtchen ungestört miteinander reden. Die Dienerschaft umsorgte sie mit solch rührender Aufmerksamkeit, dass die beiden unter diesen Umständen an einen Fluchtversuch überhaupt nicht zu denken wagten.

Viele Tage schon waren sie unterwegs, das junge Paar konnte sich nur mit kurzen heimlichen Blicken und durch ein paar Flüsterlaute dann und wann verständigen. Man näherte sich bereits der Residenzstadt. Da kam dem Prinzen ein rettender Gedanke. Unter größter Vorsicht gegenüber der Dienerschaft zupfte er die Prinzessin beim Ärmel und flüsterte ihr ins Ohr: »Wenn wir zum Palast kommen, steige nicht sogleich aus, sondern lass dir zur Begrüßung sieben Schüsseln voll Dukaten reichen. Das Gold streu sofort in hohem Bogen auf die Straße! Tue genau, wie ich dir eben gesagt habe!«

Der Brautzug wurde mit großem Jubel in der Stadt empfangen und machte vor dem Palast halt. Die Prinzessin tat genau, wie sie der Prinz geheißen. Klirrend sprangen die blanken Dukaten übers Pflaster. Wie eine Schar gieriger Sperlinge fielen die Höflinge, die Bedienten, ja selbst die edlen Ritter darüber her. Das war ein Schreien und Haschen und Bücken und Stoßen, es hätte für eine geplante Flucht gar nicht besser sein können. Blitzschnell hatte der Prinz seine Geliebte aufs Holzpferd gehoben, sich selbst zu ihr in den Sattel geschwungen und die Höhenschraube herumgedreht.

In wenigen Augenblicken schon schwebten sie über der bunten Menge. Der Prinz sah noch, wie hinten im Tross ein Knecht mit beiden Händen nach oben zeigte und erkannte beim Abflug gerade noch den geprellten Königssohn mit seinen verbundenen Hörnern. Bald aber waren die Häuser und die Stadt entschwunden, und der Prinz erblickte wieder heimatliche Gefilde. Als er mit seiner Braut über der Hauptstadt flog, jubelte er laut auf in den Lüften, drehte langsam die Schrauben fest und landete heil und unversehrt im weiträumigen Hofe des väterlichen Palastes.

Der alte König hatte seit jenem Tag, an dem der Prinz mit dem Holzross entschwunden war, in Sehnsucht und Kummer verzehrt. Seine Unrast war zuletzt einem schrecklichem Groll gewichen. Hatte nicht der Tischler alles verschuldet? Hatte nicht sein Ross ihm den Sohn entführt? Auf königlichen Befehl wurde der arme Tischler mit Nägeln ans Brückentor geschlagen. Drei

Tage und Nächte hing der Unglückliche schon dort. Der König vergoss Freudentränen, als er seinen Sohn wieder in die Arme schloss.

Der Prinz berichtete Wunderdinge von seinem Holzpferd. »Nie hätte ich soviel von der Welt gesehen, nie meine Prinzessin gefunden«, sprach der Prinz, »ohne das Pferdchen baumelte ich längst am Galgen. Wo ist der Tischler geblieben? Du musst ihn königlich belohnen, lieber Vater!« Mit Scham und Reue gestand der König seinem Sohn, was er dem armen Tischler angetan hatte. Der Ärmste war fast schon verblutet, aber er lebte noch. Unverzüglich ward er vom Brückentor abgenommen und in den Palast gebracht.

Die besten Ärzte des Landes bemühten sich nun um ihn, und es gelang ihnen, den Tischler zu retten. Der Prinz ließ es sich nicht nehmen, ihn eigenhändig zu pflegen, bis seine Wunden ganz geheilt waren. Mit einer großen Summe Goldes wurde der Tischler dann entlohnt und zum Oberhoftischler ernannt. Nun erst wurde die eigentliche Hochzeit gefeiert, die viele Tage dauerte. Als der Prinz dann nach geraumer Zeit König wurde, lebte er mit seiner Königin noch lange Jahre, und alle Leute erzählten ihren Kindern vom abenteuerlichen Brautzug ihres Königs mit dem Holzpferd.

Märchen der Uiguren

Die Strahlenperle

Vor alters wohnte an den Ufern des GanIan-Sees eine arme Witwe mit ihrem Sohn. Der junge Mann war sehr fleißig und half seiner alten gebrechlichen Mutter im Hause wo er nur konnte. Vom Gutsherrn hatten sie ein Stück Land gepachtet, das der junge Mann allein bestellte. Von früh bis spät rackerte er sich ab und plagte sich Jahr für Jahr – aber die beiden blieben so arm wie zuvor.

Der Jüngling grübelte lange nach. »Warum leben wir denn immer in solchem Elend? Mühe ich mich nicht genug im Schweiße meines Angesichts? Warum ist dieses Leben so arm und trübselig? Warum ist auch der Ganlan-See so trübe, obwohl er von frischen und klaren Quellen der Berge gespeist wird? Vielleicht hängt gar eines mit dem anderen zusammen. Wie kommen wir bloß aus dieser Armut und aus diesem Elend heraus?« Alle diese Gedanken gingen dem Jüngling durch den Kopf, und an vielen Tagen, auch bei der Arbeit, sann er darüber nach.

Da hörte er einmal die Leute im Dorfe von einem weisen Greis erzählen, der im fernen Westen wohne und der allen Notleidenden und Bedrängten Rat und Auskunft erteile. Der weise Alte aber, so hörte er, wohne soweit entfernt, dass bisher keiner vom Ganlan-See zu ihm gelangt sei. Der Jüngling überlegte nicht lange: diesen Weisen musste er aufsuchen. Er war ein Hitzkopf, und was er sich vornahm, das führte er auch sogleich aus. Ohne seiner alten Mutter zu erzählen, wie weit die Reise ihn wirklich führe, verabschiedete er sich von ihr am nächsten Morgen und eilte davon.

Er wusste, seine Mutter hatte noch Vorräte im Hause und brauchte eine geraume Zeit lang nicht zu hungern. Auch das hatte er sich überlegt, denn er hatte ein gutes Herz. Sieben mal sieben Tage war er schon gegangen, aber der ferne Westen war immer noch nicht erreicht. Am Abend des neunundvierzigsten Tages seiner Reise kam er zum Hause einer alten Frau. Er verschmachtete fast vor Durst, die Frau lud ihn freundlich in ihre Stube ein und setzte ihm Speise und Trank vor. Er ließ es sich tüchtig schmecken.

Da fragte ihn das alte Mütterchen, wohin er denn in solcher Hast und Elle unterwegs sei. »Den alten Weisen im Westen will ich aufsuchen«, antwortete der Jüngling, »ich möchte wissen, warum die Armut bei uns denn gar kein Ende nehmen will, obwohl ich mich Tag für Tag abmühe. Und warum der Ganlan-See so trübe ist, obwohl er von frischen und klaren Quellen der Berge gespeist wird.« Die alte Frau machte große Augen, als sie dies hörte.

»Junger Mann, zum weisen Greis im Westen gehst du! Eine lange Reise! Da kannst du mir aber einen großen Gefallen tun. Ich habe nämlich eine Tochter, die hübsch und klug ist, aber nicht sprechen kann. Denk' dir nur, sie ist schon achtzehn Jahre alt, aber sie hat noch nie ein Wort über die Lippen gebracht. Kannst du den alten Weisen nicht fragen, was ihr die Zunge lahmt?« Der Jüngling versprach der alten Frau bereitwillig, diese Frage an den Weisen zu stellen. Die Frau schlug ihm ein Nachtlager auf, der müde Wanderer schlief tief und fest und wanderte fröhlich am anderen Morgen weiter.

Wieder ging er sieben mal sieben Tage. Bei Einbruch der Dunkelheit kam er müde und erschöpft zum Haus eines alten Mannes, der ihn bewirtete und in seinem Hause schlafen ließ. »Du hast es aber eilig«, sagte der Alte, »wohin geht denn die Reise, junger Mann?« »Ihr habt sicherlich von dem alten Weisen im Westen gehört. Zu ihm will ich gehen und ihn fragen, warum denn die Armut bei uns gar kein Ende nehmen will, obwohl ich mich Tag für Tag abmühe. Und warum der Ganlan-See so trübe ist, obwohl er von frischen und klaren Quellen der Berge gespeist wird.«

Als der Alte dies hörte, schlug der die Hände zusammen und rief: »Das trifft sich aber gut! Du kannst den alten Weisen dann ja auch fragen, warum in meinem Garten die Orangenbäume nur Blätter treiben, aber keine Früchte tragen.« Der Jüngling versprach dem alten Mann, seine Frage beim Weisen im Westen vorzubringen, schlief tief und fest und brach am nächsten Morgen frohen Mutes auf und wanderte gen Westen. Er hatte eine gute Strecke schon wieder zurückgelegt, da kam er eines Tages um die Mittagsstunde an einen gewaltigen Strom, der mächtig angeschwollen war.

Der Jüngling setzte sich auf einen Felsblock und starrte ratlos in die tosenden Fluten. Keine Furt war zu sehen, und eine Fähre gab es auch nicht. Wie sollte er da bloß hinüberkommen? Da zogen schwarze Wolkenschwaden über den Himmel und ein Sturm erhob sich. Der Fluss begann zu toben. Nicht weit entfernt von dem Felsblock, auf dem der Jüngling saß, zischte brausend ein Wasserschwall empor. Der Jüngling erschrak: ein Drache erschien plötzlich im Fluss – schillernd und gleißend – und schlängelte sich tanzend und wiegend über die Wellen.

»Wohin des Weges, junger Mann?«, brüllte der Drache. »Zum weisen Greis im Westen will ich«, erwiderte der Jüngling mit fester Stimme, »ich möchte von ihm wissen, warum denn die Armut bei uns gar kein Ende nehmen will, obwohl ich mich Tag für Tag abmühe. Und warum der Ganlan-See so trübe ist, obwohl er von frischen und klaren Quellen der Berge gespeist wird.« »Ein Glück, dass ich dich treffe«, rief der Drache, »frag den alten Weisen dann doch auch, warum ich mich immer noch nicht in den Himmel erheben kann, obwohl ich schon tausend Jahre lebe und noch nie Mensch und Tier ein Leid angetan habe.«

Treuherzig sagte der Jüngling: »Ich verspreche es dir, ich werde den alten Weisen danach fragen!« Der Drache kam ans Ufer, ließ den Jüngling auf seinen Rücken sitzen und brachte ihn wohlbehalten über den Strom. Viele Tage wanderte er weiter gen Westen, bis er endlich zu einer wundersamen alten Stadt kam. Über den Zinnen und Türmen erhob sich ein mächtiger Palast. Der Jüngling erkundigte sich beim Wächter am Tor des Palastes, wo er den alten Weisen des Westens finden könne und erfuhr, dass er am Ziele seiner Reise angelangt sei.

Man geleitete ihn in eine prachtvolle Halle, in deren Mitte auf einem goldenen Stuhl ein alter Mann mit schneeweißem Bart saß. Der Alte lächelte so gütig und freundlich, dass der Jüngling sogleich wusste, dass er den alten Weisen vor sich hatte. Mit wohlwollendem Lächeln fragte ihn der Alte: »Was führt dich zu mir, mein Sohn?« »Ehrwürdiger Vater, ich möchte Euch bitten, mir vier Fragen zu beantworten.« Der Alte lächelte und sagte: »Wohlan, du darfst mich fragen!«

Mit einem Male aber wurde seine Miene ernst: »Vier Fragen sagtest du, mein Sohn? Das geht leider nicht. In diesem Lande gilt das Gesetz, dass nur Fragen in ungerader Zahl gestellt werden dürfen, entweder eine oder drei – zwei oder vier Fragen darfst du leider nicht vorbringen. Überleg also genau, welche von deinen vier Fragen minder wichtig ist und weggelassen werden kann.« Da saß nun der arme Jüngling in einer argen Zwickmühle. Was war jetzt zu tun? Sollte er seine eigene Frage stellen, oder die drei, die man ihm aufgetragen hatte?

Eine tiefe Unruhe ergriff ihn und er überlegte hin und her. Wie gerne hätte er seine Frage vorgebracht, aber er wollte die alte Frau, den alten Mann und den Drachen nicht enttäuschen. Hatten sie ihn nicht freundschaftlich aufgenommen? Hatte der Drache ihn nicht über den reißenden Strom getragen? Kurz entschlossen ließ er seine eigene Frage fallen und stellte die anderen, die ihm aufgetragen wurden. Der alte Weise beantwortete die drei Fragen voll und ganz und zu seiner größten Zufriedenheit.

Der Jüngling bedankte sich vielmals und trat frohen Herzens die Rückreise an. Als er von ferne den Fluss donnern hörte, war er glücklich, dem Drachen eine gute Nachricht bringen zu können. Der Drache wartete schon am Ufer und rief: »Nun, hast du ihm meine Frage vorgetragen, was spricht der Greis?« »Der alte Weise lässt dir sagen, du könntest sogleich in den Himmel auffahren, wenn du noch die letzte Tat vollbringst, die dir zur Erlösung fehlt. Die vorletzte Tat habest du schon vollbracht, als du mich auf deinem Rücken über den Strom getragen hast.«

»So sprich doch! Welche letzte Tat?«, rief der Drache, ganz aufgeregt. »Der alte Weise sagt, du müsstest dir die Strahlenperle ausreißen, die du auf der Stirn trägst.« Der Drache brachte den Jüngling wieder auf dem Rücken über den Strom und bat ihn dann, ihm die Strahlenperle abzunehmen. Kaum war dies geschehen, da wuchsen dem Drachen Hörner aus der Stirn und er erhob sich in die Lüfte. Ehe er ganz in den Wolken verschwand, wandte er sich noch einmal herab und rief: »Junger Mann, die

Perle schenke ich dir zum Dank für deine freundliche Hilfe. Du darfst sie behalten!«

Mit diesem kostbaren Geschenk in der Tasche wanderte der junge Mann weiter und kam nach einiger Zeit zu dem Haus jenes gastfreundlichen Alten, der schon ungeduldig auf ihn wartete: »Junger Mann, hast du dem alten Weisen von meinen Orangenbäumen erzählt?« »Gewiss doch«, entgegnete der Jüngling. »Am Grund des Teiches in deinem Obstgarten liegen neun Krüge voll Silber und neun Krüge voll Gold vergraben. Das lässt er dir sagen. Du brauchst sie nur herausholen, dann sprudelt frisches Wasser aus dem Boden. Mit diesem Wasser sollst du deine Orangenbäume begießen; dann werden sie Früchte tragen.«

Der Alte rief sogleich seinen Sohn herbei. Zu dritt schöpften sie nun das Wasser aus dem Teich im Obstgarten und gruben und schaufelten und schwitzten gehörig dabei. Von den Krügen war nirgendwo etwas zu sehen. Sie trauten aber den Worten des alten Weisen und schaufelten geduldig weiter, bis sie endlich, tief unten, auf achtzehn Krüge stießen. Neun waren voll Silber und neun voll Gold. Kaum hatten sie die Krüge heraufgeholt, da sprudelte auch schon eine Quelle aus dem Grund. Es war reines, kristallklares Wasser, mit dem sich bald der Teich bis zum Rande gefüllt hatte. Der Alte schöpfte nun das Wasser aus dem Teich und begann, seine Bäume damit zu begießen. Und siehe da, wo immer auch nur ein Tropfen auf ein Zweiglein spritzte, da wuchs augenblicklich eine Orange daran und war auch schon im Nu reif.

Bald waren die Bäume über und über mit herrlichen Goldorangen beladen, die aus dem dunklen Laube verlockend hervorleuchteten. Der Alte schlug die Hände zusammen und konnte sich vor Freude gar nicht fassen. Der Jüngling blieb noch ein paar Tage im Hause des Alten und wurde bestens und aufs herzlichste bewirtet. Als er sich wieder auf die Reise machte, gab dieser ihm noch ein gut Teil des Goldes und Silbers als Geschenk mit auf den Weg. Mit der Strahlenperle des Drachen an seiner Brust, die Taschen voller Gold und Silber, so zog er weiter.

Nach neunundvierzig Tagen kam er zum Haus der alten Frau, bei der er damals zuerst eingekehrt war. Bei der Tür schon eilte sie ihm entgegen und bestürmte ihn mit Fragen, ob er ihren Auftrag nicht vergessen und was der alte Weise gesagt habe. »Liebes

Mütterchen«, beruhigte sie der Jüngling, »ich habe die Antwort auf deine Frage. Der gute Greis lässt dir sagen, dass deine Tochter dann zu reden anfangen wird, wenn sie den Mann ihres Herzens trifft.« In diesem Augenblick trat die Tochter ins Zimmer, ein ausnehmend hübsches Mädchen.

Als sie den Jüngling da stehen sah, errötete sie und fragte mit lieblichem, verschämten Lächeln: »Wer ist das, Mutter?« Das Wunder war geschehen. Das holde Kind hatte gesprochen! Die alte Frau weinte vor Freude. Die Zunge ihrer Tochter hatte sich gelöst. Und das durch den Anblick dieses stattlichen und mutigen Jünglings. Einen besseren Schwiegersohn konnte sie sich gar nicht wünschen, als diesen herzensguten und unerschrockenen jungen Mann. »Ach, welch ein Glück ward uns beschieden«, rief sie aus und drückte ihr Töchterchen fest an ihr Herz. »Und dieser Tag des Glückes, mein Kind, soll auch der Tag deiner Hochzeit sein.«

Und so fügte die gute alte Frau zusammen, was füreinander bestimmt war. Das junge Paar war überglücklich und verlebte die ersten Tage des gemeinsamen Lebens unter der Fürsorge der guten alten Mutter. Bald aber ging's ans Abschiednehmen. Noch war der Ganlan-See nicht erreicht. Mit seiner jungen Frau an seiner Seite, mit der Strahlenperle auf der Brust und mit Gold und Silber in den Taschen, eilte der junge Mann nun seiner Heimat zu.

Was aber war dort geschehen? Seine Mutter, die so viele Sorgen und Ängste um ihren Sohn ausgestanden hatte und in tiefstem Kummer dahinlebte, hatte sich vor Sehnsucht nach ihm blindgeweint. Als ihr Sohn voller Stolz und Freude seine hübsche junge Gattin hereinführte, starrte die Mutter mit leerem, erloschenem Blick sie an und strich ihr tastend über das zarte, liebliche Gesicht. Ach, wie hätte er auch nur ahnen können, was die Mutter um ihn gelitten!

Das Klingen und Klirren der Münzen in seiner Hand hörte sie wohl, aber sie sah das Gold und Silber nicht. Da ward der Heimgekehrte unsagbar traurig. Das Herz krampfte sich ihm zusammen. Ein einziger Wunsch durchglühte ihn: Ach, wenn meine Mutter wieder sehen könnte! Wie er so in seinem Schmerz vor ihr stand, war der Glanz der Strahlenperle auf ihre erloschenen Augen gefallen. Das Licht war gleißend hell. Mit einem Mal füllten sich die Augen der Mutter mit Licht. In die Nacht der Erblindeten drangen die Sonnenstrahlen. Der Sohn lachte und weinte vor Freude. Immer wieder drehte er die Perle dicht vor ihren Augen hin und her – und nach kurzer Zeit war der Mutter das Licht der Augen voll und ganz wiedergeschenkt.

Und als der junge Mann mit der Strahlenperle an den Ganlan-See trat, da dauerte es gar nicht lange, bis die trüben Wasser durchsichtig und klar wie reinstes Kristall waren. Elend und Not verließen das Dorf, und jeder der sich redlich mühte blieb seit dieser Zeit nicht mehr für immer arm.

Märchen der Han

Die habgierigen Räuber

Vor langer, langer Zeit verfolgte einmal ein Jäger einen Elefanten und schoss einen Pfeil auf ihn ab. Der Elefant konnte zwar fliehen, aber er starb in den nahen Gebirgswäldern, wo ihn der Jäger nicht erreichen konnte. In dieser Zeit herrschte eine Hungersnot in dieser Gegend und viele Räuberbanden durchstreiften das Land. Die größte Bande zählte fünfhundert Räuber und war sehr gefürchtet. Diese Bande fand den toten Elefanten und war hoch erfreut, sich nun satt essen zu können. Nach längerer Beratung beschlossen die Räuber, dass eine Hälfte der Bande Wasser holen und die andere Hälfte die gefundene Beute zerschneiden und kochen solle.

Als die zweihundertfünfzig Räuber sich auf den Weg zum Wasserholen machten, zerschnitten und kochten die anderen das Fleisch des Elefanten. Da kam aber einer von ihnen auf den Gedanken, ihren Teil aufzuessen und den anderen Teil zu vergiften. »Wenn die andere Hälfte von uns gestorben ist, dann gehört uns die ganze Diebesbeute!« Die Räuber hatten nämlich vorher ein Gebirgsdorf geplündert und viel Diebesgut weggetragen. Gesagt, getan! Sie schlugen sich die Bäuche voll und warteten auf die Rückkehr der Wasserholer.

Diese hatten sich bei dem Brunnen beraten und überlegt, wie sie die anderen um ihren Anteil am Diebesgut bringen könnten. Da machte einer von ihnen den Vorschlag, genügend Wasser am Brunnen zu trinken, das Wasser in den Krügen aber zu vergiften. »Wenn uns dieses gelingt, sind es wir allein, denen die Beute dann gehört«, sprach einer von ihnen und fand bei den anderen sofort Zustimmung. Als nun alle wieder beisammen waren, aßen die einen das vergiftete Fleisch und die anderen tranken das vergiftete Wasser. Da starben alle fünfhundert Räuber und hatten die gerechte Strafe für ihre Habgier.

Märchen der Han

Der Lama und sein Schüler

Vor langer Zeit lebte in einem großen Kloster ein Lama, der so geizig und raffsüchtig war, dass ihn darin keiner übertraf. Da der Lama aber dennoch schriftkundig war, hatten sich drei Schüler um ihn geschart, die er unterrichtete. Die Schüler wohnten im Kloster und aßen bei den Mönchen. Der Lama, ein wohlgenährter Mann, bekam von den Gläubigen immer wieder gute Speisen und Leckerbissen, die er aber ganz allein zu verspeisen geruhte. Die Schüler, die oft daneben standen, bekamen von ihm nichts ab, er aß alles allein auf.

Eines Tages sagte der wagemutigste der drei Schüler zu seinen Freunden: »Passt auf, wir spielen dem alten Geizkragen einen Streich! Wenn der Lama nämlich etwas Fleisch geschenkt bekommt, dann muss ich ihm immer Fleischklöße sieden. Wetten, dass er mich bald zum Essen einlädt, spätestens dann, wenn ich ihm seine Fleischklöße bringen muss!«

Die anderen wollten dies nicht für möglich halten und gingen mit ihrem Mitschüler eine Wette ein. Nicht lange danach kam der Lama mit einem ordentlichen Stück Fleisch nach Hause und der Schüler wurde von dem Lama angewiesen, für ihn Fleischklöße zuzubereiten. Der Schüler nahm die besten Zutaten und bald schwammen neun duftende Fleischklöße im Topf. Als er mit der Mahlzeit bei dem Lama in der Zelle erschien versteckten sich die beiden anderen hinter der Tür um zu lauschen.

Während nun der Schüler dem Lama auftrug, begann er nebenbei zu erzählen: »Denkt Euch nur, Meister, was gestern mein Vater bei seiner Arbeit für ein Glück hatte! Beim Graben mit der Hacke fand er nämlich einen länglichen, gelben, schweren, stark verschmutzten Gegenstand. Er kam nach Hause damit, wusch ihn ab: reines Gold! Da war Buddhas Hand selbst im Spiel, meint ihr nicht auch, verehrter Meister?« Der Lama hielt mit dem Essen inne und bot seinem Schüler einen Kloß an: »Und was hat dein Vater mit dem Gold gemacht?«, fragte der Lama.

»Der Vater sagte zu mir: bring mir ein Beil! Wir hacken die Hälfte von diesem Barren ab und die bringst du deinem Meister!« Der Lama langte aus der Schale einen neuen Fleischkloß und schob ihn dem Schüler zu. »Und was geschah dann?« Der Schüler kaute noch an dem Kloß und antwortete mit vollem Mund: »Dann sagte meine Mutter: ›Kauf ein schönes Tuch zum Einwickeln dafür; einem Lama bringt man nur etwas, das auch eingewickelt ist!‹« Da langte der Lama schnell einen dritten Kloß dem Schüler hinüber und sagte atemlos in großer Erwartung: »Ja, und dann, wo gingst du hin?«

»Verehrter Meister, ich kaufte eine Tasche, um das Gold im Tuch auch schleppen zu können!« »Das hast du gut gemacht!«, rief der Lama und drängte dem Schüler einen vierten Kloß auf und fragte voller Freude weiter was er dann wohl mit der Tasche und ihrem kostbaren Inhalt gemacht habe. Der Schüler schaute in den Topf. Vier Klöße hatte der Lama gegessen, vier hatte er selbst vertilgt, nun schwamm noch ein Kloß im Topf. Er dachte, dass er diesen dem dicken Lama überlassen könne, da er selbst inzwischen gut satt geworden war. »Ja, und dann, verehrter Meister, dann schien die Sonne durch die Fenster unseres Hauses. Und da bin ich aufgewacht. Es war der schönste Traum seit langer Zeit.« Da ging dem Lama das Licht der Erkenntnis auf.

Märchen der Han

Der Tiger und die Dattelpflaumen

Eines Tages stieg ein Tiger aus den Bergen hinunter zu einem Dorf. Leise stahl er sich in den Garten eines Hauses und horchte am Fenster. Drinnen im Haus hörte er ein Kind schreien. Dann hörte er die Stimme der Mutter, die mit einer Drohung sich Ruhe verschaffen wollte. »Sei endlich still, der Tiger wird sonst kommen!« Das Kind aber hörte nicht im geringsten auf die Worte der Mutter und schrie immer weiter.

»Das Kind fürchtet sich gar nicht vor mir«, dachte der Tiger, »das muss ja ein richtiger Held sein.« Dann hörte er die Mutter sagen: »Hier, sieh her, eine getrocknete Dattelpalme!« Augenblicklich hörte das Kind auf zu schreien und war mäuschenstill. Nun ward der Tiger richtig erschrocken und sagte zu sich selbst: »Diese Dattelpflaume muss ja geradezu ein Monster sein.« Und er gab sogleich seinen Plan auf, das Kind aus dem Haus zu rauben.

Nun schlich er sich zu einem freistehenden Stall, um sich einen Ochsen zu holen. In dem Stall hatte sich aber schon ein Dieb versteckt, der einen der Ochsen von dort stehlen wollte. In dem Stall war es stockdunkel. Der Dieb tastete sich vorwärts und fühlte mit der Hand einen behaarten Rücken. Er hatte den Tiger erwischt, glaubte aber, es sei ein Ochse und schwang sich auf seinen Rücken.

Der Tiger erschrak zutiefst, suchte den Ausgang und rannte, so schnell er konnte, in die Nacht hinaus. »Dies ist bestimmt diese schreckliche Dattelpflaume, die auf meinem Rücken sitzt,« dachte der Tiger, zumal der Dieb ihn auch noch mit einer Lederpeitsche antrieb. So schnell er konnte, wollte er nämlich mit dem Ochsen von dem Stall wegkommen, damit keiner ihn ertappen könne.

Als es nun allmählich Tag wurde, sah der Dieb, dass er auf einem Tiger ritt und sprang mit einem Satz ab. Der Tiger aber war froh, dass die Dattelpflaume von ihm abgelassen hatte, und er hetzte, ohne sich auch nur umzusehen, schleunigst den Waldbergen zu, wo er sich etwas sicherer fühlte. Und so blieben das Kind und der Ochse völlig unbehelligt.

Märchen der Koreaner in China

Bananenkind

Vor langer Zeit lebte einmal ein alter buckliger Mann an einem kleinen Bächlein. Dieses Bächlein hatte sieben Krümmungen und acht Windungen und brachte stets frisches Wasser zu der Hütte des alten Mannes. Ein ganzes Dutzend Bananenstauden hatte er gepflanzt, die stets gut Wasser hatten und überreichlich Früchte trugen. So konnte der alte Mann Tag um Tag reife Bananen auf seinen gekrümmten Rücken laden und in der Stadt verkaufen. Von dem Erlös konnte er gut leben und hatte keine Sorgen.

Was ihm aber fehlte, das war eine Frau, und so hatte er weder einen Sohn noch eine Tochter. Sah er Kinder auf dem Markt, so blieb er stehen, rief sie zu sich und streichelte sie. Dann rannen ihm jedes Mal die Tränen über die Wangen, und er seufzte: »Ach, wenn ich doch auch ein Kind hätte, wie schön wäre das!« Hockte er an seinem Bächlein und blickte er zu den Bananen hoch an den saftigen Stauden, so dachte er, dass die goldgelben Bananen um seine Hütte alle seine Kinder wären, aber sie konnten nicht laufen und nicht sprechen.

Nach mehreren Jahren schneite es in einem Winter plötzlich so viel und so heftig, dass die Last des Schnees auf die Bananenstauden drückte und diese zusammenbrachen. Ein grimmiger Nordwind kam, fuhr in die Stauden und wirbelte die Blätter wie in einem wilden Tanz herum. Der bucklige Alte war nun ganz verzweifelt. Die Kälte hatte seinen Garten verwüstet. Nur an der Wurzel einer einzigen Staude keimte im Frühling dann ein Ableger.

Da begann der Alte die Pflanze fest zu düngen und zu begießen. Die Staude wuchs schnell, wurde fest und dick, und nach drei Monaten sah man, dass sie eine große, goldgelbe Banane trug, aber nur eine einzige. Ganz bekümmert blickte der alte Mann zu dieser Frucht hoch, aber sie war und blieb die einzige in seinem ganzen Garten.

Geschwister hatte sie keine, aber sie wurde von Tag zu Tag größer, fast so groß wie ein Kübelchen und drückte die Pflanze ganz nach unten, denn sie saß an der äußersten Spitze der Staude. Da kam eines Tages ein schöner Pfau geflogen, setzte sich auf die Staude und pickte einmal an der Banane. Als der Pfau wieder abhob und davonflog, riss die Banane mit einem Knall auf – und ein Kind erschien in der Öffnung und hüpfte leichtfüßig auf den Boden herab, ohne sich wehzutun.

Sogleich lief es freudig auf den buckligen Alten zu, umfasste seine Beine und rief: »Vater, Vater, mein Vater!« Der Alte war fassungslos, hob das Kind hoch, herzte es und küsste es auf seine roten Bäcklein. Nun hatte der Alte, was er sich lange gewünscht hatte. Wie sollte er das Knäblein nennen? Er gab ihm den Namen Bananenkind.

Schnell wuchs der Kleine heran, denn Bananenkind war ein ganz besonderes Kind, das seinem Vater sehr bald schon bei den Arbeiten half. Beide gingen sie auf die Suche nach Bananenstauden, aus nah und fern schleppten sie diese zu sich nach Hause und pflanzten sie an dem klaren Bächlein an. Bald hatten sie viele Stauden zusammen und konnten wieder viele Früchte ernten.

Der alte Mann mit seinem gekrümmten Rücken konnte sich nie mehr gerade aufrichten, und darüber war Bananenkind sehr traurig. »Vater«, sagte der Sohn eines Tages zu ihm, »es muss doch in dieser Welt eine Arznei gegen einen krummen Rücken gebe. Ich will diese Arznei suchen!« Und bevor der Alte seinen Sohn noch zurückhalten konnte, war Bananenkind schon aufgebrochen und winkte noch einmal aus der Ferne.

Bananenkind kam bald in unbekannte Gegenden. Traf er einen Menschen auf seinem Wege, so fragte er sogleich nach einer Arznei gegen einen krummen Rücken, aber alle schüttelten nur den Kopf. Bald kam Bananenkind in ein großes Gebirge. An einem Bergbach saß eine Frau in buntem Kleid und kämmte ihr langes Haar. Bananenkind ging zu ihr hin, grüßte sie freundlich und fragte sie nach einer Arznei, die einen krummen Rücken wieder gerade machen kann.

Da antwortete die Frau: »Am Ostberg liegt eine tiefe Grotte, darin strahlt und leuchtet eine Perle aus Tropfstein. Wer sie verschluckt, dessen Rücken wird wieder gerade!« Hocherfreut dankte Bananenkind der Frau und brach sogleich auf zum Ostberg. Nach einiger Zeit erreichte er diesen Berg und fand auch die Grotte. Unerschrocken drang er in die Höhle ein und sah tief im Innern auf der Spitze eines Steins die Tropfsteinperle strahlen. Vorsichtig nahm er die Perle herunter, tastete sich wieder ans Tageslicht und brach voller Stolz und Freude auf, um recht bald nach Hause zu kommen.

Als er an einem kleinen Hügel mit einer Viehherde vorbeikam, sah er einen Hütejungen am Boden liegen und weinen. Bananenkind fragte ihn, warum er denn weine und ob er ihm helfen könne. Da erzählte der Junge, dass er zwei kämpfende Stiere habe trennen wollen, aber durch ein Horn verletzt worden sei und die Hand gebrochen habe. Da dachte Bananenkind an seine Arznei und steckte dem Hütejungen die Perle in den Mund. »Was bei einem krummen Rücken hilft, das wird auch bei einer gebrochenen Hand helfen«, sagte sich Bananenkind und sagte dem Jungen, er soll die Perle hinunterschlucken. Der Junge tat, wie ihm befohlen, und siehe, gleich darauf stand er auf, und die Hand war völlig geheilt.

Nun aber hatte Bananenkind keine Arznei mehr. Schnell schlug er einen anderen Weg ein, um in das große Gebirge zu kommen, wo er die Frau an dem Bergbach getroffen hatte. Nach einiger Zeit fand er die Frau, die wieder ihr langes Haar wusch. Bananenkind grüßte sie freundlich und erzählte ihr alles, was er erlebt hatte. Und zaghaft fragte er, ob sie ihm vielleicht nochmals einen Rat gegen könnte.

Die Frau zeigte nach Westen und sagte: »Auf dem hohen Gipfel am Westberg wächst ein roter Pilz, wer ihn isst, dessen Kreuz streckt sich und dessen Rücken wird wieder gerade.« Voller Freude bedankte sich Bananenkind bei der Frau und brach sofort zum Westberg auf. Nach einiger Zeit kam er auch glücklich dort an, sah den hohen Gipfel, kletterte hinaus und fand den roten Pilz auf der Spitze eines Felsens. Vorsichtig brach er ihn ab und holte ihn herunter. Sogleich machte er sich nun auf den Heimweg.

Am Saum eines Waldes angekommen, sah er einen alten Mann am Boden liegen und stöhnen. Daneben lag ein großer morscher Baum, der umgefallen war und den Alten am Bein verletzt hatte. Der alte Mann mit dem weißen Bart war so schwach, dass er kein Wort herausbringen konnte, als Bananenkind sich neben ihn kniete. Der Alte aber zeigte seufzend auf sein verletztes Bein, das wohl gebrochen war.

Da nahm Bananenkind den roten Pilz und steckte ihn dem alten Mann in den Mund und sagte ihm, er solle ihn zerbeißen und aufessen. Der Alte tat, wie ihm geheißen, streckte sich, stand auf und konnte wieder gehen. Das Bein war völlig geheilt. Da dankte der Alte dem Jungen von Herzen, und beide nahmen voneinander Abschied. Nun machte sich Bananenkind zum dritten Mal auf in das Gebirge, um nach der Frau an dem Bergbach zu suchen.

Als er sie nach längerer Zeit wieder gefunden hatte, erzählte er ihr getreulich alles, was er erlebt hatte und dass er sie nochmals um ihren Rat bitten möchte. Da sagte die Frau, die gerade ihr langes Haar wusch, mit mahnender Stimme zu ihm: »Für einen krummen Rücken gibt es nur drei Arzneien auf der Welt. Sieh dich also vor! Mich wirst du nicht mehr hier finden. Aber ich sage dir jetzt, wo sich die dritte Arznei befindet. Geh' zum Südberg, dort befindet sich ein tiefer Teich. Auf dem Grunde dieses Teiches schimmert ein Stein aus goldenem Schildpatt. Wer ihn hat und verschluckt, dessen Rücken wird wieder gerade.« Mit diesen Worten verschwand die Frau im Wald und kam nicht wieder.

Nachdenklich machte sich Bananenkind auf zum Südberg. Als er den Teich an diesem Berg erreicht hatte, zog er seine Kleider aus und sprang sogleich ins Wasser. Tief tauchte er hinab und sah auf dem Grund dann den golden schimmernden Stein aus Schildpatt leuchten. Vorsichtig nahm er ihn an sich und tauchte schnell wieder auf, holte tief Luft, ließ die Kleider ein wenig trocknen und zog sich dann wieder an. Schleunigst schlug er dann den Weg nach Hause ein. Bald hatte er die Hälfte seines Weges zurückgelegt und kam schon bei einer großen Steinbrücke an, die über einen Graben gespannt war. Da hörte er von unten her ein jämmerliches Weinen.

Bananenkind blickte in den Graben hinunter und sah da unten eine Frau liegen, die einen Säugling an ihre Brust drückte. Bananenkind stieg den Graben hinunter und kniete sich bei der weinenden Frau nieder. »Als ich über die Brücke ging«, sagte die Frau, »beugte ich mich mit dem Kind zu weit vor und fiel hinunter. Ich kann mich nicht mehr bewegen. Mein Kreuz wird gebrochen sein!« Bananenkind wusste sehr wohl, dass er keine weitere Medizin mehr bekommen könne, aber er sah, dass Frau und Kind sterben müssten, wenn er hier weggehen würde, ohne Hilfe zu leisten. Und so steckte er der Frau den Schildpattstein in den Mund und sagte ihr, dass sie ihn hinunterschlucken sollte. Die Frau tat dies, streckte sich, stand auf und war gesund.

Da erst bemerkte Bananenkind, dass neben der Frau ein Pfau saß, der ein ausnehmend schönes Gefieder hatte. Die Frau deutete auf den Pfau und sagte: »Mein Söhnchen, du hast ein so gutes Herz. Nimm zum Dank diesen Pfau, ich schenke ihn dir!« Bananenkind wollte dankend abwehren, aber die Frau war mit dem Kind schon zu der Brücke hochgeeilt und war verschwunden. Der Pfau aber blickte zu Bananenkind hoch und schmiegte sich an seine Beine. Da nahm Bananenkind den Pfau auf den Arm und kam schon bald damit bei der Hütte am Bächlein an.

Wie staunte da der Alte, als Bananenkind nach so langer Zeit mit einem Pfau auf dem Arm zurückkehrte. Und dann erzählte der Sohn seinem Vater alles, wie es sich zugetragen hatte und bedauerte sehr, dass er ihm nun keine Medizin hatte mitbringen können. Der Alte aber sagte: »Recht getan! Mein braves Kind, das hast du recht getan!« Bananenkind war dennoch froh, wieder zuhause zu sein. »Kleiner Pfau«, sagte er und strich dem Vogel über seine schönen Federn, »bleibe du ruhig bei uns. Wenn ich später einmal die Frau von dem Bergbach wiedersehen sollte, bringe ich dich auch zu ihr zurück!« Der Pfau begann daraufhin zu singen und schlug ein prächtiges Rad.

Eines Tages nun klagte der alte Mann über starke Schmerzen im Rücken. Er zog seine Jacke aus und fühlte mit der Hand an die schmerzhafte Stelle. Da kam der Pfau geflogen und pickte dem Alten einige Male in den Rücken. Bananenkind sah dies und wurde sehr ärgerlich. Mit einem Stock wollte er nun den Pfau abwehren. Da breitete der Pfau seine Flügel aus und hüpfte in die Höhe. Ein Schrei, ein Blitz: der Pfau war verschwunden und ein wunderschönes Mädchen stand vor ihnen. Die Pfauenfedern lagen auf dem Boden. Der Pfau hatte sich in dieses schöne Mädchen verwandelt.

Bananenkind traute seinen Augen nicht, auch der Alte konnte vor Staunen kein Wort herausbringen. Da lief das Mädchen zu dem Bächlein, schöpfte eine Hand voll Wasser und ließ es in den Mund des Alten träufeln. Da streckte sich der alte Mann, richtete sich kerzengerade auf – und sein Rücken war nicht mehr krumm. Voller Freude hüpften alle drei nun in der Hütte herum. Der Alte sah auch nun viel jünger aus, der krumme Rücken hatte ihn um Jahre älter gemacht.

Die drei lebten nun glücklich zusammen in ihrer Hütte und lebten vom Verkauf der Bananen, die am Bächlein in großer Fülle reiften. Und als Bananenkind herangewachsen war, heiratete er das Pfauenmädchen und sie wurden ein Paar. Gemeinsam sorgten sie sich nun um den Alten, den sie wie einen richtigen Vater in Ehren hielten.

Märchen der Miao

Der Tiger, der Hase und der Einsiedler

Ein Tiger in den waldreichen Bergen schlich sich einmal in die Nähe von den Affen, packte ein kleines Affenkind und fraß es auf. Der Vater des kleinen Affen beschloss in höchster Wut, den Tiger zu finden und zu töten, koste es, was es wolle. Nach längerem Suchen fand er den Tiger, der aber sagte hochmütig: »Wer weiß denn nicht, dass ich der König der Berge hier bin? Sogar der rote Hirsch und der wilde Bär fürchten mich. Was soll denn das Gejammer um einen kleinen Affen!«

Diese Rede ärgerte den Affen so sehr, dass er auf den Rücken des Tigers sprang, gewaltig zubiss und dann davonrannte. Auf eine solche Weise war der Tiger noch nie angegriffen worden, machte einen gewaltigen Satz und rannte hinter dem Affen her, gewillt, ihn sofort aufzufressen. Der Affe schlug einen Weg zum Ufer eines Waldbaches ein, hielt inne und setzte sich neben eine Fischreuse, die ein Fischer dort ausgelegt hatte. Als der Tiger herankam, tat er so, als sei er gerade beim Fischfang.

»Wie kannst du es wagen, mich in den Rücken zu beißen«, rief der Tiger in voller Wut, »ich fresse dich auf!« »Großer König, was soll das?«, antwortete der Affe erstaunt und tat so, als ob er von nichts wüsste. »Du weißt doch, hier in den Bergen gibt es ganz verschiedene Arten von Affen. Da gibt es solche, die beißen gerne Tiger und andere, die gehen gerne fischen. Ich gehöre zu denen, die gerne fischen gehen.« Der Tiger, zwar noch etwas misstrauisch, aber doch abgelenkt, sagte daraufhin: »Der König dieser Gegend bin ich. Alle Fische in diesem Bach gehören mir. Troll dich von hier! Der nächste Fang gehört mir!«

Als der Affe sah, dass er den Tiger hereingelegt hatte, verzog er sich auf einen Hügel und wartete unter einem Baum. Lange Zeit hoffte der Tiger auf einen Fisch, aber kein einziger schwamm in die Reuse. Da kam ihm die Vermutung, ob er nicht vielleicht doch reingelegt worden sein könnte, blickte sich genau um, sah den Affen auf dem Hügel und hetzte bergan. Als der Affe den Tiger kommen sah, hielt er sich ganz still und aß in Ruhe eine Baumfrucht.

»Nun ist es aber genug«, rief der Tiger. Bist du nicht etwa der Affe, der mich in den Rücken gebissen hat? Lässt mich bei den Fischen da unten warten, setzt sich unter einen Baum und lässt sich eine Frucht schmecken, na, warte, Bursche, diesmal entkommst du mir nicht!« Der Affe tat, als verstehe er das alles nicht und sagte: »Großer Tigerkönig, was hast du gesagt? Siehst du nicht, dass ich gar nicht der Affe bin, den du suchst! Es gibt schließlich ganz verschiedene Affen hier in den Bergen. Da gibt es welche, die beißen gerne Tiger, wieder andere fischen für ihr Leben gerne und wieder andere essen gerne Baumfrüchte. Ich bin einer von denen, die gerne Früchte essen und sich um andere Dinge nicht kümmern.« Und seelenruhig begann der Affe, sich die Baumfrucht schmecken zu lassen.

Dem Tiger lief das Wasser im Munde zusammen, auch war er inzwischen hungrig und durstig geworden. Der Affe bemerkte dies und warf dem Tiger zwei saftige Stücke der Frucht zu. Der Tiger fing sie, aß sie auf, bemerkte, dass sie süß und saftig waren und den Durst stillten. Da er fürchtete, der Affe könnte die ganze Frucht aufessen, sagte der Tiger mit drohender Stimme: »Der König der Berge bin ich. Jeder Baum und jede Frucht gehören mir. Verschwinde von hier. Ich will hier Mahlzeit halten.«

Der Affe kicherte, als er sah, dass er den Tiger hereingelegt hatte und sagte trocken, »diese Art von Früchten muss man sofort essen, wenn sie reif sind. Beobachte sie genau und greife zu, bevor sie platzen, sonst bekommst du nicht eine einzige von ihnen.« Dann trollte er sich davon.

Geduldig setzte sich der Tiger unter den Baum und beobachtete die Früchte. Alle aber waren grün und wollten nicht reifen. Er wartete und wartete. Voller Heißhunger riss er eine grüne Frucht herunter und biss hinein, sie war runzelig und schmeckte bitter. Da stieg in dem Tiger der Verdacht auf, ein zweites Mal hereingelegt worden zu sein. Schleunigst machte er sich daher voller Zorn auf die Suche nach dem Affen.

Als dieser den Tiger kommen sah, rannte er zu einem mächtigen Baum, in dessen Ästen ein Hornissennest zu sehen war. Eilig kletterte er auf den Baum und setzte sich bei dem Nest nieder. Als der Tiger den Affen da oben erblickte, konnte er nicht mehr an sich halten und schrie: »Warte, du Teufel zuerst hast du mich gebissen, dann hast du mich bei der Reuse warten lassen und dann hast du mich auch noch mit den grünen Früchten angeführt! Nun aber wirst du mich nicht mehr hereinlegen. Jetzt fresse ich dich auf!«

»König der Tiger«, sprach da der Affe, »was erzählst du da? Was soll das alles? Es gibt verschiedene Arten von Affen, solche, die Tiger beißen, wieder andere, die fischen gehen, solche auch, die gerne Früchte essen, und dann gibt es welche, die auf Bäumen sitzen und einen Gong schlagen. Ich bin einer von jenen, die einen Gong schlagen und in andere Dinge meine Nase niemals stecke!«

Nach diesen Worten schlug der Affe ganz zaghaft an das Nest, so dass die Hornissen zu summen anfingen, so als klinge ein Gong, ja sogar noch etwas besser. Der Tiger hörte diesen wunderbaren Klang, wurde gar eifersüchtig auf den Affen, weil er glaubte, er könne es viel besser, da er doch viel stärker sei. »Komm herunter!«, rief der Tiger, »du glaubst wohl, du könntest einen Gong schlagen! Lass das mich mal machen!« Der Affe hielt sein Lachen zurück, kam vom Baum herunter und rannte von dannen, so schnell er konnte.

Der Tiger war nun beileibe nicht so behänd wie der Affe. Er versuchte es mehrere Male, auf den Baum zu klettern, aber vergeblich. Schließlich kletterte er auf einen nahen Erdwall, sprang von dort auf den Baumstamm und kletterte vollends hinauf. So kam er endlich bei dem Nest in den Zweigen an. Mit einem kräftigen Schlag seiner rechten Pranke hieb er an das Nest, brach es dabei aber auf und ein Schwarm von Hornissen umkreiste ihn, biss ihn an vielen Stellen, so dass er ganze geschwollen war. Die Schmerzen waren kaum zu ertragen, und so fiel er vom Baum.

Ächzend stand er auf, blickte sich um voller Zorn und machte sich auf die Suche nach dem Affen. Als der Affe den Tiger kommen sah, suchte er Zuflucht auf einem Hügel, in dessen Höhle eine Schlange lebte. Genau neben dem Eingang zu dieser Höhle kauerte sich der Affe nieder. Atemlos kam der Tiger bei dem Hügel an. »Aha, da ist er ja«, rief der Tiger, »erst beißt er mich, dann legt er mich zwei Mal herein und lockt mich sogar noch zu einem Hornissennest. Geschwollen von den vielen Bissen, fiel ich fast wie tot von dem Baum. Diesmal entkommst du mir nicht! Hier an dieser Stelle fresse ich dich auf!«

Der Affe, der sich schlafend gestellt hatte, öffnete bei diesen Worten seine Augen und sagte tonlos: »Tapferer und kluger König, was habe ich mit solchen Dingen zu tun? Ich sitze hier und bete zu Buddha um ein ewiges Leben. Ich bin nun so weit fortgeschritten, dass ich nicht alt werden kann, denn ich bin schon jetzt unsterblich. Wie kannst du da mit solchen Anschuldigungen kommen; ein Unsterblicher hat mit solchen irdischen Dingen nichts zu tun.«

Dabei setzte sich nun der Affe hin, schloss die Augen, legte die beiden Handflächen vor seiner Brust ganz fromm zusammen und tat, als bete er zu Buddha. Da wurde der Tiger eifersüchtig, denn dieser wäre auch gerne unsterblich gewesen. Er überlegte nämlich, dass er als unsterblicher Tiger stets und ständig Affenkinder fressen könnte, Rothirsche, Schakale und Bären, und dass alle Tiere im Wald nur ihm gehören würden – und das ohne Unterlass. Verärgert sagte er: »Ich will auch unsterblich werden, ein König, der ewig lebt und jeden Tag nach Herzenslust fressen kann. Geh' hier weg, Affe, ich will jetzt zu Buddha beten!«

Wie er das sagte, kletterte er auch schon auf den Hügel und ahmte den Affen nach. Tief verbeugte er sich und schlug dabei mächtig mit seinem Schwanz auf den Boden. Dieses Geräusch aber weckte die Kobra in ihrer Höhle, sie kroch hervor und biss den Tiger in den Schwanz. Der Tiger wurde sofort bewusstlos und starb. Gerade zu dieser Zeit war ein frommer Einsiedler im Wald auf der Beerensuche. Als er zu dem Hügel kam, um einige Beeren einzusammeln, sah er den toten Tiger da liegen. Er bekam Mitleid mit ihm, ging zurück zu seiner Hütte und holte das Lebenselixier.

Dieser Zaubertrank brachte den Tiger wieder ins Leben zurück. »Einsiedler«, sagte der Tiger, als er wieder bei Bewusstsein war, »was fällt dir ein, mich aufzuwecken. Ich habe so gut geschlafen. Dafür fresse ich dich auf!« »Ich hatte ja nur Mitleid mit dir«, sagte der Einsiedler, zitternd vor Furcht. »Als ich dich tot da liegen sah, ging ich zurück und holte meinen Zaubertrank, um dich zu retten. Ich war nur hilfreich, also verschone mich und lass mich am Leben!«

»Nein, nein«, sagte voller Grimm der Tiger, »ich habe fest geschlafen, und du hast mich aufgeweckt. Was freundlich ist und was nicht, das weiß ich nicht. Aber eines weiß ich, dass ich dich fressen will. Ich bin nämlich mächtig hungrig!« Der Einsiedler suchte einen Ausweg und sagte: »Ob du mich fressen sollst oder nicht, das ist keine Frage, die wir beide entscheiden sollten. Hier muss ein dritter der Richter sein, der sich beide Aussagen anhört und dann sein Urteil abgibt.«

Der Tiger gab schließlich nach, aber nur deswegen, weil er glaubte, jeder im Wald würde für ihn entscheiden, da er doch der König von allen hier sei. Und so zogen die beiden los, um einen unabhängigen Richter zu suchen. Schließlich sahen sie eine Krähe auf einem Baumstumpf sitzen. Da sagte der Tiger zu ihr: »Krähe, nun sei du der Richter und entscheide, ob ich den Einsiedler fressen soll oder nicht. Ich hatte so gut geschlafen, aber er weckte mich einfach auf. Er aber erzählt die Geschichte ganz anders. Was meist du dazu?«

Nachdem der Einsiedler seine Aussage beendet hatte, überlegte die Krähe ein Weilchen und sagte dann: »Menschen sind grausam. Die Metzger schlachten Schweine und Ochsen, sie schießen die Vögel von den Bäumen, ja sogar die kleinen Hühnchen braten sie. Die Menschen sind wahrlich schlecht. Meine Meinung ist die, dass du ihn ruhig auffressen solltest.«

Da öffnete schon der Tiger sein großes Maul, aber der Einsiedler rief erregt: »Wie kannst du einer Krähe glauben, die kann ja gar nicht zwischen richtig und falsch entscheiden. Wir müssen einen anderen fragen.« Sie gingen also weiter und kamen zu einem großen Baum. Da sagte der Einsiedler: »Großer Baum, was sagst du denn? Der Tiger will mich fressen, obwohl ich ihm das Leben gerettet habe. Was ist dein Urteil?«

»Menschen sind grausam«, sagte da der Baum, nachdem er eine Weile nachgedacht hatte. »Die Menschen fällen uns und machen uns zu Brennholz. Manches mal sägen sie uns und machen uns zu Balken und Brettern. Der Tiger sollte dich deshalb ohne weiteres auffressen!« Da rief der Einsiedler: »Ha, eine Krähe und ein Baum, das sind nicht genug. Wir sollten unbedingt noch den Wasserbüffel hören!«

Da gingen die beiden zum Wasserbüffel. »Alter Büffel«, rief nun ungeduldig der Tiger, nun entscheide du endgültig, ob ich den Einsiedler fressen soll oder nicht, aber mach' schnell, ich habe Hunger!«

Nachdem die beiden kurz ihre Geschichte erzählt hatten sprach der Wasserbüffel, voller Angst vor dem Tiger: »Die Menschen sind grausam. Unsereinem ziehen sie ein Seil durch die Nase und zwingen uns, den Pflug zu ziehen. Wenn wir alt werden, schlachten sie uns. Der Einsiedler hat nichts anderes verdient, als gefressen zu werden.«

Und diesmal nun beharrte der Tiger darauf, den Einsiedler endgültig zu verzehren. Dieser aber wusste nun keinen Ausweg mehr, kniete nieder und bat um sein Leben. Gerade in diesem Augenblick kam ein Hase vorbei und fragte, worüber die beiden sich denn stritten. Da legten ihm der Tiger und der Einsiedler beide ihre Gründe dar, beharrten zwar auf ihren Argumenten, aber fragten auch den Hasen nach seiner Meinung.

Der Hase aber wusste genau, dass der Tiger jegliche Freundlichkeit letztlich mit Undank und Feindseligkeit entgelten würde, und so sagte er in seiner Klugheit: »Nach solchen Worten allein kann ich kein Urteil fällen. Führt mich daher genau dorthin, wo die Sache passiert ist. Ich will sehen, wo der Tiger geschlafen und wie ihn der Einsiedler aufgeweckt hat. Jeder soll noch einmal in diese Rolle schlüpfen. Dann kann man genau sehen, wer von euch beiden recht hat.

Der Tiger und der Einsiedler waren einverstanden und sie führten den Hasen zu dem kleinen Hügel. Dort nun machte der Tiger zuerst alles nach, was der Affe ihm vorgemacht hatte. Zuerst verbeugte er sich tief und dann schlug er mit seinem Schwanz kräftig auf den Boden. Diese Schläge weckten die Kobra, die nun aus ihrer Höhle hervorkroch und den Tiger noch einmal in den Schwanz biss.

Da sank der Tiger bewusstlos zu Boden und starb. »Bedenke«, sagte darauf der Hase zu dem Einsiedler, »mit einem Untier, das Menschen frisst, darf man kein Mitleid haben, sonst ist man selbst an der Reihe.« Mit diesen Worten verabschiedete sich der Hase und verschwand im Gebüsch. Und so wurde am Ende der Einsiedler doch noch gerettet.

Märchen der Dai

Das Zauberboot

Es war einmal ein junger Holzfäller, der hieß Wang. Er war ein guter junger Mann, der hart zu arbeiten hatte, um sich und seine alte Mutter mit Holzfällen durchzubringen. Eines Tages hatte er sich in den waldreichen Hügeln eine tüchtige Ladung dürrer Zweige auf den Rücken gepackt und wanderte nun heimwärts, der kleinen strohgedeckten Hütte zu. Auf diesem Wege kam er dann an eine schmale Holzbrücke, unter der ein reißender Fluss dahinbrauste. Wie er zu der Brücke kam, sah er einen alten Mann vorsichtig am Geländer der Brücke entlang schreiten.

Es war ein windiger Tag. Der alte Mann hielt sich wohl nicht genügend am Geländer fest, denn Wang sah mit Entsetzen, wie ein starker Windstoß den Alten herumwirbelte und in den tosenden Fluss riss. Ohne große Überlegung warf Wang sein Holzbündel auf den Boden und stürzte sich ins Wasser. Mit lauten Hilferufen versuchte der Alte, das rettende Ufer zu erreichen, aber er hatte nicht genug Kraft. Er drohte unterzugehen. Wang zog den zitternden Alten aus dem Wasser, fragte ihn nach seiner Behausung und trug den Alten schnurstracks nach Hause. Der alte Mann bedankte sich mit Tränen in den Augen, zog ein kleines Holzkästchen unter seinem Bett hervor, machte den Deckel auf und zeigte auf ein kleines Boot aus Papier, das in dem Kästchen lag.

»Du bist mein Lebensretter!«, sagte der Alte. »Ich will dir etwas mitgeben, was vielleicht dir auch einmal das Leben retten kann.« Mit diesen Worten nahm der Alte das Papierboot aus dem Kästchen und sagte zu Wang: »Nach sechs Monaten kommt ein großes Hochwasser über uns. Alle unsere Dörfer werden überschwemmt werden. Dann setze das Papierboot ins Wasser und sprich die Worte:

Mast hoch geschwind,
In die Segel den Wind.

Das Boot wird dann so groß, dass du dich mit deiner ganzen Familie hineinsetzen kannst und dem Unheil entkommst. Fällt aber das Wasser, dann sprich die Worte:

Das Wasser strömt weg,
Erfüllt ist der Zweck.

Das Boot wird dann wieder ganz klein, wird wieder zu Papier und du kannst es wieder in das Kästchen legen.« Mit diesen Worten händigte der Alte Wang das Kästchen aus und schärfte ihm noch ein: »Kommen Tiere zu dir im Wasser, so kannst du sie ins Boot holen und retten. Ruft dich aber ein Mensch, so fahre weiter und kümmere dich nicht um ihn, denn dieser eine wird dir sonst Unheil bringen. Denke aber immer daran, dies ist kein Kinderspielzeug, es ist ein Zauberboot. Du wirst es noch gut gebrauchen können.« Wang bedankte sich, verabschiedete sich von dem Alten, kehrte zu der Brücke zurück, lud das Bündel Holz auf seinen Rücken und kehrte spät abends zu seiner Mutter in die kleine Holzhütte zurück.

Lange betrachteten sie das kleine Papierschiffchen in dem Kästchen, konnten sich aber keinen Reim darauf machen und legten es schließlich weg. Nach sechs Monaten, als es tüchtig zu regnen begann und sich die Himmelstore wie Schleusen alsbald öffneten, die Flüsse anschwollen und die Ströme über die Ufer traten, da erinnerten sich die alte Frau und ihr Sohn an das kleine Papierschiffchen. Wang nahm es aus dem Kästchen, faltete es auf, setzte es in das Wasser, das schon bis vor ihre Türschwelle gekommen war und sprach die Worte:

Mast hoch geschwind,
In die Segel den Wind.

Und siehe, das Boot streckte sich, das Boot wuchs, ein Mast stieg empor, Segel schwollen, der Wind pfiff darein und ein großes, schönes, breites, behäbiges Boot stand vor der Haustür bereit, die beiden aufzunehmen. Wang schnürte die paar Habseligkeiten zusammen, die seine Mutter und er besaßen; sie schauten sich noch einmal in ihrem Hause um und traten über die Schwelle unmittelbar in das Boot. Dort war es geräumiger als sie je gedacht hatten. Von überallher strömten die Wasser zusammen. Bald schlugen sie bis an die Fenster der Häuser in ihrem Dorfe hoch. Bald versanken die Ställe und Scheunen im Wasser. Wang aber und seine Mutter schwammen lustig und trocken auf den Wogen des Unwassers davon. Als sie sahen, dass auch ihre kleine Hütte von den Wassermassen davon gespült wurde, richteten sie ihren Blick nach vorn und trieben nunmehr auf der weiten Wasserfläche in ihnen bisher ganz unbekannten Gegenden.

Plötzlich sahen sie, wie eine große Schlange im Wasser dahinschlängelte. Die Kräfte schienen sie zu verlassen, und sie versuchte, in die Nähe des Bootes zu kommen. Wang griff ins Wasser und holte die Schlange ins Boot. Da schien sich die Schlange zu verbeugen und ihren Dank zu hauchen, denn sie richtete sich auf, machte eine Art Kotau vor Wang, öffnete ihr Maul und hauchte drei Mal vor sich hin.

Bald erblickte Wang ein kleines Ameisenvolk im Wasser, das sich zwar eng zusammenhielt, aber sein nahes Ende nicht verhindern konnte, denn die armen Tierchen zappelten schon hilflos im Wasser. Wang griff hinein, holte die Ameisen mit seiner Hand aus dem Wasser und setzte sie auf dem trockenen Boden des Bootes aus. Da schienen die Ameisen zu nicken und auf diese Weise ihren Dank zu bezeugen.

Als das Boot weitertrieb, sahen die Mutter und Wang einen Bienenschwarm, der sich auf einem kleinen Ast im Wasser gerade noch vor dem Untergehen bewahren konnte. Wang griff nach dem Ast und holte damit den ganzen Bienenschwarm ins Boot. Die Königin krabbelte aus dem Schwarm hervor und schien sich vor Wang ebenfalls zu verneigen. Bald kam wieder Wind auf, der die Wasserwogen peitschte. Gischt spritzte über das Boot und Wang hörte einen gellenden Hilferuf.

Wie er sich näher umsah, erkannte er einen jungen Mann, der schon ziemlich hilflos auf das Boot zuschwamm. Wang schlug die Mahnung des Alten in den Wind und rettete den jungen Mann ins Boot. Dieser schüttelte sich und siehe, wer war es? Es war Tschang aus dem Nachbardorf, der Sohn eines reichen Mannes, der aber nicht gerade durch Hilfsbereitschaft und Güte bekannt war. Der junge Mann bedankte sich überschwänglich bei Wang und war froh, in dem trockenen Boot sitzen zu können.

Mehrere Tage fuhren die drei durch die großen Wasser. Aber als sie ihre letzten Bissen verzehrt hatten, hörte auch der Regen auf. Die Sonne schien wieder, das Unwetter hatte ein Ende. Wang steuerte auf einen bewaldeten Hügel zu und machte schließlich das Boot an einem großen und starken Baum fest. Nach wenigen Tagen fiel auch das Wasser. Die drei stiegen aus dem Boot, ließen die Tiere frei, holten Holz, machten Feuer und kochten sich zum ersten Mal wieder ein kräftiges Essen.

Nun konnte auch Wang erkennen, wo sie gelandet waren. Es waren jene Waldhügel, in denen er selbst oftmals Holz geschlagen hatte. Sie beschlossen, sobald wie möglich nach Hause zurückzukehren und ihre Häuser wieder aufzubauen. »Und was machen wir mit dem Boot?«, fragte Tschang. Da schaute ihn Wang bedeutungsvoll an und sagte: »Das Boot, das nehmen wir mit nach Hause.« »Und wie willst du das anfangen? Wie können wir dieses große Boot ohne Wasser nach Hause bringen?«

Darauf blickte Wang zum Himmel und sprach die Worte:

Das Wasser strömt weg,
Erfüllt ist der Zweck.

Und in diesem Augenblick fiel der Mast in sich zusammen, rollten sich die Segel ein, und nach wenigen Augenblicken lag ein kleines Papierboot vor den Füßen von Wang und Tschang. »Ein Wunder, ein Wunder!«, rief erregt Tschang. »Ja, ein kleines Wunder«, sagte Wang und erzählte ihm arglos und ganz genau die Geschichte mit dem Alten, den er damals bei der Brücke aus dem reißenden Fluss gerettet hatte.

»Wer weiß, wie lange es jetzt dauert, bis wieder ein Unwetter kommt«, sagte Tschang, »vielleicht haben wir nie mehr in unserm ganzen Leben soviel Wasser, um mit einem Boot davonzufahren. Es wäre das Beste, dieses Zauberboot dem Kaiser zum Geschenk zu machen. Dort wird sicherlich dann eine reiche Belohnung auf den warten, der ein solches Wunderding überbringt.« »Wie soll ich armer Holzfäller vor den Kaiser treten? Ich habe ja nicht einmal mehr Schuhe an den Füßen.« »Das lass nur meine Sorge sein«, sagte Tschang und versprach, das Boot in Wangs Namen zum Kaiser zu bringen und die Belohnung mit den beiden zu teilen. Der Kaiser staunte nicht schlecht über dieses Wunderboot. Immer wieder ließ er es in einem kleinen Teich beim Palast zu Wasser und sprach die Worte:

Mast hoch geschwind,
In die Segel den Wind.

Und dann wiederholte er, freudig erregt wie ein Kind, immer wieder die Formel:

Das Wasser strömt weg,
Erfüllt ist der Zweck.

Tschang ließ er reichlich mit Gold- und Silberstücken belohnen, machte ihn zu einem hohen Beamten, kaufte ihm ein großes, palastähnliches Haus und verheiratete ihn mit einer schönen Hofdame. Von Wang und seiner Mutter aber hatte Tschang dem Kaiser kein Wörtchen erzählt. Ja, er hatte vor, nie mehr nach Hause zurückzukehren und die hohe Belohnung völlig allein zu genießen. Bei dem Gedanken aber, Wang könnte einmal in die Hauptstadt kommen, schauderte ihn jedoch. Aber er dachte, mit Hilfe einiger Eunuchen, seiner neuen Freunde, würde er sich schon aus der Schlinge ziehen.

Wang und seine Mutter warteten lange in dem kleinen Holzhäuschen. Woche um Woche verging. Bald waren drei Monate verstrichen, Tschang kehrte immer noch nicht zurück. Da überredete Wang seine Mutter, ihn aufbrechen zu lassen, damit er in der Hauptstadt nach Tschang Nachforschungen anstellen könnte. Schweren Herzens ließ die Mutter ihn ziehen. Auf dem Weg dorthin litt Wang große Not. Er musste betteln, kam aber schließlich eines Abends wohlbehalten in der Hauptstadt an.

Bei einem Gasthaus am Stadtrand kam er mit dem Wirt ins Gespräch und erzählte ihm die ganze Geschichte, wie sie sich zugetragen hatte. »Ha«, lachte der Wirt, »den vornehmen Tschang, den kenne ich genau. Der kommt jeden Vormittag in seiner Sänfte vorbei. Vier Soldaten gehen vor und vier hinter ihm. Er selbst aber lässt sich in der Sänfte tragen.« Wang zog sein letztes Geldstück aus der Tasche, quartierte sich in dem Gasthaus ein und wartete voller Freude auf den nächsten Tag, an dem er nun endlich mit Tschang zusammentreffen konnte.

Glücklich und erleichtert ging er zu Bett, denn es war ja nun offensichtlich, Tschang war damals gut angekommen und hatte vom Kaiser die hohe Belohnung erhalten. Wang stand früh auf und wartete voller Erregung auf die Sänfte und die Soldaten. Und bald hörte er auch schon von Ferne Gong und Trommeln und sah, wie eine Sänfte von kräftigen Männern herangetragen wurde. Vor der Sänfte schritten vier Soldaten mit langen Schwertern und hinter der Sänfte nochmals vier Soldaten. Erfreut sprang Wang auf die Straße, lief vor den Zug und schrie erregt: »Bruder Tschang, Bruder Tschang! Ich bin hier, Wang!«

Tschang hatte mit Entsetzen gesehen, welcher Besucher ihn da zu sprechen wünschte. Wenn Wang nun die ganze Geschichte vor den Kaiser bringt, so dachte er, ist es aus mit der schönen Beamtenstelle und mit dem herrlichen Leben hier. Schnell gab er daher den Soldaten den Befehle den Landstreicher, wie er sagte, davonzujagen und ihn tüchtig mit den Knüppeln durchzuwalken. Die Soldaten gingen auf den armen Wang los, droschen auf ihn ein und schlugen ihn halb tot. Die Sänfte rauschte davon, und Wang blieb zerschlagen und blutend am Wegrand liegen. Er konnte sich nicht mehr erheben. Er blutete aus mehreren Wunden am Kopf und an den Beinen, auch seine Hände und Arme waren zerschlagen.

Er dachte schon, sein letztes Stündlein sei gekommen, als neben ihm eine Schlange sich züngelnd aus dem Gras erhob. Es war die Schlange, die er einstens aus dem Wasser gerettet und die ihm in einiger Entfernung nachgekrochen war, als ob sie hätte ahnen können, dass sie bald gebraucht würde. Die Schlange kroch zu dem liegenden Wang hin und leckte seine Wunden mit ihrem hauchzarten Zünglein. Er fühlte nur, wie ein kleines Kitzeln an Händen und Beinen und im Gesicht ihn neu belebte. Die Schlange verschwand, kam aber bald mit einem Büschel Pflanzen in ihrem Maul zurück. Mit diesen Pflanzen berührte sie nochmals alle Wunden Wangs, die sich daraufhin sofort schlossen.

Wang fühlte neue Kräfte, versuchte aufzustehen, und siehe, in dieser kurzen Zeit schien er völlig geheilt und wiederhergestellt zu sein. Die Schlange hob ihren Kopf und sprach mit dünner Stimme: »Nimm diese Pflanzen zu dir, bewahre sie gut auf, eines Tages wirst du sie gut brauchen können.« Wang dankte der Schlange und brach sofort auf zum Palast. Als er zu dem Tore kam, hatte sich eine große Menge Volks vor dem Palast versammelt, und ein Herold rief unter Trommelwirbel laut und deutlich aus: »Des Kaisers Tochter ist plötzlich krank geworden. Wer sie heilen kann, der komme und helfe. Große Schätze warten auf den, der ihr Heilung bringt. Ja, wer sie wieder völlig gesund macht, erhält sie sogar zur Frau.«

Wang dachte sogleich an die heilkräftigen wunderbaren Pflanzen, die er von der Schlange bekommen hatte und begehrte Einlass in den Palast. Er wurde zu der Kammer der Prinzessin geleitet, in der bereits der Kaiser auf einem breiten und reich geschnitzten Sessel Platz genommen hatte. Er wollte genau sehen, was Wang nun beginnen würde. Wang zog die Wunderpflanze aus der Tasche und gab sie mit einigen erklärenden Worten einer Zofe. Diese rieb damit die Prinzessin von Kopf bis Fuß ein, berührte damit ihre Wangen und ihre Lippen und ließ sie einige Minuten lang an der Pflanze riechen.

Und siehe, es kehrte das Leben in die Prinzessin zurück, sie hob den Kopf, schlug die Augen auf, versuchte aufzustehen, und nach wenigen Augenblicken stand sie gesund vor ihrem Vater, dem Kaiser. Der Herrscher war hocherfreut und erstaunt und sagte zu Wang: »Du bist nicht nur ein Arzt, du bist ein Wundertäter, Wang. Bleib bei mir in meinem Palast. Und wenn du meine Tochter haben willst, so gebe ich sie dir zur Frau.« Wang war völlig verwirrt, aber er sagte nicht nein, und so ward die Hochzeit gerichtet.

Als Tschang erfuhr, was sich in der Kammer der Prinzessin zugetragen hatte, erschrak er bis zu den Zehen. Durch seinen Freund, den Obereunuchen, ließ er sich sofort beim Kaiser melden. »Diesen Burschen kenne ich«, sagte Tschang zum Sohn des Himmels, »er ist ein armer Holzfäller aus den Hügelwäldern, der sich in die Hauptstadt durchgebettelt hat. Er ist ein ziemlich ungebildeter Lümmel, und es will mir nicht in den Kopf, dass er Eure schöne Tochter zur Frau bekommen soll. Solche Pflanzen kann jeder finden. Ihr solltet ihn noch einer strengen Prüfung unterziehen, bevor Ihr Eure Tochter endgültig an ihn verheiratet.«

Dem Kaiser gefiel dieser Rat, und er fragte Tschang, welche Prüfung dies denn sein könnte. Tschang war sofort mit einer Antwort zur Stelle und meinte: »Wenn er aus zwei Scheffeln Sesamkörnern zwei Scheffel Spreu heraussucht und dies in einer halben Stunde, dann ist er wirklich ein Wunderdoktor. Man muss nur Spreu und Sesam gut miteinander vermengen.« Dem Kaiser gefiel dieser Rat sehr wohl und er ließ sofort Sesamkörner holen, einige Scheffel Spreu herbeischaffen und sie tüchtig durcheinander mischen. Dann ließ er Wang zu sich kommen und befahl ihm, in einer halben Stunde alle Sesamkörner sorgsam herauszusuchen und auf ein Tablett zu legen.

Dem armen Wang schwanden fast die Sinne. Hatte da etwa Tschang die Hände im Spiel? Er schloss die Augen und wusste nicht wo ein und wo aus. Da, plötzlich kroch eine Ameise auf seinen Ärmel, und er vernahm eine leise flüsternde Stimme, die da sagte: »Du hast mich einst aus dem Wasser gerettet. Ich weiß, was man von dir jetzt verlangt. Es warten mit mir viele Ameisen, um endlich ihren Dank dir bezeugen zu können. Bleib nur ruhig hier sitzen, in einer halben Stunde haben wir alle Sesamkörner auf dem Tablett zusammengebracht.«

Und siehe, es dauerte nicht einmal eine Viertelstunde, da konnte der überglückliche Wang bereits dem Kaiser das Tablett mit den Sesamkörnern überreichen. Zwischen der Spreu auf dem Boden lag kein einziges Sesamkörnchen mehr. Nun aber staunte der Kaiser und wollte das Zeichen zum Beginn der Hochzeit geben. Ein von Tschang bestochener Eunuche aber flüsterte dem Kaiser ins Ohr: »Das will ein Wunderdoktor sein, hat er denn schon die Hauptprobe bestanden? Aus einem langen Zug von Brautsänften müsste er mit verbundenen Augen die richtige Euch zeigen können, und aus dreiundfünfzig Kammermädchen müsste er die verkleidete Prinzessin erkennen können. Dann ist er ein Wunderdoktor und verdient Eure Tochter.«

Auch dieser Rat gefiel dem Kaiser nicht übel. Er ließ einen langen Zug schön geschmückter Sänften an Wang vorübertragen, aber nur in einer saß die Prinzessin. Wang wusste nicht ein noch aus. Da setzte sich eine Biene auf sein Ohr und flüsterte ihm zu: »Sei unbesorgt, du bist unser Retter und hast uns einstens aus dem Wasser gezogen. Wir sind gekommen, um dir zu helfen. Wenn die Sänfte der Prinzessin an dir vorbeikommt, so werden wir diese Sänfte umschwärmen. Du wirst uns hören und die richtige Sänfte auf diese Weise bezeichnen.« Kaum hatte die Biene dies dem erstaunten Wang ins Ohr geflüstert, flog sie auch schon davon.

Der Zug der Sänften setzte sich in Bewegung. Eine nach der anderen zog langsam an Wang vorüber. »Nun, welche ist es?«, fragte der Kaiser und beobachtete forschend den neben ihm stehenden Wang, dem man die Augen verbunden hatte. Bei der dreiundzwanzigsten Sänfte hörte Wang viele Bienen summen, und er sagte: »Diese ist es!« Der Kaiser war sprachlos und rief aus: »Und wenn du jetzt aus dem Zug der Zofen auch noch meine Tochter herausfindest, dann sollst du endgültig mein Schwiegersohn sein!«

Wang stand hilflos bei diesem Ansinnen vor seinem Kaiser. Diesmal setzte sich eine Biene auf sein anderes Ohr und flüsterte ihm zu: »Sei unbesorgt, das Mädchen, das wir umschwärmen, das bezeichne mit gutem Gewissen als die Prinzessin. Wir kennen sie genau, denn sie allein duftet nach kostbaren Ölen und Salben.« Und da setzte sich auch schon der Zug der Zofen in Bewegung. Langsam und gemessen schritten die Mädchen an Wang vorbei. Alle waren angezogen wie Kammermädchen. Diesmal hatte man Wang die Binde von den Augen genommen, er konnte alle Mädchen sehen. Aber wie sollte er die Königstochter erkennen? Bei der vierundzwanzigsten Kammerdienerin sah er, wie ein Schwarm von Bienen sie umschwärmte und sagte zum Kaiser: »Diese ist deine Tochter!«

Der Kaiser stand wie angewurzelt und konnte nunmehr sein Versprechen nicht mehr hinausschieben und auch nicht mehr brechen. Er ließ sofort die Hochzeit richten und nahm Wang als seinen Schwiegersohn in dem Palast auf. In der Hochzeitsnacht erzählte Wang seiner Frau, wie er in die Hauptstadt gekommen war, wie er von den Bütteln halb tot geschlagen wurde und wie undankbar Tschang an ihm gehandelt hatte. Gleich am nächsten Morgen lief die empörte Prinzessin zu ihrem Vater und verlangte die strengste Bestrafung für den pflichtvergessenen und undankbaren Tschang.

Da lief die Majestät krebsrot an vor Zorn und ließ durch die Palastwache Tschang sofort verhaften und bald darauf hinrichten. Die Mutter Wangs aber wurde in einem feierlichen Zug mit einer Sänfte aus ihrem Holzhäuschen abgeholt, eine schöne Wohnung wurde ihr im Palast eingerichtet, und Wang lebte mit seiner Frau, der Prinzessin, friedlich und in Freuden im Palast, und der alte Kaiser war glücklich darüber, einen so treuen, bescheidenen und guten Schwiegersohn bekommen zu haben.

Märchen der Han

Aprikosenmädchen

Vor langer, langer Zeit lag einmal an den Ufern des Westsees ein kleines Dörfchen mit Namen Aprikosenblüte. In diesem Dorf lebte ein hübsches Mädchen, das die Dorfbewohner einfach Aprikosenmädchen nannten. Es hütete die Wasserbüffel seines Vaters und ließ die guten Tiere in den Uferweiden ihr Futter suchen. Immer passte es gut auf die Herde auf. Eines schönen Tages im frühen Sommer, als die Aprikosen gereift und die Bäume voller süßer Früchte und die Luft voller guter Düfte waren, fiel eine große Aprikose vom Baum vor das Aprikosenmädchen, die es im Grase auflas und essen wollte. Da hörte es plötzlich eine Stimme sagen: »Bitte, beiße mich nicht, esse mich nicht, lass mich gehen!«

Sie blickte um sich, sah aber niemanden. Erschrocken ließ sie die Aprikose fallen. Genau an jener Stelle, an der die Aprikose auf den Boden gefallen war, wuchs plötzlich eine wunderschöne Frau aus der Erde, angetan mit einem seidenen aprikosenfarbenen Gewand. »Fürchte dich nicht, ich bin die Aprikosengöttin«, sagte die Frau. Dann nahm sie eine goldene Haarnadel aus ihrem Haar und gab sie dem Aprikosenmädchen. »Du bist ein gutes Mädchen, das hart arbeitetet. Ich möchte dir diese goldene Haarnadel geben. Wenn du jemals in Not kommst, dann klopfe mit dieser Haarnadel an irgendeinen Gegenstand und rufe dann die Aprikosengöttin drei Mal, dann will ich kommen und dir helfen.«

Und in einer Rauchwolke flog die Göttin in den Lüften davon, und siehe, eine große Aprikose erhob sich vom Grund und flog empor zu dem Baum, wo sie wiederum als schöne rötlichgoldene Frucht glänzte. Das Aprikosenmädchen wuchs heran und heiratete schließlich den neunten Sohn der Sung-Familie. Diese Familie war aber so groß, dass sich bald da und dort allerlei Ärger zeigte. Weil Aprikosenmädchen den Eltern ihres Mannes am besten zur Hand ging und auch die hilfreichste von allen Schwiegertöchtern war, erregte sie bald in ihren Schwägerinnen brennende Eifersucht.

An einem schönen Sommertag wollte Aprikosenmädchen eine sehr gute Mahlzeit für die ganze Familie kochen. Als sie gerade den großen Reistopf vom Ofen holte und eine Schüssel Bohnenkäse auf die Herdplatte stellte, kam ihre älteste Schwägerin in die Küche hereingestürmt und bat sie, ihr beim Nähen zu helfen. Kurz danach kam ihre zweite Schwägerin in die Küche und bat sie um eine andere Gefälligkeit, so dass Aprikosenmädchen den Topf mit dem Bohnenkäse nicht rechtzeitig vom Feuer nehmen konnte und die ganze schöne Mahlzeit anbrannte. Aprikosenmädchen kam zu spät. In der Küche roch es nach angebranntem Essen. Die Schwägerinnen standen um den Herd herum und lachten einander zu.

Sie warteten gespannt, was nun geschehen würde. Aber ohne ein Wort zu sagen, füllte Aprikosenmädchen Wasser in die beiden Töpfe nach, rührte ein bisschen in ihnen herum und ging dann schweigend hinaus. Am Mittag halfen die kleinen Kinder der Schwägerinnen Aprikosenmädchen den Tisch decken. Ihre Mütter standen daneben mit erwartungsvollem Lächeln auf den Lippen. Sie dachten schon an die bösen Mienen und an die Schimpfworte der Männer, die nun ein angebranntes Essen vorfinden würden.

Aprikosenmädchen einmal schamrot oder gar weinend zu sehen, das war es, was sie sich nun ausrechneten. Als alle am Tisch saßen, brachte Aprikosenmädchen die Speisen herein und sagte mit einem breiten Lächeln: »Ich habe heute etwas Neues gekocht. Es ist ein heißer Tag. Zuerst bekommt ihr gerösteten Reisschleim gegen den Durst und dann noch etwas Neues obendrein. Es ist die zwei Mal gekochte Bohnenkäsesuppe. Ich hoffe, dass euch beide Speisen gut munden.« Die Brüder und die Kinder fielen heißhungrig über den Reis und den Bohnenkäse her, und in wenigen Minuten war die ganze Mahlzeit aufgegessen. Die Köchin wurde mit hohem Lob bedacht.

Seit dieser Zeit wagten die Schwägerinnen Aprikosenmädchen nichts mehr zu sagen. Sie gingen ihr nunmehr bei der Hausarbeit zur Hand, fragten sie um ihren Rat, hielten sich an ihre Entscheidungen und ließen sich von ihr nunmehr willig leiten. Aprikosenmädchen stand dem Haushalt mit Sorgfalt und Mühe vor und in der ganzen Familie gab es keinen Ärger und keinen Streit mehr. Die Erwachsenen sorgten für die Kinder und umgekehrt gehorchten die Kinder ohne Widerworte den Älteren. Aprikosenmädchen war aber auch gut zu ihren Nachbarn und daher bei ihnen sehr beliebt. Sie war immer zur Stelle, wenn es irgendwo etwas zu tun und zu helfen gab. So hörte schließlich auch der Kaiser von dieser freundlichen und hilfsbereiten jungen Frau.

Er beschloss, sie einer kleinen Prüfung zu unterziehen, und schickte einen hohen Beamten mit einer einzigen Mandel zum Hause der Familie Sung. Als der Beamte die Stadt Hangtschou erreicht hatte, verlas er feierlich der ganzen Familie das Dekret des Kaisers. Es galt, die Mandel gleichmäßig auf alle Köpfe der Familie zu verteilen. Jeder, außer Aprikosenmädchen, war sprachlos über diese Forderung. Aprikosenmädchen aber sagte höflich: »Ich bedanke mich sehr, dass Ihr das Dekret des Himmelssohnes verlesen habt. Ich bitte Euch aber, ein kleines Weilchen in der Halle Platz zu nehmen und einige Minuten zu warten. Ich will einmal sehen, wie wir die Mandel gleichmäßig verteilen können.«

Aprikosenmädchen ging in den Innenhof und baute dort einen kleinen Ofen auf. Sie brachte einen Kessel Wasser zum Kochen und legte die Mandel mit einem Stück braunem Zucker darein. Nach kurzer Zeit schon brachte sie jedem Mitglied der Familie eine Tasse von diesem Mandelwasser. »Ich nenne es Mandeltee«, sagte sie zu dem königlichen Beamten. »Er ist gut für die Gesundheit, vor allem an heißen Tagen.« Der Beamte berichtete seinem Kaiser: »Aprikosenmädchen ist nicht nur eine außergewöhnlich kluge und hilfswillige junge Frau, sondern sie ist darüber hinaus auch noch eine ausnehmende Schönheit.« Dies beeindruckte den Kaiser, und er befahl seinem Beamten und dreitausend Wachsoldaten, Aprikosenmädchen in seinen Palast zu bringen, denn er wollte sie zu seiner Nebenfrau machen.

Als die Wachsoldaten das Haus der Sung erreicht hatten, verboten sie jedermann, hineinzugehen oder herauszukommen. Der Beamte eröffnete der Familie, dass Aprikosenmädchen sogleich mit ihnen zum kaiserlichen Palast zu gehen habe. Frauen und

Kinder waren entsetzt und weinten. Die Frauen versuchten, Aprikosenmädchen vor den Soldaten zu schützen und formten einen Ring von Menschen rings um sie. Die Männer hielten dem königlichen Beamten vor, es sei ihre wichtigste Stütze im Haushalt und der Kaiser könne sie doch dieser Hilfe nicht berauben wollen. Aber Aprikosenmädchen sagte mit sanfter Stimme zu dem Beamten: »Bitte wartet ein paar Minuten. Ich will meine Kleider wechseln. In solch einem schäbigen Aufzug kann ich nicht vor meinen Herrscher treten.«

In ihrem Zimmer nahm Aprikosenmädchen jedoch die goldene Haarnadel aus ihrem Haar, klopfte damit einige Male auf die Tischkante und rief dreimal die Aprikosengöttin. Als die Göttin erschien, sagte Aprikosenmädchen: »Die Frage, vor der ich stehe, berührt mein ganze Familie. Der König hat seine Wachen gesandt, die mich zu ihm bringen sollen, denn ich soll sein Nebenfrau werden. Was kann ich in dieser Lage nun tun?« Die Aprikosengöttin war sehr ärgerlich, als sie dies hörte. Sie sagte: »Der sicherste Platz für dich ist tief unter dem Wasser auf dem Boden des Westsees. Ich kann deine ganze Familie dorthin bringen, und zur gleichen Zeit die gesamte königliche Gesandtschaft hinwegfegen.«

Die Göttin warf die Arme in die Luft und bewegte ihre weiten Ärmel hin und her und erzeugte damit nicht nur einen starken Luftzug, sondern ganze Wirbel in der Luft. Wenig später schwollen diese Wirbel zu einem brausenden Taifun an und fegten den Beamten mit allen seinen Wachen durch die Luft in die östliche See. Zur selben Zeit wurde auf wundervolle Weise die Sung-Familie mit allen ihren Besitztümern auf den Boden des Westsees getragen.

Nachdem der Taifun vorübergezogen war, kamen die Nachbarn zusammen und sahen nur noch, dass auf dem Platz, auf dem einst das Haus der Sung gestanden hatte, nun flaches, weites Land sich ausdehnte. Sie trauerten alle über das Los dieser Familie. Lange Zeit später verlor einmal ein Bauer seinen hölzernen Pflug auf dem Felde. Er konnte ihn nirgendwo finden und wusste nicht, wo er hingekommen war. »Ich wünschte, Aprikosenmädchen könnte hier sein. Sie würde mir helfen. Sie würde meinen Pflug schon finden.«

Was war das? Plötzlich tauchte auf der Mitte des Westsees ein hölzerner Pflug auf, glitt mit großer Geschwindigkeit über die schimmernde Wasserfläche, hielt geradewegs auf den Bauern zu und verfing sich im Schilf am Ufer. Mit Hilfe einiger Nachbarn zog der Bauer den Pflug aus dem Wasser, spannte seine Wasserbüffel davor und pflügte damit sein Reisfeld besser als je zuvor. Seit dieser Zeit schauen die Leute im frühen Sommer, wenn die Aprikosen reifen, auf den See hinaus und wenn sie Hilfe brauchen, rufen sie bis zum heutigen Tage das Aprikosenmädchen vom Boden des Sees. Und vielen hat seither Aprikosenmädchen schon geholfen.

Märchen der Han

Der Spiegel

In alten Zeiten kannte man zwar den Kamm, aber noch nicht überall den Spiegel. Eines Tages sagte eine Bauersfrau zu ihrem Mann: »Wenn du in die Stadt kommst, bring mir doch einen hölzernen Kamm mit, einen schönen und großen, und vergiss es nicht!« Sie fürchtete aber, ihr Mann würde es doch vergessen und zeigte daher aus dem Fenster auf die Sichel des zunehmenden Mondes und sagte: »Kauf mir einen hölzernen Kamm, aber er muss sein so wie der Mond da oben am Himmel.«

Nach einigen Tagen, als der Mond voll und schön und rund vom Himmel schien, ging der Bauer zum Markt und erinnerte sich an die Worte seiner Frau. Er wusste noch, er sollte etwas für ihre Schönheit kaufen. Aber er wusste nicht mehr was. Da erinnerte er sich an den Mond und kaufte einen schönen, großen Spiegel, so rund und so schön wie der Vollmond, und brachte ihn sogleich glücklich nach Hause. Als die Frau den Spiegel auswickelte und sich nun gespiegelt sah, erschrak sie gewaltig, floh aus dem Haus, rannte zu ihrer Mutter und sagte zu ihr: »Denk dir nur, mein Mann hat sich eine Nebenfrau genommen!«

Die Schwiegermutter des Bauern sah nun selbst in den Spiegel und sagte mit einem großen Seufzer: »Wenn er wenigstens ein junges, hübsches Ding genommen hätte, aber was nimmt er so eine alte, hässliche Eule.« Nach einiger Zeit brachten die beiden Frauen den Fall vor den Bezirksrichter. Als dieser in den Spiegel sah, meinte er empört: »Es ist unglaublich, die Leute streiten sich um Kleinigkeiten und ziehen sich an wie ein Richter, wenn sie vor Gericht erscheinen. Sogar meine Robe hat dieser Bauer da angezogen.

Märchen der Han

Der gute Räuber

In einer kleinen Hütte lebte einmal ein junger Bauer namens Lin Pan. Sein Vater war schon gestorben, und so lebte seit einigen Jahren Lin Pan allein mit seiner alten Mutter. Die Mutter und der Sohn grämten sich lange Zeit sehr, dass der Vater der Familie den Weg zum Himmelreich angetreten hatte. Aber sie lebten bescheiden, zufrieden und doch nach einigen Jahren fast glücklich in ihrer Hütte. Die Mutter versorgte das kleine Haus, der Sohn arbeitete draußen auf den Feldern und sah nach dem Vieh.

Nach einiger Zeit aber wurde die Mutter etwas kränklich und konnte nicht mehr viel in Küche und Stube machen. Und so musste der gute Lin Pan nicht nur jeden Tag auf den Feldern arbeiten, sondern hatte auch noch die Mahlzeiten zu bereiten: das Frühstück, nachdem sie aufgestanden waren, das Mittagessen, wenn er mit einem großen Hunger nach Hause kam, und auch das Abendessen nach des Tages Arbeit. Aber er beklagte sich nie. Er arbeitete hart, war bescheiden und hatte im Laufe der Zeit für sich und seine Mutter ein kleines Sümmchen Geld ersparen können, hatte etwas Tuch für die kommenden Jahre in den Schrank gelegt und auch einige kleine hübsche Dinge erworben.

Eines Nachts, es war schon sehr spät, ja es war kurz vor dem ersten Hahnenschrei, erwachte Lin Pan von einem merkwürdigen Geräusch. Durch die Tür der kleinen Hütte war ein Räuber getreten. Lin Pan wollte schreien, aber er fürchtete, seine Mutter allzu sehr damit zu erschrecken, und so blieb er still und musste mit ansehen, wie der Räuber ein festes Tau aus der Tasche holte und ihn behänd und geschickt mit wenigen Handgriffen an das Bett fesselte.

So lag er nun da, starrte auf den Räuber und sah, wie dieser mit seiner Laterne mal hierhin und mal dorthin leuchtete und hier all die kleinen Schätze entdeckte, die Lin Pan all die langen Jahre gesammelt hatte, seine Ersparnisse aus den Jahren der harten Arbeit und all das, was sich die beiden geradezu vom Munde abgespart hatten. Der Räuber legte zuerst ein großes Stück Tuch auf den Fußboden, um ein ordentliches Paket machen zu können. Zuerst legte er Lin Pans bestes Seidengewand auf den Boden. Dann nahm er dessen einzige guten Schuhe, die er für die Fest- und Feiertage unter dem Bett aufbewahrt hatte. Bald fand der Räuber auch die Geldtasche. Dann hob er den Ballen Tuch aus dem Regal, den Lin Pan für seine Mutter und sich immer geschont hatte und der für viele Jahre reichen sollte. Lin Pan wagte sich nicht zu bewegen und sagte auch kein Wort.

Als aber der Räuber den Kupferkessel vom Ofen hob und auch in sein Paket packen wollte, da konnte Lin Pan nicht mehr an sich halten und sagte zu dem Räuber: »Ich bitte dich, lass mir wenigstens den Kupferkessel. Du magst ja alles andere mitnehmen, und ich will mich auch nicht beklagen, aber ich bitte dich inständig, lass den Kessel hier, ich brauche ihn, um jeden Morgen meiner alten Mutter Frühstück bereiten zu können.« Der Räuber blieb wie angewurzelt stehen. Er stellte den Kessel auf den Ofen zurück und sagte, mehr zu sich selbst als zu Lin Pan: »Gewiss, Unglück und Hunger wird mich treffen, wenn ich einem so guten und pflichtbewussten Sohn hier etwas raube.

Dann verbeugte er sich tief und sagte höflich zu Lin Pan: »Mein junger Herr, Sie sind von einer bemerkenswerten Güte. Ich werde Ihren Kupferkessel nicht mitnehmen, und ich werde auch alle anderen Dinge und Besitztümer in der Hütte lassen.« Dann begann er, alle Dinge einzeln wieder an den Platz zu stellen, von dem er jedes einzelne Stück genommen hatte. Schließlich löste er auch das Tau, mit dem Lin Pan an das Bett gefesselt war, verbeugte sich noch einmal tief und verschwand durch die Tür hinaus in die Nacht.

Märchen der Han

Goldstute

Es war einmal ein reicher Bauer, der liebte Geld mehr als sein eigenes Leben. In seinen Augen erschien die kleinste Münze größer als ein Mühlstein. Immer hielt er Ausschau nach Gelegenheiten, Geld zu machen. Und er war seinen Pächtern ein harter Grundherr. So nannten ihn alle nur »Geizkragen«. Eines Jahres kam eine große Trockenheit über das Land. Kein Wölkchen zeigte sich mehr am Himmel und kein Tropfen Wasser fiel. Die Bauern, die ohnehin von einer Ernte zur anderen lebten, hatten nun kein Körnchen mehr in ihrer Scheune und mussten bereits Baumrinde und Wurzeln essen, um zu überleben. Aber selbst die Rinde und die Wurzeln gingen aus.

Hunger drohte und große Not stand vor der Tür. Die Scheunen vom Geizkragen aber, die großen und die kleinen, waren übervoll. Die Bauern machten sich schließlich auf den Weg zu ihm und baten ihn, von seinem Überfluss etwas abzugeben. Geizkragen aber hieß nicht nur so, er war es auch. Er war geizig, wie man nie einen Menschen irgendwo geiziger gesehen hatte. Die Bauern mussten schließlich unverrichteter Dinge wieder abziehen, steckten ihre Köpfe zusammen und beschlossen, ihm eine Lehre zu erteilen.

Sie holten ihre letzten Silberstückchen aus den Häusern und führten eine magere kleine Stute aus einem der Ställe. Dann stopften sie die Silberstückchen in das Hinterteil des Pferdes und banden sie mit dünnen Baumwollfäden unter dem Schwanz des Pferdes fest. Von den Fäden sah man nichts. Sie hatten die Farbe des Pferdes selbst. Schließlich wählten sie einen der ihren aus, der den Spitznamen »Großmaul« hatte und von dem erzählt wurde, er könne mit seinen Reden Tote aus ihren Gräbern erwecken. Ihn sandten sie zu Geizkragen mit der Stute. Als Geizkragen ihn in den Hof kommen sah, geriet er in Zorn. Er rief durch das Fenster: »Du verdammter Hund, was tust du auf meinem Hofe? Geh mir aus den Augen!«

»Dämpft Eure Stimme, Meister«, sagte Großmaul und lachte dabei bedeutungsvoll. »Wenn Ihr mein Pferd erschreckt und es durchgeht, dann könnt Ihr Euer ganzes Hab und Gut verkaufen, um den Schaden wieder gut zu machen.« »Was sollen diese Reden, Großmaul, was kann dieses schäbige Pferd denn wert sein?« »Oh, nichts weiter, aber, wenn es seine Eingeweide bewegt, dann kommen Gold- und Silberstücke hinten heraus.«

Diese Worte erregten Geizkragens Neugier und er fragte schnell: »Woher hast du denn den Gaul?« »Ja«, begann Großmaul, »vor einigen Nächten hatte ich einen merkwürdigen Traum. Ich traf einen weißbärtigen alten Mann, der zu mir sagte: ›Großmaul, das Pferd, das die Gold- und Silberbarren des Gottes des Reichtums im Himmel immer befördern musste, ist ausgeschirrt worden und wurde zur Erde geschickt. Du kannst in den Nordwesten gehen und es fangen. Wenn es seine Eingeweide bewegt, dann gibt es Silber und Gold von sich. Wenn du es fängst, ist dein Glück gemacht.‹ Dann gab mir der alte Mann einen Stoß, und ich wachte auf. Ich gab nichts darauf, denn es war ja nur ein Traum, so dachte ich, drehte mich um und schlief erneut ein. Aber kaum hatte ich meine Augen zugemacht, da erschien der alte Mann wieder und drängte mich, endlich aufzustehen. ›Das Pferd wird sich ein anderer holen, wenn du weiter zögerst.‹ Und er gab mir erneut einen Stoß. Ich wachte wieder auf, nahm schließlich meine Kleider vom Boden und rannte los. Tatsächliche in den nordwestlichen Wiesen sah ich zuerst etwas wie einen Feuerball. Ich rannte und rannte und fand schließlich das Pferd, das ganz friedlich dort graste. So führte ich das Pferd nach Hause. Am folgenden Tag zündete ich etwas Weihrauch an, und kaum hatte ich den Weihrauch entzündet, da stellte sich das Pferd breitbeinig hin und siehe da, Silberstückchen kamen aus seinem Hintern.«

»Ist das wirklich wahr?«, fragte Geizkragen begierig. Großmaul entgegnete: »Es gibt ein altes Sprichwort, das sagt ›Den Pudding kannst du allein prüfen, wenn du ihn isst.‹ Wenn du mir nicht glaubst, dann kann ich es dir ja einmal vorführen.« Er bat Geizkragen, ein Weihrauchgefäß zu holen und den Weihrauch zu entzünden. Großmaul trat hinter das Pferd und hielt einen großen, breiten Teller unter den Hintern der Stute. Dabei zog er heimlich die Baumwollfäden heraus, so dass alsbald die kleinen Silberstücke klimpernd auf den Teller fielen. Wie nun Geizkragen das Pferd Silber von sich geben sah, fragte er begierig: »Und wie viel gibt der Gaul am Tage von sich?«

»Drei oder vier Täls an einem Tag, bei Leuten von unserem Schlag«, antwortete Großmaul, »aber der alte Mann in meinem Traum sagte noch: ›Wenn das Pferd auf eine wirklich glückliche Person trifft, so könnte es sein, dass es vierzig oder fünfzig Täls pro Tag von sich gibt.‹« Geizkragen dachte bei sich selbst, das Pferd muss ich haben, und er stellte sich vor, welch ein reicher Mann er würde, wenn die Stute auch nur zwanzig Täls an einem Tag auf den Silberteller klimpern ließe. Und schnell rechnete er nach: Das wären sechshundert Täls in einem Monat und siebentausendzweihundert Täls in einem Jahr. Als er diese Summe bedachte, stand es fest, er musste den Gaul haben, koste es, was es wolle. So fing er ganz ernsthaft mit Großmaul zu handeln an. Großmaul tat zuerst, als käme ein solcher Kauf nie in Frage. Geizkragen blieb hartnäckig und versuchte, ihn bei einem noch höheren Preis zu überreden, das Pferd ihm endgültig zu überlassen. Schließlich seufzte Großmaul tief und sagte: »Ja, wenn es denn sein muss. Mein Glücksstern leuchtet nicht so hell wie der Eure. Ich muss ihn eben verkaufen, aber ich möchte weder Silber noch Gold. Ich möchte dreißig große Schiffe Getreide dafür.«

Geizkragen dachte, dieser Preis sei wirklich niedrig und schlug sofort in den Handel ein. Großmaul eilte zurück, holte einen Wagen, lud das Getreide darauf, fuhr nach Hause und verteilte das Getreide an alle Bauern des Dorfes. Nun hatten sie etwas zu essen und konnten auch noch ein wenig Sämereien für die neue Aussaat zurücklassen. Geizkragen war nun glücklich, das Pferd zu besitzen, und konnte sich vor Freude gar nicht beruhigen. Er war sehr misstrauisch und wollte das Pferd an einen sicheren Ort bringen. Nirgendwo schien der Gaul sicher genug. Schließlich holte er ihn sogar in seine Wohnstube herein. Dort legte er einen schönen roten Teppich auf den Boden, brachte ein Weihrauchgefäß herein und entzündete den Weihrauch.

Die ganze Familie saß um den Gaul herum und wartete nun voller Erregung, wie viel Gold- und Silberstücke zwischen den

Hinterbeinen des Pferdes hervorklimpern würden. Aber alle warteten sie bis Mittemacht. Plötzlich öffnete das Pferd die Hinterbeine. Geizkragen sprang auf und holte ein kostbares Lacktablett und hielt es unmittelbar unter die Hinterbacken der Stute. Aber er wartete und wartete, es ereignete sich gar nichts. Ärgerlich hob er den Schwanz des Pferdes, beugte sich nieder und versuchte herauszufinden, ob nicht etwas Silber zwischen den Hinterbacken ihm entgegenblitze.

Da machte es plötzlich »klatsch« und das Pferd hatte Geizkragen über und über bespritzt und bekleckert. Das flüssige »Gold und Silber« rann an seinen Wangen und an seinem Nacken herunter und bedeckte seine schönen langen Gewänder bis zu den Füßen. Der Gestank war so durchdringend, dass Geizkragen hinauseilte, laut schrie und dann zu brechen begann, wieder und immer wieder. Das Pferd in der Stube aber erleichterte sich noch in anderer Weise, und mit reichlich brauner Flüssigkeit tränkte es den schönen Teppich bis zu den letzten Fasern. Die ganze Stube stank zum Himmel.

Geizkragen begriff nun, dass er angeführt worden war, und in einem Wutanfall tötete er das Pferd. Am nächsten Morgen sandte er sogleich mehrere seiner Knechte aus, die Großmaul festnehmen und zu ihm bringen sollten. Aber die Pächter hatten ihn gut versteckt. Die Männer von Geizkragen konnten suchen, wo sie wollten, in den Küchen, in den Stuben, in den Ställen, in den Scheunen, Großmaul fanden sie nicht. Es war nicht die geringste Spur von ihm zu finden. So beschloss Geizkragen, abzuwarten, Spione aufzustellen und die Augen offen zu halten.

Bald wurde es Winter und an einem klaren Wintermorgen vergaß Großmaul, sich gut zu verstecken, und wurde daher von den Häschern Geizkragens gefunden und festgenommen. Als er bald darauf vor Geizkragen stand, mahlte dieser mit den Zähnen und ohne ein Wort zu sagen, ließ er Großmaul abführen und in seiner Mühle einsperren. Er befahl den Knechten, ihm seine Kleider vom Leib zu reißen und ließ ihn in der Mühle allein – nur mit einem Baumwollhemd bekleidet, in der Hoffnung, dass er dort erfrieren müsste.

Nun war es die kälteste Jahreszeit im Jahr, Schnee war gefallen und ein bitterkalter Wind blies durch die Ritzen. Großmaul kroch in eine Ecke und zitterte vor Kälte. Als er es vor Kälte fast nicht mehr aushalten konnte, schoss ihm eine Idee in den Kopf. Er stand auf, hob den großen Mühlstein vom Boden und begann nun vor- und zurückzugehen, wobei er den großen Mühlstein vor sich hin- und herrollte. Bald wärmte er sich damit auf, kam ins Schwitzen und hatte die Kälte vergessen. Die ganze Nacht ging er hin und her, rollte den Mühlstein durch die Mühle und gönnte sich kaum ein paar Minuten Ruhe.

Am nächsten Morgen glaubte Geizkragen, Großmaul sei bereits erfroren. Aber als er die Mühlentür öffnete, fand er zu seinem größten Erstaunen Großmaul in einer Dampfwolke sitzen, den ganzen Körper über und über von Schweiß bedeckt. Großmaul stand sofort auf und bat ihn: »Meister, habt Mitleid mit mir, schnell, bringt mir einen Fächer, ich sterbe noch vor Hitze.« »Woher kommt denn hier die Hitze?«, fragte Geizkragen sprachlos. »Ach, die Hitze, die kommt nur von diesem Hemd. Es ist ein altes Erbstück und wird schon lange ›Feuerdrachenhemd‹ genannt. Je kälter das Wetter, desto größer ist die Hitze, wenn man es trägt.«

»Und woher hast du das Hemd?« »Ach, ursprünglich war es die Haut des Feuerdrachen, die dieser dann abstreifte. Die Königin des westlichen Himmels hat dann daraus ein Hemd gewoben. Später kam es in den Besitz meiner Vorfahren und so ist es als Familienerbstück auf mich gekommen. Generation zu Generation hat man es vererbt, und ich habe es dann eben angezogen.« Geizkragen sah den Schweiß auf dem Körper von Großmaul, fühlte die Hitze und glaubte daher die ganze Geschichte.

Für ihn war es eine abgemachte Sache, dieses Feuerdrachenhemd musste er haben und so vergaß er die Sache mit der Goldstute. Ohne zu überlegen, bot er sofort Großmaul seinen langen Fuchshaarmantel für das Hemd. Großmaul lehnte ab und rief: »Nie werde ich dieses Hemd verkaufen oder vertauschen!« Aber als Geizkragen fünfzig Silbertäls noch zu dem Tausch dazulegte, sagte Großmaul schließlich mit einem Seufzer: »Ach, meine Vorfahren dürften dies nicht sehen und nicht wissen, dass ich das gute alte Erbstück doch verkaufe und vertausche.« Nachdem er dies gesprochen hatte, zog er das Hemd aus und schlüpfte sofort in den Fuchshaarmantel von Geizkragen. Dann schob er die fünfzig Silbertäls in die Tasche und trat sofort den Heimweg an.

Die Freude von Geizkragen kannte nun keine Grenzen. Einige Tage später sollte der Geburtstag seines Schwiegervaters gefeiert werden. Dieser wohnte in einem Dorf, das zwei Tagesreisen weit entfernt war. Nun wollte er allzu gern seine neue Erwerbung vorführen und brach sofort auf zu seinem Schwiegervater und hatte dabei nur das Feuerdrachenhemd an. Es war Winter, und mitten auf der Reise erhob sich ein scharfer Wind und es begann auch zu schneien. Geizkragen zitterte vor Kälte. Der Ort, an dem er sich befand, war weit von jedem Dorf und jeder Gaststätte entfernt, so dass er nirgendwo Unterschlupf finden konnte.

Er spähte überall umher und sah schließlich einen großen Baum am Wegesrand, in den der Blitz gefahren war und der deswegen halb verbrannt war. Auf diese Weise war eine Baumhöhle entstanden und in diese Höhle passte gerade ein Mensch hinein. Geizkragen eilte dorthin und barg sich in der Baumhöhle. Der Wind wurde immer stärker, ein Schneesturm kam, Geizkragen bückte sich, schneite völlig ein und starb schließlich in dem Baum vor Kälte. Erst mehrere Tage später fand seine Familie seinen Leichnam. Nun wussten sie alle, dass Geizkragen von Großmaul wieder angeführt worden war und sandten Männer aus, die ihn ergreifen und bestrafen sollten.

Diesmal aber verteidigte sich Großmaul. »Mein kostbares Hemd beginnt immer zu brennen, wenn es mit Holz, Gras oder Baumstämmen zusammenkommt«, erklärte er. »Der gute Meister ist wohl auf diese Weise zu Tode gekommen. Ich kann dafür nichts und kann nicht dafür büßen. Ich hab ihm nie gesagt, dass er sich in einem Baum verbergen soll. Wenn ihr nachseht, werdet ihr bestimmt sehen, dass der Baum bereits halb weggebrannt ist.« Als die Familie den Baum untersuchte und alles so vorfand, wie es Großmaul beschrieben hatte, konnten sie nichts mehr gegen ihn machen und mussten ihn freilassen.

Märchen der Tibeter

Die Garnele und der Regenwurm

In uralten Tagen lebten die Garnele und der Regenwurm einträchtig zusammen auf Erden, besahen sich die weite Welt und gingen hierhin und dorthin. Der Regenwurm hatte große runde Augen, konnte die Welt damit gut sehen und hatte keine Sorge, sein Essen zu finden. Er war ein lustiger Geselle und er sang und pfiff gerne. Die Garnele in ihrem engen Muschelgehäuse hatte keine Augen. Sie war blind. Sie konnte weder die Sonne noch den Mond sehen, weder die Sterne noch die Blumen und auch keinen Grashalm und keinen Baum. Sie stolperte oftmals und hatte Mühe, etwas Essen zu finden.

So lebte die Garnele dahin und hatte ein recht trauriges und trübsinniges Leben. Nun verlangte sie es aber auch einmal zu sehen, um zu wissen, wie die Welt rings um sie wohl aussähe, ging daher zum Regenwurm und sagte zu ihm: »Bitte, leihe mir für einen Tag deine großen runden Augen, damit ich auch einmal etwas sehen kann. Ja, ich wäre schon zufrieden, wenn ich nur einen einzigen Blick aus ihnen werfen könnte.«

Der Regenwurm hatte Mitleid mit der blinden Garnele, nahm seine beiden großen Augen und setzte sie auf den Kopf der Garnele. Die Garnele war sehr glücklich und furchtbar aufgeregt, denn nun sah sie zum ersten Mal die Welt. Sie sah den blauen Himmel und die goldene Sonne, sie sah, wie die Bäume sich im Wind bewegten, und sie sah die vielen Sterne am Himmel. »Oh, wenn ich nur diese Augen behalten könnte, wie glücklich wäre ich«, sagte sie zu sich selbst, und schnell hüpfte sie hinaus ins Wasser. Der Regenwurm kroch zum Ufer und beschwor die Garnele, zurückzukommen und ihm seine Augen wiederzubringen. Aber die Garnele tat, als ob sie ihn nicht höre.

Sie schwamm glücklich hierhin und dorthin und sah nun all die Fische und all das Getier im Wasser und konnte sich vor Freude gar nicht lassen. Seit dieser Zeit kriecht der Regenwurm blind herum auf der Erde und sucht immer noch die Garnele mit seinen Augen. Diese aber schwimmt seitdem lustig im Wasser und hat immer noch die geliehenen Augen auf dem Kopfe.

Märchen der Han

Das Riesenzuckermännchen

Es waren einmal zwei Brüder. Der ältere, Lao Da, war ein habsüchtiger und niederträchtiger Mensch, der das elterliche Besitztum an sich gerissen hatte und durch Wucherei noch reicher geworden war. Der jüngere Bruder, Lao Örl, war ein aufrichtiger und guter Mensch. Vom Hab und Gut des Vaters hatte er nichts erhalten, aber er arbeitete fleißig auf den Feldern der Nachbarn und verdiente sich damit seinen Unterhalt. Eines Tages trug Lao Örl, der jüngere Bruder, zwei Eimer Sirup zu einem Straßenhändler jenseits des Berges. Kaum hatte er den Berg erklommen, da begann es zu regnen. Der Weg wurde schlüpfrig. Lao Örl verlor seinen Halt, glitt aus und rutschte und rollte mit seinen beiden Sirupeimern den Berg hinab. Von Kopf bis Fuß war er mit Sirup voll und kam kaum wieder auf die Beine.

Mit einem Mal umringte ihn eine Schar von kleinen Kobolden. Sie hielten Lao Örl für ein Zuckermännchen, begannen an ihm zu lecken und wollten ihn verspeisen. Aufgeregt sagten die Kobolde zueinander: »Das ist ein großes Zuckermännchen. Wir sollten es mit nach Hause nehmen und dort in Ruhe Stück für Stück genießen.« Bald hatten die Kobolde Lao Örl in ihre Höhle geschleppt und auf einen Steintisch gesetzt. Ein alter Kobold mit einem langen Horn auf der Stirn sagte zu den anderen: »Wir sollten das Zuckermännchen als Nachspeise aufbewahren. Zuerst wollen wir richtig Mittag essen.«

Er winkte einem kleinen Kobold, der ihm eine schmale Trommel herbeibrachte. Der alte Kobold sagte einen Zauberspruch und schlug die Trommel. Lao Örl staunte nicht schlecht, denn mit jedem Trommelschlag erschienen vorzügliche Gerichte, die gar lieblich dufteten. Lao Örl blieb völlig unbeweglich, beobachtete alles ganz genau und merkte sich den Zauberspruch. Nach einem ausgedehnten Mittagsmahl gingen die Kobolde zu Tal, um ihren Schabernack und ihre munteren Streiche zu treiben. Lao Örl kletterte vom Steintisch. Schnell nahm er die Zaubertrommel aus ihrem Versteck, verbarg sie an seiner Brust und lief schnell nach Hause, so schnell wie ihn seine Füße tragen konnten.

Nun hatten für Lao Örl die Sorgen ein Ende. Jeden Tag saß er am Tisch bei wunderbar duftenden Speisen. Der ältere Bruder, Lao Da, erfuhr bald die Geschichte und machte sich nach einigen Tagen mit zwei Eimern Sirup auf den Weg in die Berge. Auf halber Höhe ließ er sich absichtlich hinfallen, beschmierte sich selbst mit Sirup und rollte mit beiden Eimern auch noch den Berg hinunter. Bald waren die Kobolde zur Stelle und schrien aufgeregt: »Da ist ja unser Zuckermännchen, es ist uns davongelaufen, schnell zurück mit ihm in die Höhle!«

Unbeweglich saß bald Lao Da auf dem Steintisch in der Höhle der Kobolde, vernahm alles, was die kleinen Männer sprachen, und hörte auch, wie der alte Kobold mit dem langen Horn auf der Stirn sagte: »Das Zuckermännchen hat uns damals unsere schmale Trommel fortgeschleppt. Wir wollen diesmal vorsichtiger sein und aus ihm ein süßes Tränklein kochen.« Die Kobolde warfen Lao Da in einen großen Kessel voller Wasser, stülpten einen Deckel darüber und machten großes Feuer an. Lao Da fühlte es heißer und heißer werden, bald konnte er es nicht mehr aushalten, sprang mit einem Satz aus dem Kessel und sauste zur Tür hinaus.

Die Kobolde erschraken, gestikulierten wild durcheinander und rannten dann gleich hinter dem flüchtenden Zuckermännchen drein. Bald hatten sie Lao Da wieder eingefangen. Der Kobold mit dem Horn sagte zu seinen Freunden: »Zuerst hat er uns die Trommel fortgeschleppt, nun ist er uns wieder davongelaufen. Wir wollen ihm einen Denkzettel verpassen, den er immer bei sich tragen soll!« Bei diesen Worten ergriff der alte Kobold die Nase von Lao Da und zog sie mit einem Ruck einen ganzen Fuß lang. Jeder der Kobolde fasste die Nase von Lao Da an und zog sie ein Stück weiter nach unten. Am Ende war die Nase sieben Fuß lang, da es sieben Kobolde waren.

Wie sie sich nun den langnasigen Lao Da anguckten, wollten sie vor Lachen fast zerplatzen. Das war ein Schabernack nach ihrem Sinn. Wiehernd vor Gelächter warfen sie dann Lao Da zur Tür hinaus. Auf dem Heimweg hielt Lao Da nun immer wieder die lang gezogene Nase und versuchte, sie in seinem Mantel zu verstecken. Zu Hause angekommen, rief er gleich nach seiner Frau, die auf ihn schon lange gewartet hatte. Sie hatte geglaubt, ihr Mann käme mit der Zaubertrommel zurück, so dass ein vortreffliches Mittagsmahl an diesem Tage hätte herbeigetrommelt werden können. »Du meine Güte! Was hast du nur angestellt! Was hast du für eine Nase!«

Mit näselnder Stimme erzählte ihr Lao Da, was vorgefallen war. Die Frau meinte daraufhin: »Dein jüngerer Bruder hat von den Kobolden die Zaubertrommel gebracht, er wird sicher die Kobolde auch bitten können. Deine lange Nase wieder zu beseitigen.« In ihrer Not machten sich die beiden sogleich auf zu Lao Örl. Wie dieser nun die lange Nase seines Bruders und die Tränen in den Augen seiner Schwägerin sah, hatte er für ihre Bitten gleich ein offenes Ohr und machte sich auf in die Berge. Bei der Höhle der Kobolde angekommen, versteckte er sich hinter den Büschen und schlich hinein, als sie weggegangen waren. Lao Örl versteckte sich gut hinter einer Tür.

Bald kamen die Kobolde zurück und riefen: »Es riecht nach Menschenfleisch, nach Menschenfleisch!« Sie suchten den Eindringling unter Tischen und Bänken und in allen Ecken, aber sie fanden ihn nicht. Der Kobold mit dem Horn auf der Stirn sagte: »Wir müssen aufpassen, die kleine Trommel haben wir schon verloren, nun haben wir nur noch den Gong.« Der alte Kobold ließ sich den Gong reichen und hängte ihn sich um den Hals. »Es ist bloß gut, dass wir dem Burschen von gestern die Nase lang gezogen haben! Das wird ihm eine Lehre sein. Er wird sich hier nicht mehr blicken lassen. Und die lange Nase wird ihm so lange bleiben, bis einer auf die schmale Trommel schlägt und ›Schrumpel‹ ruft. Mit jedem Trommelschlag wird die Nase kürzer wenn man tüchtig trommelt und ›Schrumpel‹ schreit.«

Ein kleiner Kobold unterbrach den Alten und sagte: »Pst! So könnte uns einer belauschen! Erzähl doch nicht die ganze Geschichte!« Einen Augenblick lang verharrten sie in völliger Stille, dann aßen sie weiter und hüpften nach der Mahlzeit fröhlich davon. Lao Örl wartete eine Weile noch still in seiner Ecke, schlich dann aus der Höhle und machte sich hastig auf den Heimweg. Zu Hause holte er schnell seine Trommel aus seiner Truhe, hastete zum Hause seines Bruders und begann sogleich, die Trommel zu schlagen.

Bei jedem Schlag rief er: »Schrumpel!« Kaum war der Schlag verklungen und das Wort gesagt, da wurde die Nase auch schon kürzer. Die Schwägerin, die ungeduldig zusah, riss ihm die Trommel aus der Hand und schrie: »Das geht zu langsam!« Wild schlug sie auf die Trommel ein und rief so schnell sie konnte: »Schrumpel! Schrumpel!« Da zerbrach die kleine Trommel, die Nase von Lao Da aber war Stück um Stück zurückgeschnellt und zuletzt ganz in den Kopf zurückgesaust. Seit diesem Tag musste der habsüchtige Lao Da ohne Nase herumlaufen.

Märchen der Han

Die unvorsichtigen Affen

Eine Affenfamilie lebte einmal tief in einem Wald in China. Sie kam oft heraus auf eine Lichtung, um zu spielen. Die Affen tranken gerne Wein und zogen auch gerne rote Schuhe an, wenn sie welche in den Dörfern der Menschen erhaschen konnten. Ein Jäger hatte sie lange beobachtet und wollte sie gerne fangen. Die Affen waren aber sehr klug. Sie rannten immer schnell weg, wenn sie ihn kommen sahen. Eines Tages spielten die Affen wieder auf der Lichtung miteinander. Plötzlich roch einer von ihnen mit seiner feinen Nase Wein. Ganz in der Nähe musste hier Wein sein, so meinte er und rief den anderen zu: »Riecht mal alle, riecht es hier nicht etwa nach Wein?« Die Affen kamen alle heran, schnupperten in die Luft und bald hatte einer von ihnen auch mehrere Weinkrüge an einem kleinen Waldpfad entdeckt, und siehe, daneben standen mehrere Paare hübscher roter Schuhe, schön aufgereiht, ganz in der Nähe der Weinkrüge.

Der Anführer der Affen sagte: »Wir müssen sehr vorsichtig sein, ich bin sicher, der Jäger will uns eine Falle stellen.« Ein anderer Affe fragte: »Und warum sollte er solch schöne Schuhe neben einem Weinkrug aufstellen?« Als er sprach, kratzte er sich überall, denn es juckte ihm nicht nur das Fell, er war auch sehr neugierig und hätte gerne bereits ein paar Schluck von diesem herrlichen Wein genommen. Ein dritter Affe aber riet ihnen ebenfalls: »Wir haben sehr vorsichtig zu sein, denn der Jäger ist bestimmt hinter uns her und wird uns fangen, wenn wir uns nicht in Acht nehmen.«

Der alte Affe, der der Anführer war, sagte: »Du hast völlig recht, hier heißt es aufpassen. Ich weiß genau, der Jäger will uns fangen. Dummer alter Jäger!«, rief er laut. »Glaubst du wirklich, dass du uns fangen kannst?« Und alle anderen Affen fielen ein:

»Dummer alter Jäger. Dummer alter Jäger!« Und sie riefen immer weiter aus vollem Halse, so dass der Wald widerhallte und ihre Zungen ganz trocken wurden. Unterdessen hatten sie sich alle in einem Kreis um die Weinkanne und um die roten Schuhe versammelt.

Sie wussten aber nicht, was sie anfangen sollten. Unschlüssig kratzten sie sich und leckten sich ihre Lippen. »Könnten wir nicht wenigstens ein bisschen von dem Wein versuchen?«, fragte einer der Affen. »Und ich könnte ein Pärchen von den roten Schuhen einmal ausprobieren«, meinte ein anderer, »sie sehen wirklich so bequem und so hübsch aus.« Ohne ein weiteres Wort zu sagen, stürzten auf diese Worte hin alle Affen auf die Weinkanne los und öffneten sie.

Oh, welch ein herrlicher Duft, nun waren sie glücklich, welch ein herrlicher Wein. Zuerst probierten sie ihn mit ihren Zungen. Dann fingen sie an, große Mengen davon zu schlürfen. Einige von ihnen zogen die roten Schuhe an und sprangen und tanzten in ihnen herum. Die anderen, die schon viel Wein getrunken hatten, wälzten sich auf dem Boden. Plötzlich hörten sie ein Geräusch aus dem Wald. Es war der Jäger. Einige der Affen versuchten noch wegzurennen, aber sie konnten nicht entweichen, denn die Schuhe waren mit feinen Fäden aneinandergebunden. Und so war es für den Jäger sehr leicht, die Affen alle zu fangen. Er band sie zusammen und zog sie hinter sich nach Hause. »Das haben wir selbst verschuldet«, heulte einer der Affen, der nun am Strick des Jägers hing. »Wir müssen uns schämen, und wir sind selbst an allem schuld. Wir waren zu begehrlich und zu raffgierig.«

Märchen der Han

Der kluge Dieb

Es war einmal ein armer Mann, der hatte eine Tabakpfeife gestohlen, war dabei erwischt worden und saß nun im Gefängnis. Lange überlegte er hin und her, wie er fliehen oder wie er freikommen könnte. Eines Tages hatte er eine Idee. Er bat den Gefängniswärter, ihn zum Kaiser zu führen. »Bist du von Sinnen, eine Audienz beim Himmelssohn und das aus dem Gefängnis heraus, das ist unmöglich!« »Führe mich zum Kaiser«, bat der Dieb mit bestimmten Worten, »ich habe eine Kostbarkeit für ihn, die will ich ihm überreichen.« »Eine Kostbarkeit? Was soll das denn sein?« »Das werde ich dem Kaiser nur allein erzählen. Ich bitte dich dringend, bringe mich in den Kaiserpalast.«

Der Wärter verschaffte ihm schließlich eine Audienz beim Himmelssohn. Und als der Dieb vor seinem Herrscher stand, zog dieser nur seine Augenbrauen hoch und sagte: »Und?« Der Dieb ließ sich nicht beirren, holte ein kleines Päckchen aus der Tasche und überreichte es dem Kaiser. Der Himmelssohn öffnete neugierig das Päckchen und rief ärgerlich aus: »Das ist ja ein Birnenkern, ein ganz gewöhnlicher Birnenkern!« »Der Kern einer Birne ist es schon«, sagte der Dieb, »aber es ist kein alltäglicher und kein gewöhnlicher Kern, es ist eine große Kostbarkeit, denn wer diesen Kern sät, der wird eines Tages goldene Birnen ernten können.«

»Und warum hast du diesen Kern nicht selbst ausgesät und nicht selbst goldene Birnen geerntet?«, fragte der Kaiser. »Ja«, meinte der Dieb, »bei mir würde der Baum nur gewöhnliche Birnen tragen, denn säen kann diesen Kern nur, der nicht gestohlen hat. Ich bin ein Dieb. Es ist zwecklos für mich, den Kern aussäen zu wollen. Euer Majestät haben auch bestimmt noch nichts unterschlagen und auch noch nichts gestohlen.« Der Kaiser blickte zu Boden, hatte Ausflüchte und meinte: »Nein,

nein, das geht nicht.« Denn er erinnerte sich genau, dass er als kleiner Junge einmal seinen Eltern Geld gestohlen hatte.

Daraufhin schlug der Dieb den Kanzler des Reiches vor. Der Kanzler wurde herbeibeordert, aber auch er trat von einem Fuß auf den anderen und meinte: Nein, er könne den Kern auch nicht aussäen. Der Kanzler nämlich war ein bestechlicher Mensch und machte nur den zum Beamten, der ihm ordentlich Geld zusteckte. Daraufhin schlug der Dieb den General vor. Der General wurde herbeigeholt, biss sich auf die Zunge und sagte, er müsse schnell zu seinen Truppen zurück und könne den Kern nicht aussäen. In Wirklichkeit aber unterschlug er heimlich die Hälfte des Wehrsoldes für die Soldaten, und er prahlte auch mit Heldentaten, die er gar nicht vollbracht hatte.

Daraufhin schlug der Dieb den Bürgermeister der Hauptstadt vor. Der Bürgermeister rang die Hände und raufte sich die Haare und meinte, er müsse sofort zurück zu seinen Amtsgeschäften, er habe jetzt nicht Zeit und Lust, Birnenkerne zu säen. In Wirklichkeit dachte er an die vielen Bestechungsgelder, die er angenommen hatte, wenn es galt, kleinere und größere Posten in der Stadtverwaltung zu vergeben. Daraufhin schlug der Dieb den Gefängniswärter selbst vor. »Nein, das kann ich auf keinen Fall machen, ich muss sofort zurück ins Gefängnis, sonst brechen alle Diebe und Verbrecher aus«, sagte der schlaue Gefängniswärter und dachte dabei an die Gelder, die er von den Gefangenen annahm, die etwas besser behandelt werden wollten als die übrigen.

Wen immer der Dieb vorschlug, keiner wollte den Birnenkern aussäen. Der Dieb verbeugte sich vor dem Kaiser mit tiefem Kotau und zeigte daraufhin auf die Umstehenden. Dann sprach er: »Gestohlen haben sie alle, unterschlagen haben sie alle. Die Unwahrheit haben sie alle gesagt. Viel Geld haben sie genommen. Viel Unrecht haben sie getan. Ich hab nur eine Tabakpfeife genommen und soll nun lange Zeit im Gefängnis sitzen.« Da schauten die hohen Beamten alle zur Erde. Der Kaiser aber befahl dem Dieb aufzustehen und ließ ihn sofort aus dem Gefängnis frei.

Märchen der Han

Warum Hase und Bär einen kurzen Schwanz haben

Vor undenklich langer Zeit verteilte der Herr der Taiga an alle Tiere die Schwänze. Von nah und fern eilten die Tiere zu ihm. Gemeinsam machten sich auch Fuchs, Hase und Bär auf den Weg. Der Fuchs überlegte, wie er seine Gefährten hereinlegen könnte. Da kam ihm ein listiger Gedanke in den Sinn. »Freunde«, sprach er, »die Himbeeren sind reif. Hinter jenem Hügel wachsen sie in großen Mengen. Da könnt ihr schlecken gehen. Der Weg ist weit und wir müssen uns stärken. Ich fange mir zum Mittagessen einen Vogel und komme dann nach.«

Hase und Bär freuten sich und trabten zum Himbeerhügel. Die Zeit, in der Bär und Hase sich in den Himbeerbüschen tummelten, nutzte der Fuchs und rannte, was seine Beine hergaben, zum Herrn der Taiga. So bekam der Fuchs den schönsten und längsten Schwanz. Nur noch ein einziger unansehnlicher Schwanz war übrig geblieben, als Bär und Hase endlich ankamen. Der Herr der Taiga teilte nun diesen Schwanz in zwei Teile. Bär und Hase erhielten also von einem Schwanz jeweils die Hälfte. Und so kam es, dass die Füchse lange Schwänze haben, Hase und Bär aber nur ein kleines Stummelschwänzchen.

Märchen der Orotschen in der Nordmandschurei

Die Karausche und der Bär

Eines Tages wärmte sich eine Karausche in der Mittagssonne. Sie war ins stille Wasser nahe ans Ufer geschwommen und da eingeschlafen. Aus der Taiga kam ein Bär zur Tränke an diese Stelle. Der sah die Karausche und schlug mit der Tatze aufs Wasser. Die Karausche flog an Land mit großen Spritzern. »Jetzt hab' ich dich«, brummte der Bär, »eine feine Mahlzeit!«

Die Karausche sah, wie der Bär schon sein Maul aufsperrte, um sie zu verschlingen. Sie wusste, ihr letztes Stündlein hatte geschlagen, wenn sie sich nicht durch eine List retten konnte. Da sprach die Karausche zum Bären: »Wart mal, Bär! Lass uns zuerst einen Wettlauf machen. Fressen kannst du mich immer noch. An Land kann ich dir ohnehin nicht entkommen. Zuerst aber wollen wir versuchen, wer mehr Ausdauer hat, du oder ich, Bär oder Karausche. Ich bleibe am Ufer und du legst dich ins Wasser. Das ist für jeden schwierig und ungewohnt. Wer es länger aushält, ist der Sieger!«

Der Bär verspürte keinen großen Hunger und dachte, ein kühles Bad in der glühenden Mittagshitze sei ganz angenehm. So ein Wettkampf sei für ihn eine Kleinigkeit, denn er würde es im Wasser sicherlich länger aushalten als die Karausche an Land. »Fische«, so dachte der Bär, »können an der Luft sowieso nicht lange leben. Mein Leckerbissen ist mir sicher.«

Der Bär plumpste ins Wasser und ließ sich bis auf den Grund sinken. Ein Weilchen ging das ganz gut, er lag am Grund und hielt den Atem an. Bald aber war es nicht mehr auszuhalten, er war dem Ersticken nahe. Schnell tauchte er hoch, schöpfte tief Atem, tapste an Land und schüttelte sich das Wasser aus dem Fell. Er wollte nun nachsehen, ob die Karausche am Leben sei.

Die aber hatte sich an Land sehr wohlgefühlt und war zwischen den Gräsern wieder eingeschlafen.

Der Bär erkannte, dass nicht er, sondern die Karausche Sieger im Wettkampf geblieben war. Da bekam er eine solche Wut, dass er mit seiner schweren Tatze auf sie einhieb. Die schlafende Karausche wurde dabei plattgequetscht wie ein Fladen. Dem Bären schmeckte vor Wut nicht einmal mehr die fladenförmige Karausche, er warf sie ins Wasser zurück und trottete missmutig zurück in die Taiga.

Seit jenem Tage sind die Karauschen breit und flach. Jeder alte Ewenke weiß, dass sie bis dahin prall und kugelrund gewesen waren.

Märchen der Ewenken in der Nordmandschurei

Der Bär und das Erdhörnchen

Nach einem langen und strengen Winter schmolz der Schnee und der Bär erwachte in seiner Höhle. Seit Herbst hatte er keinen Bissen mehr gegessen und so knurrte ihm mächtig der Magen. Hungrig tastete er sich aus seiner Höhle. Wie er auch suchte, er fand nichts Essbares. Ermattet lehnte er sich bald an einen Baumstumpf, denn er war vor Hunger ganz schwach geworden.

Unter einem Baumstumpf aber hatte ein Erdhörnchen zwischen den Wurzelrinden seinen Winterschlaf gehalten, es bemerkte den Bären und sprang aus seinem Versteck hervor. »Großväterchen«, fragte das Erdhörnchen, »was brummst du vor dich hin?« Der Bär gab zur Antwort: »Der Winter war lang und ich habe mächtigen Hunger.«

»Warte ein Weilchen«, sagte das Erdhörnchen und schlüpfte schnell in seinen Bau zurück. Es dauerte gar nicht lange, da schleppte das Erdhörnchen Nüsse und süße Wurzeln herbei, seinen ganzen Vorrat, den es in seiner Höhle noch gehortet hatte. Der Bär staunte.

»Nun iss dich satt, Großväterchen«, sagte das Erdhörnchen und freute sich, als sich der Bär alles in kurzer Zeit einverleibte. Da strich der Bär gerührt und dankbar dem Erdhörnchen mit seiner breiten Tatze über den grauen Rücken. »Du bist ein gutes und liebes Tierchen«, sagte der Bär, aber er hatte eine etwas schwere Tatze und so bildeten sich schwarze Streifen auf dem Rücken des Erdhörnchens von seinen Klauen. Und seither haben alle Erdhörnchen schwarze Streifen auf dem Rücken.

Märchen der Ewenken in der Nordmandschurei

Das kluge Huhn

Eines Tages kam ein hungriger Schakal am Rande eines Dorfes vorbei und sah, wie ein fettes Huhn unter einem schattigen Baum im Sande scharrte. Der Schakal wollte sich die leckere Mahlzeit nicht entgehen lassen und schlich vorsichtig herbei. Das Huhn aber hatte den Feind mit scharfem Auge noch rechtzeitig erspäht, war hochgeflattert und hatte sich auf einen Ast des Baumes gesetzt.

Der Schakal aber trippelte dicht unter den Stamm und sagte mit freundlicher Stimme: »Guten Tag, liebes Huhn, gut, dass ich dich treffe, denn ich habe das Neueste zu verkünden, was es gibt! Zwischen allen Vierbeinern und allen Zweibeinern ist nämlich Frieden verkündet worden. Ich bin als Bote ausgeschickt worden, um die Nachricht auch in den Dörfern zu verkünden. Du kannst getrost herunterfliegen, dann können wir friedlich miteinander plaudern. Alle Feindschaften haben nun ein Ende. Hühner und Schakale sind von nun an friedlich vereint.«

Das Huhn aber war klug und ließ sich nicht täuschen. Es reckte sich auf, blickte mit langem Hals in die Ferne und gackerte ganz aufgeregt auf dem Ast, so dass seine roten Ohrlappen hin- und herschaukelten. »Was hast du denn plötzlich?«, rief der Schakal, der sich die Aufregung des Huhns nicht erklären konnte. »Ich sehe in der Ferne eine Meute Hunde kommen!«, rief ängstlich gackernd das Huhn. »Sie kommen auf unser Dorf zu, und vor solch einer Meute will ich mich lieber verstecken!«

Kaum hatte der Schakal das gehört, machte er auch schon einen mächtigen Satz und eilte davon. »He, wo willst du denn hin?«, rief das Huhn, »es ist doch der allgemeine Friede verkündet!« Da drehte sich der Schakal noch einmal um und rief zurück: »Aber wenn die Hunde vom Frieden noch nichts gehört haben!« Und mit diesen Worten war er auch schon verschwunden. Und so hatte sich das Huhn durch seine Klugheit vor dem Schakal gerettet.

Märchen der Tadschiken

Die Schwalben, der Arme und der Reiche

Es lebte einmal ein armer Mann ganz in der Nachbarschaft eines Reichen. Der Arme war mit seinem Leben zufrieden, obwohl es hart war. Der Reiche hatte alles, was er wollte, aber er war unzufrieden und wollte immer noch mehr haben. Eines Tages im Sommer flog eine Schwalbe in das Haus des armen Mannes, trug Erde und Halme herbei in ihrem Schnabel und baute sich ein Nest unter den Dachbalken.

Wenn der arme Mann am Abend von den Feldern erschöpft zurückkam, tschirpte und tschilpte die Schwalbe ganz munter und fröhlich. Für den armen Mann war dies jeden Abend eine wahre Freude. Eines Tages, als der Arme auf den Feldern arbeitete, kam die Schwalbe geflogen, kreiste um seinen Kopf, ließ sich ganz aufgeregt vernehmen, so als wollte sie ein Unglück vermelden.

Als der arme Mann nach Hause kam, sah er, dass ein Schwalbenjunges aus dem Nest gefallen war und mit einem gebrochenen Beinchen auf der Erde lag. Der arme Mann hob das Schwalbenkind sachte auf, holte einen Faden und band ihn vorsichtig um das gebrochene Beinchen. Dann setzte er das Vögelchen ganz sacht wieder in das Nest. Bald danach war das Vögelchen geheilt. Im Herbst machte sich die Schwalbenmutter mit ihrem Kind auf den Weg nach Süden.

Als im nächsten Frühling dann die ersten Blumen zu blühen begannen, kamen die Schwalben wieder zurück. Die junge Schwalbe war gut herangewachsen und flog mit einem Male dem armen Mann auf die Hand. Sie öffnete das Schnäbelchen und ließ einen Kürbiskern in die Hand des armen Mannes fallen. Der arme Mann nahm den Samen mit aufs Feld, pflanzte ihn an einer geschützten Stelle ein und bewässerte ihn gut. Im Herbst war der Kürbis zu einer beachtlichen Größe herangewachsen, so dass er ihn von der Staude abschnitt und mit nach Hause nahm. Dort schnitt er ihn auf – und entdeckte, dass sein Inneres mit Goldstücken gefüllt war.

Der Reiche hatte bald bemerkt, dass sich bei dem Armen etwas geändert hatte, dass dieser in neuem Gewand daherkam und in seinem Stall mehr Schafe blökten. Dies ließ dem Reichen keine Ruhe, so dass er den Armen aufsuchte und nach einer Erklärung verlangte. Der Arme erzählte ihm die ganze Geschichte genau, wie sie sich zugetragen hatte.

Der Reiche eilte nach Hause, riss sogleich ein junges Schwälbchen aus dem Nest in seinem Stall und brach ihm das Beinchen. Dann holte er einen Faden, verband den Bruch und legte das Vögelchen wieder in sein Nest zurück. Nach einigen Tagen war das Bein des Schwalbenkindes auch wieder geheilt. Im Herbst flog diese junge Schwalbe mit ihren Eltern auch nach Süden.

Der reiche Mann konnte das Ende des Winters kaum abwarten und blickte im Frühling schon sehr früh ungeduldig nach den Schwalben aus. Und siehe, die junge Schwalbe von damals kam und legte dem Reichen einen Kürbissamen in seine Hand. Schnellstens pflanzte er den Samen auf seinem Felde ein, düngte ihn und gab ihm reichlich Wasser.

Als der Herbst gekommen war, hatte der Kürbis eine gewaltige Größe erreicht. Voll freudiger Erwartung schnitt der Reiche den Kürbis bald schon von der Staude ab, um endlich das Gold aus seinem Innern bergen zu können. Aber als er die große Frucht öffnete, schlugen Flammen aus ihr hervor und schwarzer Rauch. In wenigen Augenblicken stand das Haus in Flammen und nur noch ein Häuflein Asche blieb davon übrig.

Märchen der Dahuren in der Inneren Mongolei

Der Reiter im grünen Gewand

Vor langer Zeit lebten einmal ein Mann und eine Frau in den Bergen in großer Armut, denn auf dem steinigen Boden konnten sie nur wenig Gerste ernten, und an den kargen Hängen wuchsen nur Bäume mit kleinen Früchten. Im Alter schwanden nun ihre Kräfte, aber sie mussten ihre Äcker bestellen und das Holz selber sammeln, denn sie hatten keine Kinder. Der Rücken des Mannes war allmählich krumm geworden, denn er musste immer wieder Frondienste auf den Gütern des Chungpon leisten, der in der ganzen Gegend die Steuern für den König eintrieb.

Die Frau des alten Mannes ging auch ganz gebückt, denn sie war von früh bis spät auf den Beinen und rastete nie. Oft und oft hatte sie zum Gott der Berge um ein Kind gebetet, aber wie sie auch flehte, die Gottheit erhörte sie nicht. Eines Tages aber merkte sie, dass ihr inbrünstiges Klagen an das Ohr des Gottes gedrungen war und sie trotz ihres Alters noch ein Kind erwartete. Die beiden Alten verlebten ihre Tage nun in spannender Erwartung und konnten es kaum fassen, dass ihr Flehen den Gott der Berge erweicht hatte.

Nachdem sieben Monate vergangen waren, fühlte die Frau, dass ihre Stunde gekommen war. Was sie aber nun gebar, das war kein Menschenkind, nein, es war ein Frosch, ein grünes Fröschlein mit zwei Augen wie zwei Perlen. Die beiden Alten erschraken zutiefst. Die Frau weinte bitterlich. Sie konnten es beide gar nicht fassen, dass der Gott der Berge ein solches Spiel mit ihnen trieb. »Welch eine Schande!«, rief der Mann und war aufs äußerste erbittert. »Der Frosch muss sofort aus dem Haus, dann wird es wenigstens niemand erfahren!«

Wie die Frau nun aber das Fröschlein anblickte, da bekam sie Mitleid mit ihm. Trotz aller Enttäuschung sagte sie doch zu ihrem Mann: »Ein Frosch will ins Wasser. Bring ihn doch zu dem Tümpel hinter unserem Haus, dort kann er leben und stört uns nicht. Dort quaken ohnehin die Frösche, wenn einer mehr dort quakt, fällt es niemandem auf!«

Der alte Mann hob den Frosch hoch und wollte ihn zu dem Tümpel bringen. Da, was war das? Das kleine Fröschlein fing an mit menschlicher Stimme zu sprechen und sagte: »Liebe Eltern, bitte werft mich nicht ins Wasser, lasst mich bei euch bleiben, denn zu euch gehöre ich!« Der Mann hatte vor Schreck fast den Frosch auf den Boden fallen lassen, aber er fing sich und setzte den Frosch behutsam auf den Tisch.

»Hast du gehört«, rief der Alte, »der Frosch hat gesprochen. Er hat wahrhaft gesprochen. Weib, hast du so etwas schon gehört?« Die Alte war ebenso fassungslos wie ihr Mann, beide stierten sie das Fröschlein an, als käme es aus einer anderen Welt.

»Liebe Eltern«, ließ sich der Frosch erneut vernehmen, »jetzt bin ich noch klein, aber wenn ich einmal groß bin, dann werde ich euch viel helfen können!« »Mann«, sagte die Frau, »dies ist kein gewöhnlicher Frosch, wer so redet, hat ein gutes Herz. Wir sollten ihn hier behalten, wer weiß, was es mit ihm auf sich hat.« Und so behielten die beiden Alten den Frosch, gewannen ihn lieb und sorgten für ihn, wie für ein Kind. Die Jahre gingen dahin, und die beiden Alten mühten sich wie eh und je.

An seinem dritten Geburtstag sagte der Frosch: »Liebe Eltern, ihr plagt euch ab hier in den Bergen und kommt auf keinen grünen Zweig. Das soll sich ändern. Was ihr braucht, ist eine tüchtige Schwiegertochter, die euch zur Hand gehen kann. Die beiden Alten sahen den Frosch verständnislos an. Da sagte der Frosch: »Mütterlein, ich bring dir eine fleißige Schwiegertochter nach Hause, dann brauchst du dich nicht mehr so zu plagen. Der Chungpon hat drei schöne Töchter, und die tüchtigste von den Dreien will ich freien. Bitte dünste mir einen großen Mehlkloß, den nehme ich mit auf die Reise, denn es ist weit bis zur Burg des Chungpon.«

»Er macht einen Spaß«, sagte der Mann, »aber er meint es gut mit uns, er möchte uns helfen!« Und die Frau sagte liebevoll: »Bleibe bei uns, Froschkind, wenn du unter die Menschen gehst, so könnte dir leicht etwas zustoßen!« Die Frau meinte nämlich, der Frosch wolle nur einen kleinen Ausflug machen. »Nein, nein, liebe Eltern, das ist kein Spaß, ich werde auf jeden Fall losziehen und ihr werdet sehen, dass ich euch eine tüchtige Schwiegertochter nach Hause bringe!« Die beiden Alten konnten sich die Rede des Frosches nicht ganz erklären, aber sie erkannten, dass man ihn von der Reise nicht abhalten konnte, die er sich vorgenommen hatte.

Die Alte dünstete einen großen Mehlkloß, packte ihn für den Frosch in einen Schnappsack und sagte: »Wenn du schon gehen willst, dann sei wenigstens vorsichtig. Ich fürchte aber, wenn du mit Menschenstimme zu reden anfängst, dann könnten dich die Leute für einen Kobold halten und mit Asche bestreuen!« Der Frosch warf sich den Schnappsack mit dem Mehlkloß über den Rücken, beruhigte nochmals seine Mutter und sagte: »Mütterchen, niemand wird es wagen, mich mit Asche zu bestreuen, ich bin vorsichtig und werde nichts beginnen, was euch beiden Sorgen bereiten könnte.«

Mit diesen Worten nahm der Frosch Abschied, hüpfte von Stein zu Stein die Bergpfade hinab und wanderte dem Tal zu. Am Ende des langen Tales lag auf einem Hügel die Burg des Chungpon. Von weitem schon sah man den hohen Turm. Der Frosch hüpfte und marschierte munter voran, und so stand er bereits recht bald vor dem Burgtor. »Chungpon, mach auf!«, rief er mit kräftiger Stimme. Ein Diener schaute aus dem Fenster und sah den Frosch. Als dieser wieder mit lauter Stimme rief: »Chungpon, mach auf!« da rannte der Diener zu seinem Herrn und meldete ihm, dass ein Fröschlein vor dem Burgtor stehe und Einlass begehre.

Der Gebietsrichter, der neben dem Chungpon saß, meinte mit bedenklicher Miene: »Wenn das ein Frosch ist, der reden kann, dann wird es wohl ein Kobold sein. Wir sollten schleunigst Asche über ihn streuen, dann verschwindet er und richtet keinen Schaden an.« Der Chungpon war ganz anderer Meinung: »Ein Frosch mit Menschenstimme kann ein guter Geist sein, ein Bote aus dem Palast des Drachenkönigs, denn beide leben im feuchten Element mit vielen anderen Wasserwesen. Dieser Gast ist wohl sonderbar, aber es wird eine besondere Bewandtnis mit ihm haben. Holt Milch und besprengt das Fröschlein mit Milch, das ist die richtige Begrüßung!«

Die Diener gingen und besprengten den Frosch mit Milch zum Zeichen des Willkommens. Der Chungpon war neugierig geworden und kam nun selbst zum Tor. »Bist du der Bote des Drachenkönigs? Was bringst du mir für eine Nachricht, ich hoffe eine recht gute!«, sprach der mächtige Chungpon. »Nein, mich schickt nicht der Drachenkönig. Ich bin selbst gekommen, aus eigenem Willen und Entschluss«, sagte das Fröschlein. »Und was ist dein Begehr?« »Mächtiger Chungpon, Ihr habt drei Töchter in Eurem Hause. Eine davon will ich freien. Gebt mir eine von den Dreien! Ich verspreche Euch, ich werde sie gut halten und Euch ein treuer Schwiegersohn sein!« So sprach der Frosch.

Da verschlug es allen die Sprache, denn hinter dem Chungpon waren der Vogt und alle Diener inzwischen zum Tor gekommen. Der Chungpon, der bisher zu dem Frosch ganz freundlich gewesen war, fuhr zornig auf und sagte: »Was, ein Frosch will eine meiner Töchter freien, das ist ja unglaublich! Hier am Burgtor ist schon mancher Freier abgewiesen worden, darunter reiche Edelleute, und nun kommt ein nackter Frosch daher und will mein Schwiegersohn werden. Das ist ja wohl ein schlechter Scherz!« »Meine Bitte gewährst du mir also nicht? Das ist ja zum Lachen.« »Dann lach doch!«, rief der Chungpon, »wenn es dir zum Lachen ist!«

Da öffnete der Frosch sein breites Maul und fing an zu lachen. Zuerst war es ein breites, ein volles Lachen, dann schwoll es an, wurde ohrenbetäubend und markerschütternd, dass der Erdboden erbebte. Die Mauern bekamen Risse, der Burgturm wankte, so lachte der Frosch. Und als er sich nur ein wenig zur Seite drehte und ins Tal hinuntersah, dabei aber dieses fürchterliche Lachen nicht unterbrach, da erhob sich ein Sandsturm in der Landschaft, Steine nagelten auf das Dach der Burg und die Sonne ward ganz verfinstert.

In heilloser Angst rannten der Chungpon, der Vogt und die Diener ins Innere der Burg und suchten sich dort in Sicherheit zu bringen. Da wankten die Wände, Gesims brach ab, die Decke bröckelte und drohte, den hilflos umherstolpernden Leuten auf den Kopf zu fallen. Wer es konnte, der griff sich einen Eimer, einen Kochkessel oder eine Pfanne und stülpte sich diese als Schutz über den Kopf. Der Chungpon dachte, das letzte Stündlein habe für ihn schon geschlagen, aber er riss in letzter Verzweiflung das Fenster auf und rief hinaus: »Frosch, hör auf zu lachen! Schnell, hör auf! Meine älteste Tochter sollst du haben, aber hör auf!«

Augenblicklich hörte der Frosch zu lachen auf. Das Beben ebbte ab, der Sandsturm legte sich, die Risse in den Mauern schlossen sich wieder, und der Turm stand wieder gerade. Die Finsternis war verflogen, und die Sonne schien wieder über dem Tal, als wäre nichts gewesen. Alle, die in der Burg lebten, waren zitternd unter die Tische gekrochen, allen saß der Schreck in den Gliedern, am meisten dem Chungpon selbst.

Ohne sich lange mit seiner Frau zu beraten, rief er eilends seine älteste Tochter herbei und vermählte sie in größter Hast mit dem Frosch. Und ehe sich das Mädchen versah, war es die Frau eines grünen Frosches geworden. Ohne Verzug wurde die Mitgift zusammengerafft, auf ein Packpferd geladen, dann eine Stute für die Braut gesattelt, und ohne viele Worte wurden die beiden verabschiedet. Als die älteste Tochter gehört hatte, dass sie mit einem Frosch verheiratet werden und sofort mit ihm gehen sollte, da griff sie sich im Hof schnell den Drehstein der Handmühle und versteckte ihn unter ihrem Gewand.

Gegen ihren Vater hatte sie sich nicht wehren können, und sie wusste ja, dass er dies nie getan hätte, wenn nicht dieses fürchterliche Lachen ihn dazu gezwungen hätte, aber einen Frosch, nein, den wollte sie in keinem Falle zum Manne haben. Der Frosch hüpfte der Stute mit der Braut und dem Packpferd fröhlich voran, schritt dabei aber so kräftig aus, dass ihm die beiden Pferde mit ihrer kostbaren Fracht kaum folgen konnten.

Die Braut hielt die Zügel der Stute straff in ihren Händen. Sie dachte, mit einem Huftritt mache ich ihm den Garaus. Mit einem Mal ritt sie so schnell und dicht an den Frosch heran, dass er von den Hufen der Stute zertreten werden musste, aber der kleine Bräutigam sprang schnell zur Seite und war schon wieder ein gutes Stück dem kleinen Zug voraus.

So zogen sie ein Weilchen schweigend weiter. Als das Mädchen nun den Frosch so arglos vor ihr herhüpfen sah, holte sie den Drehstein unter ihrem Kleid hervor und warf ihn mit gehörigem Schwung dem Frosch an den Kopf. Schnell schwenkte das Mädchen die Stute herum, nahm auch das Packpferd am Zügel und galoppierte nach Hause. »Halt, halt, nicht so schnell, Tochter des Chungpon. Wo willst du hin?«

Und da lief auch schon der Frosch heil und unversehrt hinter ihr her und war ihr schon wieder dicht auf den Fersen. Die älteste Tochter des Chungpon bekam es nun mit der Angst. War dieser Frosch ein Dämon? Sie hielt das Pferd an. Was sie nicht ahnen konnte: Der Frosch war durch das Loch des Drehsteins hindurchgehüpft, als der Stein geflogen kam. Der Frosch blickte das Mädchen traurig aus seinen Perlenaugen an und sagte: »Dich zieht es nach Hause. Ich sehe, wir sind nicht füreinander bestimmt. Ich werde dich zurückbringen!«

Und mit diesen Worten schritt der Frosch wieder voran, aber diesmal dorthin, woher sie eben gekommen waren. In der Burg hatte es den Chungpon schon längst gereut, dass er so schnell seine älteste Tochter dem Frosch anvermählt hatte. Als er nun sah, dass die Tochter wieder durchs Burgtor ritt, glaubte er, sie sei ihrem Bräutigam glücklich entkommen, aber er wurde gleich eines Besseren belehrt, denn der Frosch hüpfte mit in den Hof herein.

»Chungpon«, sprach der Frosch, »diese Tochter bringe ich Euch wieder zurück, sie ist nicht für mich vom Gott der Berge vorgesehen. Gebt mir eine andere zur Frau!« »Was fällt dir ein, du Schreihals!«, schrie da der Chungpon den Frosch an, »erst nimmst du mir meine älteste Tochter weg und jetzt fällt dir ein, noch eine von den beiden ändern zu fordern. Du bist wohl von Sinnen!« »Heißt das, Ihr wollt meinen Wunsch nicht erfüllen?« »Niemals, nie!«, schrie der Chungpon.

»Nun, dann werde ich aber weinen!« Der Chungpon dachte, das Lachen war schlimm. Das Weinen ist aber das Gegenteil von Lachen, also kann dies wohl nicht gefährlich sein. Und so sagte er, noch bebend vor Wut, zu dem Frosch: »Dann weine doch, wenn dir danach zumute ist, weine nur immerzu, eine Braut wirst du von mir nicht mehr bekommen!« Da schluchzte der Frosch auch schon auf und fing zu weinen an.

Zuerst war es ein Weinen wie von Kindern, dann schwoll es an und wurde zum Heulen, dann, als die ersten Tränen aus den

Perlenaugen des Frosches tropften, da fing es an zu regnen, zu gießen, aus einem kräftigen Schauer wurde ein Wolkenbruch. Der Himmel verfinsterte sich. Niemals hatte man solche Gewitterwolken über dem Tal gesehen. Blitze zerrissen die Finsternis, ein Donnerschlag krachte nach dem anderen, und aus den Bergen brachen sich Sturzbäche ihre Bahn und überschwemmten das ganze Tal.

Die Bäche schwollen an zu Strömen. Je mehr der Frosch weinte, desto höher stiegen die Fluten. Bald schlugen Wellen an den Mauern der Burg empor, wie die Brandung eines riesigen Meeres hörte es sich an, was da alles heranbrauste an salzigen Wassern. Der Chungpon war mit den seinen und mit der ganzen Dienerschaft in den Burgfried geflüchtet, aber er sah schon die Wasser den Innenhof der Burg überfluten, und das Wasser stieg weiter. Verzweifelt brüllte der Chungpon gegen das Tosen des Windes und gegen das Brausen der Wogen an und rief zu dem Frosch hinunter: »Hör auf, Frosch, hör auf! Es ist genug! Du erhältst meine zweitälteste Tochter zur Frau!«

Der Frosch hörte auf zu weinen. Da legten sich die Winde, die Wasser liefen ab, die Sturzbäche wurden zu kleinen Rinnsalen, und das ganze Tal lag bald wieder so da, wie es immer gewesen war. Der Chungpon konnte nicht anders, er musste seine zweitälteste Tochter rufen und sie schleunigst dem Frosch als Braut zuführen. Die Mitgift lud man wieder auf ein Packpferd, die zweite Tochter bestieg eine für sie ausgesuchte Stute, und Braut und Bräutigam zogen von dannen.

»Nur schnell weg mit dem Frosch«, dachte der Chungpon, »bevor er erneut zu weinen anfängt!« Die Zweitälteste konnte sich überhaupt nicht an den Gedanken gewöhnen, einen Frosch nun zum Mann zu haben. Als sie aufs Pferd stieg, hatte sie den zweiten kleinen Mühlstein im Hofe gesehen. Schnell hatte sie ihn aufgehoben und unter ihrem Gewand versteckt. Auf dem weiten Weg zum Hause des Bräutigams versuchte auch die Zweitälteste, den Frosch durch die Hufe ihres Pferdes zertrampeln zu lassen. Und als sie damit keinen Erfolg hatte, warf sie in einem günstigen Augenblick den Mühlstein nach dem Frosch.

Völlig überzeugt davon, dass er tot sei, riss sie die beiden Pferde herum und galoppierte nach Hause. Es dauerte aber gar nicht lange, da hörte sie hinter sich das Fröschlein rufen: »Halt ein, wohin reitest du, halt ein!« Sie war völlig verwirrt und hielt ihr Pferd an. Da trat der Frosch vor sie hin und sagte: »Dich zieht es nach Hause. Ich sehe schon, wir beide sind nicht füreinander bestimmt. Ich werde dich wieder zu deinem Vater bringen!«

Ohne zu zögern ergriff der Frosch den Zaum ihres Pferdes und geleitete sie nach Hause. Bei der Burg angekommen, grüßte der Frosch den Chungpon freundlich und sagte, die Zweitälteste sei auch nicht die richtige Frau für ihn, er bitte daher um die Hand der Jüngsten. Da geriet der Chungpon außer sich vor Zorn. Er drehte sich mehrmals um sich selbst, lief hochrot an im Kopf und schrie: »Dieser Quakhals aus einem Tümpel wagt es, mir so etwas zu bieten! Holt sich zuerst meine älteste Tochter, bringt sie zurück, entführt mir die Zweitälteste, kommt wieder hier an mit ihr und will nun die Jüngste! Wer im ganzen Land hat so eine Schmach schon erlebt? Edelleute habe ich als Freier abgewiesen, und nun kommt dieser grüne Kerl aus einem Wasserloch und hält mich zum Narren!«

Bei allem Zorn wagte der Chungpon aber dennoch nicht, die Hand gegen den Frosch zu erheben. »Was wollt Ihr denn eigentlich«, sagte der Frosch, »die Älteste wollte zu Euch zurück und auch die Zweitälteste wollte nicht mit mir gehen. Beide Töchter habt Ihr wieder zu Hause. Nun gebt mir schon Eure Jüngste, dann ist alles gut, Ihr seid dann mein Schwiegervater und ich Euer Schwiegersohn!« »Was fällt dir ein! Dieser Frosch will jetzt auch noch die Jüngste haben! Nie und nimmer! Jetzt ist Schluss mit allem!«

Darauf entgegnete der Frosch ganz ruhig und gelassen: »Ihr gebt mir die Jüngste nicht? Gut, dann will ich hier ein wenig springen, dass du siehst, wie gut dein zukünftiger Schwiegersohn springen kann!« »Mein Schwiegersohn!«, schrie da der Chungpon, »das könnte dir so passen! Spring nur, wen kümmert's? Dein Gehüpfe, das kennen wir schon!« Da fing der Frosch zu hüpfen an. Erst sprang er nur eine Elle hoch, da begann schon die Erde zu zittern. Dann sprang er bis zur Nase des Chungpon hoch und löste damit ein Erdbeben aus, wie man es noch nie erlebt und gehört hatte. Steine flogen hoch in die Luft, in der Ferne sah man die Berge wanken und in sich zusammenstürzen, die Burg erzitterte in ihren Grundfesten und drohte jeden Augenblick einzustürzen.

Der Chungpon war bereits unter einem Haufen voller Steine und Schutt begraben worden, aber sein Kopf schaute noch aus den Trümmern heraus, er lebte noch und rief in Todesangst: »Nimm sie dir, nimm die Jüngste, aber halt still!« Das Fröschlein hörte auf zu springen. Die Burg stand wieder still, die Erde beruhigte sich, die Berge wankten nicht mehr, alle Risse in den Wänden verschwanden, und das Tal lag wieder so ruhig und still im Sonnenschein, als wäre nie etwas gewesen. Nun war der Chungpon am Ende. Völlig niedergeschlagen musste er seine Jüngste dem Frosch überlassen. Schleunigst wurde das Mädchen geholt, dem Frosch anvermählt, auf eine Stute gesetzt.

Als die Jüngste aus dem Tore ritt, tröstete sich der Chungpon bei dem Gedanken, dass sie alsbald wohl wieder mit ihrem Pferd und all ihren Sachen erscheinen würde, genauso wie die Älteste und die Zweitälteste. Wer wollte schon einen Bräutigam aus einem Wasserloch! So dachte es sich der Chungpon. Die jüngste Tochter war aber von einem ganz anderen Wesen als ihre beiden Schwestern, sie war schön und liebreizend wie sie, aber sie war auch herzensgut und von reiner Sinnesart, wie man nicht gleich jemanden unter den Menschen findet.

Als sie dem Fröschlein angetraut wurde, dachte sie bei sich: »Was ist dies doch für ein hübscher grüner Kerl!« Und da sie seine Zauberkräfte wohl erkannt hatte, war sie bereits sehr gespannt, was nun weiter geschehen würde. Und so zog nun die kleine Karawane frohgemut zum Tor und die Mitgift auf ein Packpferd geladen hinaus. Auf dem Weg zum Haus der beiden Alten lachte dem Frosch das Herz im Leibe, denn er hatte längst gemerkt, dass die jüngste Tochter ganz willig mit ihm kam.

»Mütterchen und Väterchen werden sich über ihre Schwiegertochter aber freuen«, dachte er bei sich und schritt den beiden Pferden munter voran. Als der Frosch mit seiner Braut nun im Tal durch die Dörfer zog, blickten die Leute ihm erstaunt nach und waren fassungslos darüber, dass ein Frosch so eine schöne Braut hatte gewinnen können. Zu Hause angekommen, saßen die beiden Alten zuerst völlig sprachlos da und schauten nur immer wieder das Mädchen an.

»Das ist nun eure Schwiegertochter«, sagte stolz das Fröschlein und ließ vor Freude seine Beine von der Fensterbank baumeln, auf die er gehüpft war. Die beiden Alten gewannen das Mädchen bald von Herzen lieb. Flink und emsig ging die junge Frau jeden Tag an die Arbeit, und die beiden Alten hatten eine so gute Schwiegertochter, wie sie es sich gar nicht besser wünschen konnten. In dem kleinen Häuschen war Frohsinn eingekehrt. Durch den Fleiß der Schwiegertochter konnten sie viel aussäen und auch viel ernten und litten keine Not.

So ging der Sommer schnell dahin, und das Herbstfest nahte heran. Dieses Fest dauerte sieben Tage, man brachte dem Gott der Berge Rauchopfer dar, man tanzte zum Klang der Pauken und Schellen, man aß und trank, und man hielt ein großes Pferderennen ab. An diesen Tagen trafen sich die Leute aus der ganzen Gegend, und die jungen Burschen suchten sich bei den Tänzen ihre Bräute aus. Aus nah und fern kamen die Leute mit ihren Pferden und Packeseln, denn man schlug die Jurten auf, so dass alle Leute gemeinsam das siebentägige Fest erleben konnten.

Die beiden Alten wollten sich das Fest auch nicht entgehen lassen und baten ihre Schwiegertochter, einen großen Beutel voller Klöße zu dünsten, dass sie alle eine gute Wegzehrung hätten. Die junge Frau freute sich gleichfalls auf die willkommene Abwechslung. Als es nun zum Aufbruch ging, wollte aber das Fröschlein nicht mitkommen. »Ich hüte lieber das Haus«, sagte der Frosch, »die Reise ist mir zu anstrengend. Meine Beine sind kurz, und der Weg ist so weit. Macht euch ein paar schöne Tage. Ich bleibe hier!«

Wie sie den Frosch auch drängten, er blieb zu Hause und kam nicht mit. Am Festplatz angekommen, wurden die beiden Alten und ihre schöne Schwiegertochter achtungsvoll begrüßt. Man erzählte sich viel und war guter Dinge. An den letzten drei Festtagen fand das Wettrennen statt. Alle Leute verfolgten gespannt das Rennen und ließen jedes mal den Sieger mit anerkennenden Rufen hochleben. Hatte einer der jungen Männer das Rennen gewonnen, so wurde er von Mädchen umringt, die jubelnd um ihn tanzten und ihn als Ehrengast in die Jurten ihrer Eltern führten.

Dort wurde dann dem Sieger Gerstenbier gereicht, das die Leute zu Hause gebraut und eigens zu diesem Fest mitgebracht hatten. Der wichtigste Tag war immer der letzte bei diesem Fest. Nun traten die Sieger der beiden vorangegangenen Tage gegeneinander an, aber wer es sich zutraute, der konnte an diesem entscheidenden und letzten Rennen auch noch teilnehmen. Wie nun alle Reiter sich zum Start allmählich versammelten, teilte sich die Menge am Eingang des Festplatzes und gab eine Gasse frei: Ein bewunderndes Gemurmel war zu hören.

Auf einem edlen schwarzen Ross kam ein unbekannter Jüngling geritten, der von vornehmer Herkunft sein musste, denn sein Gewand war von feinster grüner Seide, seine Stiefel von seltenstem Leder. Das Zaumzeug des Rappen war mit goldenem Zierrat besetzt, der Sattel mit Silber beschlagen, und an seiner Flinte konnte man Einlagen aus Korallen bewundern. Die Augen des Reiters blickten hell und erwartungsvoll in die Menge, alle bewunderten den herrlichen Retter, der durch sein freundliches Antlitz sofort alle für sich einnahm.

Als er sehr höflich darum bat, an dem Rennen teilnehmen zu dürfen, wurde ihm dies sofort mit Freuden gewährt. Er begab sich zum Startplatz. Zum größten Erstaunen der Zuschauer aber sprengte er nicht gleich los, als der Startschuss gegeben wurde, sondern rückte erst einmal seinen Sattel zurecht. Die anderen Reiter waren sofort losgesprengt und ritten in höchstem Galopp auf das Ziel zu. Tief beugten sie sich über die Mähnen ihrer Pferde und trieben sie mit ihren Peitschen zu höchster Geschwindigkeit an.

Der Reiter im grünen Gewand hatte sich inzwischen auch in den Sattel geschwungen und galoppierte nun los. Als er über dem Festplatz einen Adler kreisen sah, lud er seine Flinte und holte ihn, aus dem Sattel zielend, mit einem Schuss vom Himmel. Wohl ritt er immer noch hinter den ändern her, aber er schoss gleich danach noch einen Falken und einen kleineren Adler. Kaum krachte die Büchse, da stürzten die Raubvögel auch schon zu Tode getroffen zur Erde.

Nun ritt er kräftiger aus, überholte die anderen Reiter, beugte sich aber während des rasenden Ritts aus dem Sattel, riss mehrere Glockenblumen am Rande der Rennbahn aus, pflückte noch einige Chrysanthemen und streute sie lachend in die jubelnde Menge. Behänd saß er schnell wieder im Sattel, trieb seinen Rappen an und jagte nun wie ein Pfeil dahin. Die Hufschläge seines Pferdes hörten sich wie Trommelwirbel an, zuletzt konnte man den Reiter überhaupt nicht mehr sehen, denn eine graugelbe Staubwolke, die hinter ihm aufwirbelte, verdeckte ihn ganz.

Weit vor allen anderen ging der fremde Reiter durchs Ziel. Die Zuschauer standen mehrere Augenblicke ganz benommen still, so etwas hatte noch niemand gehört und noch niemand gesehen. Als sich alle Leute selbst wieder gefangen hatten, brauste ein gewaltiger Jubel auf. Der Festplatz hallte wider von anerkennenden Rufen. Und Jung und Alt fragte sich, wer dieser Jüngling sei und woher er komme. Aber selbst die alten Lamas, die aus ihren Tempeln zu diesem Fest gekommen waren, wussten auf diese Fragen keine Antwort.

»Hast du gesehen, wie er die Blumen pflückte?«, rief eine Frau einer Bekannten zu und hielt eine Glockenblume hoch, die ihr der Jüngling zugeworfen hatte. »Und wie er die Adler schoss!«, rief voller Bewunderung ein bekannter Jäger. »Und auch noch den Falken!«, rief ein anderer und konnte sich vor Verwunderung kaum beruhigen. Durch die Reihen der Mädchen ging ein Raunen und Wispern: »Wie schön er ist!« »Und dieser Wuchs, diese Gestalt!« »Wer hat je so einen prächtigen Reiter gesehen?« »Ob er wohl schon eine Braut hat?«

Die Mädchen waren in ihrer Begeisterung kaum zu halten, sie umringten den fremden Reiter, tanzten um ihn herum, und jede wollte ihn zu ihren Eltern in die Jurte ziehen. Das Gerstenbier floss in Strömen. Als nun am Abend die große Ehrung für den Sieger stattfinden sollte, war von dem fremden Reiter nichts mehr zu sehen. Eilends war dieser nämlich auf sein Ross gestiegen und durchs Tal davon geritten, ohne ein Wort des Abschieds und ohne seinen Siegerpreis in Empfang zu nehmen. »Da!«, rief ein junger Mann und zeigte auf eine Staubwolke, die in der Ferne noch sichtbar war und die kleiner und kleiner wurde, bis sie ganz im Schein der Abendsonne verschwand.

Die beiden Alten und ihre Schwiegertochter rätselten genauso herum wie alle anderen, warum denn der fremde Jüngling so schnell davongeeilt sei. Schließlich meinte die junge Frau, er werde wohl weit entfernt wohnen und habe plötzlich gemerkt, dass es schon Abend geworden war. Der Reiter ging auch ihr nicht mehr aus dem Kopf, sie musste sich eingestehen, dass solch ein edler junger Mann ihr Herz wohl verwirren könnte. Dann aber sagte sie sich, sie sei schließlich mit dem Frosch verheiratet, und alles andere sei ohnehin nur ein Traum.

Die beiden Alten und sie selbst machten sich auch auf den Heimweg und sahen schon von weitem, dass das Fröschlein wohlgemut ihnen entgegenhüpfte, als sie in die Nähe ihres Häuschens kamen. Begeistert erzählten sie von dem Fest, von den vielen Leuten, dem schmackhaften Gerstenbier und vor allem von dem Pferderennen und berichteten ganz ausführlich von den Kunststücken des jungen Reiters.

»Und da schoss er aus dem Sattel einen Adler!«, rief die junge Frau. »Und hinterher noch einen kleineren und einen Falken!«, sagte der Frosch, und alle drei waren erstaunt, woher er diese Dinge schon in so kurzer Zeit erfahren haben könnte. Die Monate eilten dahin, das Rad des Jahres drehte sich schnell, und wieder rückte das Herbstfest heran. Alle Leute freuten sich schon auf dieses Ereignis, brauten Gerstenbier und dünsteten Klöße, um eine gute Wegzehr zu haben. Die beiden Alten und die Schwiegertochter brachen sehr rechtzeitig auf, denn sie mussten zu Fuß gehen, während viele andere sie auf schnellen Pferden immer wieder überholten.

Alles war gespannt, ob diesmal der Reiter in seinem grünen Gewand auch wieder zum Fest erscheinen würde. »Wenn er diesmal kommt, müssen wir ihn auf jeden Fall genau befragen, woher er komme und wo er zu Hause sei«, sagten die Leute zueinander. In den ersten sechs Tagen ließ sich kein fremder Reiter blicken, aber am letzten Tag des Festes, als alle Teilnehmer des Wettkampfes schon zum Start für das letzte Rennen sich versammelten, siehe, da sprengte mit einem Male ein Rappe daher, und auf ihm saß der fremde Jüngling.

Den Leuten war es, als wäre er noch herrlicher gekleidet als letztes Jahr, die Seide seines Gewandes schimmerte grün und türkisfarben und sein Pferd war mit silbernen und goldenen Borten am Geschirr und Sattel allüberall verziert. Ein bewunderndes Gemurmel ging durch die Menge, jeder wollte den

Jüngling aus der Nähe sehen. Das Rennen begann, und alle warteten gespannt, wann sich der Fremde endlich in den Sattel schwingen würde, denn dieser war vom Pferd gestiegen, hatte sich ins Gras gesetzt und trank erst einmal eine Schale Tee, die man ihm zum Willkommen gereicht hatte.

Endlich erhob er sich und schwang sich aufs Pferd und ritt in die Richtung, in der die anderen schon längst davon gestoben waren. Wieder schoss er aus dem Sattel drei Vögel aus der Luft, wieder pflückte er Blumen und streute sie in die Menge, ließ sich aber dabei so viel Zeit, dass keiner der Zuschauer zuletzt mehr an seinen Sieg glauben wollte.

Da erhob er sich stolz im Sattel, sah seine Mitbewerber weit vorn auf der Bahn den Staub aufwirbeln und sprengte los. Es war, als wäre ein Gott auf die Erde heruntergekommen und in den Sattel gestiegen. Der fremde Reiter jagte seinen Kampfgegnern nach, kam ihnen immer näher, holte sie ein, grüßte sie winkend und preschte an ihnen vorbei: Weit vor ihnen ging er durchs Ziel. Da erhob sich ein vieltausendstimmiger Jubelschrei. Begeistert umtanzten die Mädchen den Sieger, man sang Preislieder zu seinen Ehren, man zog ihn lachend und scherzend von Zelt zu Zelt, und überall boten die Mädchen ihm den Krug mit dem Gerstenbier, das in Strömen floss.

Gegen Abend rüsteten sich alle zur Siegesfeier, aber ehe sich die Leute so richtig umsahen, war der Jüngling auf sein Pferd gesprungen und war ohne Abschiedsgruß davongejagt. Da waren alle Leute erstaunt und enttäuscht und sich selber böse, weil sie den Fremden nicht rechtzeitig nach seinem Namen gefragt hatten. Man machte sogar den heiligen Männern, den Lamas, versteckte Vorwürfe, weil man von ihnen auch nicht das Geringste über diesen Reiter in Erfahrung bringen konnte.

Als nun die beiden Alten und die Schwiegertochter wieder in ihrem kleinen Häuschen ankamen, wusste der Frosch schon über alles Bescheid, auch darüber, dass der grüne Reiter vor dem Rennen diesmal noch Tee getrunken hatte. Die beiden Alten verwunderte es zwar auch, aber sie sagten sich, dieser Frosch sei nun einmal ein besonderer Frosch, der manches eben vorherwissen könne – aber die junge Frau war nun doch stutzig geworden. War der Reiter nicht jedes mal in die Richtung davon geritten, die auch sie und die beiden Alten stets bei ihrem Rückweg einschlagen mussten?

Warum war der Frosch nie mitgegangen zum Fest? Warum brach der grüne Reiter vom Festplatz jedes mal so früh auf? Warum wusste der Frosch über alles Bescheid? War nicht das seidene grüne Gewand des Reiters von solch einer Farbe, wie es manchmal die Haut des Frosches war, wenn es geregnet hatte und dann die Sonne darauf schien? Heimliche Ahnungen beschlichen das Herz der jungen Frau, aber sie sagte nichts und wollte beim nächsten Herbstfest dann die Dinge weiter erkunden. Und wieder wurde es Herbst. Der Gott der Berge forderte seine Rauchopfer, das große Fest wurde vorbereitet. Die rüstigen beiden Alten machten sich mit der Schwiegertochter auf den Weg. Das Fröschlein blieb zu Hause, es sagte, es wolle in dieser Zeit wichtige Arbeiten erledigen.

Die ersten beiden Tage gingen auf dem Festplatz mit vielem Erzählen hin, am dritten fanden die schönen Tänze statt, am vierten wurden die Rauchopfer dargebracht, am fünften Tag trugen die Sänger ihre Lieder und die Musikanten ihre Melodien vor, am sechsten Tag wurden die ersten Wettkämpfe zu Pferde ausgetragen, und alle waren sie schon gespannt auf den siebten Tag, der den Höhepunkt des Festes bringen sollte. Am frühen Vormittag des letzten Tages aber sagte die junge Frau zu ihren Schwiegereltern, ihr sei recht übel, ihr Kopf sei schwer und der Schwindel, der sie immer wieder befalle, lasse bei ihr keine Freude mehr an dem Fest aufkommen.

»Lasst mich daher heim reiten! Ihr könnt ja bleiben und mir dann später von allem berichten!« Bei diesen Worten legte die junge Frau ihre Hand an die Stirn und gab vor, Kopfschmerzen zu haben. Zum Glück konnten die drei in diesem Jahr ein Mauleselchen mitnehmen, so dass die junge Frau nicht zu Fuß zu gehen brauchte. Die beiden Alten hätten es gerne gesehen, wenn ihre Schwiegertochter bis zum Ende des Festes bei ihnen geblieben wäre, aber sie sahen ein, dass sie in ihrem Zustand keinen Lärm und keinen Trubel gebrauchen konnte.

So trabte sie denn auf ihrem Eselchen ganz gemächlich zum Festplatz hinaus. Kaum war sie aber außer Sichtweite, so gab sie dem Esel die Peitsche und trieb ihn zu höchster Eile an. Vorsichtigerweise wählte sie nicht den üblichen Weg nach Hause, der auch der schnellste war, sondern sie wählte einen Umweg, der weit mehr Zeit beanspruchte und das Häuschen von der entgegengesetzten Seite erreichte. Vorsichtig spähte sie aus einem Versteck zu dem Häuschen hinüber, das ihr in den letzten drei Jahren so lieb geworden war. Nichts rührte sich bei dem Haus, alles lag still in der warmen Herbstsonne eines frühen Nachmittags. Da trat sie in den Hof und sah, dass das Fröschchen alles schön aufgeräumt hatte, selbst aber wohl auch weggegangen war.

Da, was war das? Über der Feuerstelle hing ein Froschbalg, grün und türkisfarben wie der ihres Gemahls, von der gleichen Größe und Form, wie sie das Fröschchen hatte. Schnell nahm sie den Froschbalg von der Leine, besah ihn sich genau, wendete ihn hin und her: Da war kein Zweifel möglich, es war die Haut ihres Froschgemahls.

Vor Freude taumelnd sank sie auf einen Stuhl: »Dann ist er auch der Reiter im grünen Gewand, dann ist er der Sieger beim Rennen auf dem schwarzen Ross, dann bin ich seine Frau!« Sie hätte in Jubel ausbrechen können, aber da mischte sich gleich die größte Trauer in diesen Triumph: »Und warum zeigte er sich mir nur in Froschgestalt, warum kommt er nicht einmal zu mir als der junge Mann, der die Herzen aller anderen Mädchen entflammt? Warum gibt er sich mir nicht ein einziges Mal zu erkennen?«

So klagte sie und jammerte sie, nahm plötzlich die Froschhaut und rannte mit ihr zur Feuerstelle zurück. »Wenn ich diesen Balg jetzt verbrenne, dann kann er nicht mehr in diese alte Froschhaut schlüpfen, dann muss er als Mann bei mir bleiben, als mein Geliebter, als mein Gemahl!« Dies dachte die jüngste Tochter des Chungpon und warf die Froschhaut ins Feuer. In diesem Augenblick wurden schnelle, wirbelnde Hufschläge hörbar. Der Reiter im grünen Gewand sprengte in den Hof, sprang mit einem Satz vom Pferd, sah, was geschehen war und langte mit bloßer Hand ins Feuer, um den schon lichterloh brennenden Balg herauszureißen.

Es war zu spät. Die Froschhaut ging in Flammen auf. Der Jüngling war kraftlos am Herd zusammengesunken. Er war sterbensbleich. »Warum hast du das getan?« Diese Frage nur kam von seinen Lippen. Da brach es aus der jungen Frau hervor wie ein lange angestauter Strom, und sie ließ nun ihre Klage hören: »Ich tat es, ja, es ist wahr! Ach, mein Liebster, warum strafst du mich so? Seit unserer Heirat vor drei Jahren zeigst du dich mir nun in der Gestalt eines Frosches. Den ändern zeigst du dich als herrlicher Reiter und verwirrst die Sinne der Mädchen! Ich konnte es nicht mehr mit ansehen! Ich möchte dich endlich zum Manne haben!« Der Jüngling blickte auf zu seiner Frau und sagte: »Nun haben alle Verwandlungen ein Ende, der Zauber weicht. Das Glück, das ich in der Zukunft für uns alle schaffen wollte, ist verwirkt!«

Da erschrak die junge Frau zutiefst und sagte: »Gibt es noch ein größeres Glück als unsere Liebe?« »Aber«, sagte der Jüngling, »da nun aller Zauber geschwunden ist, kann ich nur ein Mensch sein ohne jede Magie und Wunderkraft und ohne die Macht der Verwandlung. Arm und bescheiden werden wir sein!« Da umarmte ihn die junge Frau und sagte unter Freudentränen: »Der größte Zauber ist die Liebe, und ich will gar nichts anderes, als dass du ein Mensch bist und bleibst, Armut zählt nicht. Die Liebe ist der Reichtum.«

»Nun ist das Wort gesprochen«, sagte der Jüngling, »ich war von Dämonen in die Froschhaut verbannt, zwar ausgestattet mit übermenschlichen Kräften, aber ohne die Aussicht, wieder ein Mensch sein zu können. Die selbstlose Liebe eines Mädchens allein konnte mich erlösen, und du hast es getan! Jetzt bin ich wieder ein Mensch!« Und die beiden wurden ein Paar und lebten lange Zeit in Glück und in Freuden.

Märchen der Tibeter

Die Belohnung

In Tibet lebte einmal ein König, der für sein Leben gern Fisch aß. Bei jeder seiner Mahlzeiten war wenigstens ein Fischgericht dabei, und ohne Fisch nahm er keinen Reis zu sich. Eines Jahres blieb der Regen in Tibet aus, eine gewaltige Trockenheit lahmte das Land. Die Flüsse führten kein Wasser mehr, und so verschwanden auch die Fische. Sie alle fielen dieser schrecklichen Dürre zum Opfer. Der König wurde immer missmutiger, und ihm wollte keine Speise mehr munden. Im ganzen Land wurde bekannt gegeben, dass eine reiche Belohnung den erwarte, der Fische zum Palast bringen könne.

Von weither reiste schließlich ein Bauer an, der einen großen Fisch gefangen hatte und ihn dem König anbieten wollte. Die Schlosswache stand mit dem großen Spieß vor dem Tor. »Halt, wer da? Wohin?« »Ein Bauersmann. Ich will zum König.« »Was ist dein Begehr?« »Ja, ich habe ein Geschenk für den König in meinem Sack, einen großen Fisch.« Der Wachtposten, der ein gieriger und habsüchtiger Geselle war, dachte an die große Belohnung und sagte: »Gut, Bauer, lass den Fisch hier. Ich gebe ihn für dich ab.« »Nein, nein, ich mache das schon selbst, ich habe eine weite Reise hinter mir und will nicht einfach am Tor abgefertigt werden.« »Willst du den Fisch nicht verkaufen? Ich bezahle ihn dir sehr gut!« »Nein, nein, ich verkaufe ihn niemandem. Ich will diesen Fisch persönlich dem König als Geschenk übergeben.«

Der Wachtposten merkte, dass der Bauer nicht zu überreden und zu übertölpeln war, und so verlegte er sich aufs Drohen: »Bäuerlein, hier lasse ich dich nicht durch, es sei denn, du gibst mir die Hälfte der Belohnung ab, die du vom König erhältst.« Der Bauer überlegte eine Weile, dann sagte er: »Nun gut, du sollst die Hälfte haben!« »Schwöre auf der Stelle«, sagte misstrauisch der Wachtposten, »dass du mich nicht betrügst!« »Ich schwöre es«, sagte der Bauer in bestimmtem Ton.

Der Wachtposten grinste übers ganze Gesicht und ließ den Bauern durch zum Palast. Der Bauer verbeugte sich leicht und sagte: »Wenn ich vom König die Belohnung erhalte, muss ich aber wissen, mit wem ich sie teilen soll. Wie heißt Ihr denn, werter Freund?« »Mich kennt jeder«, sagte der Wachtposten, »man nennt mich den Einäugigen Grunzochsen.« Der König war außer sich vor Freude über den Fisch und fragte den Bauern sogleich, was er sich als Belohnung wünsche. »Ich wünsche mir tausend Stockschläge!«, sagte der Bauer. »Das kann doch nicht dein Ernst sein«, entgegnete der König und lachte von Herzen.

Der Bauer blieb aber ernst und beharrte auf seinem Wunsch. Der König dachte, der Bauer sei nicht ganz recht im Kopfe und befahl seinen Leuten, ihm nur ganz leichte Schläge zu verabreichen. Der Bauer wurde auf die Erde gelegt und die Hofleute zählten ihm die Stockschläge auf den Hintern, aber ganz leichte nur, dass es kaum weh tat. Beim fünfhundertsten Schlag sprang der Bauer auf und rief: »Genug, ich habe meinen Teil abbekommen!«

Alle hielten ihn nun wirklich für einen Verrückten, und der König fragte unter dem Gelächter der Hofleute: »Wer soll denn den anderen Teil erhalten?« »Der Einäugige Grunzochse!«, antwortete der Bauer und erzählte dem König und seinem Gesinde, was sich am Tor bei seiner Ankunft zugetragen hatte. Und mit ernster Miene fügte er hinzu: »Ich habe es ihm geschworen, er bekommt die andere Hälfte der Belohnung, zahlt sie ihm gleich aus in meinem Beisein!«

Dem König war bei dieser Erzählung das Lachen vergangen, er war vor Zorn ganz rot geworden und befahl, den Einäugigen Grunzochsen sogleich vorzuführen. Vor dem Tor war indes der Einäugige Grunzochse freudig auf- und abgeschritten und hatte sich überlegt, was er mit seinem Teil der Belohnung wohl anfangen würde. Er rieb sich immer wieder über die Dummheit des Bauern die Hände. Als nach ihm gerufen wurde, trat er freudestrahlend vor den König.

Was war das? Der König blickte ihn finster und zornig an und befahl den Hofleuten, ihn festzubinden und ihm fünfhundert tüchtige Schläge mit einem kräftigen Stock zu verabfolgen. Als er verwirrt und erschrocken nach dem Grund des königlichen

Strafurteils fragen wollte, herrschte ihn der König an: »Du hast die Hälfte der Belohnung von dem Bauern gefordert, du wirst sie jetzt erhalten, ganz genau die Hälfte!«

Der Einäugige Grunzochse wand sich bald vor Schmerzen, aber es wurden ihm auf den Hieb genau fünfhundert mit dem Stock auf das Hinterteil gezählt. Als er die Belohnung erhalten hatte, sagte der König zu ihm: »So, und jetzt bedankst du dich bei dem Bauern hier für deine Hälfte, die er dir überlassen hat.« Der Einäugige Grunzochse musste sich für die Hiebe bedanken und hielt unter dem Gelächter des ganzen Hofes heulend sein Hinterteil, als der Bauer fröhlich vom Hof Abschied nahm.

Märchen der Tibeter

Die Zauberstange

An einem kleinen See im Gebirge weideten einmal Hirten ihre Kühe. An den Hängen um den See fanden sie würzige Gräser und Kräuter, und wenn sie Durst hatten, stiegen sie zum See hinab und tranken das klare und kühle Wasser. Die Hirten bewachten eine Herde von neunundneunzig Kühen. Eines Mittags aber zählten sie plötzlich hundert Kühe und fanden ein schönes Mädchen mitten in der Herde. Das Mädchen gefiel den Hirten sehr wohl, denn es war freundlich und wusste manche wundersame Geschichte zu erzählen.

Am Abend war das Mädchen plötzlich verschwunden, und die Hirten zählten auch nur wieder neunundneunzig Kühe. So ging es nun jeden Tag. Das Mädchen kam gegen Mittag und verschwand am Abend. Wenn die Sonne hoch am Himmel stand, zählten die Hirten hundert Kühe, und wenn der Sonnenball hinter den Bergen verschwand, trieben sie nur neunundneunzig Kühe nach Hause.

Keiner wusste, woher das Mädchen mittags immer kam, und keiner wusste, wohin es am Abend verschwand. Die Hirten konnten ihre Neugierde schließlich nicht mehr bezähmen und fragten das Mädchen nach dem Geheimnis, das sie selbst nicht zu lösen vermochten. Das Mädchen verriet zwar mit keinem Wort, woher es kam und wohin es ging, aber es sagte zu den Hirten: »Am Tag taucht eine Zauberkuh unter der Herde auf. Diese Kuh kann auf dem Wasserspiegel laufen. Wenn sie will, so teilt sich auch das Wasser, und sie geht auf trockenem Boden in dem See. Wenn einer mit dieser Kuh zum großen Meer ginge, so brauchte er keine Angst zu haben, er könnte sicher über die Wellen auf ihr reiten. Der größte Zauber aber, der von ihr ausgeht, liegt in ihren Haaren. Ein einziges ihrer Haare vermag viele tausend Pfund zu tragen.«

Die Hirten bedrängten das Mädchen, ihnen die Zauberkuh zu zeigen. Das Mädchen aber schüttelte nur den Kopf und sagte: »Die Zauberkraft dieser Kuh dient nur ehrlichen und bescheidenen Menschen.« Eines Tages kletterten die Hirten auf einige Bäume am See, um Früchte zu pflücken. Die Kühe waren nun unbeaufsichtigt und brachen in ein Reisfeld ein. Ein alter Mann, der das Reisfeld bewachte, griff nach seiner Tragestange und verjagte damit eine Kuh nach der anderen.

Lange Jahre hatte er mit dieser Tragestange gearbeitet, sie war durch Regen und Sonne an vielen Stellen rissig geworden. Als er nun leicht damit nach den Tieren schlug, blieben auch einige Kuhhaare an der Stange hängen. Als der Abend dämmerte, lud der Alte wie gewöhnlich zwei Holzbündel auf die Stange, nahm sie auf die Schulter und wollte das Holz nach Hause tragen. Der Alte wunderte sich sehr, denn die Holzbündel waren plötzlich sehr leicht, und so hängte er an jedes Ende der Stange noch ein weiteres Bündel an.

Es war ihm aber, als läge überhaupt nichts auf seiner Schulter, und so fügte er ein Bündel nach dem anderen hinzu und hatte schließlich zwei riesige Holzhaufen an seiner Tragestange hängen. Fröhlich und leichtfüßig trug er die beiden Bündel nach Hause. Der Alte konnte sich zwar nicht erklären, worin der Zauber bestand, denn er wusste selbst nichts von der Zauberkraft, die in einigen Kuhhaaren steckte. Diese Haare hatten sich in einigen Rissen der Stange festgesetzt und stammten von der Zauberkuh.

Der Alte war ein ehrlicher und bescheidener Mann. Täglich schleppte er nun zwei schwere Holzbündel nach Hause, die er aber leicht zu tragen vermochte. Nun konnte er auch Holz in den Wäldern sammeln und zum Verkauf in die Stadt bringen. Damit verdiente er sich sein tägliches Brot und konnte nun zum ersten Mal in seinem Leben auch etwas Geld beiseite legen.

Eines Tages begegnete er auf seinem Weg in die Stadt einem Reichen. Der wunderte sich sehr, als er den Alten zwei riesige Holzbündel leichtfüßig die Straße entlang tragen sah. »Wie kann ein alter Mann so schwere Lasten tragen?«, fragte der Reiche und rieb seine Augen. Schließlich bat er den Greis um Auskunft über die merkwürdige Stange. Der alte Mann wusste nichts zu sagen und meinte achselzuckend: »Meine Tragestange ist eine Zauberstange!« Der Reiche kam aus dem Staunen gar nicht heraus und bat schließlich, die merkwürdige Stange mit den beiden Holzbündeln auch selbst einmal auf die Schulter legen zu dürfen.

Der alte Mann hob sie ihm lachend auf die Schulter. Der Reiche spürte keinerlei Last und konnte schnell und ohne Anstrengung damit die Straße entlanggehen. Das ließ dem Reichen keine Ruhe mehr und er sagte schließlich zu dem Alten: »Verkauf mir deine Tragestange, ich bezahle dir fünfhundert Silbertaler dafür.« Der Alte wollte zuerst nichts von diesem Handel wissen, dann überlegte er sich, dass er mit soviel Geld den Rest seines Lebens gut beschließen könnte.

Nach einigem Hin und Her war er schließlich einverstanden und verkaufte die Tragestange für fünfhundert Silbertaler. Der Reiche zahlte dem Alten das Geld in die Hand und brachte die Tragestange schnellstens nach Hause. Immer wieder betrachtete er die Stange, prüfte sie, wog sie in seinen Händen, streichelte sie wie etwas ganz Kostbares und merkte dabei, dass sie uneben und nicht ganz glatt war. So ging der Reiche zu einem guten Tischler und ließ ihn die Tragestange glatt hobeln. Die Risse und Unebenheiten verschwanden, mit den Spänen fielen aber auch die Zauberhaare auf den Boden. Davon aber merkte der Reiche nichts. Zufrieden trug er die geglättete Stange nach Hause.

Wie ihr Mann nun vergnügt wie noch nie zur Tür hereinkam, konnte die Frau des Reichen ihre Neugierde nicht mehr länger bezähmen und fragte ihren Mann nach dem Grund seiner Freude. Da erzählte ihr der Reiche die ganze Geschichte und berichtete seiner Frau, dass er die Zauberstange für nur fünfhundert Silbertaler erstanden habe. Als die Frau einige Zweifel anmeldete, lud der Mann zwei Bündel von je fünf Pfund auf die Stange, hob sie seiner Frau auf die Schultern und befahl ihr, die Zauberstange gleich selbst zu erproben. Voller Ärger rief da die Frau: »Das soll eine Zauberstange sein! Du träumst ja am helllichten Tage!«

Der Reiche schüttelte nur den Kopf, hängte voller Stolz noch einige Gewichte an die beiden Enden und beugte sich, um die

Tragestange nun selbst auf seine Schultern zu heben. »Nein, was ist denn das?«, rief der Reiche erstaunt. Soviel er auch probierte, soviel er auch die Stange beschwor, soviel er auch fluchte, die Zauberstange hatte ihre wunderbare Kraft für alle Zeit verloren.

Märchen der Tibeter

Der Vogel des Glücks

Vor langer, langer Zeit war Tibet öde und arm, das Land war kalt, es gab keine Bäume, keine Sträucher, keine Blumen, es flössen keine Flüsse und nirgendwo war guter Boden, so dass die Leute kaum etwas anbauen konnten. Sie litten Hunger, sie froren und wussten nicht recht, was es eigentlich bedeutet, glücklich zu sein. Trotz allem aber glaubten sie daran, dass es irgendwo auf der Welt auch Glück geben müsste.

Lange schon erzählten sich die alten Leute, dass das Glück ein schöner Vogel sei, der weit im Osten in den Schneebergen lebe, und sie glaubten daran, dass mit diesem Vogel das Glück komme. Wohin immer auch der Vogel fliege, das Glück sei in seinem Gefolge. Immer wieder zog einer von ihnen aus, um diesen Vogel zu suchen, aber keiner von ihnen kehrte jemals wieder zurück.

Es verbreitete sich das Gerücht, der Vogel des Glücks werde von drei alten Ungeheuern bewacht, die jeden, der da ankomme, allein schon durch ihren Atem töten könnten, mit dem sie ihn anhauchten. Eines Tages nun schickten die armen Leute eines Dorfes einen besonders anstelligen und klugen Jungen aus, den Vogel des Glücks zu suchen. Wangjia, so hieß der Junge, wurde bei seiner Abreise von den Mädchen des Dorfes mit Gerstenschnaps verabschiedet, und die Frauen streuten Gerstenkörner auf sein Haupt und wünschten ihm eine gute Reise.

Wangjia zog frohen Mutes durch die Lande und wanderte viele Tage, bis er schließlich in der Ferne einen großen Schneeberg sah, der in der Sonne glitzerte, als ob Silber auf ihm läge. Da aber trat auch schon ein altes Ungeheuer ihm auf seinem Weg entgegen, schrecklich anzusehen, und mit einem schwarzen Bart am Kinn. »Wer kommt denn da?«, krächzte das Ungeheuer wie eine riesige Krähe, »wer wagt es da, hierher zu kommen? Was suchst du hier?« Der Junge ließ sich nicht einschüchtern und gab mit befremdlicher Stimme zur Antwort: »Mein Name ist

Wangjia, ich bin gekommen, um den Vogel des Glücks zu suchen!«

»Ha, ha«, lachte da das Ungeheuer, »wie kann es ein so kleiner Knirps wie du überhaupt wagen, bis hierher zu kommen?« Das Ungeheuer schüttelte seinen zottigen Kopf und sagte weiter: »Wenn du den Vogel des Glücks finden willst, dann musst du zuerst die Mutter von Luosang töten. Wenn du das nicht tust, wirst du bestraft. Ich selbst aber will dich kleinen Kerl zwar am Leben lassen, aber du wirst dann über Geröllhalden laufen müssen, neunhundert Meilen weit. Hast du das geschafft, dann sind auch deine Kräfte am Ende.«

Da antwortete Wangjia: »Ich liebe meine eigene Mutter sehr, niemals werde ich die Mutter eines anderen töten. Tue, was du willst!«Da geriet das Ungeheuer in Zorn und blies seinen schwefeligen Atem dem Jungen ins Gesicht. Als das Monster dann noch mit einem Auge zwinkerte, verwandelte sich der bisher ganz glatte Weg in eine Geröllhalde mit Steinen, die so scharf und so spitz waren wie Messer und Nadeln. Wangjia wanderte aber weiter, nach hundert Meilen waren seine Schuhsohlen schon ganz durchgelaufen, nach weiteren hundert Meilen waren seine Füße blutig und zerschnitten und nach dreihundert Meilen waren auch seine Hände völlig zerschunden.

Wangjia konnte kaum mehr weiter. Schon dachte er ans Umkehren, aber er gab sich einen Ruck und zog weiter. Er wusste, die Leute zu Hause setzten große Hoffnungen in ihn und erwarteten, dass er den Vogel des Glücks nach Hause bringe. Wangjia legte sich auf die Erde und begann vorwärts zu kriechen. Bald waren auch seine Kleider zerrissen und seine Knie zerschunden.

Schließlich aber hörte die Geröllhalde auf, und da sah er auch schon das zweite Ungeheuer, das einen braunen Bart hatte und dessen Stimme wie der heulende Nordwind sich anhörte. »Wenn du den Vogel des Glücks finden willst, dann musst du zuerst den alten Silang vergiften. Tust du es nicht, so lasse ich dich verhungern!«

Wangjia schaute dem Ungeheuer seelenruhig ins Gesicht und sagte: »Ich liebe meinen eigenen Großvater sehr und werde nie den Großvater eines anderen töten. Du kannst schreien, soviel du willst, ich tue dies nicht!« Daraufhin blies das Ungeheuer seinen feurigen Atem in Wangjias Gesicht, und sein Beutel mit den letzten Brotresten wurde vom Wind hinweggetragen. Vor seinen Augen verwandelten sich plötzlich die blauen Berge und die grünen Flüsse in eine kahle, endlose Wüste, in der auch kein einziger Bissen mehr zu finden war. Wangjia brach erneut auf, zu einem Marsch ins Ungewisse.

Nach den ersten hundert Meilen begann sein Magen vor Hunger zu knurren, nach zweihundert Meilen Weg verschwamm ihm alles vor den Augen, und er sah Sterne tanzen, und nachdem er dreihundert Meilen zurückgelegt hatte, war er so hungrig, dass ein ganz stechender Schmerz in seinen Magen fuhr, und er meinte, seine Eingeweide würden mit Messern zerschnitten. Jeder, der einmal gehungert hat, weiß, wie solche Schmerzen sind. Als er an einen Fluss kam, trank er eine große Menge kalten Wassers und zog weiter. Inzwischen aber schwanden seine letzten Kräfte, er bestand nur noch aus Haut und Knochen.

Da trat ihm das dritte alte Ungeheuer in den Weg. »Welch ein waghalsiger Tor wagt sich hierher?«, donnerte das Ungeheuer. »Mein Name ist Wangjia, ich suche den Vogel des Glücks!« »Wenn du den sehen willst, dann musst du mir zuerst die Augäpfel der schönen Baima bringen. Kannst du dies nicht, so werde ich deine Augen aus ihren Höhlen meißeln!« Wangjia war entsetzt und sagte: »Niemals, niemals werde ich die Augen eines schönen Mädchens verwunden oder zerstören. Du bist wohl von Sinnen!«

Das alte Monster schäumte vor Wut. Mit aufgeblasenen Backen hauchte das Ungeheuer den Jungen an und blies ihm die Augäpfel aus ihren Höhlen, so dass er blind wurde. Dies wird wohl die letzte Prüfung gewesen sein, dachte er und tastete sich weiter, ohne das Geringste sehen zu können. Er hatte sich aber die Richtung gemerkt, die Richtung des Sonnenaufgangs, und so stolperte er vorwärts. Halb mit seinen Händen tastend, halb auf dem Boden kriechend, schaffte er weitere neunhundert Meilen. Endlich kam er an den Fuß eines Berges, von dem angenehm kühle Lüfte wehten.

Und da hörte er die wunderbare, süße Stimme eines Vogels, er war am Ziel, es war der Vogel des Glücks. »Mein liebes Kind, sei willkommen. Du hast den langen Weg zu mir geschafft, dies ist ja kaum zu glauben!« Überwältigt von Freude, rief Wangjia aus: »Ja, ich habe es geschafft. Nur dich wollte ich sehen! Meine Lieben zu Hause möchten dich wenigstens einmal begrüßen, sie warten darauf Tag und Nacht. Ich bitte dich, komm mit mir!« Da liebkoste der Vogel des Glücks die Wangen des Jungen mit seinen Schwingen und begann zu singen. Da kamen die Augäpfel Wangjias geflogen und setzten sich wieder in seine Augenhöhlen, und er sah besser als er jemals zuvor gesehen hatte. Alle seine Wunden waren plötzlich geheilt und er fühlte sich gesund, munter und stärker als je zuvor.

Der Vogel des Glücks brachte Wangjia Fleisch, Früchte und Kuchen, hieß ihn, auf seinen Rücken zu steigen und flog mit ihm durch die Lüfte zum Dorfe Wangjias. Bald landeten sie auf der Spitze eines Hügels beim Eingang des Dorfes. »Was ist wohl dein sehnlichster Wunsch?«, fragte der Vogel des Glücks. »Was wir alle seit langem ersehnen«, sagte Wangjia, »das sind Wärme und Geborgenheit, Wälder und Felder, Flüsse und Seen, Gräser und Blumen!«

Da schaute der Zaubervogel vom Hügel aus ins Land und stieß mit lauter und kraftvoller Stimme drei Rufe aus. Beim ersten Ruf brach die Sonne golden und strahlend durch die Wolken hervor und schickte ihre wärmenden Strahlen ins Land. Beim zweiten bedeckten sich die Berge mit Wäldern, man sah plötzlich Hirsche und andere wilde Tiere, und singend stiegen Lerchen in die sonnigen Lüfte. Beim dritten Ruf überzog sich das Land mit saftigen Weiden, durchströmt von klaren Flüssen, und man sah weiße Kaninchen fröhlich im Grase miteinander spielen. Seit dieser Zeit sind die Leute glücklich, und nie mehr brauchten sie so große Not zu leiden wie in früheren Zeiten.

Märchen der Tibeter

Das Mädchen mit der Kastanienblüte

Am großen Flusse Tsangpo lebte einmal ein Jäger, der hatte einen Sohn und der hieß Lossang. Der Junge war schon als Kind klug und furchtlos, und deshalb nahm ihn der Vater recht früh schon mit auf die Jagd. Bald war das Wild in den Tälern und Bergen vor ihm nicht mehr sicher, denn der Junge wurde ein Meister im Bogenschießen. Mit zwanzig Jahren war er schon so schnell wie ein Hirsch und so wendig wie ein Bergtiger. Lossang war schlank wie der Bambus, und seine tiefschwarzen Augen verzauberten manches Mädchen. Keine aber war darunter, zu der er eine besondere Zuneigung zeigte.

Eines Tages lag Lossang am Fluss und schaute zu, wie der Wind das Wasser kräuselte und das Schilf bewegte. Da sah er plötzlich einen weißen Reiher daherfliegen und über der Flussmitte kreisen. Lossang griff schnell zu seinem Bogen, spannte die Sehne, legte den Pfeil an und schoss ihn ab. Mit einem heiseren Schrei stürzte der Reiher in den Fluss.

Der junge Jäger war gewohnt, einen erlegten Vogel jederzeit aus dem Wasser zu holen, aber diesmal riss der Strom den toten Reiher mit sich, nicht die kleinste Feder war mehr zu erblicken. In diesem Augenblick erschien am anderen Ufer ein Mädchen, es trug einen Eimer aus Birkenrinde in der Hand, schritt zum Fluss hinunter und schöpfte Wasser. Lossang konnte ihr Gesicht nicht genau erkennen, aber er sah, dass sie ihm zulächelte. Eindeutig aber sah er, dass sie eine weiße Kastanienblüte im Haar trug, und er hörte sie singen: »Jäger, flink und jung, immer noch so dumm, trifft sein Glück und weiß es nicht!«

Der Wind trug den Gesang des Mädchens zu Lossang über den Fluss. Da spannte er nochmals seinen Bogen und schoss einen Pfeil in den Eimer des Mädchens. In einem kräftigen Strahl schoss das Wasser heraus. Da fuhr das Mädchen zornig auf und rief über den Fluss: »Du hast nur Dummheiten im Kopf wie ein törichter Junge. Zeige doch einmal, ob du etwas kannst! Deinem Vater gehört ein wilder Hengst, der ist so wild, dass er ihn an einem fernen Ort versteckt. Ja, wenn du den retten könntest, dann wärst du endlich einmal erwachsen!«

Mit diesen Worten nahm das Mädchen ihren Eimer und ging davon, ohne sich auch nur einmal umzusehen. Lossang schaute ihr lange nach, und sah, wie sie auf die fernen grauen Berge zuschritt und allmählich seinen Blicken entschwand. Noch nie hatte Lossang von einem wilden Hengst gehört, den sein Vater versteckt hielt. Hatte das Mädchen nur einen Scherz gemacht? Kaum zu Hause angekommen, bat er sogleich seinen alten Vater, ihn einmal auf dem wilden Hengst reiten zu lassen. Der Vater erschrak, denn absichtlich hatte er das Pferd vor seinem waghalsigen Sohn versteckt.

Beschwichtigend sagte der Alte: »Ach, den wilden Hengst willst du reiten! Das ist kein Pferd für dich, es ist viel zu wild und ungebärdig, man kann es nicht zähmen und bändigen, schlag dir diesen Gedanken aus dem Kopf!« »Wenn Ihr ein solches Pferd besitzt, Vater, dann seid Ihr auf ihm auch schon einmal geritten. Warum sollte ich es nicht einmal versuchen?« Und Lossang setzte selbstbewusst hinzu: »Bin ich etwa ein schlechter Reiter?« Der Vater blickte sorgenvoll drein und sagte: »Der beste Reiter setzt sein Leben aufs Spiel, wenn er das Pferd satteln will, ich habe es seit vielen Jahren nicht mehr versucht, es scheint, als sei dieser Hengst der Hölle entsprungen!«

»Ich werde ihn schon zähmen!«, rief Lossang und ließ nicht nach, seinen Vater zu bitten, wenigstens es einmal mit dem wilden Hengst versuchen zu dürfen. Der Vater sah, dass sein Sohn von diesem Plan nicht abzubringen war und gab schließlich nach. »Hör zu!«, sagte der Vater, »der Hengst ist gut versteckt, er lebt hinten in den fernen grauen Bergen. Drei Berge und drei Täler liegen vor dem Berg der Gelben Steine. An diesem Berg steht ein großer Trog, daraus trinkt der Hengst täglich

Wasser. Findest du ihn dort nicht, so ist der Trog wohl leer. Dann musst du am Fuß des Berges den kleinen See aufsuchen und dich dort verstecken, bis der Hengst zur Tränke kommt. Sei aber vorsichtig, er ist wild wie ein Teufel!«

»Habt keine Sorge, Vater«, sagte Lossang, »ich nehme mich schon in Acht!« Lossang machte sich gleich auf den Weg, überstieg die drei Berge, durchquerte die drei Täler und fand auch den Trog am Berg der Gelben Steine. Der Trog aber war ganz ausgetrocknet, es war auch keine Spur von Pferdehufen auf dem Boden zu sehen. Da suchte Lossang den kleinen Teich am Fuß des Berges und versteckte sich im Uferschilf. Gar nicht weit von dem See ragten auch schon die Felsen des Berges auf.

Was war das? Mit einem Mal erbebte die Erde, da donnerte und schnaubte etwas heran, und um den Felsvorsprung beim See jagte ein Riesenross heran, das den Boden unter sich erzittern ließ. Lossang dachte zuerst an ein Ungeheuer, aber es war ein Pferd, ein Hengst, es war der wilde Hengst seines Vaters. Und da preschte er auch schon heran mit gewaltigen Hufen und einer strähnigen Mähne, die fast bis zur Erde herabreichte. Lossang drückte sich tief in das Schilf, als der Hengst zwischen dem See und den Felsen vorüberjagte.

Hatte der Hengst ihn etwa gesehen? Lossang kam es so vor, als hätte der Hengst fast tellergroße Augen gehabt. Das Pferd aber entschwand nicht wieder hinter den Bergen, es umrundete den See und kam wieder. Da nahm Lossang allen Mut zusammen, lief aus seinem Versteck und versuchte auf das Pferd zu springen, als es wieder vorbeikam. Das gewaltige Tier aber schlug mit Kopf und Mähne derart um sich, dass es unmöglich war, überhaupt in seine Nähe zu kommen. Während der Hengst seine Runde um den See galoppierte, hatte Lossang eine Kiefer am Wege erspäht. Behänd kletterte er auf den Baum, setzte sich auf einen starken vorspringenden Ast und wartete, bis der Hengst unter ihm vorbeischoss.

Mit einem kühnen Sprung landete Lossang auf dem Rücken des Hengstes und hielt sich mit aller Kraft an der zottigen Mähne fest. Wild bäumte sich das Pferd auf, warf sich geradezu empor, schüttelte die lange Mähne, wieherte ein langes, nie gehörtes Wiehern und umkreiste den See in wilder Jagd. Die Hufe des

Hengstes entfesselten ein dröhnendes Trommelfeuer, aber Lossang saß fest und ließ sich nicht abwerfen. Mit einem Mal kehrte der Hengst dem See den Rücken und jagte mit seinem Reiter in die Berge.

Zwischen den Felsen ging es hindurch, und die Hufe schlugen Feuer aus den Steinen. Ross und Reiter durchquerten lange Täler, jagten durch Schluchten und kamen gegen Abend endlich an den großen Fluss Tsangpo. Das Pferd war in höchstem Maße erschöpft und zitterte am ganzen Leibe. Lossang wagte nun, den Hals des Pferdes leise zu tätscheln. Da stand das Pferd still und blickte sich zum ersten Mal um. Pferd und Reiter sahen sich in die Augen. Von da an ließ sich das Pferd lenken wie ein Lamm. Lossang hatte den wilden Hengst gezähmt.

Der glückliche Reiter schaute sich in der Gegend um. War das nicht genau die Stelle, an der er den weißen Reiher über dem Fluss geschossen hatte? In diesem Augenblick sah er auch schon ein Mädchen am anderen Ufer mit einem Eimer Wasser schöpfen, es war das Mädchen mit der weißen Kastanienblüte im Haar. Lossang griff nach seinem Bogen auf seinem Rücken, legte einen Pfeil an und schoss ihn ab. Kaum war der Pfeil losgeschwirrt, da sah man auch schon Wasser aus dem Eimer spritzen. Das Mädchen sah auf und erblickte den Reiter auf dem wilden Hengst jenseits des Ufers.

»Na ja, auf dem Hengst sitzt er ja schon«, rief sie ihm zu, »aber seine Braut wartet immer noch vergeblich auf ihn!« »Welche Braut denn?«, rief Lossang, »ich habe keine Braut!« »Sie wartet aber auf dich, es ist die schöne Bumo, die alle Freier abgewiesen hat. Zwanzigtausend Meilen von hier lebt sie bei ihrem Vater an einem Fluss. Wenn du mit dem wilden Hengst kommst, wird sie dich heiraten. So etwas wagst du aber nicht, du kannst ja höchstens anderen Leuten Löcher in die Eimer schießen!«

Mit diesen Worten nahm sie ihren Eimer, drehte sich um und lief den grauen Bergen zu. Bald war sie hinter Büschen und Felsbrocken verschwunden. Was hat das Mädchen gesagt? Er, der den wilden Hengst gezähmt hatte, würde einem neuen Wagnis aus dem Wege gehen, niemals! Von der schönen Bumo hatte er schon des Öfteren gehört, aber er dachte stets, dass er für sie viel zu jung sei und zu unerfahren. Die Worte des

Mädchens mit der Kastanienblüte gingen aber Lossang nicht mehr aus dem Sinn.

Als nach seiner Rückkehr sein Vater ihn über die Maßen lobte, sagte Lossang: »Und nun, lieber Vater, hole ich die schöne Bumo als Braut heim. Ich hörte, sie wolle mich heiraten!« »Unmöglich«, rief da der Vater, »das Mädchen wohnt zwanzigtausend Meilen weit weg von hier, auf dem Weg dorthin lauern schreckliche Gefahren. Das kann dich dein Leben kosten!« Lossang tätschelte den wilden Hengst, der nun sein Freund geworden war: »Wir beide, wir werden es schon schaffen!«, sagte er. Da der Vater seinem Sohn aber ganz inständig von diesem Wagnis abriet, wartete Lossang auf einen günstigen Augenblick. Pferd und Reiter ruhten sich aus und sammelten neue Kräfte. Als alle schliefen, sattelte Lossang heimlich den wilden Hengst und packte Vorräte für eine lange Reise zusammen.

Als der Morgen graute, schwang sich Lossang auf sein Pferd und jagte davon. Der Vater erwachte, konnte aber nur noch sehen, wie in der Ferne eine Staubwolke aufstieg, und er konnte gerade noch hören, wie die Erde unter den Hufschlägen des wilden Hengstes noch in der Ferne dröhnte. Man hatte Lossang erzählt, dass die schöne Bumo weit, sehr weit hinter den fernen Bergen wohne. Um die richtige Richtung zu finden, ritt Lossang zum Fluss, durchquerte ihn schwimmend mit seinem Pferd, und kam genau an der Stelle wieder aus dem Wasser, an der das fremde Mädchen immer mit dem Eimer erschienen war.

Und er lenkte den wilden Hengst den fernen grauen Bergen zu, genau dorthin, wohin auch das Mädchen jedes mal entschwunden war. Wenn sie über Bumo so genau Bescheid wusste, dann wohnte sie vielleicht bei ihr in der Nähe. Aber konnte das Mädchen etwa so viele Meilen mit dem Eimer laufen? Diese Gedanken gingen Lossang durch den Kopf. Der Hengst schritt kräftig aus, sie kamen gut voran und erreichten bald völlig fremde Landschaften, in denen Lossang noch nie gejagt hatte. Die Farbe der Berge war ein lehmiges Grau. Man sah keinen Strauch und auch kein Büschel Gras mehr.

Da rieb sich Lossang die Augen. Hatte er sich getäuscht? Hatten sich die Berge eben bewegt? Da fuhr ihm auch schon der Schreck in die Glieder: Das vor ihm waren keine Berge, es war der warzige Leib eines riesigen lehmigen Drachen, der sich da bewegte. Und nun sah er auch, dass der Leib des Drachen wie eine lange Schlange mit Stachelhaut sich um eine Schar Mädchen schlang, die er in seine Gewalt gebracht hatte. Lossang sprang vom Pferd und griff nach seinem Bogen.

Die Mädchen hatten den jungen Reiter längst erblickt und riefen: »Hilf uns, rette uns vor dem Drachen! Wir sind alle verloren, wenn du uns nicht hilfst!« »Wie soll ich euch bloß helfen? Gegen ein solches Ungeheuer hilft wohl keine Waffe!«, rief Lossang, spannte aber dennoch seinen Bogen. »Junger Held mit dem Riesenpferd, versuche es dennoch! Wie könnten wir sonst unsere Heimat wiedersehen?« So flehten die Mädchen. Als Lossang einen Pfeil anlegte, hielten die Mädchen den Atem an. Lossang zielte genau auf die Stelle zwischen den Augen des Drachens und traf.

Gewaltig bäumte sich das Ungeheuer auf. Schwarzes Blut schoss ihm aus dem Kopf, heißes Blut. Kochend heiß spritzte es auch auf Lossangs Brust. Der Jüngling schrie auf vor Schmerz und stürzte ohnmächtig nieder. »Schnell, schnell«, riefen die Mädchen einander zu, »bringt Wasser herbei und besprengt unseren Retter!« Der Drache war in sich zusammengesunken und hauchte sein Leben aus. »Ist es möglich? Wir sind frei!«, riefen und jauchzten die Mädchen. Die jüngste von ihnen beugte sich beherzt über den Drachenkopf und nahm aus der Stirn des Ungeheuers eine strahlende Perle.

Das Mädchen hielt triumphierend die Perle in das Sonnenlicht und legte sie dann Lossang auf die Brust. Da seufzte der Jüngling tief und schlug die Augen auf. Achtunddreißig schöne Jungfrauen hatte der Drache gefangen gehalten, sie alle versammelten sich nun im Kreise um ihren Retter. »Hab Dank, hab Dank, schöner Jüngling«, sprach die Älteste von ihnen, »wir wollen dich für deine Tat belohnen. Du kannst eine von uns wählen. Welches Mädchen dir gefällt, es wird stolz sein, deine Braut sein zu dürfen. Unsere Dankbarkeit wird niemals enden, sie aber wird dir für immer gehören!«

Und Lossang schaute in achtunddreißig erwartungsvolle Augenpaare. Nach einer Weile aber sagte er: »Euer Angebot ehrt mich sehr, aber ich habe schon eine Braut, sie heißt Bumo und ich bin auf dem Weg zu ihr.« »Aber junger Held«, sagte die Älteste, »der Drache hat uns wegen unserer Schönheit geraubt, hast du uns alle wirklich auch richtig angesehen? Suche dir eine von uns aus. Die dir gefällt, sie ist dein!«

Als Lossang sich wieder in der Runde umsah, musste er sich eingestehen, dass er nie einen solchen Reigen der Schönheit in seinem Leben gesehen hatte. Da blieb sein Blick an der jüngsten von allen haften, es war das Mädchen, das ihm die Strahlenperle auf die Brust gelegt hatte. Lossang war, als käme ihm dieses Mädchen irgendwie bekannt vor, er deutete auf sie und sagte lächelnd und freundlich zu ihr: »Komm, dich nehme ich mit!« Das älteste Mädchen lachte und rief: »Eine gute Wahl hast du getroffen, das ist die jüngste von uns, und wir sollten es alle zugeben, es ist auch die klügste von uns allen!«

Und während Lossang seine Braut bei der Hand nahm und mit ihr zu dem wilden Hengst schritt, riefen die anderen: »Halt, wir wollen dir ein Geschenk mitgeben, du wirst es gut gebrauchen können!« Und die Mädchen schnitten aus dem Schweif des wilden Hengstes einige Haare und aus der Mähne einige Strähnen. Dann nahmen sie Lehm, steckten die strahlende Perle darein und kneteten daraus ein kleines Pferd. Aus den Haaren des wilden Hengstes machten sie eine schöne Mähne und einen langen Schweif für das Pferdchen und stellten es auf seine vier Beine.

Da klatschten die Mädchen in die Hände und riefen: »Seht her, es bewegt sich schon!« Lossang traute seinen Augen nicht. Das kleine Pferdchen hob den Kopf, bewegte seine vier Beine und schlug mit dem Schweif. Und vor seinen Augen wuchs das Pferdchen, wurde größer und größer und stand plötzlich vor ihm. Und das älteste Mädchen sagte: »Dies ist ein Wunderpferd, es läuft so schnell wie dein Hengst!« Da nahmen beide Abschied von den Mädchen und bestiegen die beiden Pferde. Lossang ritt wieder den wilden Hengst, und seine Braut hatte sich auf das Wunderpferd geschwungen.

Wenn es ging, ritten sie nebeneinander. Immer wieder warf Lossang dem hübschen Mädchen auf dem Wunderpferd einen forschenden Blick zu, denn es war ihm, als hätte er seine junge Braut schon einmal gesehen. Schließlich fragte er etwas unsicher:

»Sag mal, holst du manchmal Wasser aus einem Fluss, mit einem Eimer aus Birkenrinde?« Das Mädchen sah ihn erstaunt an, aber Lossang sagte auch schon: »Ich habe nämlich am Fluss ein Mädchen Wasser schöpfen sehen, die eine große Ähnlichkeit mit dir hatte!«

»Siehst du«, sagte das Mädchen, »sie sah mir wohl ähnlich. Du könntest mir aber einmal verraten, warum du gerade mich ausgesucht hast.« Lossang zögerte mit der Antwort: »Weil du mir gefällst und weil du wohl auch so schön bist wie Bumo!« Da lachte das Mädchen und sagte: »Ja hast du denn Bumo schon einmal gesehen? Wer weiß, wie sie aussieht!« Lossang war inzwischen ein Gedanke gekommen. Nach einer Weile des Schweigens sagte er: »Ich will dir in keiner Weise weh tun, aber mir geht Bumo nicht aus dem Sinn. Ich schlage vor, du wirst meine Schwester und ich werde dein Bruder. Ich werde für dich sorgen und stets für dich da sein. Wenn ich Bumo heirate, dann wähle ich dir einen vornehmen Bräutigam aus!«

Das Mädchen senkte den Kopf, aber es widersprach Lossang nicht. Nach einer Weile sagte das Mädchen: »Der Wunsch meines Retters ist mir heilig!« Und schweigend ritten sie lange Zeit nebeneinander her. Ein Wildbach versperrte ihnen den Weg, aber ein dicker Baumstamm war als Brücke über das reißende Gewässer gelegt worden. Vorsichtig ritten sie beide über die Brücke. »Wohnt hier jemand?«, fragte Lossang, als er auf der anderen Seite den Eingang in eine Höhle entdeckte. Vor der Höhle angekommen, stellte sich der wilde Hengst auf seine Hinterbeine. Man sah, der wilde Hengst hatte Angst. Lossang und das Mädchen schlichen näher und spähten in die Höhle.

Und was die Ohren des Pferdes schon etwas vorher vernommen haben mochten, das hörten nun auch die beiden. Ganz hinten, tief in der Höhle, war ein gräuliches Schnarchen und ein fürchterliches Grunzen vernehmbar, das anschwoll, wieder abschwoll und wieder in voller Stärke einsetzte. Ganz vorne aber, in einer Nische beim Eingang der Höhle wurde eine feine Mädchenstimme hörbar: »Halt, halt, tretet nicht näher, euer Leben ist in Gefahr!« Und da sahen die beiden ein blutjunges Mädchen, das in einen Block geschlossen und offensichtlich hier gefangen gehalten wurde.

»Wer bist du denn?«, fragte Lossang erstaunt. »Mein Name ist Meto«, sagte mit tränenerstickter Stimme das Mädchen. »Ich bin hier gefangen. Acht schreckliche Unholde hausen in dieser Höhle, es sind allesamt Menschenfresser!« »Ja, und wie haben sie dich denn hierher gebracht?«, fragte Lossang im Flüsterton. »Mit meiner Schwester sammelte ich Muscheln am Fluss, da entführten uns die Unholde und brachten uns in diese Höhle. Wenn sie schlafen, fesseln sie meine Schwester hinten in der Höhle und mich hier vorne. Meine Schwester muss die Höhle sauber halten und ich muss kochen. Jetzt sind sie aber alle betrunken und schlafen ihren Rausch aus«, sagte das Mädchen und hielt Lossang am Ärmel zurück, als er sich weiter in die Höhle hineinwagen wollte. »Vorsicht,« flüsterte sie, »wenn die Unholde aufwachen, fressen sie uns alle vier!«

Lossang aber gab ihr zu verstehen, dass er keine Angst habe und sie beide aus den Klauen der Unholde befreien wolle. Da sagte das Mädchen: »Dann lauf schnell an den Unholden vorbei ans Ende der Höhle, dort ist eine Zauberaxt vergraben, der Stiel schaut ein wenig aus der Erde. Hast du diese Axt, dann hast du gewonnen!« Lossang tastete sich vorsichtig in der Höhle ein Stück weiter, seine Augen gewöhnten sich auch schnell an die Dunkelheit. Da sah er, wie eines der Ungeheuer gähnte und mit sechs Augen verschlafen blinzelte.

Da öffnete auch schon das größte und erste Ungeheuer vor ihm seinen Rachen und schnarrte: »Ich rieche Menschenfleisch!« Lossang war aber glücklich an den schlafenden Unholden vorbeigeschlüpft, erreichte das Ende der Höhle, sah den Stiel im Boden und grub schnell die Zauberaxt aus. Halb im Schlaf murmelte das zweite Ungeheuer: »Da liegt was in der Luft!« Der dritte Unhold grunzte: »Es riecht hier so merkwürdig, ich bekomme Hunger!« Lossang prüfte die Schärfe der Zauberaxt.

Da wälzte sich das vierte Ungeheuer einmal herum und zischte die anderen an: »Ihr seid ja alle betrunken!« Das fünfte, sechste und siebte Ungeheuer wälzten sich vor Lachen und grölten: »Und du kannst nicht einmal mehr aufstehen, so betrunken bist du selbst!« Lossang hatte inzwischen die Schwester Metos entdeckt, sie lag gefesselt auf der Erde im hinteren Winkel der Höhle und deutete mit ihrem Kopf auf das achte Ungeheuer,

李紈

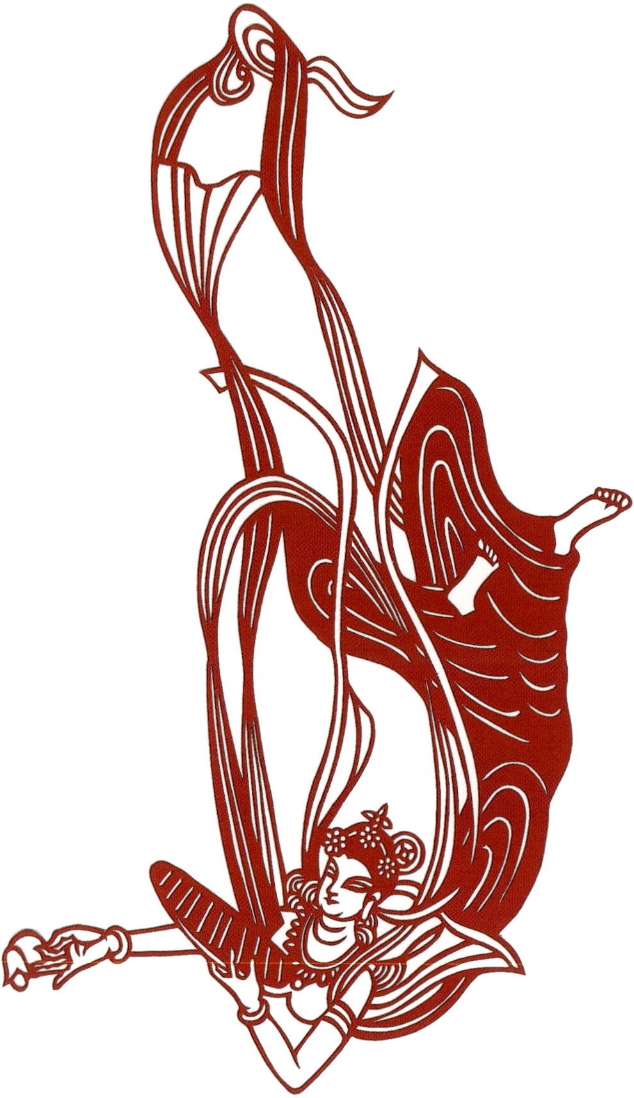

das sich streckte und reckte, dass man seine Knochen knacken hörte. Da sprang Lossang mit einem Satz mitten in die Höhle und schwang die Zauberaxt über den Köpfen der Unholde.

»Jetzt ist es vorbei mit euch!«, rief Lossang, »nun werdet ihr keine Menschen mehr fressen!« Die Unholde schossen hoch, da sie aber gehörig betrunken waren, torkelten sie, fielen übereinander, traten sich auf die Schwänze und konnten sich nicht gut verteidigen. Lossang holte aus und schlug einem nach dem anderen den Kopf ab. Sieben Menschenfressern machte Lossang den Garaus, aber er hatte nicht gesehen, dass das achte Ungeheuer hinter seinem Rücken herankroch.

Da kamen Lossang die Mädchen zu Hilfe. Nachdem er nämlich von dem wilden Hengst gestiegen war, wollte das schöne Mädchen auf dem Zauberpferd nicht untätig sein. Schnell war es abgestiegen, hatte Meto befreit und war mit ihr zu der ebenfalls gefesselten Schwester geschlichen, als die Unholde noch schliefen. Behänd lösten sie ihr die Fesseln und sahen dann mit Furcht und Entsetzen, wie Lossang die sieben Ungeheuer erledigte.

»Vorsicht,« rief da plötzlich Meto, »das achte Ungeheuer! Vorsicht, genau hinter dir!« Da spürte Lossang auch schon, wie ihn fast eiserne Krallen umklammerten und sich in seine Brust gruben. Vor Schmerz ließ er die Axt sinken. Da sprang die eben befreite Schwester zum Herd, riss schnell einen glühenden Feuerhaken aus der Glut und schlug mit ihm auf das Ungeheuer ein. Da lösten sich die schrecklichen Klammern von der Brust Lossangs, er konnte die Axt ergreifen und dem Ungeheuer den Schädel spalten.

Nun waren die Mädchen befreit. Jetzt ging es ans Beratschlagen, was zu tun ist. »Zuerst wollen wir dir von Herzen danken!«, sagten die Mädchen mit Tränen in den Augen. Und sie schlossen in diesen Dank auch das Mädchen ein, das auf dem Wunderpferd gekommen war. »Nimm diesen Beutel zum Dank«, sagte Meto zu Lossang, »es sind allerlei Heilmittel darin!« Lossang verbeugte sich und steckte den Beutel in seinen Gürtel. Die Zauberaxt nahm er ebenfalls an sich. »Nun aber, wie kommen die beiden Mädchen jetzt nach Hause?«, fragte Lossang.

Da sagte seine Begleiterin: »Wenn du willst, Brüderchen, bringe ich sie beide nach Hause. Ich nehme den Riesenhengst, der trägt uns alle drei. Wir halten uns aneinander fest und kommen auf ihm auch zu dritt gut voran. Du, Lossang, nimmst das Wunderpferd und reitest etwas voraus. Wenn ich die Mädchen nach Hause gebracht habe, komme ich sofort zurück und hole dich ein!« Lossang gefiel dieser Vorschlag, und er verabschiedete sich von den Mädchen. »Folge immer meiner Spur, dann findest du mich schnell wieder!«, rief er dem Mädchen zu und schwang sich auf das Wunderpferd. »Am besten ist es, wenn du bei dem großen Berg dort in der Ferne auf mich wartest!«, rief das Mädchen und war mit ihren beiden Schützlingen bald schon am Horizont verschwunden.

Das Wunderpferd ließ sich von Lossang sehr leicht lenken, es trabte munter dahin, und so hatten die beiden den Berg auch bald erreicht, der eben noch weit aus der Ferne herübergegrüßt hatte. Lossang stieg ab und wartete. Friedlich wieherte das Wunderpferd in seiner Nähe, als Lossang auf einem Steine saß und nach dem Mädchen auf dem Riesenhengst Ausschau hielt. Niemand aber kam. Da zogen dunkle Wolken auf am Himmel, ein starker Wind blies über das Land und schwere Regentropfen kündigten an, dass das Wetter umschlug. Wie nun der Wind durch die Mähne des Wunderpferdes strich, sah Lossang plötzlich, dass das Pferd kleiner und kleiner wurde, bis es ganz in sich zusammenfiel und nur noch die Perle übrig blieb, die auf der Erde lag und strahlte.

Lossang war unschlüssig. Ein Reiter ohne Pferd! Allein in den Bergen! Und kein Mädchen in Sicht! Da kam die Sonne hinter den Wolken hervor, bald wurde es warm und gegen Mittag sogar sehr heiß. Lossang suchte Schutz unter den Blättern eines Baumes auf einem kleinen Hügel. Von dort aus konnte er sehen, wie sich ein kleiner Bach durch die Büsche schlängelte. Lossang stieg hinab, um sich in dem kühlen Wasser zu erfrischen. Kaum aber war er am Ufer angekommen, als er auch schon bis zu den Knien im Schlamm steckte. Als er sich zu befreien versuchte, sank er bis zum Gürtel in den Schlamm ein. »Das hat ja noch gefehlt«, sagte Lossang zu sich selbst, als auch noch ein Schwarm Mücken ihn umschwirrte.

Wie er auch um sich schlug, es wurden immer mehr, und er konnte sich der Plagegeister zuletzt gar nicht mehr erwehren. Wie er nun die Mücken mit seinen Händen zu verscheuchen suchte, schlug er auch zufällig an den Beutel, den das Mädchen ihm gegeben hatte. Sagte sie nicht Heilkräuter? Lossang öffnete den Beutel, und der Duft aromatischer Kräuter stieg ihm in die Nase. Da nahm er einige davon heraus, zerrieb sie zwischen den Fingern und strich sich dann mit beiden Händen durch die Haare. Im Nu waren die Mücken verschwunden – und da hörte er auch endlich Hufschläge in der Ferne.

Und da sprengte auch schon das Mädchen auf dem wilden Hengst heran. »Wer badet denn da unten?«, rief sie scherzhaft, als sie Lossang im Schlamm stecken sah. »Das ist ein Bad für Wildschweine!«, rief Lossang Hilfe suchend zurück. »Und wo ist das Wunderpferd geblieben?«, fragte das Mädchen. »Das Pferd ist verschwunden, nur die Perle ist noch übrig geblieben«, entgegnete Lossang. Da half das Mädchen dem Jüngling aus dem Schlamm, und sie gingen beide zurück zu dem Stein, vor dem die strahlende Perle lag. »Nimm sie an dich«, sagte das Mädchen, »du wirst sie noch gut brauchen können!« Lossang steckte die Strahlenperle in seine Tasche, und beide schwangen sich auf den Rücken des wilden Hengstes.

Nach einer halben Tagesreise kamen sie an eine Weggabelung. Das Mädchen sagte: »Nun, Brüderchen, wenn du immer noch an die schöne Bumo denkst, dann trennen sich hier unsere Wege, sie wohnt gar nicht weit von hier. Frage nur nach Norbu, das ist Bumos Vater. Wenn du seine Tochter heiraten willst, wird er dir einige Aufgaben zu lösen geben. Vielleicht aber helfen dir dabei die strahlende Perle und der Beutel mit den Heilkräutern. Ich wünsche dir viel Glück, kann dir dabei aber selbst nicht helfen. Ich warte hier auf dich. Wenn du Erfolg hast, dann werde ich dich wiedersehen und dich beglückwünschen!«

Und mit einem geheimnisvollen Lächeln verabschiedete sich das Mädchen von seinem Retter. Lossang war nachdenklich geworden, und er spürte sogar Trauer in seiner Brust, als er von dem Mädchen wegritt. Aber es galt doch, die schöne Bumo zu finden, die bisher kein Freier erringen konnte. Da tauchten die ersten Häuser eines Dorfes auf. Lossang stieg ab und führte nun das Pferd am Zügel. Von Haus zu Haus fragte er nach Norbu, dem Vater von Bumo. Die Dorfbewohner zeigten ihm den Weg, aber sie warnten ihn, denn Norbu wolle seine Tochter nicht hergeben.

Als Lossang endlich vor Norbu stand, maß dieser ihn mit prüfendem Blick und sagte: »Weißt du auch, worauf du dich da einlässt? Viele haben es schon bereut, überhaupt hierher gekommen zu sein!« Stolz sagte Lossang darauf: »Was andere tun, ist nicht meine Sache. Ich bin nicht gekommen, um vor dem Ziel aufzugeben!« »Das wird sich zeigen«, sagte Norbu, »wir wissen ja noch gar nicht, ob du meiner Tochter überhaupt gefällst!« »Dann bitte ich dich, sie zu rufen. Ich bin genauso neugierig, wie sie aussieht!« »Nicht so schnell, junger Mann«, sagte Norbu, »erst einmal will ich wissen, was du kannst und wofür du taugst. Komm gleich mit mir!«

Und er führte Lossang auf einen freien Platz, auf dem ein fahles Pferd stand. Dann befestigte Norbu am Sattel dieses Pferdes eine Kupfermünze mit einem Loch in der Mitte.« »Nun kannst du deinen Hengst holen«, sagte Norbu zu Lossang, »wenn ich in die Hände klatsche, wird mein Pferd davonjagen. Du musst ihm auf deinem Pferd folgen, es einholen und einen Pfeil genau in das Loch der Münze schießen!« Da holte Lossang den wilden Hengst und saß auf. Norbu klatschte in die Hände, die Jagd ging los, das fahle Pferd schoss von dannen wie ein Pfeil, aber Lossang holte es ein.

Als geübter Bogenschütze hielt er den richtigen Abstand auf gleicher Höhe mit dem fahlen Pferd und schoss. Da klatschte Norbu erneut in die Hände, das Pferd kehrte um und lief zu seinem Herrn zurück. Der Pfeil steckte genau im Loch der Kupfermünze. Man merkte, dass Norbu gar nicht sehr erfreut war, als er zugestehen musste, dass Lossang die Prüfung bestanden hatte. »Die nächste Probe deines Könnens müssen wir auf morgen verschieben«, sagte Norbu, »denn es wird schon dunkel. Du kannst aber hier übernachten!«

Und Norbu zeigte Lossang sein Schlafgemach für die Nacht. »Tritt nur ein!«, sagte Norbu und lachte, als Lossang gleich seinen Kopf an den viel zu niedrigen Türbalken anschlug. »Dann bis morgen, gute Nacht!« Mit diesen Worten schlug Norbu die

Tür zu und kicherte. Der Raum war stockdunkel, Lossang konnte keinen einzigen Gegenstand erkennen. Sollte ihm Norbu hier eine Falle gelegt haben? Er erinnerte sich an die strahlende Perle, nahm sie aus seiner Tasche, und ein wundersames Licht erstrahlte in dem Raum. Und da sah er auch schon, was Norbu für diese Nacht sich für ihn ausgedacht hatte.

An den Wänden saßen überall ganze Schwärme von schwarzen Mücken, von großen Spinnen und Käfern und anderem Ungeziefer, alle saßen sie an den Wänden über ihm und warteten nur, um herabzufallen. Da nahm Lossang schnell den Beutel mit den Heilkräutern aus der Tasche, warf eine Hand voll davon in den Raum und streute den Rest auf sein Lager. Das Ungeziefer verzog sich schleunigst in alle Ritzen und Löcher an den Wänden, in der Decke und auf dem Boden. In aller Ruhe legte sich Lossang nun auf das Bett und schlief auch bald ein.

Am anderen Morgen schlich Norbu sehr früh schon vor das Zimmer Lossangs und legte das Ohr an die Tür, um zu lauschen. Als er längere Zelt keinen einzigen Laut vernahm, öffnete er leise die Tür. Erstaunt darüber, einen hell erleuchteten Raum vorzufinden, fragte er scheinheilig: »Hat mein Gast auch gut geschlafen?« Lossang erwachte, reckte sich auf seinem Lager und stand auf. »So gut habe ich lange nicht geschlafen. Eine vorzügliche Herberge!« Und da sah Norbu, dass der Fußboden handbreit mit toten Mücken und Wanzen bedeckt war. Norbu war ganz kleinlaut geworden.

»Nun steht dir nur noch eine Prüfung bevor. Kein Vater verliert gerne seine Tochter. Du musst mir beweisen, dass dir viel an ihr gelegen ist!« Da führte Norbu seinen Gast ins Freie auf den Dorfplatz. Dort waren schon alle Dorfbewohner versammelt. »Sie wollen alle sehen, ob du diese Prüfung bestehst«, sagte Norbu. Da erstarrte Lossang. Was sah er da? In der Mitte des Dorfplatzes war ein Ring aus Holz und Reisig – und dieser Ring brannte lichterloh. Mitten in dem Flammenring stand ein wunderschönes Mädchen. Es trug eine weiße Kastanienblüte im Haar.

»Das ist Bumo«, riefen die Dorfbewohner, »du brauchst sie nur aus den Flammen zu holen, und sie ist dein!« »Sie ist es!«, rief Lossang, denn er hatte es genau erkannt, es war das Mädchen vom Fluss mit dem Eimer. Da hob auch schon die Schöne in dem Flammenring den Kopf, schaute Lossang mit verlangenden Augen an, nahm die Blüte aus ihrem Haar und warf sie ihm über die Flammen zu. Da riss Lossang die Zauberaxt von seinem Gürtel, schlug mit ihr einen Weg durch den Flammenring und trug die Schöne auf seinen Armen aus dem Feuerkreis.

Begeistert klatschten alle Dorfbewohner Beifall, glücklich hing Bumo in den Armen Lossangs, und Norbu seufzte tief und sagte: »Du hast alle Proben bestanden, meine Tochter ist dein. Ich könnte mir keinen besseren Mann für meine Tochter wünschen!« Und zu Bumo gewandt sprach er: »Ich sehe, du hast deine Wahl längst getroffen, was du an Mitgift willst, das sollst du bekommen!«

Da brachte Bumo zwei Eimer aus Birkenrinde herbei, die von zwei Pfeilen durchbohrt waren. »Dies ist meine liebste Mitgift, Vater«, sagte Bumo, »denn meinen Bräutigam kenne ich schon lange!« Da sah Lossang seine schöne Braut von allen Seiten an und sagte: »Wahrhaftig, du bist es, du bist das Mädchen vom Fluss mit den Eimern!« »Und wer saß auf dem Wunderpferd?«, fragte schelmisch Bumo. »Ist es denn möglich, dieses Mädchen sah genauso aus wie du!« »Das bin ich auch, du brauchst deiner Schwester also keinen Bräutigam suchen, denn die Schwester bin ich, und der Bräutigam bist du!«

Lossang kam aus dem Staunen nicht heraus. »Dann hast du ja gezaubert und mich alles unterwegs erdulden lassen«, sagte Lossang ernst. »Wer tief liebt, der kann auch zaubern!« Bei diesen Worten blickte Bumo ihrem Bräutigam tief in die Augen und setzte hinzu: »Vergib mir, ich wollte dich nur prüfen!« »Dann habe ich dir also von Anfang an gefallen?«, fragte Lossang neugierig. »Ja, ich hatte von dir lange vorher gehört und war neugierig geworden. Dann habe ich es so eingerichtet, dass wir uns am Fluss trafen, und da habe ich mich in dich verliebt.«

Lossang fiel ihr ins Wort und sagte: »Und warum hast du dich dann jedes mal abgewandt?« Bumo lachte und sagte: »Das können Männer nur schwer verstehen. Verlieben kann man sich leicht, aber man muss auch wissen, welch ein Mensch es ist, mit dem man zusammenleben will!« Bei diesen Worten schaute Bumo ihren Bräutigam liebevoll an und sagte: »Du bist klug und furchtlos und gibst niemals auf, solch einen Mann habe ich mir stets gewünscht, und ihn habe ich nun bekommen!« Da wieherte vor dem Hause Norbus der wilde Hengst. »Er freut sich auch«, sagte Lossang, »aber er will nach Hause!«

Da gab Norbu seiner Tochter das schnelle fahle Pferd mit auf den Weg und versprach, die eigentliche Mitgift bald nachzusenden. Norbu und die Dorfbewohner nahmen Abschied von Bumo und winkten den beiden lange nach, als sie auf ihren schnellen Pferden aus dem Dorf ritten. Als sie die grauen Berge erreicht hatten, kannte der wilde Hengst schon seinen Weg nach Hause selbst, denn in dieser Gegend hatte er selbst lange gelebt.

Zu Hause angekommen, konnten sich die Eltern Lossangs vor Freude kaum fassen: ihr Sohn hatte die schöne Bumo als Braut gewonnen, ein Mädchen, so klug und schön, wie man es sich nicht besser wünschen konnte. Lossang und Bumo lebten von diesem Tage an glücklich zusammen, Lossang ging auf die Jagd, und Bumo sorgte sich klug und umsichtig um das Haus und die Herden.

Märchen der Tibeter

Die Kuh mit den Hörnern aus Perlmutt

In der Nähe eines Flusses lebte einmal eine Familie, die nur eine Kuh besaß, aber diese war eine besondere Kuh, denn sie hatte Hörner aus reinem Perlmutt. Eines Tages war die Kuh zum größten Erstaunen der Familie verschwunden. Man suchte überall, aber man fand sie nicht. In dieser Familie gab es drei Töchter, die noch nicht ganz erwachsen, aber doch schon recht selbstständig waren. Jedes der drei Mädchen ging nun für sich allein auf die Suche nach der Kuh, denn jedes wollte die Eltern mit der freudigen Nachricht dann überraschen, wenn es die Kuh finden und zurückbringen könnte.

Die älteste Tochter machte sich gleich auf den Weg zu dem nahe gelegenen Fluss, traf dort eine alte Frau und fragte diese, ob sie eine allein umherirrende Kuh gesehen hätte. »Und wie sieht die Kuh denn aus?«, fragte die Alte. Da beschrieb das Mädchen ganz genau die seltene Kuh mit den schimmernden Hörnern aus Perlmutt. Die Alte sagte, dass sie eine solche Kuh nicht gesehen hätte, aber es sei ja möglich, dass sie über den Fluss geschwommen sei und vielleicht in den jenseitigen Uferauen weide. »Komm mit mir!«, sagte die Alte, »mein Haus liegt da drüben über dem Fluss, vielleicht finden wir dort die Kuh.«

Die älteste Tochter ging mit der Alten, und als sie beide deren Haus erreichten, lud diese sie auch noch zum Essen ein. Die Alte setzte dem Mädchen gut gewürztes Fleisch in einer schönen silbernen Schüssel vor. Das Mädchen langte kräftig zu, wusste aber nicht, dass die Alte ihr Menschenfleisch vorgesetzt hatte. Bald danach kam auch die zweite Tochter an das Flussufer, wo bereits wieder die Alte saß. Höflich fragte sie nach der verschwundenen Kuh, erhielt die gleiche Auskunft und wurde eingeladen, mit nach drüben ans andere Ufer des Flusses zu kommen. Die Alte lud auch die zweite Tochter in ihr Haus ein und setzte ihr in der gleichen Silberschüssel zartes, dampfendes Fleisch vor. Die zweite Tochter aß nach Herzenslust, ohne zu wissen, dass sie Menschenfleisch vor sich hatte.

Inzwischen war auch die jüngste Tochter aufgebrochen, hatte da und dort gesucht und war schließlich ebenfalls an das Flussufer gekommen. Als dort ein altes Weib auftauchte, fragte die jüngste Tochter: »Kannst du mir helfen? Ich suche nämlich unsere Kuh, sie ist leicht zu erkennen, denn sie hat Hörner aus purem Perlmutt!« Die alte Frau bedauerte, keine Kuh dieser Art gesehen zu haben, lud aber das Mädchen ein, mit ihr über den Fluss zu kommen, um dort einmal nachzusehen. Bald kamen die beiden zu dem kleinen Haus der Alten.

Das Mädchen sah sich gewissenhaft um und bemerkte, dass die Wohnung sehr schäbig war und viele Dinge fehlten, die man sonst in einem Hause anzutreffen pflegt. Da stand nicht einmal der große Teekessel auf dem Herd, der überall in den Häusern so schön vor sich hinsummt, und es war nicht der allerkleinste Hausaltar in der Ecke zu sehen. »Vielleicht«, so sagte sich die jüngste Tochter, »hat die Alte ihren Hausaltar in einem anderen Raum«, und sie spähte aus, ob sie in dem anderen Zimmer etwas ausmachen könne. Da war aber nichts zu machen, die Tür, die zu dem anderen Raume des Häuschens führte, war fest geschlossen.

Die Alte legte dem Mädchen nun ein paar größere Fleischstücke vor, die sie mit einer langen Gabel aus einem bauchigen schwarzen Kessel hervorholte und ihrem Gast in einer Silberschüssel auftrug. Dies war die gleiche Schüssel, aus der auch ihre beiden Schwestern vor nicht allzu langer Zeit gegessen hatten. Die jüngste Tochter begann zu essen, bemerkte aber gleich, dass das Fleisch einen ganz eigenartigen Geschmack hatte. Als die Alte nun in den Garten ging um Feuerholz zu holen, da machte sich in einer Ecke ein kleiner magerer Hund bemerkbar, der schnell zu dem Mädchen herankam und mit leiser, aber menschlicher Stimme um einen Bissen bat.

»Wenn du mir den Rest von deinem Mahl überlässt, sage ich dir auch, wo die verschwundene Kuh geblieben ist«, raunte ihr der Hund ins Ohr, als sich das Mädchen zu ihm hinunterbeugte. Schnell stellte das Mädchen die ganze Schüssel mit dem Fleisch auf den Boden, und der Hund begann hastig zu fressen. Als er die Silberschüssel leergefressen und auch noch ausgeleckt hatte, verriet er dem Mädchen, dass hinter der Tür gegenüber nicht nur die gesuchte Kuh, sondern auch die beiden anderen Schwestern eingesperrt seien.

Die jüngste Tochter wollte dies zuerst gar nicht für möglich halten, aber der Hund fuhr fort: »Die Alte ist eine Hexe, sie ernährt sich von Menschenfleisch und will auch dich in ihrem bauchigen schwarzen Kessel zubereiten.« Die jüngste Tochter erschrak, wie sie noch nie in ihrem Leben erschrocken war. Die Stimme des Hundes war so freundlich, sein Wesen zu zutraulich, dass sie Vertrauen zu ihm fasste und eilends fragte: »Was kann ich bloß tun, wenn die Alte sogleich hereinkommt?« »Du musst sie sofort töten, sonst bist du verloren und mit dir deine Schwestern und die Kuh!«, sagte mit fester Stimme der Hund.

Schnell ergriff die jüngste Tochter ein großes Messer, das neben dem Kessel lag, und versteckte sich hinter der Tür. Als die Hexe hereinkam, packte die jüngste Tochter sie bei den langen strähnigen Haaren und schnitt ihr die Kehle durch. Die Hexe sank leblos zu Boden. Nun versuchte die jüngste Tochter sofort, die Gefangenen zu befreien, aber die Tür war so fest verschlossen, dass sie zuletzt hilflos die Arme sinken ließ. Da kam ihr wieder der Hund zu Hilfe, er schnupperte an einer der Schürzentaschen der Hexe herum und zog schließlich den Schlüssel zu der Tür daraus hervor.

Als die jüngste Tochter nun die Tür aufschloss, fielen ihr die beiden Schwestern, weinend vor Freude, um den Hals. Sie hatten beide Todesängste ausgestanden. Die Kuh wurde ebenfalls befreit, auch sie wäre eines Tages von der Hexe geschlachtet worden. Als die Mädchen daraufhin das Haus durchsuchten, fanden sie eine Menge Gold und kostbare Juwelen, die sie mit sich nach Hause nahmen. Der hilfreiche Hund durfte ebenfalls mit ihnen nach Hause und wurde ihr guter Freund. Nun brauchten sie keine Sorge mehr zu haben, dass sich die Kuh mit den Hörnern aus Perlmutt wieder verlaufen könnte, denn der Hund passte jetzt auf und war bald zu einem treuen Hüter des Hauses geworden.

Märchen der Tibeter

Die Fee und der Prinz

In einem fernen Lande lebte einmal ein junger Prinz, der war wild und ausgelassen, im Grunde seines Herzens aber ein guter Mensch. Eines Tages war der Prinz auf das flache Dach seines Schlosses gestiegen und vertrieb sich die Zeit mit Vogelschießen. Da sah er vom gegenüberliegenden Dorf ein altes Mütterchen heranhumpeln mit einem Wasserkübel auf dem Rücken. Mutwillig hob der Prinz seine Schleuder, zielte auf den Wasserkübel der alten Frau und schoss eine Steinkugel hinüber. Peng, der Kübel hatte ein Loch, und das Wasser sprudelte auf die Erde.

Zornig hob die alte Frau den Kopf und hielt nach dem Übeltäter Ausschau. Sie wollte eben tüchtig schimpfen, da gewahrte sie den Prinzen auf dem Dach des Schlosses. Schnell verschluckte sie die Worte, die ihr auf der Zunge lagen. Wagte sie auch nicht zu schimpfen, so schmerzte sie das angetane Unrecht doch sehr. Sie setzte sich auf die Erde und streichelte ihren Wasserkübel. Der Prinz sah es und merkte nun, was er angerichtet hatte. Schnell eilte er zu der Frau, tröstete sie und besserte mit einem Holzstück den Kübel aus. Dann nahm er das Gefäß, ging damit zum Fluss, füllte es bis zum Rand, brachte es zurück und hob es dem Mütterchen wieder auf den Rücken.

Er begleitete sie nach Hause und stützte sie hilfreich. Die alte Frau vergaß ihre Unbill; ihr Schmerz hatte sich bald in Freude gewandelt. »Prinz«, sagte sie zu ihm und blickte ihn mit dankbaren Augen an, »dein Herz ist edel und gut. Ich wünsche dir, dass Drolmakyid einmal deine Gattin wird.« Drolmakyid? Von ihr hatte der Prinz noch nie gehört. »Großmutter, wer ist denn Drolmakyid? Wo lebt sie? Ist sie schön?« Die Alte spürte, dass des Prinzen Neugierde erwacht war, und erklärte ihm: »Drolmakyid ist eine unvergleichlich schöne Fee, aber sie wohnt weit, weit weg von hier.« Kaum hatte die alte Frau diese Worte ausgesprochen, stand bei dem Prinzen auch schon der Entschluss fest, um diese Fee zu werben. »Aber Großmutter, wo finde ich sie denn? In welcher Gegend muss ich nach ihr suchen?«

Die Alte erkannte, dass des Prinzen Absicht aufrichtig war und verriet ihm das Geheimnis: »Drolmakyid lebt fern von hier in einer dir unbekannten Gegend. Auf dem allerschnellsten Ross brauchst du bis zu ihr zehn volle Tage. Du darfst dir bei diesem Ritt keine Rast gönnen, Tag und Nacht musst du weiterreiten. Am Ende des zehnten Tages wirst du an einen dichten Orangenhain kommen, in dessen Mitte ein besonders schöner Orangenbaum steht. Nun bist du bei Drolmakyid, aber du kannst sie nicht sehen. Besteige den Baum und suche unter allen Früchten einen Goldapfel. Diese Frucht ist so groß wie ein Hühnerei und verbreitet goldene Strahlen. Diesen Goldapfel pflücke ab und stecke ihn in die Tasche. Dann aber steige aufs Pferd und reite davon. Suche sofort das Weite und blicke dich nicht mehr um! Du darfst aber auch die Orange unterwegs nicht schälen, um zu sehen, was darin ist. Sonst kann es nämlich geschehen, dass Drolmakyid dir davonfliegt.«

Der Prinz dankte dem Mütterchen mit vielen herzlichen Worten und wollte sich von ihr verabschieden, da gab sie ihm noch einen guten Rat: »Damit du nicht in einen fürchterlichen Sturm gerätst oder in ein anderes Unglück rennst, befrage den Wahrsager, bevor du aufbrichst. Er soll dir einen günstigen Tag für die Reise aussuchen.« Der Prinz ging zum Schloss zurück, fand aber keine Ruhe. Am liebsten wäre er auf dem erstbesten Pferd davon gestürmt. So lief er mit seinem Geheimnis wie eine Ameise auf einem heißen Kessel herum. Mit seinem Vater wagte er das Unternehmen nicht zu besprechen, denn er fürchtete, sein Vater könnte ihn davon abhalten.

Als die Sonne hinter die Berge getaucht war und alle im Schloss zur Ruhe gegangen waren, lief der Prinz zu den Ställen, wählte ein edles weißes Pferd aus, schwang sich hinauf und galoppierte aus dem Schlosshof. Einen Wahrsager erst noch zu befragen, dauerte ihm viel zu lange, so jagte er auf seinem Schimmel in die Richtung davon, die ihm das alte Mütterchen gewiesen hatte. Das Ross war vorzüglich. Ohne Rast sprengte es voran. Über schneebedeckte Berge und Gletscher ging der Ritt, reißende Ströme mussten überwunden, weite Steppen durchquert werden.

Am Abend des zehnten Tages gelangte der Prinz an einen Orangenhain von üppig grüner Pracht. Er ließ das Pferd Schritt gehen und ritt langsam in den Hain. In der Mitte des Gartens stand ein mächtiger Orangenbaum. Nie zuvor hatte der Prinz einen solch herrlichen und stattlichen Baum gesehen. Wie ein König der Bäume ragte er hervor. Aus seinen Zweigen und Blättern leuchteten goldgelb die Früchte in verschwenderischer Fülle. Der Prinz dachte: »Nur dieser kann es sein!« und war auch schon mit einem Satz vom Pferd gesprungen. Sogleich kletterte er auf den Baum und stieg bis in die Krone. Da blitzte ihm plötzlich, als er nach allen Seiten Ausschau hielt, aus dem dichten Blättergewirr etwas entgegen. Der Prinz tastete sich vorsichtig durch das Geäst und erspähte eine Orange, die in goldenem Glanz erstrahlte und nicht größer war als ein Hühnerei.

Da stieß er einen Jubelschrei aus, drang im Gezweig vor und pflückte vorsichtig diesen Goldapfel. Kaum hatte er die wunderbare Orange in der Tasche an seiner Brust geborgen, da brach eine undurchdringliche Finsternis herein, ein Sturm heulte los, überschüttete ihn mit Sand und Steinen, und der Orangenbaum schwankte und schaukelte gefährlich hin und her. Da fiel dem Prinzen ein, dass er die erste Mahnung der alten Frau in den Wind geschlagen hatte. Ohne den Rat eines Wahrsagers hatte er sich in das Abenteuer gestürzt. Nun blieb ihm nichts anderes übrig, als sich fest an die Äste zu klammern und das Ende des Sturmes abzuwarten.

Der Sturm aber schwoll weiter an. Die Äste bogen sich, der Prinz verlor den Halt, stürzte in die Tiefe und blieb besinnungslos liegen. Als er nach längerer Zeit wieder zu sich kam, waren Sturm und Finsternis vorüber. Er wusste nicht, wie lange er so dagelegen hatte. Friedlich graste der Schimmel an seiner Seite. Der Prinz fuhr mit der Hand zur Brust. Die Orange war noch wohlgeborgen in seiner Tasche. Die Freude des Prinzen war groß. Es erschien ihm aber zu gewagt, länger an diesem Ort zu weilen. Schnell schwang er sich auf sein Pferd und jagte wie ein Pfeil durch die Bäume und aus dem Hain hinaus. Gar zu gerne hätte er nun sogleich die Orange geöffnet, um zu sehen, wie Drolmakyid wohl aussähe, aber er bezwang sich. Die Mahnung der alten Frau war ihm wieder eingefallen, und so zog er jedes Mal die Hand zurück, wenn er voller Neugierde in die Tasche gegriffen hatte.

Tag um Tag und Nacht um Nacht ritt er dahin. Am Abend des zehnten Tages tauchte in der Ferne das väterliche Schloss auf. Überglücklich begrüßte der Prinz die Heimat, und nun war es mit seiner Beherrschung vorbei. Er öffnete seine Tasche, holte die Orange hervor und brach die goldleuchtende Schale auf. Ein blendender Lichtstrahl zuckte aus dem Innern hervor, und er sah mitten im Kranz goldener Strahlen ein wunderschönes Mädchen in der Orange sitzen. Noch hatte er kein Wort mit der Fee gesprochen, da erhob sich ein schrecklicher Sturm, ein Tosen und Heulen, dass dem Prinzen Hören und Sehen verging. Bebend schloss er die Frucht.

Er erkannte: Noch war er nicht ganz zu Hause, noch war er unterwegs, die alte Frau hatte wieder einmal recht behalten. Er tätschelte seinem Pferd den Hals, trieb es zu einem letzten Galopp an, durchbrach den Sturmring und ritt wohlbehalten in den Schlosshof ein. Von allen Seiten tönten freudige Rufe: »Der Prinz ist da! Der junge Herr ist zurück! Er ist wiedergekommen!« Die Eltern waren außer sich vor Freude, hatten sie doch in den vergangenen Wochen voller Sorge Leute in alle Richtungen gesandt, die ihren Sohn suchen sollten. Man hatte die Priester um Fürbitte gebeten, hatte die Götter angefleht, aber von keiner Seite war den betrübten Eltern Kunde von ihrem Sohn geworden.

Der Aufregung folgte die Trauer über das spurlose Verschwinden des jungen Mannes. Und nun war er wiedergekommen. Haarklein ließen sie sich alles von ihm erzählen. Beide waren so froh über seine Rückkehr, dass sie ihm keine Vorwürfe machten. Da fasste der Prinz Mut und bat seine Eltern um das Jawort zu seiner Vermählung mit Drolmakyid. Bei der Aussicht, ihren Sohn mit einer Fee vermählen zu können, willigten Vater und Mutter gern ein und setzten gleich einen Tag für die Hochzeit fest.

Unter größtem Staunen und allgemeiner Freude wurde die Orange geöffnet, ein winziges Mädchen stieg heraus und stand mit einem Mal als hübsche Braut in menschlicher Größe vor allen, die sie bewundernd betrachteten. Kein anderes Mädchen weit und breit konnte es mit der Schönheit von Drolmakyid aufnehmen. Ihre Gestalt war feenhaft zart und ihr Antlitz von zaubernder Anmut. Die Eltern schlossen die Schwiegertochter sogleich in ihr Herz und bestimmten, dass nach des Landes Brauch und Sitte eine passende Zofe ausgewählt werden sollte.

So trafen schon bald aus allen Teilen des Landes zahlreiche Mädchen im Königsschloss ein. Da erschienen hoch gewachsene und kleingeratene Mädchen, zierliche und dralle, Mädchen mit rauer Haut und reizend schöne. Man wählte und verglich, man erwog und verwarf, aber kein Mädchen genügte den Wünschen, denn keine konnte sich mit der engelsschönen Braut vergleichen. Am letzten Tag der Zofenwahl erschien ein Mädchen am Königshof, das man für die leibliche Schwester der Braut halten konnte. Ihr Wuchs und ihre Bewegungen glichen so sehr Drolmakyid, dass sie nach kurzer Beratung zur Zofe erkoren wurde.

Niemand ahnte, dass dieses Mädchen eine Hexe war, abgrundtief böse und voll teuflischer Pläne, die sie in den ersten Wochen tückisch verbarg. Der Prinz hatte Drolmakyid sehr lieb gewonnen, und sie waren nach der Hochzeit ständig zusammen. Die Zofe war eine fürsorgliche Dienerin und schien nur das Glück der beiden im Auge zu haben – so glaubten alle am Königshof. Der Prinz und seine junge Frau vergnügten sich des öfteren bei heiterem Spiel im Garten. Die Hexenzofe war stets dabei.

Da überfiel eines Tages den Prinzen im Garten die Müdigkeit, er legte das Haupt in die Arme seiner Frau und schlief ein. Als die Hexe den Prinzen schlummern sah, fasste sie einen bösen Entschluss. Sie wandte sich lachend an Drolmakyid: »Liebe Prinzessin, alle preisen deine Schönheit, doch ich möchte wetten, dass ich noch schöner bin. Glaubst du es nicht? Wir können ja, solange der Prinz schläft, zum Strand hinunter laufen und im Wasser unser Spiegelbild ansehen. Da können wir vergleichen, wer die Schönere von uns beiden ist!« Drolmakyid lachte, und da sie sich selbst für die Schönste hielt, willigte sie in das Spiel ein: »Wenn du unbedingt willst, dann lass uns gleich am Strand den Wettbewerb austragen!«

Leise und behutsam bettete Drolmakyid den schlafenden Prinzen ins Gras, fasste ihre Zofe bei der Hand und lief gemütlich lachend mit ihr zum Ufer des Sees hinunter. Als sie sich nun über das Wasser beugten, sahen ihnen wahrhaftig Zwillingsschwestern als Spiegelbild entgegen. Es war nicht leicht, die beiden allerliebsten Geschöpfe auf den ersten Blick zu unterscheiden. Beim genaueren Zusehen aber blieb kein Zweifel: die Würde und Natürlichkeit Drolmakyids war mit ausgesuchter Anmut gepaart; die Prinzessin war schöner als die Zofe.

Die Hexe musste sich selbst eingestehen, dass sie diesem Vergleich nicht gewachsen war. Aber sie gab sich nicht etwa geschlagen, sondern behauptete kühn: »Liebe Prinzessin, du bist keineswegs schöner als ich. Deine Gewänder und dein Schmuck lassen dich nur schöner erscheinen. Kostbare Seide trägst du und Kleider aus Yakwolle, und du kannst mit Perlen und Edelsteinen aufwarten. Dagegen bin ich bescheiden angezogen, ja, man könnte fast sagen, dass ich dagegen nur hässliche Fetzen anhabe. In deinen Gewändern und mit deinem Schmuck wäre ich bestimmt schöner als du!«

»Wir können ja die Kleider tauschen!«, sagte Drolmakyid, die die verborgene Absicht ihrer Zofe nicht erkannte. Bei sich dachte die Prinzessin: »Was immer ich auch anziehe, ich bin und bleibe schöner als die Zofe.« Arglos tauschte Drolmakyid die Kleider. Da deutete die Hexe auf das Spiegelbild im Wasser und rief: »Komm her und schau in den Spiegel: Jetzt zeigt sich, wer wirklich die Schönere ist.« Drolmakyid trat ans Wasser und betrachtete die Abbilder, die ihr entgegenschauten.

Da gab ihr die Hexe mit beiden Händen von hinten einen kräftigen Stoß, das Wasser spritzte nach allen Seiten auseinander, und Drolmakyid sank in die Tiefe. Bald sah man nur noch einige Bläschen an die Oberfläche des Sees steigen, dann war alles totenstill. Die Hexe brach in höhnisches Lachen aus und kehrte dann in den Garten zu dem Prinzen zurück. Mit weichen Händen bettete sie den Schlafenden an ihre eigene Brust und ließ ihn weiterschlummern. Erst nach einiger Zeit erwachte der Prinz. Schlaftrunken schlug er die Augen auf und stammelte: »Bin ich denn eingeschlafen? Habe ich in deinen Armen geschlummert?« Die Hexe ahmte die Stimme Drolmakyids nach und antwortete: »Mein Prinz, du hast gut geschlafen, es ist aber längst Zeit, nach Hause zu gehen!« »Wo ist denn die Zofe geblieben?«, fragte er, denn er vermisste sie sogleich, war sie bisher doch nie von der Seite der Prinzessin gewichen. »Ach«, entgegnete die Hexe, »die Zofe habe ich schon nach Hause geschickt.«

Dem Prinzen kam an seiner Gemahlin einiges sonderbar und fremd vor, doch er konnte sich nicht erklären, was es war. Wie er sie so anstarrte und in ihren Zügen forschte, wurde die Hexe unter seinem prüfenden Blick unruhig. Sie lachte verlegen und fragte: »Mein Prinz, was schaust du mich dauernd so an?« »Deine Stimme und dein Mienenspiel sind anders als sonst. Mir scheint, du hast dich verändert.« Die Hexe war um eine Ausrede nicht verlegen und sagte leichthin: »Ich bin doch deine Fee. Wenn ich länger unter Menschen lebe, verändere ich mich.«

Der Prinz ließ sich durch diese Worte täuschen und ging der Sache nicht weiter auf den Grund. Wenige Tage später kam ein Pferdeknecht zur Tränke an das Seeufer und gewahrte weit draußen auf dem Wasser einen goldenen Schein. Als er genauer zusah, war es eine goldene Lotosblume, die mitten aus dem See hervorwuchs und im Winde schwankte. Eine goldene Lotosblume hatte der Knecht noch nie gesehen, und gleich berichtete er dem Prinzen davon. Der Prinz merkte in diesen Tagen, dass sich seine Gemahlin sehr verändert hatte. Sie war nicht mehr so sanft und liebenswert wie früher, und das betrübte ihn.

Die Nachricht des Pferdeknechtes versetzte den Prinzen plötzlich in Aufregung und große Ungeduld. Er eilte an den Strand. Vor seinen Augen lag nur die weite Wasserfläche, von einer goldenen Lotosblume war nirgendwo etwas zu sehen. Am nächsten Morgen war er schon bei Sonnenaufgang zur Stelle. Vor ihm trieben zwar die grünklaren Wellen ihr plätscherndes Spiel, aber die Blume zeigte sich nicht. Am dritten Morgen begann der Prinz zu zweifeln. Hatte der Pferdeknecht trübe Augen oder wollte er ihn gar irreführen? Er stellte den Mann zur Rede, doch der schwor beim segenspendenden Buddha, er habe wirklich und wahrhaftig eine goldene Lotosblume gesehen. Schließlich sagte der Knecht: »Mein Prinz, die Sache ist merkwürdig. Vielleicht hält sich die goldene Lotosblume vor Euch verborgen, vielleicht fürchtet sie sich vor Euch. Zieht doch morgen früh meine Kleider an und versucht es noch einmal am See!«

Der Vorschlag gefiel dem Prinzen, und er lieh sich die Kleider seines Knechtes. Kaum waren am nächsten Morgen die ersten Lichtstreifen am Horizont sichtbar geworden, da führte der Prinz, als Knecht verkleidet, sein weißes Ross an den Strand. Und nun sah er bei der aufsteigenden Morgenröte ganz deutlich eine goldene Lotosblume aus dem Wasser ragen. Er fühlte sich bezaubert von der Blume und musste immer zu ihr hinsehen. Dem Prinzen war es, als habe er sie schon einmal gesehen, nur wusste er nicht, wann und wo das gewesen sein mochte. Er faltete die Hände zum Gebet und neigte sein Haupt: »Segenspendender Buddha, wenn diese Lotosblume mit meinem Schicksal verknüpft ist, dann gib sie mir zum Geschenk!«

Nach diesem Gebet stürzte sich der Prinz in das Wasser. Er war ein guter Schwimmer. Mit kräftigen Armen schwamm er weit hinaus. Ihm war, als winkte ihm die goldene Blume zu; als er näher kam, wiegte sie sich im Winde. Er pflückte sie und brachte sie wohlbehalten ans Ufer. Ein Glücksgefühl überkam ihn. Im Tempel des Schlosses stellte er eine goldene Vase auf, in die er die goldene Lotosblume steckte. Trost ging von ihr aus, so dass er keinen Schritt von ihr wich und Tag und Nacht bei ihr im Tempel wachte.

Der Hexe war dies alles nicht verborgen geblieben. Ihre Verschlagenheit war groß, und unstet schweiften ihre Blicke hin und her. Sie durchschaute sofort, dass die goldene Lotosblume niemand anders war als die verwandelte Fee. Nur daher kam die hinreißende Schönheit dieser Blume, nur daher die hingebende Liebe des Prinzen. Voller Hass und Eifersucht ersann die Hexe einen neuen teuflischen Plan.

Die Gelegenheit, ihn auszuführen, erhielt die Hexe, als der Prinz auf die Jagd ging, um sich zu zerstreuen. Sie eilte in den Tempel, riss die goldene Lotosblume aus der goldenen Vase und lief zu einer weit entfernten Schlucht, zu der kaum je ein Mensch kam. Dort schichtete sie einen großen Reisighaufen auf, zündete ihn an und warf die goldene Lotosblume in die lodernden Flammen. Die Blume verdorrte im Feuer, färbte sich pechschwarz und sank zu einem kleinen Aschenhäuflein zusammen.

Die falsche Fee lachte boshaft und kehrte ins Schloss zurück. Einige Tage gingen ins Land, da spross aus dem Aschenrest der Lotosblume ein zarter, grüner Keim hervor. Berührte der Wind den Keim oder traf ihn das Sonnenlicht, so wuchs er zusehends. Ja, man hätte ihn tatsächlich wachsen sehen können, denn er wuchs in wenigen Tagen zu einem über vierzig Meter hohen Walnussbaum heran. Nicht einmal drei Männer konnten seinen Stamm umspannen. Unzählige, eigroße Walnüsse rankten in seinem blätterreichen Geäst. Die Hexe aber war auf der Hut. Selbst im Schlafe noch plagte sie die Angst vor einer neuen Wandlung Drolmakytds.

Seitdem sie die goldene Lotosblume verbrannt hatte, hatte sie keine ruhige Minute mehr. Nach wenigen Tagen lief sie wieder zu der weit entlegenen Schlucht, um nachzusehen, ob sich dort etwas ereignet habe. Totenblässe überzog ihr Gesicht: Kerzengerade und wuchtig wuchs zwischen dem Feldgestein ein herrlicher Walnussbaum in üppigem Blätterschmuck. Es gab keinen Zweifel: Dies war eine neue Verwandlung der Prinzessin. Die Hexe dachte sich einen neuen niederträchtigen Plan aus. Sie eilte ins Schloss zurück und ließ sich dort nichts anmerken. Am Abend setzte sie sich zum Prinzen und erzählte mit scheinheiligem Gesicht: »Mein Prinz, heute kam ich beim Spaziergang in eine abgelegene Schlucht. Dort wächst ein mächtiger Walnussbaum mit einer Unmenge von Früchten. Man würde es dir sicher als gute Tat anrechnen, wenn du die Walnüsse an deine Untertanen verschenken wolltest.«

Dem Prinzen gefielen diese Worte, er hielt sie für den Ausdruck von Menschenfreundlichkeit und gesunder Vernunft. Schon am anderen Tag erließ er eine Botschaft an das Volk: »Ich, der Prinz, verschenke die Walnüsse in der Felsschlucht an meine Untertanen. Wer kommt, kann selbst pflücken!« Die Botschaft war kaum unter die Leute gekommen, da geriet Bewegung in die große Schar der Untertanen. Von allen Seiten des Landes brachen sie zu der Felsschlucht auf, jeder wollte der erste sein, keiner wollte das prinzliche Geschenk verpassen.

In der sonst so einsamen Schlucht wimmelte es bald von Menschen. Die einen pflückten die herrlichen Nüsse, die anderen schlugen sie einfach vom Baum herunter. In weniger als einem halben Tag waren alle Äste und Zweige kahlgeerntet. Sobald sich die Menge am Abend verlaufen hatte, befahl die falsche Prinzessin den Soldaten, den Baum zu fällen und das Holz zu verbrennen. Das Riesenfeuer loderte drei Tage und drei Nächte, dann sank es in sich zusammen und erlosch.

Zu der Zeit, als dies alles geschah, wohnten eine Mutter und ihr Sohn in einer armseligen Hütte hinter dem Schloss des Königs. Jeden Tag zog der Sohn mit den Schafen die Berge hinauf, wo sie wohlschmeckende Gräser und Kräuter fanden. Die Mutter besorgte das Haus, trug Wasser herbei und kochte das Essen. Viel hatten die beiden nicht, und manches Mal gingen sie hungrig zu Bett. An jenem Tag, als alle Leute zum Walnusspflücken in die Schlucht gelaufen waren, hütete der Sohn wie immer die Schafe in den Bergen und kam erst kurz vor der Dunkelheit nach Hause.

Als er nun von dem großen Ereignis des Tages hörte, ließ er sofort sein Essen stehen und lief zu der Schlucht, so schnell er konnte. Dort waren aber alle Nüsse schon gepflückt, die Leute waren fort, er war allein. Mit leeren Händen wollte er jedoch nicht nach Hause kommen, und so suchte er die ganze Schlucht Schritt für Schritt ab. Seine Mühe war nicht vergeblich. In einem Felsspalt entdeckte er noch eine einzige Walnuss, und zwar eine besonders große. Die Nuss war rund wie eine Kugel und zeigte ein wunderbar frisches Grün.

Obwohl ihn die Nuss sehr verlockte, aß er sie doch nicht, sondern brachte sie heim zu seiner Mutter und sagte: »Ein Geschenk vom Prinzen! Hier, Mutter, diese Nuss ist für dich!« Die Walnuss strömte einen feinen, geheimnisvollen Duft aus. Die Mutter bestaunte sie gehörig, aber sie aß sie auch nicht, sondern wollte sie für den Jungen aufheben und dachte bei sich: »Er hat es doch so hart. Am Morgen muss er immer früh aufstehen, und am Abend kommt er spät ins Bett.« Und sie legte die Walnuss auf das Fensterbrett.

Am nächsten Morgen füllte der Junge wieder Gerstenmehl in seinen Beutel und brach in aller Frühe mit seinen Schafen in die Berge auf. Die Mutter machte sich im Hause zu schaffen. Bald war es Mittag, und sie begann, das Essen herzurichten. Mit dem Wasserkübel auf dem Rücken, stieg sie zum Ufer hinunter, um

Wasser zu holen. Sie staunte nicht schlecht, als sie wieder ins Haus trat. Auf dem Tisch stand das Essen, alles war schon fertig, und eine Kanne Tee summte lustig auf dem Ofen.

Die Frau erschrak, rief nach dem Unbekannten, sie lief ums Haus, sie fragte alle Nachbarn, keiner hatte einen Menschen kommen oder gehen sehen. Der Sohn kam abends nach Hause und hörte staunend den Bericht seiner Mutter. Das Wunder wiederholte sich drei Tage hintereinander. Mutter und Sohn waren sprachlos, aber sie wollten dem Geheimnis unbedingt auf die Spur kommen. Deshalb beschlossen sie, sich am nächsten Tag auf die Lauer zu legen.

Am anderen Morgen schulterte der Sohn seinen Beutel, wie immer gefüllt mit Gerstenmehl, und die Mutter nahm den Kübel auf den Rücken, nachdem sie genug Weizen für das Essen gemahlen hatte. Beide ließen sich nichts anmerken, doch sie gingen nicht weit vom Haus fort, sondern kehrten bald um und schlichen zu ihrer Hütte zurück. Der Sohn kletterte auf das Dach, um durch die Luke in die Stube zu spähen, und die Mutter versteckte sich draußen vor der Tür.

Da geschah in der Stube etwas Unerwartetes. Der Sohn sah durch die Luke, die Mutter durch einen Spalt in der Tür: Auf dem Fensterbrett platzte die kugelrunde, jadegrüne Walnuss mit einem leisen Knall in zwei Hälften, goldenes Licht blitzte auf, und aus dem Innern schwebte, groß und größer werdend, ein allerliebstes Mädchen hervor. Es setzte die zarten Füße auf den Boden, rollte die Ärmel in die Höhe und machte Feuer. Alles, was sie anpackte, war schnell getan. Mit geschickten Händen hatte sie bald das Essen bereitet. Die beiden Lauscher waren erstaunt und sprachlos.

»Dieses liebliche Kind habe ich noch nie gesehen«, sagte sich die Mutter. »Wie kommt das alles bloß, und was hat es mit der geheimnisvollen Nuss auf sich?« Das Mädchen räumte bereits die Stube auf und wandte sich wieder dem Fensterbrett zu, um in die Walnuss zurückzukehren. Da stieß die Mutter die Tür auf, stürzte in die Stube, hielt mit jähem Griff das Mädchen fest und fragte: »Wer bist du? Bist du eine Fee oder ein Gespenst des Bösen?« »Ich bin kein Gespenst, ich bin die Fee Drolmakyid«, antwortete das liebliche Mädchen. »Eine Fee! Ja, nur eine Fee kann so gut und so lieb sein! Wie kommt es aber«, fragte die Mutter, »dass du in einer Walnuss wohnst?«

Das liebliche Mädchen seufzte tief, sah die beiden traurig an und erzählte, was man ihr angetan hatte. Die Erzählung rührte die alte Frau. Unter Tränen sagte sie zu Drolmakyid: »Ich bin nur eine arme Frau und lebe mit meinem Sohn in diesem Häuschen. Wenn du willst und unsere Armut dich nicht stört, dann bleibe bei uns! Wohne bei uns und sei meine Tochter!« »Welch große Liebe von dir, Mütterchen!«, sagte Drolmakyid. »Ich will gern deine Tochter sein, aber ihr müsst beide schweigen können und dürft keiner Menschenseele etwas verraten!«

Mutter und Sohn versprachen es, und so gehörte Drolmakyid zur Familie. Sie half der Mutter bei den Hausarbeiten und las ihr jeden Wunsch von den Augen ab. Niemals aber ging sie aus dem Haus, nie ging sie Wasser holen oder Brennholz sammeln, denn sie fürchtete, es könnte sie jemand sehen. Die Tage flossen ruhig dahin. Friedlich und glücklich lebten die drei in ihrem Häuschen. Eines Tages trug die Mutter Drolmakyid auf, die Möhren zum Trocknen auf das Dach zu legen. Drolmakyid zögerte, denn vom Königsschloss aus konnte man das Dach der Hütte sehen.

Das Schloss lag gleich gegenüber. Sollte die Hexe sie je entdecken, war nicht abzusehen, was daraus Böses folgen konnte. Einerseits wollte sie der Hausmutter den Wunsch nicht abschlagen, andererseits wünschte sie sehnlichst, den Prinzen einmal wiederzusehen. Das Verlangen nach ihrem Gemahl glühte ständig in ihr. Um ihr Antlitz zu verbergen, setzte sie einen breitrandigen Strohhut auf, stieg auf das Dach und legte die Möhren zum Dörren aus. Insgeheim lugte sie dabei zum Schloss hinüber und hoffte, der Prinz möge am Fenster stehen.

Da wollte es das Unglück, dass die Hexe nach dem Mittagsmahl den Ausblick vom Schlossdach genießen wollte. Sie lehnte am Geländer und ließ ihre Blicke in die Runde schweifen. Der Tag war sonnig, aber auch windig. Unversehens brauste in diesem Augenblick ein heftiger Windstoß heran und riss Drolmakyid den Strohhut vom Kopf. Der gleiche Windstoß erreichte auch die Hexe und blies ihr kräftig um die Ohren, so dass sie Kopf und Schultern einzog. Sie blickte in die Richtung, aus der der Windstoß gekommen war und sah auf das Dach des Häusleins. Das

Blut stockte ihr in den Adern. »Drolmakyid. Sie ist nicht tot? Wie ist das möglich? Aber diesmal soll es gelingen!«

Sogleich hastete sie grausam entschlossen die Treppe hinab und befahl acht Palastdiener zu sich. Streng gab sie ihnen die Weisung: »Auf zur Hexenjagd! Dort drüben seht ihr eine ärmliche Hütte. Darin versteckt sich ein bestrickend schönes Mädchen. Es ist eine Hexe. Von ihr droht dem König und uns allen großes Unglück. Fesselt sie mit Stricken und bringt sie weit an einen fernen Ort. Dann schichtet einen Scheiterhaufen auf und verbrennt sie. Hexen müssen stets bei lebendigem Leib verbrannt werden. Sodann streut ihre Asche in alle vier Winde! Nur so können Frieden und Ruhe in diesem Lande erhalten bleiben. Dann wird man auch eine reiche Getreideernte einbringen!«

Die Palastdiener stürzten in das Häuschen der armen Frau. Sie suchten Drolmakyid. Empört fiel die Mutter den Eindringlingen in den Arm. Aber alles Weinen und Klagen half nichts. Die Palastdiener stießen die alte Frau zu Boden. Sie fesselten das Mädchen und nahmen es auf die Schultern. Drolmakyid ließ alles stumm und ohne Widerstand über sich ergehen. Sie wusste, dass dies ein neuer Teufelsplan der Hexe war. »Verzage nicht, Mütterchen«, tröstete sie die alte Frau. »Ich komme bestimmt wieder!« Da lachten die Palastdiener und zogen mit ihrem Opfer von dannen.

Auf einem abgelegenen Platz war auf Weisung der falschen Prinzessin ein riesiger Scheiterhaufen errichtet worden. Drolmakyid wurde ins Feuer geworfen. Wild züngelten die Flammen zum Himmel empor. Mit einem Gesicht wie aus Stein stand die tückische Zofe dabei. Ein dichter Rauchstreifen quirlte aus der Glut hervor, das Feuer schien sich noch einmal aufzubäumen und sank nach einer Weile in sich zusammen. Die Diener streuten die Asche in alle Winde, und die Hexe überwachte sie dabei und zischte: »Jetzt ist es aus mit dir! Oder hast du dagegen auch noch ein Mittelchen?« Dann lachte sie wie jemand, der endgültig seinen Feind besiegt zu haben glaubt und schritt zum Palast zurück.

Der Prinz hatte, seit die goldene Lotosblume aus dem Tempel gestohlen worden war, alle Lebensfreude verloren. Tiefe Falten verdüsterten seine Stirn, Unruhe und Unlust ergriffen ihn. Der

Aufenthalt im Schloss wurde ihm immer mehr zur Plage, denn er merkte zu seinem Leidwesen, dass seine Gemahlin mit jedem Tag grausamer und bösartiger wurde. Hinweggewischt waren Güte und Zartgefühl. Sie war ein ganz anderer Mensch geworden. Daher zog es den Prinzen hinaus ins Freie. Begleitet von seinem treuen Pferdeknecht, streifte er ziellos durch Felder und Wälder.

Schwermütig ließ er oftmals seinem Ross die Zügel gleiten und ließ sich hierhin und dorthin tragen. So gelangte er auf einem seiner Ritte auch in jene Gegend, die die Hexe zum Schauplatz ihrer letzten Tat auserkoren hatte. Der Prinz gewahrte, als er in die herrliche Landschaft blickte, an einer Stelle ein goldenes Leuchten, dann tauchten im Nebel die verschwommenen Umrisse eines gewaltigen und prunkvollen Palastes auf. Der Glanz, der von ihm ausging, schien mit dem Silberlicht der schneebedeckten Bergkuppen wetteifern zu wollen. Das Bauwerk ruhte auf goldenen Säulen, hatte acht Stockwerke und wurde von kunstvoll geschnitzten Balken getragen.

Der Prinz traute seinen Augen nicht. Träumte er? Er wandte sich zu seinem Knecht um und fragte ihn verwirrt: »Wem gehört denn dieser prächtige Palast?« Der Knecht aber war schon vom Pferd gesprungen, deutete auf den Weg und auf die Bäume und behauptete überrascht: »Kürzlich habe ich hier noch Pferde gehütet. So weit man sehen konnte, gab es nur wildes Gras, Gestrüpp und Buschwerk. Und nun steht auf einmal ein achtstöckiger Palast da. Wie sollten in dieser kurzen Zeit Menschenhände einen solchen Bau aufführen? Nein! Das kann nur Zauberei sein. Herr, lass uns weggehen von hier!«

Der Knecht redete sich in immer größere Angst hinein. Der Prinz, von Neugier gepackt, hörte jedoch nicht auf ihn. Er stieg vom Pferd, übergab dem Knecht die Zügel und hieß ihn warten. Langsam ging der Prinz auf den Palast zu. Bald kam er an hübschen Beeten vorbei. Wie zum Willkommen neigten die Blumen ihre Köpfe im Wind. Er kam zum Eingang des Palastes, dort aber kauerten zwei Furcht erregende Tibetdoggen. Die Hunde waren groß wie Kälber und starrten den Prinzen böse an. Der Prinz blieb stehen; er wusste nicht, ob sich die Bestien vielleicht auf ihn stürzen würden. Die Tiere zeigten sich aber nicht weiter feindlich, ja sie schienen sogar zutraulich zu werden. Als sie gar freundlich mit dem Schwanz zu wedeln begannen, fasste der Prinz sich ein Herz, ging zwischen den beiden Torwächtern hindurch und eilte die Stufen hinauf. Nicht der Schatten eines Menschen zeigte sich. Der Prinz stieg lauschend zum ersten Stock hinauf. Niemand ließ sich blicken. »Wie soll es möglich sein«, fragte sich der Prinz, »dass so ein herrlicher Palast ganz ohne Menschen ist?«

Er kam ins obere Stockwerk und entdeckte dort eine Tempelhalle. Wie angewurzelt blieb er stehen, denn da thronte würdevoll eine wunderschöne Fee. Es war ihm, als bewegten sich ihre Lippen. Schweigend blickten sich die beiden an. Nach einigen Augenblicken öffnete das Mädchen den Mund und fragte den Prinzen: »Kennst du mich nicht?« Die Stimme klang vertraut in seinen Ohren. Es war ihm, als sei es die Stimme Drolmakyids zur Zeit ihrer Vermählung. Doch er verwarf diesen Gedanken, denn Drolmakyid war daheim im Schloss. Da war kein Zweifel möglich. Sie konnte nicht zugleich hier sein. War nicht alles doch Zauberspuk, wie sein Knecht vermutete? Die Fee bemerkte sein Zaudern und sagte: »Ich bin deine Drolmakyid!«

Wie sollte der Prinz dieses Rätsel lösen? Mit weit aufgerissenen Augen trat er vor sie und fragte: »Du bist wahrhaftig meine ... meine?« »Ich bin wahrhaftig deine Drolmakyid«, beteuerte das Mädchen und ein Schluchzen erfasste ihren ganzen Körper, ein bitterliches Weinen, so dass der Prinz vollkommen verwirrt dastand. Unter Tränen erzählte Drolmakyid dem Prinzen von Anfang bis Ende, welches Leid ihr die Hexe zugefügt hatte. Der Prinz weinte mit ihr. Schließlich löste sich Drolmakyid aus Trauer und Tränen und verkündete: »Jetzt aber hat unsere Not ein Ende. Nun erwartet uns ungetrübtes Glück. Niemals wird man uns wieder trennen können!«

Der Prinz begriff jetzt sehr gut, warum er all die Zeit gefühlt hatte, seine Gemahlin sei ein anderer Mensch geworden. Grimmiger Zorn flammte in seinem Herzen auf. »Wo ist das Schandweib?«, rief er. »Ich lasse die Hexe sogleich ergreifen.« Der Prinz war außer sich, doch Drolmakyid bewahrte ihre Ruhe. »Stellt ihr nicht nach!«, riet sie. »Sie wird sich selbst im Netz verfangen. Der Tag ihres Unterganges ist gekommen.«

Unterdessen wartete der Pferdeknecht vor dem Palast, aber der Prinz kam nicht wieder. Was mochte ihm zugestoßen sein? Dem Knecht wurde es unheimlich. Schließlich bestieg er sein Ross und jagte, ohne sich noch einmal umzusehen, zum Schloss zurück. Dort berichtete er der falschen Herrin: »Ein Palast von acht Stockwerken! Bestimmt ist er durch Zauber erbaut. Der Prinz ging in den Palast, und er ist sicher einer Hexerei zum Opfer gefallen. Vielleicht ist er gefangen. Vielleicht …« Schon stieß die Hexe den Pferdeknecht beiseite und eilte zu dem Wiesengrund. Ihr war klar, dass Drolmakyid wieder ihre Feenmacht offenbart hatte.

Wie wahnsinnig stürmte sie in den Palast. Stockwerk für Stockwerk erklomm sie, höher und höher stieg sie hinauf, um Drolmakyid zu finden. Als sie den Fuß auf das oberste Stockwerk setzen wollte, trat sie ins Bodenlose und stürzte in einen tiefen Schacht. Wie tot blieb sie in der Halle liegen. Drolmakyid hatte richtig vorausgesehen, dass ihre Todfeindin dem Palast fernbleiben würde. Diese Falle im Palast hatte sie vorbereitet, und die Hexe hatte sich ihrem Verhängnis selbst ausgeliefert. Der Prinz rief Leute zusammen, die nun auf dem Platz vor dem Palast einen Scheiterhaufen aufrichten mussten. Wie sie es verdiente, wurde nun die wahre Hexe verbrannt. Von diesem Tage an lebten der Prinz und seine Fee in ungetrübter Freude bis an ihr gesegnetes Ende.

Märchen der Tibeter

Der Tschatschatatutu und der Phönix

Der winzigste und unansehnlichste aller Vögel ist der Tschatschatatutu. Der edelste, wundervollste und farbenprächtigste Vogel aber ist der Phönix. Eines Tages saß der Tschatschatatutu in seinem Grasnest und legte drei Eier hinein. Eine Zwergmaus lugte nebenan aus ihrer Höhle heraus. Als der Tschatschatatutu weggeflogen war, huschte sie schnell aus ihrer Höhle und knabberte die Eier an. So machte sie es mehrere Tage lang, bis nur noch ein Ei im Nest lag. Der hilflose und arme Vogel wusste sich keinen anderen Rat, als zum Phönix, dem König aller Vögel, zu fliegen und die Zwergmaus zu verklagen.

»Majestät«, sagte der Tschatschatatutu, »ich komme in meiner Not zu Euch. Drei Eier habe ich in mein Nest gelegt, zwei davon hat eine niederträchtige Zwergmaus gefressen. Drei Eier sind drei Kinder, und zwei Kinderlein habe ich dadurch nun verloren. Diese Tat darf nicht ungestraft bleiben. Ihr seid der höchste Richter im Reich der Vögel. Ich bitte Euch, helft mir!« Der Phönix war sehr selbstherrlich und sah den kleinen Tschatschatatutu nur von oben herab an. Ärgerlich über die Störung rief er: »Hab keine Zeit, mich mit Nichtigkeiten abzugeben. Wie kannst du mich denn wegen zweier Eier behelligen? Du selbst musst auf deine Kinder aufpassen, so wie alle Vogelmütter. Da hast du selbst schuld!«

Der Tschatschatatutu war ganz verzagt und dem Weinen nahe. Mit kleinlauter Stimme sagte er: »Wo ist da noch Gerechtigkeit? Ihr schaut auf mich herab und meint, ich mache wegen einer kleinen Sache großen Lärm. Ich kam zu Euch, weil Ihr der König der Vögel seid. Ihr solltet den Armen beistehen. Und zwei kleine Eier sind für Euch nur eine Kleinigkeit, deretwegen Ihr nicht gestört werden wollt. Vielfach aber haben selbst kleine

Dinge schon zu großem Unglück geführt. Gebt mir nicht die Schuld, wenn später einmal Unheil kommen sollte.« Der Phönix hörte schon längst nicht mehr zu und schlug ungeduldig mit seinen Flügeln. Der Tschatschatatutu sah, dass der König der Vögel für ihn kein Ohr hatte und flog traurig zu seinem Nest zurück.

Voller Ingrimm saß er nun da und dachte nach, wie er sich selbst helfen könnte. Vieles überlegte er, vieles verwarf er wieder. Plötzlich hatte er einen Gedanken und sprang auf. In der Wiese pflückte er einen starken Grashalm und machte daraus einen spitzen Pfeil. Hinter einem dichten Strauch legte er sich dann auf die Lauer und wartete auf die diebische Zwergmaus. Nach einiger Zeit machte es ›tipp, tapp, tipp, tapp‹ – die Zwergmaus schlich sich heran. Der Tschatschatatutu war so erbost, dass er schnell vorpreschte und mit seinem Pfeil der Zwergmaus ein Auge ausstach.

Diese schrie auf, wusste aber gar nicht, was eigentlich geschah. In ihrem Schmerz raste sie quietschend im Kreis herum. Dann schoss sie wie ein Blitz durch das Gräsermeer, so tat ihr das Auge weh, und landete zuletzt im Nasenloch eines Löwen. Dieser hielt an einem See ein Mittagsschläfchen. Der Löwe fuhr jäh aus dem Schlaf hoch und sprang kopfüber in den See, da er ja nicht wusste, was ihn in seinem Nasenloch kitzelte. Im Wasser lag träge ein Drache, der gähnend sein Maul aufriss.

Da er plötzlich den Löwen vom Ufer auf sich zustürzen sah, dachte er, es gehe um sein Leben und erhob sich mit fürchterlichen Schlägen seines Schwanzes in die Luft. Hoch oben im Reich der Berge und Lüfte aber lebte der Phönix. Blind noch vor Schreck, stieß der Drache an das Phönixnest und zerbrach dabei das Ei, das im Nest lag. Der Phönix fuhr auf und herrschte den Drachen an: »Du Elender! Zerschlägst mir mein Ei im Nest! Nie hat bisher ein Drache mit einem Phönix Streit gehabt. Du lebst meist im Wasser und ich meist auf dem Lande und in der Luft. Du weißt aber, dass wir Phönixe nur einmal im Jahr ein einziges Ei legen, warum kommst du aus dem Wasser und zerstörst mein Nest und das kostbare Ei? Was habe ich dir denn getan?«

Der Drache machte ein recht betroffenes Gesicht, sagte aber im Tone der Verteidigung: »Ich habe keine Schuld. Ihr müsst

Euch beim Löwen beschweren, denn Schuld hat der Löwe allein. Ich schwamm ganz ruhig im See dahin, friedlich wie immer, da springt mich plötzlich ein Löwe an und will mich packen. Soll ich mich denn fressen lassen? Ich flog eben in die Luft, und nur durch einen unglücklichen Zufall geriet ich an Euer Nest und zerbrach das Ei. Entschuldigt vielmals, aber schuld allein ist der Löwe!«

Unverzüglich flog der Phönix zum Löwen und machte ihm die bittersten Vorwürfe. »Ich?«, sagte der Löwe, »ich soll an diesem Unglück schuldig sein?« Dabei machte er mit den Pfoten eine abwehrende Bewegung. »Ich lag im tiefsten Schlummer am See, als mit einem Mal eine Zwergmaus mir ins Nasenloch huschte und mich kitzelte. Ich sprang vor Schreck ins Wasser und sah erst später, was eigentlich geschehen war. Die Schuld trifft allein die Zwergmaus.«

Der Phönix machte sich daher auf den Weg zur Zwergmaus. »Ich bin unschuldig«, piepste die Zwergmaus. »Der Tschatschatatutu ist an allem schuld. Einen Pfeil hat er mir ins Auge gestochen; vor Schmerz rannte ich los und hielt das Nasenloch des Löwen für eine kleine Höhle. So ist alles gekommen.« Ärgerlich machte sich der Phönix auf zum Tschatschatatutu. »Kennt Ihr mich überhaupt noch?«, fragte mit vorwurfsvoller Stimme der kleine Grasvogel.

»Erinnert Ihr Euch an meinen Besuch und an Eure eigenen Worte? Ihr habt mich ungeduldig und schnell abgefertigt, als ich damals zu Euch kam. Ihr sagtet, jeder Vogel müsse auf seine Eier selbst aufpassen. Das habe ich damals mir zu Herzen genommen und habe mein Nest verteidigt. Die Zwergmaus war auf dem Weg zu meinem Nest, um mein letztes Ei zu fressen, da habe ich ihr das Stehlen ausgetrieben. Jawohl, den Pfeil habe ich als Waffe gebraucht. Ich habe Euch vorher gewarnt: Aus Kleinigkeiten könnte einmal Unheil entstehen. Ihr aber hattet für mich kein Ohr. Wer ist also schuld an allem? Wer?« Der Phönix schwieg bei diesen Worten, wurde rot vor Scham und flog kleinlaut von dannen.

Märchen der Tibeter

Platsch

Sechs Hasen wohnten einmal an einem kleinen See inmitten eines Papayawaldes. Als die Früchte reiften, fiel eine Papayafrucht auch ins Wasser und machte »Platsch!« Die Hasen, die dieses Geräusch noch nie gehört hatten, erschraken gewaltig und stoben auseinander. Ein Fuchs sah sie davonlaufen und rief ihnen zu: »Was ist los? Warum lauft ihr denn so?«

»Der Platsch kommt«, keuchten die Hasen und rannten weiter. Kaum hatte der Fuchs dies vernommen, da nahm er einen Anlauf und sauste ebenfalls los. Voller Neugier sah ein Affe von einem Baum aus den flüchtenden Fuchs und fragte: »Was hast du's denn so eilig, brennt's irgendwo?«

»Der Platsch kommt«, rief außer Atem der Fuchs, hielt aber in seinem Laufen gar nicht inne. Der Affe besann sich nicht lange und jagte davon. Von Ast zu Ast sich schwingend, dann wieder auf dem Boden hüpfend, brach er durch das Gehölz, als wäre der Teufel hinter ihm her.

Die Nachricht verbreitete sich in Windeseile bei allen Tieren in Wald und Steppe. Einer hörte es vom anderen. Zuletzt schien alles auf der Flucht zu sein. Die Hirsche setzten in großen, weiten Sprüngen über alle Hindernisse, die Büffel stampften in großen Herden über die Ebenen. Mit gewaltigem Gestampfe donnerten Nashörner und Elefanten einher; Bären, Leoparden, Tiger und Löwen hetzten nebeneinander durch den Wald, und grunzend rannten die Schweine hinterdrein.

Jeder dachte nur an Flucht, alle machten sich gegenseitig Angst, da einer den anderen jagen und rennen sah, als ging's ihm an den Kragen. Die flüchtenden Tiere kamen schließlich zu einem Berg, an dessen Fuß ein alter Löwe mit einer langen Mähne lag. Wie er die vielen Tiere alle so dahinjagen sah, rief er einem Löwen zu: »Warum so eilig, Bruder? Was rennst du denn, hast doch scharfe Zähne und mächtige Pranken!«

»Der Platsch kommt!«, rief der Löwe und wollte weiter. »Der Platsch? Wer ist das denn? Wo ist er?« »Weiß ich auch nicht«, meinte der andere, der vor Schweiß triefte. »Also langsam«, sagte der alte, erfahrene Löwe. »Dieser Sache müssen wir nachgehen. Woher hast du denn die Nachricht?« »Der Tiger kam vorbei und hat es mir gesagt«, meinte der Löwe, der nun in seinem Lauf innegehalten hatte. In die große Reihe der flüchtenden Tiere war eine Stockung gekommen. Der alte Löwe benutzte die Gelegenheit, machte mit scharfem Auge den Tiger in dem allgemeinen Durcheinander ausfindig und fragte ihn, woher er denn von Platsch wisse.

»Ich hab es vom Leoparden«, sagte der Tiger. Der Leopard bekannte, dass er vom braunen Bären gewarnt worden war, und jener hatte die Nachricht von seinem Vetter, dem schwarzen Bären. Die Elefanten, die Nashörner, die Wasserbüffel und Hirsche wurden gefragt, zuletzt auch Fuchs und Schwein, aber niemand wusste Genaues über Platsch zu berichten. Der Fuchs wiederum meinte, er habe die Nachricht von den sechs Hasen am See vernommen. Der Löwe mit der langen Mähne war alt und erfahren und fragte auch die sechs Hasen. »Wir haben ihn gehört! Mit unseren eigenen Ohren haben wir den Platsch gehört«, sagten die Hasen und boten sich an, alle Tiere zu dem Ort zurück zu führen.

Die Hasen führten auf den Befehl des alten Löwen hin nun alle Tiere zu dem See im Papayawald. »Hier haben wir ihn gehört«, sagten sie und schauten sich furchtsam um. In diesem Augenblick fiel eine Papayafrucht »Platsch!« vom Baum herab ins Wasser. Der alte Löwe sagte ruhig und mit Humor: »Eine Papayafrucht ist ins Wasser gefallen. Da hat es ›Platsch‹ gemacht. Wollt ihr nicht wieder davonlaufen?« Da lachten die Tiere und atmeten erleichtert auf; den Hasen aber wurde in Zukunft nicht allzu viel mehr geglaubt.

Märchen der Tibeter